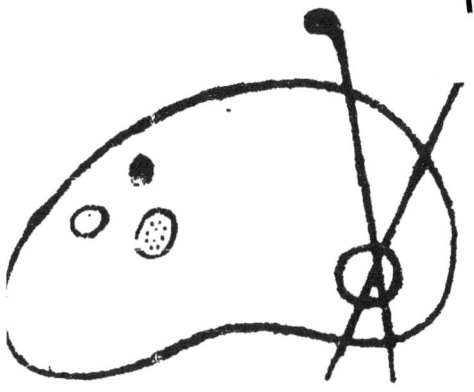

Début d'une série de documents
en couleur

LÉON DAUDET

LES

MORTICOLES

« Science sans conscience est la
ruine de l'âme. »

F. RABELAIS.

SEPTIÈME MILLE

PARIS
BIBLIOTHÈQUE-CHARPENTIER
E. CHARPENTIER ET FASQUELLE, ÉDITEURS
RUE DE GRENELLE

G. CHARPENTIER et E. FASQUELLE, ÉDITEURS
11, rue de Grenelle, Paris
Extrait du Catalogue de la BIBLIOTHÈQUE-CHARPENTIER
à 3 fr. 50 le volume

DERNIÈRES PUBLICATIONS

MAURICE BARRÈS
Un Homme libre . . . . 1 vol.

ANDRÉ DANIEL
L'Année politique (1893) . . . . 1 vol.

ALFRED DUQUET
Paris (La Malmaison, Le Bourget) . . . . 1 vol.

LUCIEN DONEL
Comiche . . . . 1 vol.

A. GALICE
Don Ignacio . . . . 1 vol.

PAUL GINISTY
L'Année littéraire (1893) . . . . 1 vol.

PAUL GUIRAUD
La Vocation de Lolo . . . . 1 vol.

EDMOND DE GONCOURT
La Guimard (Les Actrices du XVIIIe siècle) . . . . . . 1 vol.

FRANTZ JOURDAIN
L'Atelier Chantorel . . . . 1 vol.

ARSÈNE HOUSSAYE
Histoire du 41e Fauteuil de l'Académie française . . . 1 vol.

G. MACÉ
Un Cent-Garde . . . . 1 vol.

MARCEL L'HEUREUX
Les Malfaisants . . . . 1 vol.

A. MATTHEY
Le Serment d'une mère . . . . 1 vol.

OSCAR MÉTÉNIER
Demi-Castors . . . . 1 vol.

MARCELLIN PELLET
Naples contemporaine . . . . 1 vol.

FRANÇOIS DE NION
Le rapt . . . . 1 vol.

JEAN REVEL
Multiple Vie . . . . 1 vol.

JEAN RICHEPIN
Mes Paradis . . . . 1 vol.

GEORGES RODENBACH
Musée de Béguines . . . . 1 vol.

LÉON DE ROSNY
Taureaux et Mantilles . . . . 1 vol.

AURÉLIEN SCHOLL
Les Ingénues de Paris . . . . 1 vol.

ARMAND SILVESTRE
La Kosake . . . . 1 vol.

J.-J. WEISS
Combat constitutionnel . . . . 1 vol.

EMILE ZOLA
Le Docteur Pascal . . . . 1 vol.

ENVOI FRANCO PAR POSTE CONTRE MANDAT
16776. — Imprimeries réunies, rue Mignon, 2, Paris.

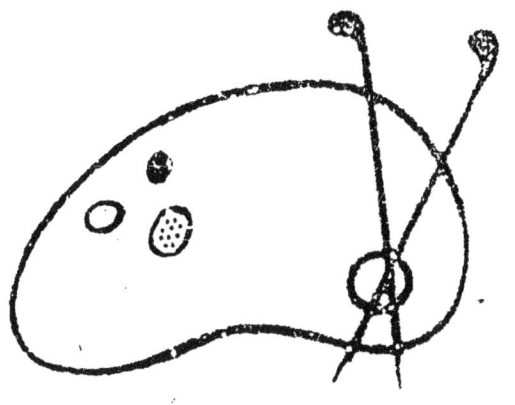

Fin d'une série de documents
en couleur

LES
MORTICOLES

G. CHARPENTIER et E. FASQUELLE, ÉDITEURS

11, RUE DE GRENELLE, PARIS

OUVRAGES DU MÊME AUTEUR

DANS LA BIBLIOTHÈQUE-CHARPENTIER

à 3 fr. 50 le volume.

Germe et Poussière.
Hærès.
L'Astre Noir.

En préparation :

L'Automate.
Le Fleuve Humain.

16776. — Imprimeries réunies, rue Mignon, 2, Paris.

LÉON A. DAUDET

LES
MORTICOLES

« Science, sans conscience, est la ruine
de l'âme. »

F. RABELAIS.

SEPTIÈME MILLE

PARIS

BIBLIOTHÈQUE-CHARPENTIER

G. CHARPENTIER et E. FASQUELLE, éditeurs

11, RUE DE GRENELLE, 11

1894

Au glorieux Patron des Lettres françaises,

A EDMOND DE GONCOURT,

Je dédie ce livre,
en témoignage d'affectueuse admiration.

Léon DAUDET.

LES MORTICOLES

PREMIÈRE PARTIE

CHAPITRE PREMIER

On se fie rarement aux récits des voyageurs : c'est un
soupçon commode, qui dispense d'étudier et de lancer des
pierres dans les étangs mornes de l'esprit. Aussi n'es-
sayerai-je pas de convaincre un lecteur trop rétif. S'il pense
ce livre mensonger, qu'il le ferme et le jette. Je parle pour
les autres, ceux qui ont confiance et cherchent à s'instruire.

Je m'appelle Félix Canelon. Si je m'observe au miroir,
je retrouve sans trop de peine, sous le vieillard d'aujour-
d'hui, le jeune homme que j'aimais tant, aux regards vifs,
au nez busqué, aventureux, à l'âme inquiète mais ardente.
J'ai maintenant cent cinq ans, bon pied, bon œil, excellent estomac, une femme adorée, deux enfants septuagé-
naires, cinq petits-fils et petites-filles et douze arrière-
bambins qui font ma joie. Ce sont conditions d'optimisme
nécessaires à qui veut raconter sans fiel des aventures
passées et douloureuses, car le défaut de ces sortes d'entreprises est souvent de teindre de vieux événements avec
une bile récente. On n'attribuera donc ma vivacité qu'à

1

écho de mes souvenirs. Pour quelques heures, la fièvre de mon adolescence va renaître. Qu'elle soit la bienvenue!

J'étais un solide gas de dix-sept ans. J'habitais avec les miens une chère petite maison, près des faubourgs tumultueux et de la mer bruissante. J'avais reçu l'habituelle éducation de notre cité, laquelle, j'ai pu m'en convaincre au cours de mes voyages, est certes la meilleure de toutes. Chacun se porte bien, respire un air alerte, fait son devoir en chantant. Fils d'artisans, j'allais à l'école deux heures par jour. On m'y apprenait surtout à aimer mon semblable, à honorer la Providence, à arracher de mon cœur les sentiments mauvais qui poussent dans les prairies naturelles de la sagesse et de la joie : « Vous venez ici, nous disait notre excellent maître, moins pour étudier des sciences vaines et précaires que pour faire votre toilette morale et sentir en tout la beauté. » Ensuite je m'occupais à domicile de notre agréable métier qui consiste à tresser des corbeilles et menus objets de vannerie. Le reste du temps je jouais, je me promenais, je faisais des lectures. Le malheur fut que plusieurs de celles-ci traitaient de voyage et de navigation. Elles m'animèrent tellement que je suppliai mon père de me laisser courir un peu le monde avant de m'engager pour toujours dans la vie familiale. Il eut la faiblesse d'y consentir.

Je m'embarquai sur le *Courrier*, grand navire qui faisait le commerce avec les contrées les plus lointaines. Il y avait à bord trente matelots et dix comptables dont j'étais. Le capitaine, un brave homme râblé, au visage rouge et jovial, nommé Sanot, manquait d'expérience, car, après une première escale, il perdit complètement sa route et nous parcourûmes cinquante-six jours une mer libre et désolée, réduits à consommer en partie les vivres dont nous comptions faire le trafic. Nous commencions à perdre courage quand la terre fut enfin signalée.

Un petit point qui grossit vite vint à notre rencontre. A quelque distance il stoppa et nous fit certains signaux de

convention; mais nous n'y comprîmes rien, fatigués que
nous étions et surpris par l'extraordinaire aspect du messager. C'était une galère sombre, qui portait un immense
pavillon noir sur lequel était gravée une tête de mort
d'une blancheur éclatante. Le désarroi de nos estomacs, l'inquiétude et la vue dé cet angoissant navire
nous rapprochèrent du surnaturel tellement que mes
camarades frissonnaient et que moi-même j'entendais le
bruit de castagnettes dans mes mâchoires. Alors le capitaine qui, s'il savait très mal la conduite pratique d'un
bâtiment, avait des lumières étendues, nous dit d'une
voix rassurante : «Je connais ces couleurs; encore qu'elles
soient lamentables, elles nous présagent un heureux
destin. C'est le drapeau des Morticoles et nous touchons
à leur pays; nul havre plus sain ne pouvait s'offrir à nos
corps délabrés. » Et, tandis qu'une étroite embarcation se
détachait du bâtiment, noire elle-même et portant en petit
le pavillon à tête de mort, Sanot nous donna quelques
détails sur cette contrée où nous avait dirigés son ignorance : « Les Morticoles sont des sortes de maniaques et
d'hypocondriaques qui ont donné aux docteurs une absolue prééminence. D'après ce qu'on m'a dit d'eux, leur
Faculté de médecine est à la fois un parlement, une diète
et une cour de justice. Les seuls monuments sont des
hôpitaux et chacun y suit un régime. Bientôt, au reste,
nous serons renseignés. »

La chaloupe approchait du bord; elle accosta doucement, et montèrent sur le pont quatre inoubliables personnages. L'un d'eux marchait en avant, à petits pas,
détaché du groupe, comme pour nous prévenir du rôle capital qu'il jouerait dans notre séjour. Il était de taille
moyenne, possédait une figure fade et louche, deux yeux
ternes qui regardaient de côté, une moustache tombant
vers la barbe, laquelle convergeait en pointe fine, l'ensemble d'une couleur indécise et pisseuse. Car le poil de
cet homme dissimulait son âge, comme son âme dissimu-

lait tout, et sa sueur elle-même devait être d'hypocrisie.
Les trois dévots mannequins qui l'escortaient, comme lui
revêtus de longues redingotes obscures, qu'aucun linge
n'égayait, composaient leurs têtes sur celle de leur patron
et, quoique beaucoup plus jeunes, aspiraient au même
aspect vague. Nous nous rangeâmes le long des sabords
aussi régulièrement que nous le permettait la fatigue. Le
capitaine, s'avançant, ôta son béret et s'apprêta à recevoir
aimablement les visiteurs; mais, comme il ouvrait la
bouche, le délégué chef lui coupa la parole d'une voix
sèche, flûtée, cependant fort nette : « Nous sommes les
envoyés sanitaires de la Morticolie où la direction de votre
vaisseau vous porte à atterrir. Vous avez devant vous le
propre président de toutes les commissions consultatives
d'hygiène et de préservation antiseptiques, le docteur
Crudanet, membre secrétaire des huit Académies officielles,
de la Chambre haute et basse, du Bureau de la santé sur
terre, sur mer et dans l'air, spécialiste en plusieurs facultés spéciales, telles qu'yeux, nez, oreilles, langues,
pieds, dents, et généraliste génial quant à l'ensemble de
ces facultés. Nous devons procéder, mes aides et moi, à la
formalité de la quarantaine, visiter vos hommes et le bâtiment, accomplir enfin notre devoir strict d'inquisition et
de réquisition sanitaires, ainsi qu'il ressort des règlements
6, 24, 46, 68, 232, 713, 945, 2629 du code des Morticoles,
dont j'ai publié il y a deux ans une nouvelle édition por-
tative. »

Sur ce, l'orateur s'inclina, ceux qui le suivaient s'inclinèrent, et chacun garda son sérieux, car nous avions tous
le pressentiment de quelque chose de sinistre. Seul le
capitaine fit bonne mine : « Docteur, je me soumets joyeusement à une formalité qui me permet de connaître un
haut dignitaire tel que vous. Ce navire est à vos ordres, ainsi
que son équipage. Scrutez, regardez, interrogez, et, quelque
dure que soit l'hypothèse d'une quarantaine, après les fa-
tigues et les ennuis d'une traversée périlleuse, nous vous

obéirons ponctuellement. » Les trois aides plus jeunes
eurent un narquois plissement des lèvres qui signifiait
sans doute l'impossibilité de ne pas obéir, et, jetant les
yeux sur la galère venue à notre rencontre, j'y vis étince-
ler de place en place des rangées de canons fort persua-
sives.

Cependant un doux soleil ridait la mer de sourires et
nous espérions la fin de nos tribulations. Le délégué Crudanet ne sourit pas, lui. Il envoya un de ses acolytes
chercher dans la chaloupe un grande boîte noire au lugubre blason des Morticoles. Il l'ouvrit avec précaution
sur le pont que balançait le remous de courtes vagues
clapotantes. Le capitaine était descendu s'occuper de
quelque besogne et nous restions, les quarante hommes
d'équipage, en face de ces quatre inquiétantes énigmes.
Leur chef choisissait parmi sa caisse une variété de bizarres
appareils qui encombraient ses mains menues et pâles, si
bien que je m'avançai pour le débarrasser. Alors il eut un
sursaut brusque et un regard si farouche que je reculai.
Il se rapprocha. Sans mot dire, il m'entoura le cou et les
poignets de tubes de caoutchouc, lesquels communiquaient
à une boîte qu'il me plaça sur le dos. Puis il me fit tous-
ser, cracher, renifler, compter, observant sa manivelle
avec une attention extrême : saisi de crainte et stupide,
je ne bougeais pas plus qu'un mort. Cependant ses aides
traitaient de la même façon mes camarades. Ensuite on
nous enjoignit de nous tenir tous sur un pied en fermant
les yeux. On nous saupoudra la langue d'une horrible
composition amère qui remplit la bouche de salive. Après
quoi, Crudanet et son équipage se tinrent à l'écart et nous
osions à peine nous communiquer notre ennui et notre
dégoût. Ils causaient si bas qu'aucune parole ne nous
parvenait, malgré que l'air fût limpide, à peine animé
d'une brise légère. Je perçus néanmoins ceci : « Je vais
demander au plus intelligent, » et le délégué chef vint à
moi.

1.

Mais mon sentiment d'orgueil fut vite dissipé par le trouble où me jeta sa question : « Comment sont vos matières et en général celles de vos camarades ? » Il fallut plusieurs minutes et autant de circonlocutions pour que *le plus intelligent* comprît, et alors je fus en proie à un rire inextinguible qui se communiqua à mes compagnons, quand je leur traduisis le problème en langage vulgaire. Crudanet et les siens nous fixaient en dessous de leurs petits yeux méfiants. Un peu calmé, je répondis que je connaissais peu mes matières et que je les oubliais à mesure, que c'était notre habitude à tous de jeter aux requins sans y prendre garde l'excédent de nos digestions... Le docteur m'arrêta : « C'est bien, relevez votre manche. » Aussitôt, à peine le temps de blasphémer, il m'avait fait à l'avant-bras cinq ou six piqûres d'un vaccin fort douloureux qu'il avait jusque-là adroitement dissimulé dans sa main. Les autres subirent la même opération. A ce moment le brave Sanot remontait. Le délégué lui dit : « Vos hommes et vous, capitaine, ne souffrez pas d'un mal déterminé, mais d'une fatigue qui, chez quelques-uns, est douteuse. Mieux vaut, dans ce cas, s'astreindre à la quarantaine. Nous vous enverrons des vivres sanitaires. Reste la visite du bâtiment. »

Les cinq s'éloignèrent, suivis de quelques-uns d'entre nous, prêts à ouvrir les cloisons étanches et à manœuvrer devant eux les machines. La manche encore relevée, nous déplorions cette funeste nécessité de la quarantaine qui frappait des hommes bien portants, désireux seulement de manger. Nos provisions étaient à peu près complètement épuisées; que valaient ces vivres sanitaires? D'ailleurs nos virulentes piqûres commençaient à nous brûler et démanger. Plus d'eau douce à bord, et l'un, ayant trempé son bras dans la mer, l'en sortit aussitôt rouge et gonflé. J'eus le sentiment net que nous étions tombés sur des êtres effrayants, hors de l'humain, malgré leurs manières demi-affables, en dépit des deux pieds qui les portaient : « Nos matières, la couleur de nos matières, » chuchotaient en riant quelques camarades.

Les délégués reparurent. Crudanet discutait vivement avec le capitaine qui semblait moitié suppliant, moitié furieux. Le docteur rejetait son air patelin et toute sa figure avait une expression atroce et froide, que copiaient servilement ses trois aides, vilains miroirs : « Mais, monsieur le délégué chef, s'écriait Sanot, c'est la mort pour ces pauvres gens ! — Vous n'avez, insistait l'autre, qu'à vous soumettre. Serait-ce la mort que nous la préférerions à l'intoxication de notre contrée ! Mais, si nous l'avions crue nécessaire, nous aurions déjà bombardé votre coque de noix comme nous le fîmes avant-hier pour des Anglais trop entêtés. Ne vous obstinez pas, c'est inutile. D'ailleurs je demeure en vue et vous préviens que nous vous coulons de suite, si vous ne sacrifiez pas les dernières provisions avariées. »

Là-dessus ces garnements de détresse s'inclinèrent et pivotèrent sur leurs talons. Le capitaine gardait ses mains crispées derrière son dos, hochant la tête d'un air navré, et, comme la chaloupe reportait à la galère noire nos quatre noirs bourreaux, il nous fit part, interrompu souvent par nos exclamations, des ordres impitoyables des Morticoles. Ceux-ci avaient tout ouvert, fouillé, disloqué et rien ne pouvait échapper à leurs regards de fouines. Nos rares provisions d'ultime réserve, il fallait les jeter à l'eau. Nous devions brûler nos hamacs, nos boîtes où étaient nos affaires de couture, nos souvenirs de famille, brûler aussi la pacotille qui constituait notre seule ressource et nous aurait permis de trafiquer. Comment se soustraire à la nécessité la plus dure ? Les Morticoles exigeaient la livraison de ces objets dès le lendemain, et ils avaient enjoint de jeter immédiatement, sous leurs yeux, nos dernières provisions à la mer. Lutter ? Nul n'y pouvait songer. S'enfuir ? C'était la mort certaine. Force nous fut donc d'obéir, et, la rage au cœur, nous lançâmes aux requins une cinquan-

taine d'excellentes boîtes qui auraient si bien calmé nos
malheureux estomacs où la faim poussait sa clameur
sinistre.

De plus, les bras nous pesaient; nous avions peine à soulever les caisses. Le capitaine nous commandait en pleurant. C'était un lamentable spectacle. A quelques encâ-
blures, l'horrible navire nous surveillait et son joyeux
pavillon signifiait assez le sort réservé à la désobéis-
sance. Je ne saurais rappeler honnêtement les injures
dont nous accablâmes Crudanet. Tous les animaux y
passèrent et je vis bien, par la suite, que ces appellations,
qu'on eût pu croire effet de la fureur et incohérentes, convenaient parfaitement à cette crapule à deux pieds suivie
de ses trois crapulons. J'émis l'idée qu'on eût dû acheter
ses crasseux scrupules, éviter ainsi les formalités. Sanot
se récria : « Un homme si considérable pouvait se montrer
cruel, mais il était forcément intègre. » Cher et naïf capitaine! Les Académies l'impressionnaient, bien qu'il n'y en
eût pas sur notre terre natale, et j'avoue que moi-même,
simple vannier de mon état, j'avais eu un vif sentiment
d'infériorité lorsque ce néfaste docteur avait énuméré
sa kyrielle de titres. Et quand je pense que pour mille
francs...

Quand nous eûmes jeté notre pauvre possibilité de nourriture bien en vue des Morticoles par-dessus bord,
un signal venu d'eux, strident coup de sifflet, nous
exprima comme de la satisfaction. Leur bâtiment virait
avec une majestueuse lenteur; mais, avant de partir, il
pulvérisa sur nous et sur une vaste surface de mer un
brouillard picotant d'acide phénique qui nous aveugla,
nous empesta, nous affola et nous fit croire que notre dernière heure était venue. Quand l'odieux nuage fut dissipé,
ne nous laissant que son odeur affreuse et son âcreté plus
affreuse encore, la frégate des Morticoles n'était plus qu'un
point maussade à l'horizon.

Cependant nous n'avions plus rien à manger. Nos bras

enflaient. Nous envisagions la situation, l'immensité et nous-mêmes d'un œil sombre. Ou ces Morticoles étaient des fous et nous étions perdus; ou ils voulaient notre bien et nous étions perdus encore, car ils le voulaient de manière à nous faire rendre l'âme. Le capitaine, malgré son affaissement, s'efforçait de nous rassurer. Crudanet lui avait promis de nous envoyer le lendemain matin des vivres sanitaires et des vêtements destinés à remplacer les nôtres qu'on brûlerait. Après quarante jours, nous descendrions à terre, visiterions la ville et repartirions sans hâte apparente, mais bien décidés à ne jamais revoir une trop hygiénique contrée. Ces propos nous effrayaient sans dissiper nos préoccupations.

La soirée était douce et pure, la lune montait vers l'horizon avec une majesté légère. A mesure, elle traçait sur les flots un long sillage d'argent en forme de rame, où toutes les petites vagues de la surface étaient nettement visibles. Nous restions étendus sur le pont, agités d'un peu de fièvre que nous causaient nos vaccins. Je pensais à ma maison, à mes parents, à notre heureux pays. Le silence s'était fait, mais je sentais qu'on ne dormait point et que les idées de mes camarades suivaient lentement la pente des miennes. Le balancement de notre navire, qui roulait avec un doux clapotis sur ses ancres, balançait aussi nos esprits d'un rythme tel qu'il se communiqua et que l'un de nous se mit à chanter. Un jet de larmes me brûla les yeux. J'entendis, par une secrète communion, plusieurs petits soupirs étouffés. Cette aérienne, cette divine chanson allait chercher et prendre par la main tous nos souvenirs presque semblables ; elle cueillait les fleurs du pays. Elle joignait les fiancées et les mères dans une de ces rondes confuses, comme on en dansait sans doute à la même heure sur notre quai, au clair de lune. J'oubliai mon mal, ma sombre situation, et je glissai au sommeil, bercé par cette voix amie.

Je rêvai que Crudanet me coupait un bras et me forçait à le manger.

Le lendemain, au réveil, chacun sentait encore un peu les lancinements de son vaccin, mais la tristesse était fort amortie. Elle fut ramenée dans nos âmes par une bruine ténue, persistante qui envahit l'horizon et le rendit semblable à une toile de coton mouillée. La mer était huileuse ; à sa surface, les mouchetures de pluie traçaient les plus élégants réseaux. Nous ne voyions plus la terre. La faim grondait comme un lion dans nos estomacs. Il se fit entre nous un accord tacite pour ne point parler de la visite de Crudanet et de l'angoisse qui nous tordait le ventre. Nous pensions être bientôt fixés sur notre sort. En effet, on signala brusquement la galère à tête de mort, qui venait d'émerger de la brume humide à quelques brasses de nous. Elle était suivie d'une cocasse machine de cuivre luisante comme un chaudron, hérissée de cinq ou six tuyaux d'où sortaient d'ondoyants et de sifflants panaches. Cet engin fonça droit sur nous, d'une allure enragée.

Il accosta notre bord et l'on vit monter sur le pont un de ceux qui, la veille, accompagnaient le délégué principal. Il avait, par une copie de singe, l'attitude autoritaire et matoise de son chef, et j'ai fort remarqué, par la suite, les glissantes facultés d'imitation des Morticoles, qui leur font se transmettre les pires défauts avec une rapidité effroyable. Ce jeune homme était suivi d'une dizaine de forts gaillards, porteurs d'énormes caisses : « Voici, dit-il d'un ton bref au capitaine, voici les vêtements et les vivres. » Les manœuvres déchargèrent leurs faix. A découvert alors, on put les voir de visage triste et résigné, noirs et creux comme des tunnels. Leur taille seule trompait sur leur santé. Ils étaient vêtus de sarreaux gris sombre en cuir, raides de pluie et obéissaient servilement à leur maître. Je m'approchai et j'entendis le sous-délégué parler ainsi à Sanot : « Ce sont des incurables. Nous leur donnons les besognes les plus pénibles, ce qui active leur fin et crée des lésions intéressantes. Ceux-ci ont une maladie des extrémités qui les rend aptes à porter les paquets. »

Je remarquai que ces apparences robustes étaient des
corps allongés et maigres. Leurs figures semblaient stupides et mornes. De leurs bouches aux lèvres épaisses
émergeait une langue excessive. Leurs fronts s'élevaient
vastes et ridés comme de vieux remparts. Ce qui me
frappa surtout, ce furent les dimensions de leurs pieds
et de leurs mains, qui valaient bien six ou sept fois celles
du plus fort d'entre nous. Ces palettes colossales et calleuses n'étaient pas maladroites ; elles faisaient leur travail avec vivacité : « M. Crudanet, notre patron, dit
le sous-délégué, vous envoie des vêtements hygiéniques à
double courant d'air stérilisé. Donnez vos loques, qu'on
les brûle à l'étuve. » La direction de son bras indiquait le
chaudron flottant. Nous nous déshabillâmes sous la pluie.
Les physionomies des *incurables* se contractaient dans
des façons d'horribles sourires, tandis qu'ils nous tendaient les singuliers costumes destinés à remplacer nos
bons uniformes marins. C'étaient des maillots doubles qui
puaient l'acide phénique, les deux enveloppes séparées
par une couche d'air, ainsi que nous l'expliqua le capitaine, soumis d'ailleurs à la même formalité. Notre toilette faite, nous avions l'air de phoques ou de scaphandres.
Le délégué et les dix hommes aux grosses mains disparurent avec nos frusques, que nous eûmes la douleur de
voir brûler dans la chaloupe de cuivre, tandis que celle-ci
rejoignait la galère à tête de mort.

Nous étions tous empêtrés, anéantis, et de nouveau en
proie à la terreur inexplicable de la veille. Ces habits into-
lérables, nous n'osions les enlever, de peur d'être aperçus
par nos sauveteurs et immédiatement bombardés. Le capitaine nous avait avertis de la froide cruauté des Morticoles, lesquels n'admettent nulle explication, nulle
excuse, et suppriment simplement qui leur désobéit. Restaient trois caisses à surprise. Nous nous jetâmes sur elles,
car elles renfermaient les vivres alimentaires. Ces vivres !
Aurais-je une mémoire de dix mille ans, je me les rappel-

lerais : des carrés d'une pierre dure, poisseuse et brune,
qui se résolvait sous la dent en une infinité de grumeaux,
un sable à goût de réglisse et de phénol. Nous faudrait-il
pendant quarante jours nous repaître de ces infamies !
Mes camarades pleuraient et juraient. Nous mâchon-
nions cette infecte denrée en maudissant Crudanet, le
sous-délégué, les Morticoles, le méchant destin qui nous
avait livrés à cette peuplade, pire que les anthropophages !

Les jours se passaient dans la faim et le désespoir. Nous
essayions de tromper ces deux maux avec le sommeil et de
pêcher la nuit en sourdine, à l'arrière du bâtiment, des
poissons fades et gélatineux, lugubres habitants de la
lugubre baie, qui nous sauvèrent peut-être la vie. Malgré
nos instances, les Morticoles, qui nous surveillaient de
près, nous refusèrent pendant vingt jours toute autre
nourriture que les biscuits. Au bout de ce temps, nous
eûmes une seconde visite de Crudanet. Ses yeux étroits
brillaient d'une flamme alimentée par l'étonnement et la
malice. Il palpa nos maillots empestés. Il constata nos
membres flasques, nos faces amaigries, notre irritation, et
nous annonça solennellement que désormais un quart de
ration nous serait octroyé. Ce quart consistait en un dé de
riz, du pain gros comme un nez d'enfant, et un œuf. Si
chétif, ce régime nous parut admirable, et nous eussions
presque embrassé celui qui nous l'accordait. Force des
scélérats, auxquels attache une moindre scélératesse ! Ce
qui augmentait notre regret, c'est que le riz, le pain et
l'œuf étaient de premier ordre et témoignaient de l'excellente nourriture que nous aurions pu avoir. Mais, à toutes
nos supplications, les sous-délégués répondaient : « Non,
non. Vous êtes arrivés épuisés. En vous gavant, on vous
entraînerait de la flatulence dans la dyspepsie, de la dyspepsie dans la tympanite et de la tympanite dans l'enté-
rite, laquelle vous rendrait accessibles à une foule de
germes épidémiques et dangereux pour nous. » J'ajoute que

notre boisson, une eau acidulée, était parfaite, et que de
ce côté, du moins, nous n'eûmes pas trop à souffrir.

Vers le vingt-sixième jour, nous étions complètement
abattus. Nous n'avions pas la force de chanter, et les airs
du pays ne résonnaient plus qu'en douleur dans nos âmes
torpides. Notre capitaine était soumis au même atroce
régime, car les Morticoles sont passionnés pour une égalité apparente. Ses bonnes joues, jadis rouges et boursouflées, pendaient. Sa voix était sourde, sa démarche chancelante. Heureusement il ne donnait plus d'ordres. Auquel
eussions-nous obéi ? Ce qui prouve l'excellence de nos
natures, c'est qu'il ne se produisit parmi nous aucune de
ces mauvaises excitations habituelles aux navigateurs
malheureux. Évidemment, nos excellents amis, par un
adroit calcul, nous donnaient juste de quoi continuer à
vivre sans nous manger les uns les autres.

Enfin, le trente-troisième jour, un des sous-délégués
qui se relayaient pour les visites nous avertit qu'eu égard
à notre dépérissement, nous pourrions atterrir le lendemain : « Mais, s'empressa-t-il d'ajouter, vous êtes dans un
état lamentable. Il sera donc nécessaire que vous entriez
tous à l'hôpital. Peut-être serez-vous réunis, peut-être
séparés ; cela dépendra des places vacantes. Vous trouverez là, certes, abondance et réconfort, des jardins
magnifiques, une société aimable. Nul doute que vous ne
soyez vite rétablis. Cependant, capitaine, — et il se tourna
vers Sanot — nous procéderons au désarmement et net-
toyage complet de ce *Courrier* qui risquerait, pendant
votre séjour, d'infecter nos galères. » Attentifs au seul
espoir de manger à notre faim, de voir le riz, le pain et
l'œuf se décupler, nous applaudissions ce langage.

Une galère locale vint nous prendre. Nous avions à
peine la force de passer d'un vaisseau sur l'autre et nous
trébuchions le long des échelles, dans nos ridicules
maillots bruns, soutenus sous les bras par quantité de
pieds bots et de bossus qui remplissent les basses fonc-

tions de la marine des Morticoles. Tous ces êtres difformes avaient l'air abruti et ne répondaient que par monosyllabes à nos questions sur l'île, les hôpitaux, le sort qui nous attendait. Un soleil parcimonieux, fils malingre de tant de pluie et de brume, concordait au demi-éclaircissement de nos cœurs. D'ailleurs le trajet dura peu. En une heure, la terre fut à proximité. Après le port, vaste, plein de bruit, sentant le goudron et le phénol, et fourmillant de noirs bâtiments, nous aperçûmes la ville, d'aspect symétrique. On débarqua sur un quai assez large, extrêmement propre, où grouillait une population composite. Il était facile de remarquer que, parmi la multitude qui s'empressait autour de nous, nul n'était exempt d'une tare, d'une défaillance physique, d'un déchet quelconque. Je suis observateur et les différences me saisissent, mais les plus rudes de mes camarades en furent frappés comme moi. Les enfants louchaient et bavaient, des femmes boitaient, d'autres avaient le torticolis, les chiens aboyaient d'une voix enrouée, les hommes manquaient de quelque organe important, tel que main, nez, oreille ; des lèpres bizarres ornaient de boutons de couleur la plupart des faces blêmes, et l'émoi venait moins de cet appareil maladif que de la même résignation lamentable, déjà remarquée chez les portefaix. A travers cette foule délabrée circulaient en se bousculant certains personnages dont les visages hypocrites et malicieux rappelaient Crudanet et ses aides. Leurs redingotes étaient ornées de divers insignes, rubans rouges ou violets, en forme d'ailes de mouche ou de rondelles plissées, qu'ils portaient à la boutonnière du haut. Ils maltraitaient ces pauvres affaiblis, nous faisant place à coups de bâton. Notre costume grotesque ne parut exciter ni la stupeur, ni la pitié, ni le rire.

La première impression des endroits et des êtres saisit définitivement et crée une image qui ne ressemble point du tout à celle que donne ensuite l'habitude. J'ai, pour

mon ennui, revu une centaine de fois le quai des Morticoles ; je ne confonds pas cet aspect de fréquentation avec
les regards étonnés que je jetais à la grande voie où nous
nous engagions. Maintenue par les redingotards, la foule
ne nous suivit pas. Cette rue était donc presque déserte,
mais meublée d'une kyrielle de statues. Nous marchions
deux par deux en longue file, guidés par un sous-Crudanet,
et, comme j'étais dans les premiers rangs, cet homme expliqua que ces effigies, bustes ou simples médaillons étaient
de médecins célèbres, lesquels illustrèrent la cité morticole : « Ici, nous dit-il gonflé d'emphase, tous les pouvoirs,
toutes les fonctions, toutes les attributions sont aux mains
des docteurs. Le peuple est de malades, riches ou pauvres,
de détraqués, de déments. Nous laissons circuler ceux
dont l'affection ne présente nul danger. Quant aux autres,
nous les cloîtrons dans des hôpitaux, hospices, maisons de
retraite et les étudions là à loisir. Nous sommes des
hommes libres ; nous ne croyons en aucun Dieu. Nous
avons porté l'art-science de la matière et de la médecine
à un point dont vous jugerez bientôt par vous-mêmes.
Cette ville si régulière que vous parcourez a été construite
sur les plans de ces sages merveilleux dont vous admirez
les statues. La police est médicale, l'édilité aussi, aussi
l'université, l'ensemble des pouvoirs publics, le gouvernement. — Et ceux qui, étant sains, ne sont pas docteurs?
questionnai-je timidement. — Il n'en est pas chez les
Morticoles, répondit notre guide avec superbe, si ce n'est
parmi les domestiques. Hors nous, tout le monde est malade. Ceux qui le nient sont des simulateurs que nous
traitons sévèrement, car ils constituent un danger public. »

CHAPITRE II

Nous arrivions devant une porte close, la cavalière, haute et cintrée, majestueuse, au-dessus de laquelle étincelaient en lettres d'or ces mots : HOPITAL TYPHUS et une devise : LIBERTÉ, ÉGALITÉ, FRATERNITÉ. A côté, la petite, la piétonne, était entre-bâillée. Nous enfilâmes un étroit corridor. Un grand vieillard sec, le directeur, vint à notre rencontre ; criant et levant les bras au ciel, il assura qu'il n'aurait pas de lits pour tant d'étrangers, que ses salles regorgeaient, qu'il fallait qu'une partie d'entre nous allât chercher fortune ailleurs. Notre guide se rendit à ces observations. Il choisit les cinq premiers, dont j'étais, et nous sépara de nos compagnons qui firent demi-tour. Déchirants et brefs adieux ! Sur une terre inconnue, des compatriotes sont comme les branches d'un même arbre. J'embrassai en pleurant le capitaine Sanot.

Après bien des marches et contre-marches, on nous poussa dans une vaste salle vide à fenêtres ternes : pour unique meuble, une table couverte de paperasses. On nous laissa seuls. J'en profitai pour adresser à mes quatre compagnons une courte harangue, les conjurant de ne s'étonner de rien, de ne se révolter contre rien et de supporter tranquillement des épreuves sûrement moins dures que la quarantaine. Les rassurant ainsi, je me rassurais moi-même, mais je faisais une drôle de figure intérieure. La porte s'ouvrit brusquement devant une dizaine de jeunes

garçons qui riaient, chantaient, se bousculaient, s'assirent
en tumulte autour de la table et froissèrent les feuilles de
papier. L'un, nous désignant, demanda ce que voulaient
ces *cinq Iroquois en costumes de désinfectés*. Je m'avançai et répondis poliment que « nous n'étions pas des Iroquois, mais des matelots à fin de quarantaine ; que nous
mourions de faim, n'ayant mangé depuis un mois que des
biscuits phéniqués ; qu'on nous avait conduits dans cet
hôpital, dont nous serions bien aises de connaître les propriétaires, qui paraissaient d'une jovialité si charmante ».

Le mot de propriétaire fit éclater de rire ces messieurs
que je ne savais trop comment qualifier, tant leur air d'autorité et d'aisance contrastait avec leurs uniformes vul-
gaires, des blouses grises recouvertes d'un tablier. Le plus
âgé, qui portait une toque de velours noir, m'avait écouté
avec attention ; il fit taire les autres et me dit : « Mon
ami, c'est ici l'hôpital Typhus. Nous avons peu de brancards disponibles ; pourtant, comme vous et vos camarades
avez l'air fatigué, voilà quatre bulletins d'admission pour
la salle n° 6, affectée aux demi-convalescents. Un reste
donc, qui devra s'adresser ailleurs. » Ce discours nous
rendit perplexes. On tira au sort et je me trouvai éliminé.
J'embrassai mes quatre camarades, qui disparurent par
une porte, tandis que je m'en allais par une autre.

J'errai par une nouvelle série de corridors, fort hésitant
sur ma conduite. Devais-je quitter l'hôpital, ou chercher
une salle moins encombrée ? Le jeune homme à toque de
velours m'avait donné quelques explications embrouillées,
où se mêlaient les mots *médecine* et *chirurgie* et que ma
timidité m'avait empêché d'éclaircir. Je me trouvais donc
perdu au milieu de ce labyrinthe, quand des cris perçants
me mirent hors de moi. Ils semblaient d'égorgement, de
massacre, et se doublaient, par intervalles, de beuglements
atroces et sourds. Je me précipitai vers l'endroit d'où ils
partaient, et, poussant une porte au vitrage dépoli, j'entrai
dans une pièce inoubliable. Elle était analogue à celle

2.

où l'on avait admis mes quatre compagnons, éclairée par le même jour louche, mais bondée de misérables en haillons, d'une saleté repoussante, exhalant une odeur si infecte que je fus pris de nausées.

A travers cette brume qu'amasse l'envie de vomir, j'aperçus un groupe de plusieurs personnes qui maintenaient un corps indécis et contorsionné, sur lequel se courbait un petit homme brun à l'œil vif et dur. Les hurlements ne s'interrompaient que pour des : « Oh là là ! — Oh ! je souffre ! — Ah ! quelle douleur ! » à briser l'âme et les oreilles. Ce spectacle d'horreur cessa vite. Les jeunes gens s'écartèrent comme une gerbe dénouée. « A un autre, » dit l'exécutant plein de sueur. Je vis alors distinctement le corps qu'ils avaient relâché, un gros ouvrier à la trogne rouge et fiévreuse, dont le cou et les mains étaient poissés de sang et de pus. Il pleurait à chaudes larmes et sa poitrine se soulevait, vigoureuse sous un linge crasseux, tandis qu'on le couvrait de bandes de coton. Je regardai mes voisins à peine troublés par cette vision et toute leur misère me parut d'un coup bien plus misérable, puisqu'elle était sans compassion. A quelque distance, un vieux à cotte rapiécée de jaune, de vert et de marron tremblait comme une feuille d'automne disparate et une femme maigre, courte et minable s'avançait vers le médecin, découvrant un sein flasque et ridé...

Je perdis connaissance. La salle me parut tourbillonner et je tombai tout de mon long, parcouru de frissons, de cris et d'odeurs fades... Je me réveillai dans le même lieu d'effroi. Il y avait moins de monde ; j'étais couché sur un brancard et l'on me faisait respirer de l'éther. C'était une sensation pire que l'évanouissement, d'en sortir au même point, de retrouver autour de moi les causes qui l'avaient provoqué. L'homme brun me parlait d'un ton bourru, inutilement grossier : « Et toi, grande carcasse, espèce de femelle, qu'est-ce que tu as à t'étaler dans ton costume de singe et à troubler ma consultation ? De quel pays viens-tu, matelot lépreux? Tu mériterais que je te barbouille avec ton vomissement. » Ma fureur, jointe à ma faiblesse, se tourna en lâcheté. Je geignis : « Monsieur, je suis du *Courrier*, je m'appelle Canelon. J'ai été renvoyé de l'autre salle. Ils n'avaient pas de place. Donnez-moi un lit.

— C'est toujours comme cela, grogna le docteur dont le visage, troué de petite vérole, le veston poussiéreux et les manches de chemise étaient inondés de sang. On envoie maintenant les quarantaines à l'hôpital Typhus, le plus encombré des Morticoles. Eh bien, Canaillon, Chenillon, mon ami, nous allons voir si tu es blessé quelque part, si tu as quelque chose de chirurgical; sinon, houp, hors d'ici ! »

Ce disant, il me saisit les membres un à un et les tordit d'un poignet d'acier que je n'aurais pas soupçonné dans sa frêle bâtisse. Quand il arriva au pied, il le tourna comme un cabestan, d'un coup sec et si rude que je poussai un hurlement et que quelque chose craqua entre mon talon et mes orteils : « Tiens, tiens ! » fit-il, et sa figure exprima un puissant intérêt. Il happa sur la table une paire de ciseaux rouillés et criards : « N'aie pas peur, triple brute, » et me coupa un pan de mon maillot. Autour, ses aides riaient bassement, tandis qu'il accumulait ses plaisanteries sur l'ânerie de l'hygiène, des hygiénistes, de Crudanet et de la quarantaine : « Au lieu de prendre cet air niais et empoté, — il agitait mon pied amaigri — tu ferais mieux de te laver les pattes. Donnez-lui toujours un *bon* pour un bain simple. » Certes j'étais sale, mais moins que lui et bien malgré moi, depuis trente jours prisonnier de mon scaphandre.

Comme je continuais à me lamenter, mon bourreau déclara que j'avais une fracture du *cuboïde* et donna à son entourage quantité d'explications sur « cette lésion singulière, qu'un autre que lui n'eût pas découverte, que mon cri révélait, etc..., etc... Allons, on t'accepte; tu auras un lit dans mes salles. A un autre. » On me poussa au

corridor ; on m'assit sur une chaise. Je fus soulagé de ne
plus respirer l'infection ; un des aides s'approcha de moi,
et, d'un accent très doux qui me mit du baume au cœur
après des brutalités pareilles : « Mon brave homme, si
vous ne voulez pas mourir, sauvez-vous. Votre fracture
est problématique. Mais ce qui est certain, c'est que vous
êtes ici chez le fameux chirurgien Tabard, le *roi du fumier*
comme on l'appelle, qui tue tous ses malades par incurie.
Il opère sans se nettoyer les mains ; c'est son système,
mortel, infaillible, qu'il applique impitoyablement. Fuyez. »

Ces paroles me terrifièrent. Mon pied me faisait déjà
beaucoup souffrir ; je remerciai l'excellent jeune homme
de ce bienfaisant conseil : « Oui, ajouta-t-il, je crois que
je fais mon devoir. Tous les jours nous perdons vingt
opérés grâce aux doctrines de mon maître. Ce sont ceux
qu'ont admis les camarades ; moi, je préviens les autres.
Mais que Tabard ne le sache jamais ; il briserait ma carrière et, n'étant plus médecin, je serais forcé de devenir
malade. » L'infernal tapage redoublait. Plein d'épouvante,
et malgré la douleur, je repassai tant bien que mal la
jambe coupée de mon maillot. Sautillant, boitillant, je me
remis à courir à travers le dédale des corridors...

Je reconnus, plein de joie, l'étroite porte par où l'on
sort de l'hôpital ; mais, comme je franchissais le seuil,
une main brutale s'abattit sur mon épaule, ainsi qu'il arrive
dans les cauchemars : « Où allez-vous ? » C'était le grand
monsieur à cheveux blancs que nous avions vu à l'entrée.
« Je suis le directeur, on ne se sauve pas comme cela ;
répondez. » Je m'embrouillai dans des explications confuses : « Si vous n'étiez un étranger, certifia le docte vieillard, je vous jugerais fou et vous enverrais aux cabanons de
Ligottin. Mais vous êtes un des matelots qui... que...
qui, bref un des matelots. Toutefois vous ne vous en irez pas
sans un billet, et, ce billet, je ne puis, moi, vous le donner.
Adressez-vous à la consultation. » Retourner chez le *roi
du fumier !* J'en tremblais. « Vous avez la fièvre, dit le

directeur; vous feriez mieux de rester ici. Enfin, si vous voulez partir, à votre aise, mon garçon ; vous claquerez au coin d'une borne, au lieu de prendre une bonne tisane chaude à l'hôpital Typhus, le plus encombré des Morticoles. » — C'était décidément la formule. — Le bavard continua : « Ces messieurs sont à la *salle de garde*, allez-y. C'est là-bas, après les jardins. » Sa langue soulagée, il me tourna le dos.

J'avais déjà vu tant de choses bizarres que cette chinoiserie ne m'étonna pas. Les jardins! Exquis euphémisme ! Je franchis une cour sablée, plantée d'arbustes misérables qui, d'après leur tournure chétive, n'étaient certes pas médecins. Je montai un large escalier; je traversai une deuxième cour; au centre, un jet d'eau, image liquide, élancée de la joie, me parut plus triste que tout en ce lieu de désolation. A droite et à gauche s'étendaient d'énormes bâtisses quadrangulaires, divisées en trois étages par des arceaux réguliers. Ces Morticoles étaient aussi géomètres. Combien je préférais les cabanes et huttes de mon pays et que n'aurais-je pas donné pour être assis à notre seuil, tressant mes fines vanneries sous un chaud rayon de soleil! Que devenaient à cette heure le capitaine Sanot et mes trente-neuf camarades? Je m'écroulai sur un banc rugueux. Quelques silhouettes maigres, fripées et chancelantes, en bonnets de coton, en capotes de gros drap bleu, défilèrent à petits pas, appuyées sur des cannes. Je reconnaissais déjà les victimes, les pauvres haillonneux, les chairs d'épreuve. Leur sort, analogue au mien, m'attendrit. Puis ce furent des infirmiers de mine mauvaise, qui portaient sur leurs casquettes de travers ces deux mots gais : *Hôpital Typhus*. Enfin, de temps à autre, une servante, gracieusement vêtue de noir et de blanc, s'empressait alerte vers les arceaux avec une tasse ou un pain doré.

Je m'adressai à la plus jolie : « Pour aller à la salle de garde, mademoiselle, s'il vous plaît? » Souriante, elle me regarda des pieds à la tête : « Tout au fond, la deuxième

porte à droite; je vais vous conduire. » Sa petite main
tenait un bol de lait. Émue sans doute par mon visage
terreux : « Buvez, » dit-elle, et, d'un geste gracieux, elle
porta le bol à mes lèvres. Douce compassion de la femme,
qui lui fait soulager les pires détresses par son corps comme
par son esprit! J'avalai avec transport ce velours blanc
et tiède, et, les yeux pleins de larmes, j'embrassai les
doigts délicats. Si misérable et grelottant que j'étais, elle
rougit, la fine créature, puis me montrant une porte :
« C'est là, » murmura-t-elle, et, légère, disparut.

C'était bien la dixième porte que je poussais depuis le
matin et je me faisais l'effet de vivre un de ces affreux
rêves où l'on court de pièce en pièce, poursuivi par
quelque monstre invisible. Je tournai le bouton de celle ci,
une poignée rouge au-dessus de laquelle était écrit :
Salle de garde. Spectacle rassurant : autour d'une table
à la nappe très blanche, plusieurs jeunes gens assis mangeaient. D'une noble soupière montaient des vapeurs délicieuses et les visages exprimaient la santé, la joie de se
trouver réunis, de ne plus s'occuper de la mort. Partout
traînaient des morceaux de pain blond et des bouteilles
allègres. Quand j'entrai, ce fut un brouhaha. Quelques-
uns se retournèrent, ajustant leurs lorgnons, pour mieux
considérer mon triste aspect de phoque : « Mais c'est
l'homme de ce matin. — Oui, il est venu chez nous. —
Asseyez-vous, mon brave. — Qu'est-ce que tu veux? —
Un *ban* pour sa pelure ! » Et ils tapèrent dans leurs mains
sur un rythme gai qui me soulagea; cependant je ne m'assis point et, d'une voix claire, d'une voix d'au delà l'émotion, je m'écriai : « Messieurs, vous êtes bons, vous êtes
jeunes; ayez pitié de moi. Depuis ce matin je rôde à travers cette cité maladive, perdu dans les corridors, et je
n'ouvre des portes que sur de la souffrance. Ici l'on me
renvoie parce qu'il n'y a pas de place; là on me conseille
de fuir si je ne veux pas être assassiné. Je suis prisonnier
d'un hôpital qui porte un nom terrible, où tout est pré-

sage funeste. Je vous en supplie, accueillez-moi bien, ou donnez-moi le bulletin de délivrance que réclame votre farouche directeur. Mais, avant, permettez-moi de m'asseoir à votre table, car je meurs de faim. »

Alors, tant la bonté est naturelle à l'homme et ne se perd que par les préjugés sociaux, ces garçons eurent un mouvement unanime de compassion, formé d'une masse de petites pitiés très visibles et qu'ils s'efforçaient de dissimuler par des rires et des railleries. J'ai remarqué plus tard que les meilleurs d'entre les Morticoles se croient tenus d'être ironiques; la grimace est chez eux une sauvegarde et une excuse. D'ailleurs je prêtais peu d'attention à leurs gambades et, quand l'on m'eut fait place à la table, que j'eus une épaisse tranche de pain, mon verre rempli, et qu'une bonne assiette de soupe chaude fut devant moi, je me sentis libéré de tout ce que mon cœur avait, en peu de temps, amassé d'amertume et de dégoût.

Répondant sans précision aux questions moqueuses ou sincères qui m'accablaient, je regardai le décor. Les murs étaient couverts de pipes, de photographies et de tableaux bizarres qui représentaient des scènes de charcuterie humaine semblables aux travaux de Tabard. Quelle ne fut point ma surprise quand, dans la fraîche domestique qui m'apportait une raide serviette, je reconnus la servante au bol de lait! Je racontai, plein d'enthousiasme, ce trait qui m'avait tant ému. Elle rougit encore davantage et fut fort plaisantée. J'avalai coup sur coup des cuillerées de soupe épaisse, brûlante, remplie d'adorables légumes et de morceaux de ragoût, et, gloutonnement, j'éteignis cette ardeur parfumée avec d'amples bouchées de la miche luisante et flexible. La conversation bourdonnait, je n'étais attentif qu'à mon ventre; ils pouvaient bien, les autres, se quereller, railler mon costume, les quarantaines, éclater de rire quand je parlais du capitaine Sanot et l'appeler finement le capitaine Cochon, ils étaient de bons gas. Leurs

vertus s'augmentèrent à mes yeux d'un quartier de viande
rôtie qui rejeta au fond du souvenir les affreux biscuits
de Crudanet. Ce Crudanet! Dès que j'eus prononcé son
nom, ce fut un tonnerre : « Ah, le farceur! La canaille! La
fripouille! — Comment ton capitaine ne lui a-t-il pas
graissé la patte! — Malheureux, sont-ils jeunes! Ils ne
connaissaient pas le truc des quarantaines! »

J'appris ainsi qu'il est avec les délégués sanitaires des
accommodements. Je me laissai aller à mon tour, et, tandis
que je lacérais, tel un tigre sa proie, le plus onctueux,
le plus filant des macaronis, je me lançai dans mille
plaisanteries au sujet de nos tortures hygiéniques. J'ai
assez de verve naturelle. Les jeunes gens s'amusaient :
« Tu n'es pas bête comme la plupart des étrangers, cria un
convive. — Le vin te délie joliment la langue. Mais, si tu
m'en crois, ne raconte pas trop tout ça au dehors; tu
pourrais bien payer cher tes paroles. — Bravo, Misnard!
— Il cause comme un livre! » Misnard ne s'émut guère
et continua : « Vous voyez bien que cet être tombe de la
lune; c'est un naïf. N'en doutez pas, messieurs, notre pays
est spécial; quand on ignore nos usages, on s'expose à peu
d'indulgence. Je vais faire ton éducation. » Il m'expliqua
donc qu'une sorte de terreur régnait dans la contrée, que
chacun était fixé sur la valeur morale d'un Crudanet, par
exemple, mais qu'il était défendu d'y faire la moindre
allusion et que déroger à ces conventions eût été folie :
« Mets-toi dans la tête, Canelon le vannier, que tu es ici
dans un domaine médical, qu'il faut conformer et plier tes
gestes à ta situation de malade. Plus tard, si tu le veux,
tu t'efforceras de conquérir un diplôme de docteur; tu
passeras par où nous passons. Mais tu prendras aussi nos
toques, nos tabliers, nos préjugés, nos habitudes, nos
erreurs, nos façons de voir et rien ne t'étonnera plus. »

Il était très intelligent ce Misnard; il avait le visage
imberbe, régulier, un court nez droit, un beau front acci-
denté, comme martelé par le pouce du génie, des yeux

brûlants et mobiles. Il parlait avec véhémence, l'index
perpétuellement tendu. On me fit raconter mes aventures,
la traversée, nos épreuves. A table même, on me débar-
rassa de mon costume hygiénique au milieu de l'hilarité
générale : « La bonne invention ! — Encore un pot de vin !
— Enfermer les gens dans une couche d'air ! — Si encore
elle restait, la couche d'air ! — Voyez le malheureux ! »
On me passa un vieux pantalon chaud, une vareuse épaisse,
car on était au commencement de l'hiver morticole, lequel
est rigoureux. La servante vint rajouter du bois au feu.
Elle s'appelait Marie et tous la lutinaient, la pinçaient,
l'embrassaient, avec une sorte de grincement nerveux qui
me gâtait leur gentillesse.

Quand on m'eut fait causer, on m'oublia. Le repas traînait et, ma fringale s'apaisant, j'eus le loisir d'écouter.
Il était question d'un malheureux auquel on avait enlevé
une tumeur ; quelqu'un détaillait l'opération : comment
la tumeur tenait, comment on avait eu du mal à la dégager, à endormir le patient. Le narrateur était justement
un des aides de Tabard. Ses camarades lui reprochaient
la saleté de son maître : « Bah ! nous n'en perdons pas
plus que Cercueillet, qui n'ose opérer, ou que Tartègre,
le maniaque ennemi des microbes. — Avec ça ! — Dix
morts en huit jours ! — Fabricant de cadavres ! — Em-
poisonneurs ! — Rétrograde ! » On se jetait des insuccès,
des méthodes à la tête. Les propos devinrent d'un dégoûtant cynisme. Je fus stupéfait d'entendre ces jeunes gens,
qui s'étaient montrés charitables envers moi, parler de
leurs malades comme d'animaux de boucherie, s'égayer,
avec un odieux rictus, sur ce qu'ils découvraient dans les
cadavres, ridiculiser toutes les choses saintes et respec-
tables.

Ce n'était pas pour moi qu'ils jouaient la comédie, car
je n'avais même plus un costume qui me distinguât et rappelât ma présence. Non. Telle paraissait leur attitude
normale. Tels ils devaient être tous les jours. Cet état mo-

3

ral m'intriguait plus que toutes ces singularités extérieures. Comme ils parlaient d'un malheureux agonisant,
un étranger sans doute, qui réclamait à toutes forces un
prêtre, ne voulait pas comprendre qu'il n'y a point de
prêtres chez les Morticoles, je fus illuminé d'une lueur
soudaine : « Quoi, messieurs, dis-je, interrompant d'odieux
blasphèmes, n'avez-vous donc aucune religion ? — Voilà,
Félix Canelon, une question étrange, riposta un petit rougeaud très décidé. Nous ne vivons plus au moyen âge,
heureusement. Tous les Morticoles sont athées, matérialistes, anticléricaux à outrance. Comprends-tu ça, voya-
geur venu de contrées sauvages où, je le parierais, on
s'agenouille encore devant un crucifix ? — Mais je crois
bien qu'on s'agenouille, affirmai-je blessé dans ma foi et
mes souvenirs familiaux les plus chers, et c'est dans cette
posture-là qu'on apprend à ne pas rire de nécessités
grandes et terribles comme la maladie et la mort. »

Un ouragan d'ironiques bravos éclata. Je m'adressai
brusquement à celui qui m'avait interpellé : « Et vous,
qui applaudissez plus fort que les autres, à quoi croyez-
vous donc, je vous prie ? — A rien, mon cher, à rien. J'ai
trop ouvert de ventres et sorti de cervelles pour ignorer
que l'âme, Dieu, l'immortalité, toute la boutique sont des
mensonges, des outils bons pour asservir les peuples.
— Mais puisque vous-mêmes êtes asservis et n'osez parler
tout haut des méfaits d'un Crudanet !

— C'est la science, cela, ô détestable convive, chose
bien différente, pouvoir excellent, inéluctable, qui donne le
bonheur aux humains au lieu que la religion les annihile,
les désespère et les remplit d'erreurs. »

J'étais stupéfait de tant d'audace. Je vociférai : « Comment, vous parlez de désespoir ! Mais il y a quatre heures
seulement que j'ai débarqué chez les Morticoles et j'ai
déjà entendu plus de cris de douleur que dans toute ma
vie. Je n'ai vu que débris loqueteux, déguenillés, mourants
de faim, égorgés dégoûtant de sang et de pus, et, parmi

ces turpitudes circulent solennels, ornés de rubans rouges et de barbes bien peignées, des êtres glacés et durs. Le grand, le seul, le vrai malheur, celui que je sens tendu vers votre pays, droit et terrible comme l'index d'une implacable divinité, c'est que vous avez perdu la faculté de vous émouvoir, que vous vous êtes blindés, construit une carapace factice sous laquelle vous expirez lentement. Vous grincez parce que vous n'adorez que la matière. Moquez-vous de Félix Canelon, qui pérore après s'être empiffré de viande et de macaroni, mais rappelez-vous ceci : quelque douloureux qu'il soit et jusqu'à son heure dernière, il sera plus heureux que vous tous. »

Mon éloquence m'étonnait moi-même. J'éprouvai comme un élan sincère dompte les résistances. Ces garçons avaient pris l'air sérieux. Ils ne plaisantaient plus. Le feu pétillait. La petite Marie s'était arrêtée, une assiette demi-essuyée à la main, et ses regards disaient assez que l'homme en moi ne nuisait point à l'orateur. Quand, essoufflé, j'eus fini, celui qui s'appelait Misnard, et qui, depuis quelques instants, bourrait une courte pipe devant sa tasse de café, dit, en me montrant aux autres : « Voilà un homme d'une condition humble et sans culture, mais que l'éducation ferait sortir. Canelon, tu es un gaillard. Si tu échappes à la condition de malade, tu peux devenir une gloire des Morticoles, et tu auras ta statue sur les places de la ville. Dans ce que tu viens de nous raconter, je fais la part du ventre creux rempli trop vite, mais il reste celle de la conviction. Nos ancêtres ont pensé comme toi. Ils ont adoré un crucifix. Dans nos hôpitaux on voyait des religieuses, des femmes chastes en blanc costume qui soignaient les pauvres gratis. C'était une sorte d'extase hystérique. Or, il y a quatre générations à peu près, une complète révolution s'est produite dans l'esprit et les mœurs des Morticoles, menée par les médecins, qui alors étaient d'une profession, non d'une caste. Ceux-ci ont prouvé clair comme le jour que Dieu n'existait pas. Ils ont démonté l'automate

si parfaitement qu'on pourrait presque le reconstruire.
Par la prééminence universelle de leur intelligence et de
leurs moyens, ils ont bientôt pris la direction de ce pays.
Ils possèdent toutes les faveurs et prérogatives que l'on
doit aux êtres supérieurs. Nous autres, bien qu'ap-
prentis docteurs, participons à ces puissants privilèges.
Si nous n'osons pas dire en public ce que nous pen-
sons du délégué principal Crudanet, cet asservissement a
sur le tien l'avantage qu'il est le fait d'un homme, non
d'une idole. En dehors de nous il y a la foule des malades
et demi-malades, les uns riches, que l'on soigne en ville,
les autres pauvres, qui appartiennent aux hôpitaux. Pour
ces derniers, vois quelle justice et quel admirable sentiment de fraternité ! Nous ne leur demandons, en échange
de notre peine, que le loisir de les étudier, et, quand ils
meurent, leur viande est à nous. Nous tirons d'elle des
enseignements ; nous comprenons comment elle fonctionnait, ce qui a ruiné la machine de vie. Ainsi s'augmente
notre savoir et s'affirme notre pouvoir. Quant aux riches,
ils nous laissent non leurs carcasses, auxquelles ils tiennent
par un reste de superstition, mais cet autre débris qui est
leur or et qui nous permet de construire à la science des
palais splendides et des laboratoires, nos églises. Par l'or,
nous dominons ces demi-savants des connaissances accessoires, géologues, zoologues, minéralogistes, botanistes,
physiciens, chimistes, histologues, embryologistes, etc.,
etc., dont les noms t'écarquillent les yeux. L'or, vois-tu,
c'est là le Dieu, Canelon. Avec lui on paye les Crudanet,
on évite les quarantaines, on se fait soigner chez soi au
lieu de s'exposer à Tabard. Sans lui on n'est guère qu'une
charogne ambulante, puisque l'on appartient à tout le
monde, qu'on peut vous jeter au travail, vous manœuvrer,
vous meurtrir, puis vous amener ici, vous torturer, vous
disjoindre, faire de vous une matière scientifique, sans
qu'on ait le droit de protester. Tu es un homme subtil,
et, comme Ulysse, venu de loin. Fais ton profit de mon dis-

cours, et tu me remercieras et tu me dresseras un autel dans ta mémoire. »

Tous les étudiants, réunis autour de la table, ou s'écartant d'elle pour croiser leurs jambes, sirotant café et liqueurs, donnaient des signes d'assentiment. L'air chaud s'emplissait de spirales de fumée bleue qui allaient rejoindre mes rêves. Après trois bouffées de pipe, Misnard reprit : « La croyance en Dieu s'enlève avec quatre ou cinq années d'éducation bien comprise. L'émotion s'en trouve diminuée; tant mieux! Si l'on était émotif dans le métier, on mourrait vite, mon garçon. La première fois que j'ai vu un cadavre, je n'ai même pas eu ce frisson dont parlaient nos superstitieux ancêtres. L'intelligence s'exalte sur les ruines de la sensibilité. Qu'est-ce que ça peut faire qu'un particulier crève, si son observation éclaire un aperçu nouveau. La pitié morcelle, attache à l'individu; sans elle, on voit d'ensemble. Tu te figures, espèce de sauvage, que la médecine est faite pour guérir. Erreur grave! Sa seule fin est de constater.

« La religion tenait trop de place; elle abêtissait : prendre un sujet tout petit, même un héréditaire, un traditionnel tel que toi; lui enseigner à ne croire qu'en ce qu'il touche, lui prouver qu'un boyau est un boyau, un crâne un crâne, et que, l'un ou l'autre crevés, c'est fini, c'est comme quand on dort sans rêves, voilà le vrai dressage qui crée des hommes. Reste à l'hôpital. On te donnera un lit, on te soignera le pied que t'a démis cet idiot de Tabard, et, guéri, fais-toi médecin. Lâche tes superstitions surannées. Tu connaîtras les joies de la science, supérieures à celles de la vannerie ou de la bondieuserie. Fais ton paradis sur la terre. »

Ce discours, tressé de monstrueux et de séduisant, fit une telle impression sur moi que je me rappelle en plein relief la physionomie de mon orateur, sa voix forte et persuasive, ses yeux étincelants et les moindres attitudes de ceux qui l'écoutaient, y compris la mienne, révoltée.

3.

Une dernière question me brûla les lèvres : « Alors, demandai-je, pourquoi avez-vous renvoyé les sœurs de charité ?
Il me semble que, si leurs soins étaient bons et non rétri-
bués, des utilitaires auraient dù n'envisager que l'intérêt
immédiat, sans se soucier de la croyance. — Parce
que, répondit simplement Misnard, leur présence éveillait
de vieilles superstitions qu'il valait mieux laisser mourir.
Elles rappelaient le signe de la croix, et, les malades se
faisant réclamer par leurs familles, nous n'aurions presque
plus eu d'autopsies. »

Un des assistants se leva : « Vos balivernes m'enrhument ;
bonsoir, la compagnie ! » On sortit de table en tumulte. Mon
gentil voisin, nommé Jaury, me prit à part : « Maintenant
nous allons à nos diverses besognes ; vous devenez un
simple malade ; si vous voulez, restez à vous chauffer, jusqu'à ce que votre lit soit prêt dans mon service, chez l'illustre
Malasvon, car vous êtes plutôt chirurgical. Votre pied vous
fait-il souffrir ? » Effectivement la manière rude dont Tabard
m'avait palpé les chevilles les avait gonflées outre mesure.
Elles étaient douloureuses et, chaque fois que je posais le
pied à terre, j'avais envie de crier. Jaury examina mon
entorse provoquée par l'imbéciilité brutale du chirurgien :
« Il n'en fait jamais d'autres. Le patron vous massera. C'est
une question de repos. Ne quittez pas cet hôpital, qui est le
mieux aménagé de tous et où vous avez désormais des connaissances ; vous vous en repentiriez. » Je compris la
sagesse de ce conseil et remerciai Jaury de son obligeance.
Comme je lui disais *mon cher ami :* « Vous êtes mon infé-
rieur, ajouta-t-il. Il faut m'appeler monsieur. Bien que
vous soyez étranger, cela rapprocherait trop les castes et
paraîtrait de mauvais ton. »

Les jeunes gens me serrèrent la main, me souhaitèrent
bonne chance et j'allai à la cuisine où la petite Marie était
en train de piler des épinards. Elle interrompit sa besogne
pour causer et s'assit près de la large cheminée sur laquelle tic-taquait une horloge. Elle couchait avec tous mes

récents amis, que l'on appelait des *internes*, parce qu'ils demeuraient à l'hôpital. Elle me confia que Misnard était le plus décidé et Jaury le plus doux. Elle m'expliqua qu'entre les deux castes des docteurs et des malades se trouvaient les domestiques de chaque catégorie, ceux de la première ayant sur ceux de la seconde une supériorité proportionnelle : « Vous aurez toujours la ressource, si vous ne repartez pas, dit-elle avec une rougeur et un soupir, d'entrer au service d'un docteur. Alors, si vous voulez, je vous épouserai et nous laisserons venir un enfant. » L'expression me sembla bizarre. Elle sourit de ma naïveté.

Mon appétit rassasié, un autre restait à satisfaire et elle se défendait mollement. Elle m'apprit qu'il y avait dans l'hôpital des salles d'hommes et des salles de femmes et que des intrigues pouvaient se nouer entre elles. Elle connaissait le chirurgien Malasvon. Il était rogue, mais fort adroit. La salle où je serais s'appelait salle Vélàqui, du nom d'un vieux savant célèbre, car les Morticoles encombrent les vivants de la mémoire des morts. Elle me raconta aussi, la douce Marie, les rivalités des surveillantes, leurs aventures avec certains chefs de service, les exigences de ceux-ci, du directeur et de l'économe ; mais j'écoutais mal et comprenais peu, embarrassé de termes nouveaux, plus attentif aussi à la cambrure d'une taille charmante et à une bouche fine et rose qu'aux propos babillards qui sortaient d'elle. Il faisait bon et chaud ; j'avais des vêtements neufs, une excellente pipe et du tabac. J'oubliais presque mes compagnons. Une trêve de mon égoïsme me fit demander à ma confidente si elle avait entendu dire que des étrangers semblables à moi fussent entrés dans une salle quelconque. Elle eut un petit tressaillement et parut vouloir éluder la réponse. Enfin elle m'avoua, en baissant les yeux et comme honteuse de la catastrophe, qu'elle savait que, sur les quatre autres *singes*, comme nous avait familièrement baptisés le personnel de l'hôpital, deux étaient morts presque en se couchant. Ils n'avaient eu que le temps de s'écrier : « Ah, comme on est bien! » et, cette constatation faite, étaient allés vers l'autre rive. Je fus atterré. C'était là le miroir de mon sort et je pleurai sur moi autant que sur eux. Marie me passa autour du cou ses bras ronds, s'assit sur mes genoux, me consola de son mieux; m'assurant que deux vivaient encore, elle me jura qu'elle trouverait le moyen de me faire communiquer avec eux, car elle aidait la surveillante de Malasvon à rouler les repas dans la salle des hommes.

Nos baisers furent interrompus par des coups frappés à la porte. C'était un infirmier; il apportait un billet dûment en règle cette fois, signé des internes et du directeur, et qui me donnait droit au lit *14* de la salle Vélâqui. Par respect humain, je saluai cérémonieusement Marie et suivis le butor.

Impossible d'imaginer rien de plus dégoûtant que l'aspect de cet homme robuste, à livrée bleue et à casquette. Sa face, où un œil unique vivait encore, avait dû être rongée par quelque mal infâme, car le nez avait disparu, le bord des narines béantes était déchiqueté et rouge, l'autre œil semblait crémeux et tourné, toute la peau était crevassée, poreuse comme une vieille pierre ponce. J'appris depuis, par expérience, que beaucoup d'éclopés à peine guéris restent au service de l'hôpital; j'avais devant moi le spécimen d'une de ces lésions domestiquées. Alors j'ignorais ces détails et je suivais en boitant le monstre au pas lourd, avec une terreur secrète. Je n'osais lui adresser la parole. En traversant un de ces immenses vestibules si fréquents à l'hôpital, dont les portes battent sur de maigres jardins, sortes de respirations dans ces bâtiments oppressés, j'aperçus ma propre image au milieu d'un vaste miroir qui certes reflétait bien des misères. Je me fis pitié et un sanglot me monta à la gorge, tellement j'avais maigri. Mes nouveaux vêtements plus confortables ne faisaient que mieux ressortir ma figure mince et grise. Au départ de mon pays j'étais un assez joli blond; j'avais des cheveux frisés,

une petite moustache, des yeux clairs, un nez défectueux
par la dimension, mais d'une courbe hardie. Comme tout
avait changé ! Mon prénom de Félix devenait une douloureuse ironie.

Le cyclope qui m'accompagnait poussa un hideux grognement, dans lequel je retrouvai des débris de mots.
Devant mon air hagard il recommença et j'entendis cette
fois : « Nous serons bientôt arrivés. » Seulement les *r* de
serons et de *arrivés* restaient au fond du trou qui joignait
le nez à la gueule. Le seul résultat de cet essai de conversation fut que je me mis résolument à sa remorque pour
éviter sa vue. A force de traverser clopin-clopant des baies
vitrées, j'arrivai devant une porte garnie de rideaux souil-
lés et, celle-ci à peine entr'ouverte, j'eus la même nausée
irrésistible que le matin chez mon casseur de chevilles et
provoquée par la même odeur incroyable : celle-ci, apothéose du purin, résultat de toutes les puanteurs humaines
et terrestres, était quelque chose d'âcre, de fade, de fécal,
de ténébreux et de picotant à la fois, tel que les damnés
doivent fleurer dans les cercles boueux de l'enfer.

Un second grognement de l'infirmier, dont je commençais à comprendre le langage mugi, m'avertit qu'en effet
nous étions dans les salles de Tabard. Pour la première fois
je voyais ces deux blanches enfilades de lits, au milieu
desquels une longue allée s'étend, interrompue par le poêle.
Autour du poêle se chauffaient de vagues silhouettes en
bonnets de coton et capotes bleues, les rares auxquels leur
mal permet de se lever. Entre chaque couple de lits se
dressait une table couverte de fioles, de bouteilles et de
papiers huileux. Des restes de déjeuner traînaient partout,
parmi de vieux journaux, des loques, des lunettes, des
chiffons noirs et gras. L'ordure du chef de service était contagieuse et exaltait la saleté innée des pauvres hères qu'il
menait au tombeau par le sentier de la dégoûtation. L'humilité de ces déplorables victimes de la charcuterie avariée me
frappa, car ils enlevèrent leur bonnet sur notre passage

avec un ensemble comique. Mais plus grande fut mon horreur quand, la salle des hommes dépassée, je traversai
celle des femmes, où la même ignominie dégradait des
êtres qui furent doués pour le charme et la grâce. En frô-
lant un lit dont les couvertures étaient ramenées au-dessus
de la tête de son habitante, j'entendis des plaintes sourdes
et continues. Assise auprès, une surveillante, fleur pâle au
milieu du charnier, avait glissé ses mains sous les draps
comme consolation ultime. Son visage régulier resplendissait d'une candeur sereine qui donnait à cette agonie l'illusion de la famille et de la tendresse : « Hélas, pensais-je,
une femme de chair sensible, torturée par Tabard, expire
dans ce cloaque. Quel sort flamboyant certains êtres appor-
tent-ils à la naissance ! » Par un retour égoïste, je me félicitai d'échapper à ce vidangeur. Nous glissions sur des
peaux et des pépins d'oranges, des flaques de sang, des
crachats, des paquets de charpie. Le repas venait de finir.
A droite une vieille mégère émaciée, ses cheveux gris
affolés sur les épaules, suçait furieusement un os. A une
autre, une infirmière ingurgitait quelques patientes cuillerées de liquide. Les yeux désorbités de cette âpre tête à la
renverse exprimaient la satisfaction dans la détresse.

Après les salles de Tabard ce furent encore des vestibules. Des infirmiers auxquels manquaient un bras, une
jambe, un œil, les deux oreilles, adressaient à mon guide
quelque plaisanterie locale à laquelle celui-ci répondait
par un curieux rictus, les muscles de son masque se plis-
sant tout autour de l'abîme central. Nous marchions du
même pas accéléré et claudicant vers cette salle Vélàqui
où le lit *14* attendait son propriétaire. Je parcourus une
galerie étroite et sans lits. Des tabourets carrés s'accotaient
à des machines électriques. Un solide gaillard brun, à
tête prétentieuse, aux longs cheveux collés, décochait des
étincelles à quelques-uns de ces supports de tortures que
les Morticoles appellent des malades. Bien que notre traversée fût hâtive, j'eus le temps de m'indigner contre

l'aspect grotesque et fat du verseur de fluide et la brus-
querie avec laquelle il soulevait un membre débile pour
l'approcher de ses appareils. Des jeunes gens en tablier
considéraient cet idiot armé, d'un air d'admiration stupide.
Telle fut ma première entrevue avec un des docteurs les
plus scélérats, l'électricien Cudane, dont la fortune et le
succès sont un scandale même chez ses compatriotes.

A la suite de cette salle, d'autres livides rangées de lits.
J'en avais tellement vu que mon attention se fatiguait. Un
contraste la réveilla. Tandis que la puanteur de Tabard me
raclait encore le fond du gosier, ici c'était une odeur
douce et agréable, une propreté discrète, un soin méticu-
leux. La surveillante s'activait, coquette dans son costume
ajusté. Les malades étaient tous couchés. Rien ne traînait
sur le sol ciré. Un feu gai ronflait dans le poêle. Cette
aisance, ce demi-luxe prêtaient leur charme aux physionomies des patients ; j'aimais à m'imaginer qu'ils ne souf-
fraient que de ces gros rhumes qui nécessitent une boule
aux pieds et une bonne tasse de thé brûlant. Et, parce que
la nature extérieure concorde toujours à l'intérieure, un
jet de soleil, joie et parure, filtra à travers les hautes
fenêtres, fit briller quelques angles et objets de cuivre dans
cette pauvreté consolée.

Mon allure était devenue si nerveuse et automatique
que je ne sentais plus la douleur de mon pied. Mais, au
seuil du dernier vestibule, je faillis tomber tant un élance-
ment fut aigu. Mon guide me soutint ; ainsi j'entrai dans
mon nouveau domicile, la salle Vélàqui, grande, aérée,
confortable, où le lit *numéro quatorze* m'attendait et me
faisait signe de ses draps blancs. Quand l'infirmier sans
visage m'eut livré comme un colis à la surveillante, cette
petite femme autoritaire et sèche me dit de me déshabiller.
Trouvant que je n'allais pas assez vite, elle m'enleva elle-
même ma veste et mon pantalon. Je m'assis sur le lit ; elle
écarta les draps, tapota l'oreiller, m'amena les jambes en
place, referma les couvertures, me demanda si je n'avais

besoin de rien et partit avec ma défroque, me prévenant
que mon argent et mes bijoux (je n'avais ni l'un ni les
autres) seraient remis à l'économat.

Derrière elle survint une infirmière qui s'informa de
mon âge et de mon lieu de naissance, ajouta ces détails
sur mon bulletin d'admission et glissa la feuille, au pied de
ma couche, dans une pancarte. J'étais bien ; je ne souffrais plus ; je n'avais qu'à regarder autour de moi : à
portée de ma main étaient une table de nuit, un pot de tisane,
un gobelet. A ma droite un homme, enfoui sous ses draps
et son bonnet de coton, dont je ne voyais que la barbe
rousse et le nez vultueux, paraissait dormir ; à ma gauche,
un jeune garçon feuilletait des images. Tous les lits étaient
garnis de rideaux blancs très propres, sauf un, au milieu
de la salle, dont les embrasses étaient tombées et qui formait une grande boîte de toile : « Celui-là craint la
lumière, pensai-je : il s'encaque. » Et, comme le même
rayon lancinant de soleil persistait à courir sur mon front
et mes yeux, j'appelai la surveillante qui venait de rentrer.
Elle accourut, une paire de ciseaux et un crayon s'entre-
choquant à sa ceinture. Je la priai de baisser mes rideaux.
Elle m'objecta que le règlement s'y opposait. Je lui montrai l'exception que j'avais remarquée ; elle eut un sourire
énigmatique, puis, après un silence, elle observa ma pancarte, vit que j'étais un étranger [et ajouta doucement :
« Ce que vous croyez une faveur signifie simplement une
mort. Telle est la vraie façon d'éviter la lumière. »

J'eus un brusque sursaut qui l'ébahit. Je tournai la
tête contre l'oreiller et sanglotai. Tout me devenait hideux
et néfaste. La mort, la mort, partout la mort. J'en voulais à ce cadavre, sous son calme linceul, de me surprendre de la sorte, de me souiller mon entrée dans la
salle Vélàqui. Et ce qui me désolait davantage, c'était l'indifférence de mes voisins, de la surveillante, des infirmiers. Tous semblaient trouver naturel que [quelqu'un
mourût ainsi, qu'on fermât les rideaux autour de lui, sans

plus de façons. Ces Morticoles n'avaient donc point d'âmes ! Aucun cœur ne battait sous leurs os desséchés ! La fin, la disparition, l'anéantissement, toutes choses que depuis mon enfance on me représentait comme mystérieuses et formidables, ne prenaient guère, sur cette terre sanglante, plus d'importance qu'un repas ou une partie de plaisir. Nul n'avait droit à la pitié. Les seules larmes versées l'étaient par un étranger... C'était l'heure de la sieste ; mes soupirs devenaient incompréhensibles et gênants. Des « chut » énergiques se firent entendre. La surveillante s'approcha : « Canelon, taisez-vous. » Je sentis qu'il était inutile de m'expliquer et je me disposais à garder mes réflexions pour moi, quand le garçon de gauche, qui chiffonnait des images, m'adressa soudain la parole : « Qu'est-ce que vous avez à gémir comme ça, mon-sieur ?

— C'est, répondis-je montrant le lit clos, que celui-là est mort et que nous devrions tous gémir. »

Il prit une figure sombre : « Donc je serai pleuré par quelqu'un, car le docteur Malasvon a certifié ce matin que je n'en avais plus pour huit jours. »

La curiosité dompta l'angoisse. Je me soulevai sur mon coude et questionnai mon petit voisin ; il s'appelait Alfred. Il ignorait son nom de famille. Il avait quatorze ans, ne savait pas où il était né. Ses seuls souvenirs étaient des coups et de la fumée d'usine. De la caste des malades pauvres, il avait travaillé dans plusieurs de ces fabriques où les Morticoles riches font suer de la richesse aux misérables, tirent leurs pièces d'or des poitrines défoncées, des entrailles corrodées, des os ramollis par les accidents, les poisons, les veilles, les famines. La chair d'Alfred avait subi ces assauts successifs. Il me donna d'affreux détails sur les besognes auxquelles on meurtrissait son fragile organisme. Résultat : un chapelet d'abcès aux jambes et à la colonne vertébrale : « Le docteur Malasvon dit que je suis un phénomène, ajouta-t-il avec un sourire morne

4

d'esclave brisé. On se hâte de prendre mon *observation*
complète. On m'a déjà opéré trois fois, on m'opérera une
quatrième; il est bien probable ensuite qu'on baissera les
rideaux et que vous pleurerez. Ce sera un débarras pour
moi et un bonheur pour ces messieurs, tant est grande leur
hâte de voir si le pus a fusé sous la *dure-mère*. La dure-
mère, un fameux titre, c'est une espèce de toile qui enve-
loppe la moelle. On devient savant ici, à force d'entendre
causer. »

A mon tour, pour le mettre en confiance, je racontai à
Alfred mes malheurs. Il dut les trouver faibles. Curieux
de savoir si la caste des malades participait à l'irréligion
des médecins, je questionnai l'enfant sur ses croyances :
« Ah! vous venez de loin, me répondit-il. On m'a prouvé
à l'école que Dieu n'existait pas. De cela je suis sûr. On
ne nous apprend guère à manger, mais on nous apprend
joliment bien à lire. Je sais donc que nous résultons des
animaux, lesquels résultent des plantes, lesquelles
viennent des pierres qui sont dans l'espace et forment les
mondes et les étoiles. » J'insistai; je lui demandai s'il
jugeait ces mondes vides et cet univers sans créateur.
A mes interrogations, il répondait par ce double refrain
de perroquet : « La matière, la matière, le hasard, le
hasard. » Certes, les Morticoles ont savamment organisé
les esprits pour les dominer, les asservir. Celui qui se
croit issu d'un caillou n'a plus qu'à se laisser rouler.

Nous en étions à ce bavardage, quand une voix éraillée
grommela : « Qu'est-ce qui m'a fichu un jésuite pareil? »
C'était l'homme de droite à la barbe rousse, lequel se
réveillait en jurant et sacrant comme un charretier qu'il
était. Puis il saisit une cuvette sur la table et se mit à
vomir un flot de liquide jaune, au milieu de hoquets et de
claquements de gosier. Il aperçut mon mouvement de
dégoût : « Monsieur le curé, faut pas faire la grimace; ça
m'arrive comme ça trente fois par jour, tant que ma carcasse s'en aille en bouillie. Je suis un *chouette*, moi, un

rare, un *esseptionnel*, une fistule de l'estomac. » Il essuya
sa bouche et sa barbe souillée, avec un coin de ses couvertures : « Vous m'avez réveillé avec votre bafouillage.
Pourquoi que vous causiez du bon Dieu à Alfred ? Eh
ben, le bon Dieu, je vous promets qu'il est un rude
gueux. C'est lui qui fait trimer le pauvre monde pour
enrichir les autres et qui donne des fistules et des abcès.
Vous ne devez pas être très malade, voisin, autrement
vous n'y croiriez plus à votre bonhomme du ciel. Moi, je
me moque de tout, vous entendez ? Les hommes aussi me
dégoûtent. Ils se laissent mécaniser par des mieux
habillés, des mieux parlants, des farceurs. Si tous les
pauvres s'étaient unis, il y a longtemps que la bâtisse
serait rasée et c'est nous qui serions les médecins et les
riches. Encore la richesse n'empêche pas d'être charcuté
et de descendre en terre. De quoi souffrez-vous donc,
camarade ? » Je rougis d'avouer que je n'avais qu'une
entorse : « Là, qu'est-ce que je disais ? Quand on a un
bobo, on croit au paradis. Mon paradis, à moi, il sera dans
les bocaux de Malasvon, comme pour Alfred, comme pour
les trois quarts de ceux qui sont ici. Jaury passera mon
estomac au bleu et le regardera au microscope. Nom de
nom de nom !... » Il frappa ses draps à grands coups
d'un poing maigre, osseux et poilu. Je ne savais que
répondre. Alfred murmura : « Il ne faut pas vous fâcher.
C'est un bon garçon, mais il a des lubies. » Les *chut*
recommencèrent. Nous nous tûmes. Je ne voyais que les
sommets des têtes ou les bonnets de coton des autres
malades, tous les lits étant à la même hauteur.

Une matinée aussi remplie, le repas à la salle de garde,
les courses dans l'hôpital, cette série d'émotions vives
m'avaient disposé au sommeil. Je m'endormis, bercé par la
chaleur du poêle, des gémissements lointains qui venaient
de l'inconnu blanc de la salle et quelques bruits étouffés
de la ville suintant des hautes fenêtres dépolies. Mes rêves
ne furent pas de circonstance. Ils me reportèrent à mon

pays, près de mes parents. Je me trouvais très vieux, tel qu'aujourd'hui et l'âme changée...

Je me réveillai avec la sensation d'une main sur mon bras et mis quelque temps à me reconnaître. J'avais devant moi la lueur soudaine d'un rat de cave. On était entre chien et loup. A la faveur de cette lumière fumeuse et tremblée que tenait la surveillante, j'aperçus un visage jovial ; c'était Jaury ; j'entendis sa voix sympathique : « C'est la contre-visite, je viens examiner votre cheville. » Il la regarda, la tourna, la palpa sans me faire aucun mal, et, quand il eut achevé son examen, pris quelques notes sur une feuille de papier : « Ce n'est rien, me dit-il ; une simple luxation. On va vous mettre au régime complet. Vous mangerez à loisir. Votre pied guérira presque sans traitement. Vous l'avez échappé belle. » Je le remerciai comme mon sauveur avec une effusion qui le toucha. Après son départ, il y eut du tumulte, chacun commentant ses paroles et ses conseils : « C'est encore un brave homme, me dit mon charretier de droite, autant du moins qu'un médecin peut l'être. Plus tard il durcira comme les autres et sera joyeux de voir souffrir. » Je ne répondais point ; il continua : « Pendant que vous dormiez, j'ai encore vomi six fois. Ils m'ont mis sur l'estomac un diable de pansement qui m'agace et que j'ai envie d'arracher. Demain, quand le père Malasvon arrivera, vous verrez comme il en dégoise sur mon compte ; je lui sers à coller ses nouveaux élèves. Il leur défend de soulever l'ouate, et leur propose mon cas d'un air malin. »

Quant à mon voisin de gauche, il s'était assoupi, et la surveillante rangeait les journaux illustrés qui traînaient sur ses draps. J'en regardai un. Les dessins représentaient notre quarantaine et la galère des Morticoles nous apportant des provisions. Le texte parlait de nous comme d'une race de demi-sauvages assez ancrés dans leurs préjugés ridicules. Les Morticoles manifestent, par leur presse, une sûreté et un contentement d'eux-mêmes extraordinaires. Ils se considèrent comme le premier peuple de la terre. Beaucoup de gravures traitaient d'hygiène et de nouveaux procédés médicaux. J'évitai de les approfondir, afin de ne pas m'épouvanter davantage.

L'heure du dîner arriva. J'eus le bonheur de revoir la petite Marie. Elle poussait un chariot couvert de nourritures variées. Instantanément s'allumèrent dans la salle plusieurs lampes électriques protégées par des verres de couleur rouge, de sorte qu'elles ne fatiguaient pas les yeux et versaient une clarté diffuse. Les cheveux blonds de mon amie frisaient gentiment sur son front et ses tempes. Comme sa taille fut gracieuse quand elle l'inclina vers le chariot pour me servir! Elle plaça, sur ma table de nuit et sur une planche derrière ma tête, une bonne tranche de viande aux navets, un potage gras, deux saucisses et un carré de fromage, plus un joyeux morceau de pain et une demi-bouteille, car j'étais à *plein régime*. La fringale étouffa mes velléités de sentiment. Mais, le service achevé, Marie s'approcha de moi, me mit dans la main un biscuit et du sucre : « Je m'arrangerai pour vous en apporter autant tous les jours, » chuchota-t-elle. Puis rougissante : « Les internes ont fait une collecte à votre intention ; voici. » Elle glissa sous mon oreiller deux pièces d'or et refusa d'en garder une, malgré mes supplications.

Je mangeai d'excellent appétit et remarquai que mes voisins, pour tout potage, buvaient du lait. Ensuite je me jetai dans le gouffre du sommeil, cette fois noir et sans rêve.

Le lendemain matin, lorsque j'ouvris les yeux, on achevait de balayer la salle. L'électricité éteinte, il faisait un jour froid et gris. La pluie frappait rageusement les vitres : « Sale temps, dit la barbe rousse ; ils n'y verront pas pour examiner votre entorse. » Je n'étais pas trop rassuré. Tabard me l'avait donnée; Malasvon pouvait bien l'augmenter. La haute porte vitrée s'ouvrit avec fracas devant

4.

un tumultueux cortège : en tête, un homme de grande
taille, aux favoris noirs, au nez large, au front proéminent
et dont les puissantes épaules présageaient une vigueur
inouïe. Je pensai de suite : « Voilà, Malasvon. » A côté
marchait respectueusement Jaury. Suivaient une foule de
jeunes gens en blouse et en tablier, quelques femmes
laides au visage anguleux, enfin une vingtaine de personnages louches, en paletots cirés, redingotes luisantes, porteurs de lunettes, d'un aspect rébarbatif. Cet attroupement
se forma autour du premier lit de ma travée, puis passa au
second et ainsi de suite. A mesure qu'il approchait de mon
numéro *14*, j'éprouvais un singulier malaise. On allait
m'interroger là devant tout le monde. Arrivé à mon voisin
de gauche, Malasvon s'écria d'une voix grasse et brutale,
semblable à un système de gros rouages huileux : « Et
celui-là, les vertèbres en marmelade. N'a-t-il pas eu d'accidents singuliers depuis hier ? » Jaury fit un signe négatif.
« Madame la surveillante, poursuivit le colosse, gardez-
nous les urines de ce jeune homme. Notre chimiste les
examinera ; n'est-ce pas, Valret ? » L'interpellé émergea
du groupe des redingotes et montra une tête de mulot. Il y
eut un remous. C'était mon tour. Malasvon décrocha ma
pancarte : « Un entrant! Félix Canelon, naufragé. On les
a mis en quarantaine, mais pourvu que celui-là n'infeste
pas, malgré tout, notre salle. A-t-il pris un bain, madame
la surveillante ? — Non, monsieur, il paraissait trop fatigué. — Eh bien, il en prendra un demain matin. Voyons,
qu'est-ce que c'est? » Jaury lut rapidement une feuille remplie de termes techniques. Je m'étonnais qu'il eût pu tant
écrire sur mon malheureux pied. Alentour s'étageait un
troupeau de têtes curieuses et sans bonté. Malasvon rejeta
mes couvertures et secoua mes articulations dans ses
mains épaisses, comme si j'eusse été un cheval : « Nous
avons pris ça en consultant le collègue Tabard. — Il éclata
d'un rire bruyant. — Encore une chance qu'il ne vous ait
pas estropié pour votre vie, le collègue Tabard. Cette

entorse est intéressante, messieurs. — Il roulait les *r*
comme de petits tambours. — Examinez-la, messieurs les
novices. Plein régime. C'est bon. » Il passa rapidement
devant mon voisin de droite et haussa les épaules sans
s'arrêter :

« Il me dédaigne, grogna celui-ci. Il sait qu'il aura ma
peau, l'animal ! » Je voyais le sinistre rassemblement à
quelque distance et je percevais la voix rauque de Malasvon. Ainsi ce rustre était la grande célébrité chirurgicale
des Morticoles, une des statues futures. Perdu dans des
réflexions vagues et sombres, je remarquai pourtant qu'on
avait relevé les rideaux du mort et qu'un nouveau demi-
·ivant occupait le lit :

« Quand sera-ce fini? Quand sera-ce fini ? » Mon petit
Alfred se lamentait en se tordant les mains. Sa figure
étroite et ses yeux caves exprimaient une angoisse indicible : « Canelon, je vais mourir. Cette nuit je n'ai pas
fermé l'œil. Je regardais la lampe rouge et je me disais
que c'était bien triste de ne plus voir jamais même cette
lumière-là. Autrefois, dans les exercices où j'apprenais à
lire, on m'avait parlé du bonheur : *Travaillez, obéissez et
vous aurez le bonheur.* J'ai travaillé, j'ai obéi et me voilà
avec les vertèbres en marmelade, comme dit Malasvon.
Est-ce là le bonheur? Vous qui venez de pays étrangers et
qui avez été heureux, dites-moi un peu comment c'est,
quand on a un père et une mère, qu'on vit tranquille,
aimé chez soi, qu'on mange à sa faim, qu'on se chauffe en
hiver, qu'on n'est pas malade. »

L'enfant se tourna vers moi avec effort. Les journaux
qui couvraient son lit tombèrent sur le sol comme des
feuilles mortes. Il parlait bas pour ne point gêner la
visite et l'on sentait que les mots venaient de loin, de très
loin, d'un organisme décomposé. Je répondis : « Ce que
vous n'aurez pas eu sur cette terre, vous l'aurez, je le
jure, autre part. Il y a en nous et tout autour de nous un
être que nous ne voyons pas, que nous ne touchons pas,

que nous pouvons à peine nommer, mais qui tient nos des-
tinées et pour qui tous sont au même rang. Celui-là vous
donnera une autre vie, un père et une mère, de l'amour,
un ciel limpide et calme. — Oh! comme j'aimerais à le
croire, » implora la pauvre voix brisée. A ce moment, Alfred
se rejeta en arrière et ses yeux grands ouverts me rem-
plirent d'épouvante; je le crus mort. J'appelai la surveillante avec terreur. Des têtes curieuses se dressèrent sur
l'enfilade des lits. Jaury accourut. Il fit en hâte plusieurs
piqûres d'éther aux jambes et aux bras de celui qui n'était
plus qu'un agonisant. Les regards d'Alfred réapparurent
comme d'errants fantômes, me cherchèrent et ses lèvres
dessinèrent dans l'espace un merci que je m'attribuai.
Malasvon et son cortège, la visite achevée, traversaient la
salle à nouveau. Ils approchèrent : « Ah! dit le chirurgien
avec une expression froide et sauvage. Aussi cette persistance m'étonnait. Messieurs, ce jeune homme aura traîné
deux mois et demi une carie généralisée, phlegmon diffus,
sans doute des embolies, des énormes embolies partout.
C'est ce que j'ai soutenu dans mes cliniques; c'est ce que
Dabaisse m'a toujours contesté. Et vous verrez que je
n'exagère rien. Le foie doit être un vaste lac de pus.
Quant à la colonne vertébrale, elle flotte, messieurs, je
vous l'affirme, elle flotte. C'est la quatrième et complète
observation depuis cinq ans. Mais on préfère nier l'évidence
et combattre mes arguments. Est-ce que le cœur marche
toujours, Jaury ? »

Sans doute le cœur marchait toujours. Les oreilles
même entendaient et recueillaient de la terreur pour les
yeux à la dérive. Infortuné Alfred ! Son agonie était bercée
par des paroles douces et jonchée de fleurs de tendresse !
On analysait son supplice. L'heure grave, l'heure après
laquelle aucune ne sonne plus, était impatiemment guet-
tée pour quelque dégradant dépeçage. En moi la compassion luttait avec la fureur. Mon voisin de droite était assis
et, la main sur son fistuleux estomac, souriait sinistrement.

Partout, dans la salle, je devinais un court émoi, la terreur de chacun rapportée à son propre sort, mais je
prévoyais aussi le prompt retour à l'indifférence.

Malasvon s'éloigna en hâte, avec ses disciples, ses aides,
ses assistants et Jaury. La surveillante resta seule auprès du
lit d'Alfred qui, par alternatives, gémissait, puis respirait
avec rudesse. La barbe rousse grognait : « A bientôt mon
tour. Ils ne m'ont même pas regardé ce matin ; vous avez
vu ; c'est un signe. Nom de nom de nom! » et son geste
familier frappa les couvertures. J'étais dans un état de
désespoir à hurler. Je ne concevais pas ces départs épou-
vantables et secs. J'avais vu des ancêtres mourir dans mon
pays. Quelle différence ! On marchait sur la pointe des
pieds ; il y avait de beaux draps frais, des cierges. On
s'embrassait en pleurant autour du lit et l'on osait à peine
lever les yeux pendant que s'accomplissait le mystère. Un
prêtre venait, consolait le moribond et tout le monde. Le
baiser que l'on donnait à ces vieilles figures était un *au
revoir* plus solennel que celui de chaque jour. On se sentait affiné par la douleur, capable de comprendre plus de
choses ; on ornait pieusement les souvenirs et les tombes.
Les morts chéris revivaient par les anniversaires. Ici des
êtres jeunes disparaissaient dans la plus désolée solitude
et leurs cadavres enrichissaient un charnier.

Alfred sortit de lui-même au crépuscule. Je n'osai regarder à ma gauche. Qnand on ferma les rideaux, je sentis
qu'une notion nouvelle et dure, celle de l'impitoyable, avait
pénétré mon esprit. Ainsi le mal se propage. « Je vais,
jusqu'à mon départ, vivre parmi des monstres, songeai-je.
Il faut désormais me blinder, considérer ces horreurs d'un
œil calme, éviter le frisson. » C'est une des raisons de la
haine que je garde aux Morticoles qu'ils m'aient, d'une
façon même éphémère, gâté le pouvoir de compatir. Mon
voisin le charretier cessa de m'être odieux. Il était dans la
note. Sarcasmes et blasphèmes mêlés aux vomissements
convenaient à cette salle de l'hôpital Typhus où le petit

Alfred savait maintenant la vérité, les grands rideaux de l'Éternel s'étant ouverts pour lui.

Cependant j'ai vu, cette nuit-là, avant de m'endormir, quelque chose de pire qu'une violation de sépulture. La surveillante venait à peine de fermer les yeux d'Alfred et de faire de son lit un blanc sépulcre de toile, quand l'électricien Cudane entra dans la salle, suivi d'un aide qui portait une énorme machine. Il déclara d'un ton hautain que, prévenu du décès de *la carie des vertèbres*, il venait exécuter quelques expériences. Simulant le sommeil, j'observai le manège de cette brute. Il installa sa machine sur une table, tel un prestidigitateur qui prépare un tour, hérissé de gestes prétentieux, posant pour son aide, pour la surveillante et pour les malades, tournant de tous les côtés sa tête de bellâtre bouffi qui passait de l'obscurité à la lumière rouge. Il demanda une bougie; on la lui apporta : deux bougies; ce fut fait. Alors, brutalement, il découvrit le corps d'Alfred. Quel cadavre de lamentation! Les chairs étaient étroites et fripées; partout des coutures, les âpres vestiges du bistouri. Cudane agita sa barbe, marmotta quelque chose, secouant la pauvre dépouille comme un pantin mouillé, la joignit à sa machine par des fils ténus. Il tourna une roue; je vis les muscles se mouvoir, le pied se tendre, la jambe s'étirer; je vis cette grimace d'après la mort, mille fois plus affreuse que la mort. Les rares poils s'horripilèrent. Les cicatrices se rouvrirent. Je crus qu'Alfred allait crier. J'étais raide d'épouvante. Avec beaucoup de calme, Cudane changea ses fils de place, recommença pour les bras et le corps. Le tronc se mit à danser. Ce fut le tour du visage ; je me cachai la tête sous les draps. Quand je la ressortis, l'expérience était terminée. Cudane avait un air satisfait. Sa figure plate et blême, encadrée dans la barbe noire, ses cheveux demi-longs, tout cela était à écraser. Il disparut, suivi de son aide, néophyte béat, lequel emportait le système. Mon voisin de droite se tordait de rire : « Vous voyez,

garçon, voilà à quoi servent les pauvres chez les Morticoles. Tout ça c'est pour notre sauvegarde ; c'est pour faire
avancer la science. Si j'étais bien portant, j'apprendrais à
me servir de ces machines, et je vous promets que je
ferais une belle sarabande aux Malasvon, Cudane et
autres. » Cette menace me frappa. Je compris que des
forces redoutables, employées au service du mal, sans
bonté ni justice, se retournent fatalement contre ceux qui
les détiennent.

Il était écrit que mon apprentissage serait bourré d'émotions; car, dans la nuit, je fus réveillé par un piétinement
étrange. Me dressant sur ma couche à l'aide d'une poignée
de bois qui descendait de la traverse, j'aperçus des hommes
de police, reconnaissables à leur uniforme que j'avais
déjà remarqué au débarquement. Ils aidèrent à soulever
et à porter sur le lit déjà vide d'Alfred un corps inerte et
ensanglanté. La figure semblait une grenade ouverte. On
étendit avec précaution cette bouillie rouge sur des alèzes.
Jaury arriva se frottant les yeux. J'appris que mon nouveau voisin était tombé d'un quatrième étage étant ivre.
L'interne ausculta cette chose sans nom et déclara : « Il
vit! » Puis, avec une patience admirable, il lava les cail-
lots, ferma les grosses plaies avec des aiguilles et du fil,
bassina les petites. En le voyant, éclairé par le rat de cave
que tenait la surveillante, s'empresser sans énervement
auprès de ce malheureux, je déplorais que tant de belles
qualités fussent bridées par un mauvais esprit général
que je ne sais quel destin funeste a soufflé sur les Morticole. Jaury ne pouvait s'empêcher de plaisanter.
J'entendis qu'il disait à l'*objet* qu'il était en train de
refaire morceau par morceau : « C'est égal, mon ami,
avec cette gueule-là tu ne pourras aller au bal d'ici
longtemps. — J'ai soif, » répondit la gueule. La surveillante apporta un verre d'eau. Je découvris alors un
semblant de bouche; au-dessus, deux paupières déchi-
quetées; au-dessous, un lambeau de menton. Cela par-

lait d'une façon étouffée et presque incompréhensible. Oh!
ce *j'ai soif!* Il me tint éveillé toute la nuit, répété dans
des tons divers et avec des modulations déchirantes. **La
soif!** le plus profond des besoins, dont on ne sent la vigueur que dans la blessure et la fièvre, mot de catastrophe,
mot de soulagement, plein d'images de grands lacs purs,
de torrents, d'écume acide, de saveur glaciale, dont on
rêve et que l'on invoque; la soif, rêche, irrésistible amou-
reuse de l'eau, cristal fluide, limpidité bienfaisante!

CHAPITRE III.

Le lendemain, la visite recommença, puis le déjeuner, puis la contre-visite, puis un défilé d'événements touchants ou tragiques, mais qui marquèrent moins que les premières empreintes. La barbe rousse commençait à vomir sans trêve, et son affaiblissement graduel n'arrêtait pas ses invectives. Mon voisin de gauche revenait peu à peu à l'existence. Je voyais sa figure se refaire pièce à pièce, heure par heure, tel le givre en dessins sur la vitre. C'est étonnant comme un visage détruit repousse avec rapidité. Il était d'ailleurs fort laid, ce masque réviviscent, et correspondait à un bas-fond d'être indéfinissable, à quelque amalgame végétatif de chair et d'âme.

A chaque instant, dans cette salle d'attente de la mort, arrivaient des brancards rouges et gémissants. Je pus me convaincre, par la coulisse, de la brutalité des Morticoles. Je soupçonnais même le syndicat des médecins de favoriser cet état de choses; mais mon charretier m'affirma qu'il n'en était rien, que l'abondance des fléaux et accidents tenait au manque de pitié et au développement scientifique. Je me rappelle les brûlés, leurs plaintes issues d'un moignon de larynx, leur charbonneuse pâtée de figure, la peau se détachant par lanières avec les habits que l'on coupe. On les enduit de beurre et de glycérine, puis on les laisse souffrir tant qu'ils veulent dans leur onctueux cercueil de coton. Un de ces misérables remplit, pendant

deux jours, la salle de hurlements tels que je n'en ai
jamais entendu. C'étaient des clameurs incessantes qui,
par leur violente impression sur les nerfs, activèrent, j'en
suis sûr, quelques agonies ; une suite de cris aigus et
graves, d'une amplitude infinie, si périodiques qu'on les
attendait à la seconde fixe, le corps en sueur, l'oreille
brisée ; puis, par intervalles, des beuglements sourds
sortis des entrailles. Toute cette force sonore allait frapper
durement le haut plafond de la salle, les fenêtres, les vitrages et nous revenait en ondes retentissantes. On essaya
de tout pour combler cet abîme de tumulte, mais en vain,
et il fallut que la mort, délivreuse taciturne, vînt appuyer
sa main sur la bouche, marquer la fin de l'orchestre. Il
était temps. Je crois que nous l'aurions achevé, ce brûlé.
Son vacarme éveillait en nous les pires angoisses, devenait pour chacun l'image d'un destin fatal et surexcité.
Quand il se tut, notre joie fut immense.

Dans la journée, on pouvait se lever. J'endossais une
capote de drap bleu, je coiffais le bonnet de coton, et
j'allais faire le rond autour du poêle avec les malades
les moins affaiblis. Je constatais chez eux un certain goût
pour l'hôpital, très préférable, disaient-ils, à leurs habita-
tions. Ils m'appelaient *monsieur* par déférence : « Vous
voyez, monsieur, cet hiver terrible. Il est habituel chez
nous. La nature est méchante et froide comme les hommes.
Donc, imaginez-vous une chambre sans feu, sans meubles,
où le vent se promène et fait des grâces ; sur des matelas
privés de crin piaille une vermineuse marmaille. Où
trouver de l'eau pour la débarbouiller ? Notre femme cependant se prostitue ou elle est ivre dans un coin et nous,
ivrognes, tapons dessus pour nous réchauffer, passer notre
colère. Misère ! Quand nous sommes malades à domicile, l'administration du *Secours universel*, que vous
apprendrez à connaître, nous envoie des médecins, souvent pauvres eux aussi et d'autant plus méchants et portés
à gratter sur les pauvres. Ils nous brusquent et nous ar-

rachent les quelques sous qui restent. Que voulez-vous? on
est égoïste. En ce moment mes gosses meurent peut-être
de froid et de faim. Ma femme est quelque part dans un
hôpital et un Malasvon la tripote; moi, je me chauffe autour
du poêle. »

Celui qui me parlait ainsi s'appelait Jage. Tous ces
hommes avaient des noms indéterminés, sans forme ni
relief, qui convenaient admirablement à leurs intelli-
gences atrophiées par-ci, hérissées par-là, à leurs physionomies indécises. Cinq ou six autres approuvaient et dodelinaient de la tête sous leurs bonnets de coton. Tisonnant le
poêle par contenance : « Qu'est-ce que le *Secours universel?* » demandai-je. Un nommé Gagneu répondit, à la
place de Jage que son exaltation avait épuisé et qui toussait
en crachant : « Je connais ça, monsieur. J'ai été du bâtiment; on m'a renvoyé parce que j'avais pris cinq francs
dans un tiroir; je croyais faire comme tout le monde, et
puis... et puis... j'avais faim. Le *Secours universel*, c'est
une très grande administration dont nous dépendons tous
ici. Il y a beaucoup d'argent là dedans. Outre les impôts,
et vous savez s'ils sont formidables, les plus riches des
Morticoles, après avoir bien pressuré les pauvres, sont
pris de regrets inexplicables : ils subissent des épidémies
de remords, comme disent les médecins, et ils laissent
leur fortune au *Secours universel*. De cet argent-là on fait
deux parties : l'une sert réellement à entretenir les hôpitaux; avec l'autre ces messieurs de l'administration se
gobergent. Sans doute on vit large ici ; on mange bien, on
est chauffé. C'est que, pour beaucoup voler, faut être honnête sur un point. L'hôpital Typhus est modèle; c'est lui
qu'on montre aux étrangers. Il y en a d'autres — ah, si vous
les voyiez! — où on avale de la soupe au bois de parquet, où
on est maltraité pire que des chiens. J'en ai su de drôles,
je vous assure, au *Secours universel* et je les raconterais
bien, si je n'avais pas peur qu'on me fourre dans un cabanon ou une prison d'où je ne sortirais que les pieds en

avant. Le personnel y parle ouvertement des sommes qu'il grappille et qui devraient nous revenir. Ce n'est pas tout : il y a de la monnaie qui devrait être distribuée par quartier aux plus misérables; eh bien, jamais, vous m'entendez, jamais on n'en voit la couleur.

— Ah, là là là là, j'te crois, s'esclaffa Lepêcheur, gigantesque squelette rongé par l'alcool et la phtisie et célèbre dans la salle pour son appétit fabuleux. Une fois je suis allé, moi, dans un de ces bureaux, par une grande porte sur laquelle il y avait écrit : Secours et Droit des pauvres. Ah, droit des pauvres ! je m'en tords. Droit de crever de misère; droit de se barbouiller d'ordures. J'arrive dans une cahute; un petit homme rageur, qui était près d'une petite bouteille et finissait son déjeuner, commence à m'engueuler. Moi, je riposte. On m'a traîné de bureau en bureau en me demandant des tas de certificats, si j'avais des bonnes vie et mœurs, si j'étais vacciné, domicilié dans l'arrondissement, combien j'avais d'enfants, s'ils avaient leurs dents et puis, en fin de compte, on m'a allongé deux francs en m'appelant *grand paresseux.* »

Chaque jour c'étaient des causeries semblables qui me révélaient les dessous noirs et fétides de la cité. En mettant bout à bout les récits de ces innocents, on arrivait à un tableau de leur existence tel que je ne m'étonnais plus s'ils étaient accablés de maux barbares. Quand on ne mange que des trognons pourris, qu'on respire un air souillé, qu'on est soumis à des travaux excessifs, on peut enrichir la science morticole. J'ai toujours trouvé comique la façon méprisante dont les médecins de cette contrée traitent les malades. Malasvon, furieux de ce que, malgré les vomissements, mon voisin de droite s'obstinait à ne pas lui donner son cadavre, le désignait avec dédain au passage : *fistule alcoolique :* « Parbleu ! me disait le moribond récalcitrant. Si je n'avais pas eu l'alcool, je n'aurais pas eu une minute de bon. Après cinq ou six verres, j'oubliais tous mes embêtements, le terme, les sales impôts, la mala-

die. Je criais tout ce qu'on ne peut pas dire, tout ce qui vous
monte à l'idée et vous crève de ne pas sortir. Alors je parlais, je parlais ; tout le monde me semblait des camarades
et je pardonnais même à nos maîtres. L'alcool, c'est lui le
bon Dieu, le paradis. Non, je ne regrette pas ma sale
fistule, et, si c'était à refaire, je le referais. Et puis c'est
beau chez les marchands de tord-boyau ; c'est pas comme
dans nos coquilles. Il y a de l'or aux moulures et des tables
propres avec un garçon qu'on commande et qui les essuie. »

   Une fois par semaine, mes compagnons recevaient des
visites. Je voyais alors ces familles dont ils me parlaient :
les femmes, protégées contre le froid par une pellicule
d'étoffe noire râpée, sous laquelle frissonne un corps débile, antre de privations que creusent les coups de pioche
du destin. Des toux, des tressaillements, de la honte au
triste sourire. Pauvres visiteuses inquiètes ! D'une main
elles tenaient une orange, fille d'or des contrées de lumière, et j'ai vu la salle Vélàqui égayée tout à coup par ces
petites sphères odorantes, porteuses de fraîcheur et de
consolation... Puis des enfants de toute taille, prêts déjà
pour la maladie, depuis le marmot dont on renonce à
moucher l'intarissable fontaine, jusqu'aux longues filles
maigres et souffreteuses, qui regardent le père avec un
reste de terreur des scènes passées, jusqu'aux jeunes gens,
plus timides et frustes encore, qui fixent la pancarte ou
la porte par contenance. Mari et femme avaient peu à se
dire : les premières nouvelles demandées, quelques souvenirs échangés, ils restaient en général côte à côte sans
se parler, elle promenant sur le drap ses mains aux doigts
piqués par la couture, toussant de temps à autre et serrant les épaules. Les enfants, honteux ou terrifiés, prenaient le contact avec l'endroit décrié où se passerait leur
adolescence, terminée par une brève agonie ; je n'ai jamais
vu de vieillards à l'hôpital Typhus. Chez les pauvres,
quarante ans représentent l'extrême sénilité.

   De même qu'il n'y a que deux ou trois types de misère,

5

la farouche, la silencieuse énigmatique et la résignée, deux ou trois types seulement de visage manifestent une détresse plus ou moins consciente. Les yeux des femmes, arrosés par les larmes, vivaient encore, mais ceux des hommes étaient devenus des pierres incolores et dures que la mort casserait bientôt le long de la route gémissante. Souvent j'aurais voulu prendre ces abandonnés à pleins bras, les serrer sur mon cœur, les réchauffer, leur donner de l'espoir, de l'orgueil, des sentiments de luxe. Quand je pense que chez nous tout le monde est allègre et porte haut la tête, que notre amour effréné de la justice ne nous laisse pas supporter l'idée d'une oppression de l'homme par l'homme !

Ces jours-là, je voyais rapetissés et ramenés au réel ceux que, dans leurs mirages de la semaine, me déformaient mes camarades : *une très belle femme* devenait une grosse commère en caraco blanc, à la poitrine soutenue par des cordages. « *J'ai un gosse intelligent qui sera un fameux et qui embêtera les autres.* » Et le petit diable, ses bas de tricot tombés sur des mollets étiques, mettait ses doigts dans son nez en se rencognant contre sa mère : « *J'en connais un qui va vous faire rire,* m'avait annoncé Lepêcheur ; *mon cousin Pidoit. A table il nous amuse tellement qu'on en pisse.* » Arrivait une énorme brute d'une timidité effroyable et qui ne sauvait sa réputation que quelques minutes avant le départ, à l'aide de jurons bien placés.

Je fis des relations ; le malheur rapproche et les haines s'emboîtent. Jage et Gagneu, deux des rares qui sortirent de l'hospice dans une attitude verticale, me prièrent d'aller visiter leurs taudis quand je serais libre à mon tour. Quand je serais libre ! Je commençais à désespérer. Je m'étais cogné le pied en me mettant au lit et cela fit une bosse qui aggrava l'entorse. A la visite, Malasvon passait sans plus s'occuper de moi que de mes deux voisins. D'ailleurs, j'en étais aise. Sa voix, son geste, sa

démarche, tout en lui me paraissait odieux. Son arrivée
était annoncée par six coups de cloche. Quand je les comptais, j'avais le cœur serré. Il entrait, suivi de sa troupe.
Quelquefois des jeunes gens l'abandonnaient, s'égre-
naient dans la salle, causaient et riaient avec des malades, car chez les Morticoles la dureté n'exclut pas une
certaine jovialité grinçante. Un petit brun à tête ronde,
nommé Prunet, s'était attaché à moi. Il me faisait
causer sur ma race, mes parents, les raisons de mon
voyage. J'étudiais là plus facilement que chez Jaury, qui,
moins jeune, avait plus d'artifice, les naissants caractères
nationaux : une extrême mobilité d'esprit, beaucoup de
suffisance, une amertume innée, pas assez d'originalité ni
de bonté pour résister à l'abrutissement éducatoire et
méthodique. Ce petit Prunet, élevé d'une autre manière,
eût fait peut-être un homme sain. Dès l'âge le plus tendre
on lui avait appris l'obéissance aveugle, le respect du
maître, la soumission aux lois stupides qui encombrent la
société des Morticoles et qu'ils croient très supérieures à
des dogmes, alors qu'elles sont plus creuses et avilis-
santes. Je le laissais me plaisanter sur mon nom, mon nez,
mes manières, me révéler peu à peu cet égoïsme qui ferait
de lui, à l'âge adulte, une pierre dans la fronde scientifique.
Il me dévoila l'inimitié sourde qui existe entre ceux en
blouse qui font partie du service, et ceux sans blouse qui
sont des irréguliers, de simples assistants.

Quelques-uns de ceux-ci étaient étrangers, venus de
contrées singulières. Ils avaient gardé sur leurs visages
des rayons trop vifs de soleil, qui leur faisaient des faces
jaunes et blêmes où les poils de leurs barbes et de leurs
cheveux semblaient des piquants de fruits exotiques. Ils
portaient des bagues étincelantes aux doigts, des épingles
de couleur à des cravates sales et un linge dégoûtant sous
des habits recherchés. Ils parlaient un charabia désagréable et la plupart étaient d'insupportables animaux,
plus odieux que les Morticoles, parce que leur cruauté

s'accompagnait d'ignorance, qu'ils prenaient les membres malades du mauvais côté et qu'ils avaient l'air de venger sur nous le mépris où les tenaient ouvertement leurs condisciples. On les appelait des *Rastas*, nom générique et offensant. On leur faisait mille avanies qui contractaient leurs figures bronzées d'un rire vert.

Parfois un illustre confrère d'un autre pays venait visiter le Maître, l'accompagnait dans sa visite. Il admirait l'*admirable* organisation, l'*admirable* ville, l'*admirable* hôpital. A ces occasions, Malasvon parlait sur chacun de nous avec une volubilité grasseyante. Souvent il se trompait; il me présenta une fois comme *ulcère de la cuisse* et une autre comme *pied bot* à deux vieillards qui hochaient la tête en me fixant derrière leurs lunettes d'or. J'examinais avec curiosité ces petits morceaux de ruban rouge que les plus autorisés portent à leurs boutonnières. Prunet m'expliqua que cet emblème, jadis réservé aux seuls militaires, est décerné, depuis qu'il n'y a plus de guerre possible, aux plus éminents docteurs. Mais, comme le gouvernement trafique de tout, on a imaginé de vendre très cher ce hochet à qui veut l'acheter. Aussi les grands scélérats de la politique, les marchands à faux poids, les banquiers surtout, qui tiennent le haut du pavé morticole et forgent, sans se lasser, les meilleures canailleries, les entremetteurs, les juges, les dentistes acquièrent, à prix d'or et par vanité pure, ce signe qui représente la science, la détestable supériorité de l'esprit.

Dans le cortège de Malasvon, je remarquai aussi plusieurs vieillards chassieux et maniaques, grelottant sous des complets de coutil, qui nous interrogeaient minutieusement et serraient une foule de notes dans des calepins grands et usés comme des bottines. Ce sont d'anciens ratés, qui n'ont pas poursuivi leurs études médicales, faute d'argent ou de moyens, mais qui, ne pouvant se résigner à devenir des politiciens ou des malades, continuent à suivre des services où ils n'ont aucun rôle, aucun titre. La plu-

part étaient maigres et regardaient d'un œil d'envie le repas
que nous amenaient les chariots, alors qu'eux, nourris
par la science, laissaient passer l'heure problématique.
Prunet me racontait que beaucoup de ces imaginaires
continuaient pendant dix ou vingt années leur inutile besogne de papillons. Ils se faisaient la tête d'un célèbre médecin mort ou vif. Je retrouvais parmi eux un petit Tabard
et un grand Malasvon dont les favoris poussaient de travers. Je saisissais, sur ces débris, les tics, manies, habitudes et façons de leurs grands confrères. Les élèves
réguliers leur jouaient de mauvais tours, leur indiquaient
comme une rareté quelque lésion très simple. Eux se prêtaient à ces farces. Ils poussaient l'amour de la dignité et
des honneurs qu'ils n'avaient pas si loin qu'ils se fabri-
quaient des décorations artificielles à l'aide de pétales de
fleurs ou de morceaux de papier rouge.

Un d'entre eux, de petite taille, à la physionomie intelligente et ouverte, au regard de feu, s'appelait Lecène de
Cégogne. On l'avait surnommé *la Cigogne*. Jaury lui
témoignait du respect et je l'entendis sermonner Prunet,
après que le vieux leur avait fait un petit cours sur la
fistule de mon voisin de droite. « Vous avez tort de le
plaisanter, celui-là. Après sa mort, on le tiendra pour une
des lumières de la science et on lui élèvera une statue sur
la plus belle place, car c'est un homme de génie, oui,
de génie. Actuellement on le raille, mais chacun le
détrousse, le pille et l'utilise. Cudane, Boridan, Canille,
Avigdeuse, Cortirac, Wabanheim l'invitent à déjeuner, le
font causer, lui volent ses idées qu'ils cuisinent à leur
façon, et présentent le tout à l'Académie Majeure, où on
leur décerne des prix de cinq mille francs, tandis que
la Cigogne crève de faim. » Je rapporte ce discours, parce
qu'il caractérise les Morticoles. Ils n'ont même pas, j'en
eus d'éclatants exemples, la probité professionnelle.

Un autre groin de cette époque, que je signale parce
qu'il joua un rôle dans ma vie, fut le *beau* Tismet de

l'Ancre. Les malades, ses collègues et les élèves le désignaient ainsi et, de fait, il jouissait et jouait d'un visage
régulier, avec une barbe blonde en pointe et deux moustaches à la mousquetaire. Il avait une voix fausse, à inflexions
douces, qui prenait tout à coup des notes graves, comme
son œil, embué d'une feinte candeur, se nuançait brusquement d'acier, quand le masque devenait inutile. J'ai rarement vu fourbe plus obséquieux et plus plat. N'ayant pas
encore de service personnel, il suivait celui de Malasvon,
moins par goût pour l'hôpital que par désir de participer
à la riche clientèle de notre bourreau. Pendant la visite,
ce n'étaient qu'attentions feintes, cris de surprise émer-
veillée, des *mon cher maître, mon maître, oui, patron,*
que l'on entendait d'un bout de la salle à l'autre, et
Tismet prenait des airs dégagés, des attitudes de maître
de danse pour nous examiner, puis, dès que Malasvon avait
le dos tourné, il le traitait de *vieille bête,* de *forban
ramolli.* Par-dessus tous ses vices, ce méchant bellâtre
était poseur. Il eût posé pour un bois de lit, une cuvette,
un pot de tisane. Il posait pour les infirmières, pour la
surveillante. Il prenait le menton de ma petite Marie
d'un air vainqueur, toutes les fois qu'il la rencontrait. Il
posait surtout pour les dames qui assistaient Malasvon,
car, chez les Morticoles, la médecine et la chirurgie sont
en honneur parmi les femmes. On suppose peut-être que
celles-ci interprètent ces sciences meurtrières en douceur,
qu'elles les allègent et les amortissent par leurs mains
plus fines, leur émotion plus éveillée. Il n'en est rien.
Elles ne tendent, sauf de rares exceptions, qu'à l'imitation
des hommes et méprisent même la politesse. Tismet de
l'Ancre en était pour ses frais, ses pirouettes, ses *mademoiselle* ou *madame,* qu'il flûtait du bout de ses lèvres
trop roses, alors qu'il en prenait une par le bout des doigts
pour la mener à un lit examiner quelqu'une de ses trouvailles. Le grotesque ! S'il avait entendu les élèves, Jaury
en tête, rire de ses prétendues découvertes : « Il inventera

bientôt qu'on marche sur deux pieds et qu'on ferme les
paupières pour dormir ! — C'est le souteneur de la chirurgie. — Quand déterrera-t-il sa vieille dame et nous lais-
sera-t-il, en repos ! » Telles étaient les aménités que l'on
débitait sur le compte de ce cavalier galant. Mais, en
face de lui, les plus hargneux faisaient merveilleuse contenance ; on paraissait le craindre et l'on répétait que,
malgré ses ennemis, il arriverait à tout avant tout le
monde. L'hypocrisie est la grande règle des Morticoles,
société hiérarchisée, où tout s'obtient par la faveur et l'intrigue et d'où l'indépendance est bannie.

Or je préférais encore ce Tismet aux grues qu'il provo-
quait à l'admirer. Celles-ci m'étaient odieuses. Ainsi,
pensais-je, dans ce monde d'hommes impitoyables, on n'a
même pas le recours de la femme, oasis de l'âme, pelouse
du corps et de l'esprit. Quand une d'elles me tâtait la
cheville, j'avais un sentiment de dégoût. Je pensais à ma
mère, à mes sœurs, à toutes les chastes créatures qui
m'avaient fait battre le cœur, et qui, parfaitement ignorantes de l'anatomie, détestaient la mort et la douleur, ne
s'occupaient que de choses amoureuses et vivantes ou des
soins du ménage. Ceci ne les empêchait pas de s'installer
au chevet de nos très rares malades et de leur apporter la
compassion, le meilleur des remèdes, la compassion, pour
laquelle il ne faut ni brevets, ni diplômes, ni études, que
l'on ne met pas dans des pots, que l'on n'ingurgite pas de
force, qui ne se trafique pas, musique idéale pour le défilé
terrestre, ciel pur qui tire les visages en haut, hors de la
boue et de la poussière, confond les riches et les pauvres
et souvent favorise les pauvres, qui ignore toute règle de
raison et de logique et va même contre la justice.

Malasvon opérait à jour fixe. Dès le matin, les infirmiers
venaient avec des brancards chercher dans la salle les
malades dont on appelait les numéros. Ces infortunés partaient pour l'abattoir, le visage agrandi d'épouvante. Au
retour, quelques-uns n'étaient plus qu'une plaie hurlante

et saignante, hérissée d'un fouillis de pinces d'acier, breloques de supplices, cliquetis d'étincelles. D'autres étaient encore plongés dans le demi-sommeil pâteux du chloroforme, d'où sortaient des phrases incohérentes, des supplications, remerciements au *bon docteur*, des hennissements et des hoquets. La salle devenait subitement écarlate ; mon imagination prêtait aux murs mêmes la couleur meurtrière. Car Malasvon ne pansait jamais. Il laissait ce soin à ses aides qui, quelques minutes après, envahissaient le service de rires et de bousculades, se mettaient à recoudre et à ôter les pinces. Alors de minces jets de sang en flèches fusaient de tous côtés, tels que d'un minuscule arrosage, ou faisaient flaque sur les lits. C'étaient des réveils atroces, des plaintes prolongées, d'âpres soupirs. La surveillante bondissait affolée, avec de gros bocaux de verre qui, placés sur une table médiane, contenaient des balles de coton multicolores. L'infirmier accourait, chargé de bassins resplendissants. Certains opérés s'agitaient furieusement. Deux ou trois élèves les maintenaient, tandis qu'avec patience d'autres réunissaient la plaie à l'aide d'aiguilles courbes munies d'un fil poisseux.

En général, dans cette journée et la suivante, sur quinze patients, sept ou huit mouraient, car Malasvon sabrait à tort et à travers, sans utilité, sans raison, même les cas désespérés, même les agonisants. Ceux qui avaient passé par ses mains en gardaient une terreur consternée, comme d'une puissance irrésistible et méchante. Ils n'osaient plus se plaindre, ni parler de la salle du supplice, et mon voisin de droite, le vitupérateur, qui l'avait vue trois fois, éludait la conversation sur ce sujet. Quant aux moribonds, de tumulte ou de silence, on sentait qu'ils avaient savouré les affres ultimes. J'en ai vu aussi qui cédaient à la perte du sang, et s'affaissaient sur eux-mêmes, dans une pâleur misérable, comme des ballons crevés. Le versait-on assez à la légère, le beau liquide rouge, le vin de vie, qui court si vite dans nos veines, messager de chaleur et de force !

Tout ce qui rompt les digues sacrées du corps est œuvre infernale ! La chirurgie a ses prétextes comme la guerre ; elle n'a pas davantage ses excuses. Prolonger une existence infirme est atroce. Que le sang reste là où il est ! Méconnaître cette loi, c'est déchaîner la cruauté, le meurtre, disperser sur le sol une sève qui appartient à l'Être. J'ai subi d'affreux regards, joyeux et fiers du sang versé. Certains venaient, après les coupes de Malasvon, se repaître du spectacle des plaies bouillonnantes, goûter la volupté carnassière. Pourquoi d'ailleurs tout être sain tremble-t-il à la vue et à l'odeur du sang ? Pourquoi ressent-il alors le frisson sacrilège que les corrompus tournent en jouissance ? Et pourquoi les criminels sont-ils toujours trahis par le sang, la vision, la trace, l'indélébilité, la poisse du sang qui ne veut pas partir, qui se caille, se fige et demeure ? Saveur fade, âcre et métallique et mère de cauchemars ! Je me rêvais sur la plage d'un océan rouge. Écarlates, pesantes et moirées, des vagues déferlaient vers moi. Une lune louche éclairait l'étrange paysage. Et, au réveil, une plainte sourde, un cri aigu me signifiaient que là-bas le réel rejoignait mes songes.

Ce fut le tour de la barbe rousse. Comme cet entêté ne voulait pas mourir, Malasvon résolut de l'opérer encore. Il s'expliqua là-dessus avec sa rudesse ordinaire : « Messieurs, voilà un malade extrêmement curieux, extrêmement intéressant. Vous le connaissez, quelques-uns d'entre vous, n'est-ce pas, Tismet ? — Tismet s'inclina obséquieux. — Eh bien, messieurs, il dépasse de beaucoup le temps que nos prévisions lui avaient accordé, car nous lui avons raclé trois fois sa fistule. Nous allons tenter un dernier effort, et, avec l'aide de notre excellent élève et collègue Tismet de l'Ancre, réséquer une grande partie de l'organe défectueux, nettoyer largement la paroi, la stimuler au besoin par quelques pointes de feu, puis nous laisserons la plaie béante, la panserons tous les jours et nourrirons le gaillard soit par cette cavité, soit par la bouche, soit par le fondement. S'il résiste, ce sera concluant ; au cas contraire, nous n'en serons pas moins fixés. Messieurs, les paris sont ouverts ; mais rappelez-vous bien ceci : que ce soit l'issue fatale ou l'autre, cette guérison ne sera que transitoire et les accidents se reproduiront avant un an. »

Le charretier me dit mélancoliquement : « Félix, je suis foutu. Demain tu ne me reverras pas. Tu es un brave garçon, bien que tu aies le tort de croire en Dieu. Le monde est un fumier d'infamies, et je ne suis pas fâché de lui tirer ma révérence. Je regrette de ne pas pouvoir emmener avec moi un de ces sacripants, un Cudane, un Malasvon ou un Tismet, car au moins ils abandonneraient des choses qui leur plaisent, au lieu que moi, en quittant la vie, j'ai le souverain malheur de ne rien perdre. » Je n'essayai pas de contredire ce matérialiste convaincu. Le lendemain, en effet, on le rapporta le ventre ouvert, et il mourut sans s'être réveillé du chloroforme. Jeté tout de suite à l'autopsie, il rassasia la curiosité des élèves et du maître. Quant à moi, à partir de ce moment, je ne pris plus garde à mes voisins, qui d'ailleurs se succédaient avec rapidité et passaient de vie à trépas avant que j'aie eu le temps de reconnaître leurs visages. C'étaient des paquets d'agonie entre lesquels je continuai à vivre. Un épisode imprévu vint secouer ma lâche quiétude.

Parfois des *Rastas* nous examinaient. Le malheur voulut que je devinsse la proie d'un de ces sauvages. Je le vois encore, ce nain maigre, porteur d'une tête osseuse et d'une barbe de jais. Aux poignets de ses manchettes brillaient sinistrement deux énormes boutons de verre. Il s'approcha de mon lit. J'eus beau lui répéter que je possédais une simple entorse, en voie de guérison, sans gonflement ni rougeur, le monstre ne voulut rien entendre. Il me prit le pied et le tordit plus brutalement encore que Tabard. Je perçus un craquement sec et poussai un cri. Puis, par un mouvement instinctif, je cherchai un pot de tisane à jeter à la gueule bronzée du coquin, mais il se sauvait déjà,

stupéfait de sa besogne, et on ne le revit plus. Pour comble
d'agrément, Cudane et son aide traversaient la salle à cette
minute avec leur machine. L'estimable électricien se retourna au bruit, s'informa de la cause et m'affirma qu'il
était urgent, une nouvelle lésion venant de se produire,
d'en annihiler aussitôt l'effet par quelques décharges de sa
boîte à étincelles. Je m'y refusai doucement. Il insista : je
m'obstinai. Il se fâcha et me menaça de me mettre à la
porte, si je ne me prêtais à sa fantaisie. Le passage du courant ne fit qu'augmenter mon angoisse. Jamais je n'ai
mâché la haine comme à cette minute, devant la tête plate,
la barbe plate, les cheveux plats de Cudane, son front surtout, galet bas et obtus, où il n'y avait place pour rien que
de vil. Si l'électricité n'est pas un vain mot, de moi vers
lui glissaient sans doute des effluves, car, m'ayant regardé
de son œil vitreux, il jugea l'expérience suffisante et partit
avec son aide et son appareil ; quelques secondes de plus
et je lui sautais à la gorge.

J'étais désespéré. Jaury ne me cacha point qu'à mon
entorse avait succédé une luxation compliquée de fracture
d'un os du pied. Je pleurais de rage. Il me consolait :
« Ne vous lamentez pas. On pourra peut-être agir vite. Je
parlerai au patron demain matin. » Je me perdais à un
horizon infini de misères. Jamais, pensais-je, je ne sor-
tirai des griffes de l'hôpital Typhus. Jamais je ne reverrai
mon pays ni les miens. On va m'emporter dans la salle
d'opérations, d'où je reviendrai mourant, et puis on me
déchiquètera dans des bocaux, comme les autres, et que
suis-je d'ailleurs de plus qu'eux ! Je regrettais Alfred, la
barbe rousse, mes éphémères compagnons. J'étais isolé,
je ne connaissais plus personne ; chacun avait des douleurs et des appréhensions trop vives pour s'intéresser
aux miennes. J'eus recours au grand remède, la prière.
Mais je suis superstitieux et il me semblait que d'ici, de
ce lieu d'iniquités et de désolation, elle ne pouvait
monter vers le ciel. Je la voyais s'arrêtant au plafond de la

salle et retombant par phrases brisées, inefficaces, sur ces lits mornes, ces rideaux pâles, toute cette blanche surface désespérée.

Jaury exposa mon cas à Malasvon. Le maître me saisit le pied, écarta les orteils, plia les chevilles, percuta le talon, et sa bouche prit tout à coup une expression hautaine : « Mais dites donc, Tismet, il devient intéressant, celui-ci. — Puis, quand son beau disciple m'eut à son tour examiné, en souriant de ses lèvres roses : — Messieurs, le numéro quatorze, simple entorse, est devenu, par suite d'une imprudence, — le terme me fit bondir, — une magnifique luxation sous-astragalienne avec fracture double de l'astragale, arrachement probable d'un ou deux ligaments. Je suis d'autant plus heureux de cette circonstance que, dans mon débat actuel avec notre collègue Dabaisse, celui-ci prétend ces malades inopérables. Je lui prouverai le contraire, pas plus tard que mardi. Je me propose, messieurs, de commencer par une large incision courbe sur le dos du pied et d'un bord à l'autre, puis, arrivé sur l'article, je l'ouvrirai, je ruginerai au besoin les parties scrofuleuses, car ce bonhomme doit être un scrofuleux, comme la plupart des étrangers. Peut-être enlèverai-je le calcanéum et l'astragale par la méthode malasvonienne, ma méthode, messieurs, sur laquelle on vous donnera quelques renseignements complémentaires. — Cependant Tismet ricanait en arrière, prétendant que cette méthode était de lui. — Peut-être n'enlèverai-je rien du tout, car un pied est comparable à une pendule, et il faut l'avoir démonté pour savoir ce qu'il y a de détraqué dedans. » Malasvon prolongea son discours par des détails opératoires qui me donnaient la chair de poule. Un médecin exotique lui vantant un autre procédé, une discussion sans fin s'engagea. Le maître dessinait, de son large index, sur mon pied des incisions hypothétiques ; son adversaire obstiné y traçait des lignes au crayon bleu. Je crus qu'ils allaient me découper séance tenante.

Jusqu'au mardi, je ne vécus pas. Il me semblait à la fois
que les heures marchaient trop vite et que celle qui me
libérerait de mes terreurs ne sonnerait jamais. Ballotté
ainsi entre la crainte et l'espérance, j'interrogeais fiévreusement la surveillante, la petite Marie, les infirmiers,
Prunet et Jaury sur la gravité de mon cas, la durée possible de ma convalescence.

Enfin, le fameux jour arriva. Je me réveillai à l'aube.
On entendait de près et de loin des malades s'étirer,
bâiller et geindre. Dehors, l'aigre cri d'un coq me ramena
à des époques passées et m'attendrit davantage sur mon
sort. J'eus, à cette seconde, une impression de langueur
infinie, presque la béatitude du martyre. Environné d'hos-
tilités et d'indifférence, destiné à un immonde gâchis et
peut-être à la mort, moi, Félix Canelon, je sentis mon
angoisse s'évanouir comme un amas de brume, alors que
le soleil est proche et réchauffe déjà l'horizon. Mon astre,
ce fut une plénitude de cœur, une sérénité qui me fit envisager les pires tourments d'un œil calme : « Que ce qui
doit être soit; tout est bien, et le mal n'est qu'un ache-
minement vers le mieux. » J'observais mes voisins, la
salle, la surveillante occupée aux premiers pansements, le
veilleur mouchant un rat de cave de ses gros doigts huileux. Des pensées de rachat, de sacrifice, de rédemption
par les larmes et les tortures me traversaient l'âme en
tièdes tourbillons, y laissaient un angélique sillage. Pendant quelques minutes, dans cette pièce puante, lourde
de plaintes, à la lueur clignotante du jour levant, et
tandis que le poêle ronflait, j'ai été un saint, j'ai eu la
grâce.

Quand l'interne vint me chercher, cet état merveilleux
persistait; mais le fait de me redresser, de me laver le
pied au savon, de passer une culotte, des chaussettes et de
m'étendre sur un brancard changea mes dispositions; je
redevins le Félix ordinaire, effaré de ce qu'il allait subir.
Nous n'eûmes pas un long trajet à parcourir; après deux

6.

vestibules, nous franchîmes une porte basse ; je crus
que j'entrais dans un théâtre : au niveau de mes yeux, une
barrière circulaire ; au delà, des gradins sur lesquels se
pressait une foule grouillante qui me fit l'effet d'un seul
visage, atroce et grimaçant. De mon côté, et en deçà de la
séparation, Malasvon, Tismet et leurs aides me semblaient
minuscules, parce que j'étais très bas, et se tenaient debout
près d'une table chargée d'instruments brillants et bizarres.
D'emblée mes regards allèrent à cette table et s'y atta-
chèrent... Y en a-t-il des couteaux de toutes les formes, de
tous les éclairs, de toutes les dimensions, et des pinces,
et plus loin, dans un bassin, des éponges libres ou emman-
chées, des boules d'ouate ! Voici des figures connues : l'infirmier, la surveillante, même la petite Marie qui ne fait
pas attention à moi. Cela sent le phénol et la rose. Quelle
est donc cette machine qui pulvérise là-bas une pluie fine
en grésillant ? Je vois d'autres brancards ; sur eux, couchés
dans des poses d'abandon ou de souffrance, des malades
que je connais, puis d'autres que j'ignore, puis des femmes.
Combien sommes-nous ? Une armée de brancards... Je
crois utile, pour me porter bonheur, de faire plusieurs
fois des choses machinales. Je regarde à nouveau l'assistance, relief confus de têtes et de corps. Quelqu'un va
parler, puisque tout le monde tire des carnets ou froisse
des feuilles de papier blanc. Les crayons montent aux
lèvres. Quelle multitude ! Et je vais avoir le pied nu en
public ! Il y a de mauvaises faces, des yeux terribles ; ils
guettent le sang ; chacun attend l'heure rouge. La pendule
carrée dans le coin, là-bas, ricane : le *sang*, le *sang*, le
sang. C'est pour lui tous ces baquets ! Je me rappelle mon
pays à la Noël ; on va égorger un porc. Le jour livide entre
furtivement, maître des reflets durs, implacables...

Quelqu'un parle ; c'est Malasvon ; les crayons courent et
les cous sont tendus ; des mains appuyées ; d'autres se font
des signes. J'écoute le maître : il va peut-être proférer un
grand cri de pitié ; mais non ; toujours des syllabes grasses,

et la face impassible aux larges favoris : la lourde mâchoire ! « Messieurs, nous devons aujourd'hui couper deux
cuisses, enlever un utérus, le cureter, puis le remettre ;
extirper une tumeur de l'aisselle, un *cochonome* quelconque, je ne sais pas ce que c'est, mais c'est dur comme
du chien. — Tismet et les élèves rient en arrière ; on a
souri dans l'auditoire. — Nous supprimerons les ganglions
malades, les suspects, et même les sains, lesquels sont
quelquefois suspects. Nous prolongerons l'incision de l'aisselle à l'abdomen et nous scruterons le pli de l'aine. Nous
opérerons, par notre méthode malasvonienne, une luxation
sous-astragalienne avec fracture de l'astragale probable-
ment double : nous verrons si le sujet n'est pas scrofuleux,
ce qui est vraisemblable, car il est étranger. » — C'est
moi cet étranger, et plus que jamais, car tout me semble
nouveau ; ceux que je connais n'ont pas aujourd'hui le
même visage, les mêmes gestes. Tout est élargi, tout frissonne. Je vois Malasvon changé, puissant, dominateur. Il
est en habit et gilet blanc avec une grosse chaîne à breloques. Un petit morceau de craie à la main, il regarde vers
son tableau noir, comme s'il allait écrire ; pourtant il n'écrit
pas. Les outils reluisent toujours, paraissent rire à leur
ouvrier... « Les grosses tumeurs, messieurs, je vous les
ferai passer ; les petites, vous viendrez les voir. Pour dé-
buter, nous extrairons du larynx d'un jeune homme une
pièce de dix sous qu'il y introduisit par mégarde ; enfin
nous trépanerons un agent de police victime de son audace,
nous réséquerons un rein à un adulte, trois côtes à un
manœuvre et la vésicule biliaire à une femme qui maigrit
sans discontinuer. Je vais vous la montrer tout de suite.
Levez-vous, madame. »

D'un brancard près de moi surgit un squelette en camisole blanche. Les yeux sont si loin qu'on ne les voit plus ;
le corps et les mains tremblent. Le jupon noir glisse
sur l'absence de hanches. La petite Marie le rattache. Un
peu de brouhaha. Bruit de cuvettes entre-choquées. On

s'agite dans l'hémicycle. On passe vite entre nous... Jaury
me tapote le front; tout le monde se lave les mains, surtout Malasvon dont les gros doigts craquent, tandis que la
surveillante verse dessus un filet d'eau. J'entends la pendule, le pulvérisateur, des voix qui chuchotent à la hâte,
... puis un ronflement, une sorte de sifflet. C'est l'homme
qui a avalé la pièce et qui étouffe. On commence par lui.
Une poulie descend du plafond, s'éclaire d'une lueur soudaine; l'électricité grésille. Malasvon saisit la gorge de
l'étranglé que les élèves maintiennent... Un éclair de bistouri... La lampe se balance au bout de son fil; on
l'approche du cou : « ... Pince... Éponge... Une autre
pince... » Ces mots, on se les passe aussi vite que l'objet
qui disparaît entre les phalanges robustes de Malasvon.
Un gargouillement, comme de bulles d'air et de liquide.
Le maître sort victorieux, au bout de sa pince, une pièce
rouge : « Voilà, messieurs! » On applaudit... « A une
autre... A une autre... Le numéro suivant... Non, pas
celle-là... » On tourne tous les brancards dans le même
sens. Je vois les têtes de mes camarades d'angoisse. Elles
sont terribles. Les yeux dilatés fixent l'autel du supplice, la
table, où l'on empile en ce moment d'épais coussins de
cuir que l'on tapote et recouvre de linceuls blancs... Les
dents claquent... J'entends leurs castagnettes. Je raidis mes
muscles... On me souffle : « N'ayez pas peur. » Si, j'ai
peur... Il y a une bousculade dans l'amphithéâtre; on descend pour mieux voir. On se presse. « Assis! chapeau!
assis! » Au moins, maintenant, je ne les vois plus, ces assistants assoiffés de meurtre! Je leur tourne le dos. Mais je
vois l'opérée, qui s'assied en pleurant, puis se couche sur
la table. Comme elle paraît petite! Malasvon domine tout
ce monde. Une autre machine descend du plafond. On
l'applique sur le visage de la femme qui se débat. Une
terrible odeur se répand, pénétrante, entêtante, vireuse :
le chloroforme! La patiente ne remue plus, mais elle râle
et murmure : « Mais si... mais si... Lâchez-moi... Mon

chéri... Bonsoir... Bé... Bé... Bé... Gueu... gueu... »
Horreur, un jet de sang a jailli sur ma face! Je voudrais
me sauver. Je ne le puis. Je suis prisonnier du brancard!
... Chacun s'effare! Qu'y a-t-il donc? On emporte la victime inerte et sanglante, couverte de pinces qui s'entre-
choquent sinistres : « C'est un malheur, messieurs, c'est
un malheur heureusement très rare. » Et Malasvon, superbe dans son gilet, son habit, la tête droite, éponge son
front où perle la sueur. Tismet lui passe des compresses.
Il a mis son lorgnon : il est très beau, très digne, Tismet... « A une autre... A l'autre » ... Cela continue ; c'est
un vertige, un tourbillon : l'odeur du chloroforme, l'électricité, les haleines des assistants, l'acide phénique, les
murmures et les ordres : « Pince... Éponge... Bistouri...
Sonde cannelée... Éponge... Pince... » Oh, les lamentations égarées des malades! « A une autre... La tumeur...
vite... » La pendule même semble pressée. La voix de
Malasvon, obstinée, rauque d'effort : « Ah, messieurs, elle
résiste... Mais nous l'aurons. » Un *han* furieux : « La voilà!
Examinez. Faites passer. » Une boule de chair sanglante
voltige. Applaudissements.

Je sens que mon tour approche. Je prie éperdument, et
je n'écoute pas ma prière. La peur me troue comme un
couteau. Je tremble d'un fourmillement de frissons, les
uns chauds et les autres froids. J'ai l'envie de demander
grâce et en même temps la haine des Morticoles. Celle-ci
s'aggrave de la vue de Cudane. On me saisit avec brutalité.
On m'étend sur le lit. Malasvon parle de *son* opération.
J'entends un cliquetis d'instruments et je sens, tout près
de moi, l'épouvantable odeur du chloroforme. On m'applique violemment sur la bouche la petite boîte mortelle.
J'étouffe, j'étouffe. On pompe. On veut donc me tuer? Au
secours! . . . .
Comme ces fruits sentent bon! Je suis très béat dans
notre jardin, devant un pommier ; ma mère et mon père
marchent à distance, mais il y a matériellement près

de moi comme l'idée que je serai malheureux. Ah! le délicieux, le profond parfum des pommes, et que je trouve de beaux mots pour l'exprimer, des mots qui montent en vibrant, comme des flèches de cristal, vers ce ciel admirable et limpide! Tiens! Une bête m'a piqué le pied! J'entends derrière les arbres une foule lointaine... loin... taine... Accord étrange! Syllabes sonores, évocatrices! Je secouerai cet insecte sur ma cheville... loin... taine... taine... La foule se rapproche. Je distingue des voix. Une crie : « Pince sur la pédieuse! Pince! » Mes parents ont disparu. J'ai l'âme maussade, le pied broyé par un étau. Toutes ces pommes étaient pourries. Elles me donnent envie de vomir. Eh, mais... Est-ce une armée qui passe, ce vacarme? Je suis si faible. Mon mal de cœur augmente. *Ils* vont me prendre, me jeter par terre... On me saisit et m'emporte... Comment et pourquoi?

. . . .

. . . .

Je suis revenu lentement à la conscience dans mon lit *quatorze* de la salle Vélâqui, la surveillante auprès de moi, et, tandis qu'ils me pansent le pied, Jaury et Prunet me félicitent de ma bonne tenue : « Mais vous en avez dégoisé des histoires! Ah! vous avez bien traité Cudane et Tabard. Vous rêviez donc d'eux tout le temps? » Je ne répondais rien, encore hébété de chloroforme.

Pansement et souffrance durèrent une quinzaine de jours. A chaque visite, le maître ou Tismet soulevait ma couverture et, sans dérouler les bandes, devant mon pied emmailloté comme un marmot, faisait un long discours sur les beautés de l'opération malasvonienne. Je devenais l'enfant gâté du service. On me prêtait une foule de livres. Ceux-ci m'ennuyaient. Ils ne traitaient que de science. Ils analysaient tout froidement et lourdement. Comme j'en faisais l'observation au petit Prunet, il se mit à rire : « Et de quoi voulez-vous donc que parlent les auteurs? Monsieur désirerait des légendes dorées, des catéchismes, des évangiles. Monsieur regrette les histoires qui excitent et dégradent l'imagination. Mais, Canelon, c'est la beauté des Morticoles d'avoir banni un idéalisme vague et tout ramené à des notions nettes. Ces ouvrages de la bibliothèque sont aussi ceux qu'on donne aux enfants. Au lieu de fables et de contes à dormir debout, on leur inculque des principes de botanique, physique et chimie. *Qu'est-ce que le gaz d'éclairage? Comment s'extrait la houille? Histoire de la machine à vapeur.* Voilà les plus belles anecdoctes. » Tout cela me paraissait ridicule et vain, capable d'augmenter la commodité, mais aussi le malheur. « C'est, pensais-je, l'histoire de mon pied. Malasvon me le découpe pour le guérir au nom de la science, mais Tabard me l'avait démoli au nom de la science. Le mieux eût été de le laisser tranquille. Ces gens-là se plaisent à contrarier la nature, et, ensuite, à parer ses coups. Ainsi leur gaz, électricité, vapeur, etc., accablent d'accidents ceux qui les manœuvrent, les triturent. Leur entretien détraque à jamais la santé d'une multitude d'ouvriers qui donnent leur vie à ces besognes ingrates. Cependant les Morticoles se préoccupent d'étudier les maux qu'ils ont causés et de panser les plaies physiques. Le plus souvent ils les empirent. Quant aux plaies morales, au dégoût, à la révolte, à la haine, ils ne s'en soucient point, tous abrutis qu'ils sont de matérialisme. »

On savait que j'étais chrétien et tout le monde me plaisantait. Moi, je répondais à Jaury et aux autres : « Ne voyez-vous pas que vous avez aussi vos idoles, vos belles inventions de téléphones, télégraphes, systèmes d'égouts que vous m'exposez avec tant d'orgueil, et croyez-vous que ces idoles ne dévorent pas une masse de chair humaine dans les petits sacrifices journaliers nécessités par leur entretien, l'épuisement des porte-monnaie indispensable à la formation des syndicats, comités d'actionnaires, et dans les gros sacrifices périodiques appelés catastrophes? Ne croyez-vous pas que ce progrès, dont vous avez plein

la bouche et qui n'existe que dans vos rêves, est la plus
forte chimère à trompe d'éléphant, ventre de léopard et
pieds fourchus devant laquelle les hommes se soient age-
nouillés? Une seule chose progresse, votre orgueil monstrueux, source de votre misère passée, présente et future
et qui vous mènera à votre perte. » Ces discussions, ces
prédictions, amusaient mes interlocuteurs. Misnard et
d'autres venaient de la salle de garde avec Jaury, pour stimuler mon ardeur oratoire. J'étais flatté de leur entendre
dire : « Canelon est intelligent, mais rempli de préjugés
absurdes. » . . . .

. . . .

. . . .

Je commençais à pouvoir me lever, bien que gardant
encore mon bandage, et je marchais passablement, appuyé
sur une canne. Je désirais me rendre utile autant que
gagner un petit salaire, car, jusqu'ici, j'avais vécu aux frais
du *Secours universel* et je ne voyais pas approcher sans
terreur le moment où je rôderais, absolument dénué de
ressources, dans la sinistre cité des Morticoles. La surveillante me proposa d'entrer comme aide à la salle des morts.
J'acceptai par nécessité et par une curiosité malsaine.
J'avais tant entendu parler de ces autopsies! Elles me
semblaient l'aboutissant et la raison d'être de cet immense
système hospitalier que je voyais fonctionner par morceaux.
Les médecins et les étudiants les citaient avec allégresse,
les malades avec terreur. Pour la plupart de ceux-ci, elles
étaient le bout de l'avenue, le cul-de-sac de leur destin.
J'allais pénétrer à mon tour dans ce sanctuaire.

Par un temps de blanche giboulée je commençai mon
nouveau service. Depuis deux mois je végétais à l'hôpital
grâce aux zèles combinés de Tabard, des *Rastas*, de Cudane et de Malasvon. L'hiver se prolonge, chez les Morticoles, la plus grande partie de l'année. Ils ont banni la
joie même de la nature. On venait de m'ôter mon pansement. J'avais, en place de ma capote, un pantalon de gros

drap bleu, un gilet et une veste semblables, un tablier grisâtre et une casquette sur laquelle scintillaient ces mots : HOPITAL TYPHUS. Les malades, la petite Marie, la surveillante s'étaient fort réjouis de mon accoutrement.

Je sortis de la salle Vélâqui avec bonheur, mais non définitivement, car je devais continuer à y coucher et à y prendre mes repas. Je revis la longue suite d'arceaux, les escaliers, les retentissants vestibules de ce palais du Mal. M'abritant de mon tablier, je traversai au pas de course les maigres jardins détrempés par une pluie cinglante mêlée de neige et de boue. Le ciel n'était qu'une bataille de nuages boursouflés et hagards qui se poursuivaient avec une rapidité effrayante. On m'avait indiqué la route. Après les jardins, une cour Malasvon, entièrement dallée, que l'averse faisait reluire. Je contournai le bâtiment Charmide, j'enfilai deux ou trois ruelles à nom bizarre et j'arrivai enfin à une sorte de boyau entre deux pavillons, étroit, sombre et infect. Sur une porte basse, je lus : *Service des autopsies.* Je franchis le seuil fatal.

Dans la première pièce, il n'y avait rien que des chapeaux et des pardessus. La seconde était une vaste salle déserte de vivants, mais peuplée de cercueils, la plupart découverts, où l'on voyait les corps, les maigres, les lamentables corps, les os serrés sous la peau sèche, les visages raidis, contractés comme par une attention posthume. Une frigidité contagieuse me glaçait le sang, me figeait d'horreur. Aux poignets des bras étiques, où saillaient les cordes des muscles, étaient suspendues des étiquettes par une courte ficelle grasse. Là je lus des noms par lesquels on nommait ces êtres qui marchaient, qui parlaient, qui ·pensaient comme moi et comme tant d'autres avant et après eux. Cadavres maintenant, ils avaient, accrochés à leurs mains, ces signes qui semblent appartenir à l'individu, le mettre à part des autres, le différencier, ces signes où nous voyons la destinée, qu'on a répétés dans· l'amour, dans la haine

7

et dans la terreur, que nos parents nous ont appris, que
nous avons tracés sur des feuilles volantes et dans les
actes solennels de la vie, qu'on grave sur les tombeaux
des riches, ces signes auxquels adhère la poussière de la
gloire et qui sont si caducs, si loin de nous, si peu
nôtres qu'il faut les attacher avec des ficelles, car on ne
les reconnaît plus. Je regardais attentivement ces morts
nombreux et parallèles, séparés par des cloisons de toile
blanche, couchés comme dans des lits étroits, bien appli-
qués contre le sol et vaincus par la pesanteur : il y avait
des pauvresses, aux seins flasques et disparus, car la
mamelle est encore un luxe. Voilà toute la merveille de
la joie voluptueuse serrée, telle une charogne, par une
caisse de bois stricte. Pourquoi ces ventres flétris et ratatinés avaient-ils enfanté dans la misère et le froid, par des
nuits plus noires qu'il ne faut, des êtres voués eux-mêmes
à se perpétuer, la misère créant l'alcool, l'alcool le vice,
le vice le crime, et le crime désolant la race ? Et peut-être
de ces ventres pitoyables, tables froides du plus maigre
festin d'amour, était sorti l'être sublime, fait dè misère,
de froid, d'alcool, de crime et de vice, mais par là capable
de comprendre sa race, de tout transformer en splendeur
et de prêter des ailes aux choses basses, l'être indispensable et nécessaire qui soulève un monde trop plat,
donne aux malheureux l'héroïsme, rattache les noms
sur les visages, ruine le frêle bâtiment d'une science
abjecte...

... Et, à côté des femmes, je vis des enfants, lamentables échecs du destin, avortements d'après la naissance,
petites dépouilles massacrées, dont les membres grêles
portaient encore les traces furieuses d'une courte vie.
Auprès d'eux, les hommes, dont l'attribut est la force, et
qui furent toujours si faibles, les pauvres hommes sans
muscles, creusés partout où l'on doit être gras, et lapidés
par le malheur. O corps exposés sans pudeur aux outrages
de l'air, sur qui, à travers les planches disjointes, tombe-

ront sans cesse la neige et la grêle et les giboulées du rude hiver !

Dans cette allée blême, plantée de cercueils, je restais donc stupide et morne, quand une voix grossière, éclatante, m'expulsa de ma rêverie : « Qu'est-ce que vous foutez sur vos deux pieds, comme un héron, au lieu de travailler ? Si vous commencez comme ça ! » C'était Trouillot, le garçon principal d'autopsie, être immonde, face empourprée de l'alcool dont il remplissait chaque jour sa crapuleuse bedaine, grisonnant déjà, presque un vieillard, corps rompu à la même besogne funèbre depuis plus de vingt ans, corps de colosse porté par des jambes courtes, d'aspect démoniaque. Il passait pour savoir autant d'anatomie que les meilleurs chirurgiens. Ses mains noueuses étaient énormes et il cassait en deux d'un coup de poing la colonne vertébrale d'un *sujet*.

Je crois que, quand il m'apostropha ainsi, me rappela à l'horreur réelle, je l'aurais volontiers étranglé. Il fallut pourtant lui obéir. Il m'ordonna de l'aider au transport d'un cadavre. Je pris par les bras, dans un cercueil, celui qu'il prit par les pieds, un être maigre du haut, mais exceptionnellement ventru. Hélas, le contact de cette chair dure, sous la peau flasque et froide, la tête qui se balance au hasard des chocs et des secousses ! Nous entrâmes dans une autre salle très claire. Au-dessous de quatre tables de marbre, le plancher se creusait de rigoles ; sur elles étaient des billots graisseux et une caisse d'instruments rouillés. Nous déposâmes notre charge accablante, et le corps, sur le marbre, fit un bruit mat et mou.

Un chef de service entra, suivi de ses élèves qui riaient, plaisantaient, s'envoyaient, à cause du froid, d'énormes bourrades dans le dos. Il s'appelait Avigdeuse, ce médecin, rival en pose et en beauté du chirurgien Tismet de l'Ancre : bien planté, brun, hardi, armé d'une barbe en pointe taillée avec soin et d'yeux cruels, des yeux de forban qui simulaient la douceur et qu'il masquait d'un lorgnon sans

cesse tripoté par une main nerveuse, portant beau, parlant
haut d'une voix saccadée et cassante, issue de deux lèvres
rouges, telles que suceuses d'une plaie saignante. D'emblée
il palpa le cadavre de ses doigts insouciants, fuselés et
poilus et conta une joyeuse anecdote : « Cette dame lui
avait dit. Il avait répondu... Et alors... » Sous-entendus,
réticences, finesse, caresse négligente au ventre proéminent devant lui. Quand il eut achevé : « C'est bien lui,
n'est-ce pas, Trouillot, notre numéro onze de la salle
Avigdeuse? — Il était fier, le cabotin, que sa salle portât
son nom. — Donc, préparez ma boîte. »

Je pris la caisse d'instruments et la calai sur la table
entre les pieds crispés du mort. Avigdeuse choisissait un
couteau, quand un gnôme rubicond, à barbiche blanche et
à cheveux gris envahissant une tête de fouine, entra précipitamment. Le docteur dit à son interne : « Commencez,
mon cher, pendant que je parle à Cloaquol. » Le nouveau
venu, une sommité, faisait partie de toutes les assemblées
politiques et médicales et dirigeait un organe important,
le Tibia brisé. Il possédait à fond, ce Cloaquol, l'esprit
de la cité, bas et cynique, intolérant, sectaire et dur.
Il roulait les *r*, ricanait, sautillait sur ses jambes minces,
racontant vivement à Avigdeuse ses démêlés avec Crudanet,
cette canaille, cet imbécile, car les médecins ne se mé-
nagent guère et se traitent mutuellement comme je les
traitais dans la citadelle de mon mépris. L'interne, immobile, son couteau à la main, et toute l'assistance écoutaient le colloque avec une curiosité souriante. Cloaquol,
autant que je le compris, priait son collègue de refuser à
un important concours un élève de Crudanet, faute de
quoi lui, Cloaquol, insérerait une plainte retentissante
dans son journal, interpellerait au besoin à l'Assemblée.
Son interlocuteur le fixait d'un froid regard, semblait se
ménager. Toutefois, il lui donna de bonnes espérances,
et l'autre, sûr du succès, s'écria : « Comment, papa Trouillot, toujours nécrophage ! Songez, messieurs, que, quand

j'étais interne dans le service de mon vénéré maître Labroche, Trouillot fonctionnait déjà; mais que je ne vous dérange pas. Travaillez. Au revoir! »

Il roula vers la sortie. L'interne, d'une incision rapide, mena le couteau de la gorge au bas de l'abdomen. Un flot de liquide jaune jaillit du ventre gras et coula des rigoles de la table sur le plancher avec un *glouglou* hideux. Mon être se souleva de dégoût. Ce fut pire quand, agrandissant l'ouverture et rompant les côtes à l'aide de forts ciseaux, l'opérateur retira un à un les organes de cette cavité misérable. Je vis le rouge et bulleux poumon, le cœur onctueux et rond, le foie qui s'étale comme un dôme brun et la rate sombre, ferme dans sa capsule. Avigdeuse, d'un air distrait, saisissait chaque organe, le comprimait, le palpait, esquissait une plaisanterie. Il grattait le poumon, incisait le foie, et promenait un bistouri à la surface, entrait ses doigts dans les cavités du cœur, mais sans enthousiasme, avec une moue maussade, soit qu'il eût hâte d'avoir fini, soit qu'il eût peur de tacher, malgré le tablier protecteur, sa redingote à revers de soie. Trouillot me surveillait, m'apprenait à vider le seau, à éponger la table. Quand on déroula l'intestin comme un monstrueux serpent, j'eus une brusque secousse et me cramponnai à une chaise pour ne pas tomber. Cette défaillance passa inaperçue; je devais, hélas, m'aguerrir.

Car, maintenant encore, je m'effare du contagieux esprit d'habitude qui explique, chez les Morticoles, tant de stupres et de forfaits. Au bout de quelques jours, j'avais pris mon parti de cet affreux métier. J'aidais Trouillot dans ses besognes les plus répugnantes. Il apportait en cachette des bouteilles de vin, volées à l'économat, que nous buvions entre deux cercueils. Bientôt ceux-ci perdaient leur signification. L'alcool les animait. Ils devenaient une assemblée de camarades, un peu silencieux, un peu raides, mais attentifs à nos ébats. Trouillot se levait, oscillant sur ses jambes molles et torses, et entonnait une de ses multiples complaintes, où il n'était question que de maladie et de misère. Je l'accompagnais au refrain. Parfois nous roulions sur les dalles froides et cuvions de longues heures notre ivresse. Je vis défiler, dans ces salles d'autopsie, un grand nombre de médecins. De temps à autre, Cudane, muni de sa machine et suivi de son aide, venait me demander un cadavre. J'évoque l'éternel brumeux crépuscule d'hiver, l'électricien penché sur un torse noir, Trouillot tenant une grosse lampe. J'entends la pluie au dehors. Je songe à la vinasse passée, à celle qui va venir... Ainsi je me plongeais dans une dégoûtante torpeur.

J'en fus tiré violemment. Une après-midi que, plus soûls que de coutume, nous ronflions, Trouillot et moi, vautrés l'un en face de l'autre, on frappa l'huis d'un poing rude. Nous ouvrîmes en grommelant à une civière entre deux infirmiers. C'était la besogne habituelle et que nous menions rondement ; mais, cette fois, l'aspect du cadavre, le large nez, les anneaux d'or aux oreilles, tout ce petit système de mémoire me fit tressaillir. Je regardai le nom attaché au poignet : *Magaduque, étranger*, avec une physionomie si stupéfaite que Trouillot éclata de rire : « Eh bien, Félix ! la bidoche te fait trouver mal aujourd'hui ! » Mais je ne répondis qu'à moi-même. Magaduque, c'était un de mes compagnons. Sa maison touchait à la mienne. Il était bon, affectueux et chantait sur notre navire de jolis airs bien rythmés. Lointain Magaduque de mon enfance, de mes promenades, des horizons clairs ! Baigné dans le doux brouillard du souvenir, je regardais cet infortuné semé par Dieu au même rugueux sillon que moi. Comme il avait rapetissé ! Jadis on l'appelait le grand Magaduque. Avait-il souffert, pensé aux autres, à son village ?...

C'est l'amour qui crée les êtres. Sans lui les humains ne sont que poussière. Mais lui rend cette cendre vivace, fait d'une crête de mur une forêt, d'une anfractuosité de roche un jardin et d'un coin de terre un paradis. Je le vis bien pour Magaduque. A la longue, tous ces docteurs, grands, gros, maigres, larges, étroits, noirs, blancs, poseurs, ricaneurs, raconteurs d'histoires, faiseurs de bons mots, à langues aussi vives que leurs bistouris, ou silencieux comme des dalles, ou fluents comme le sang et le pus, tous ces Morticoles morticolisés m'étaient devenus indifférents. Quand ils dépeçaient un cadavre, je jetais sans souci pêle-mêle dans le seau ce qui fut jadis la vie, le gâteau blanc du cerveau, la moelle fine et courte comme une vipère. Mais quand, le lendemain, Trouillot m'ordonna de mettre Magaduque sur une table, je sortis pour éviter un malheur.

J'errai à travers les ruelles infectes qui avoisinaient la salle d'autopsie. Je ne sentais pas la pluie me ruisseler dans le dos et sur la poitrine. Je me jugeais aussi vil et dégradé qu'un assassin : j'étais un lâche meurtrier de cadavres, un Trouillot, une bête de cimetière rampante, un cancrelat gluant du gras des morts. J'eus envie de m'enfuir de l'hôpital, d'aller me jeter à la mer. Mais comment sortir de ce labyrinthe ? Je m'agenouillai dans la boue. Un arbre noir dans la rafale agitait devant moi ses branches désespérées et son âme me parut concorder à la mienne. Je priai avec ferveur ; j'interprétai mes souffrances, mes hontes en épreuves. M'adressant à Dieu, je dépouillai le Canelon insouciant... Quand je me relevai, j'eus l'impression de dix ans gagnés en quelques secondes, et pris, réconforté, le chemin de la salle Vélâqui.

CHAPITRE IV

Mon ignoble métier, qui faisait de moi un salarié de l'hôpital, m'avait enlevé mes relations avec les malades, dont je devenais le bourreau posthume. D'ailleurs, le plus souvent je rentrais tard et j'avais des cauchemars affreux d'où me tirait la main brutale du veilleur. Je ne connaissais donc point les hôtes changeants des lits contigus, successeurs de la barbe rousse et d'Alfred. Je remarquai à peine un corps enfoui à ma gauche dans ses draps, qui respirait difficilement et suait à grosses gouttes. Au réveil, je trouvai une lettre indignée de Trouillot qui me reprochait ma paresse. Je lui répondis que je ne voulais plus l'assister, que je renonçais à ma fonction, et j'écrivis dans le même sens au directeur, ajoutant que dans quelques jours, d'après l'assurance de l'interne, mon pied serait parfaitement remis. Le directeur me fit savoir qu'il acceptait ma démission de garçon d'autopsie, mais que je ne quitterais l'hôpital que sur décision expresse du docteur Malasvon. En attendant, vu qu'on était content de moi, je pouvais devenir garçon de salle, à la solde ordinaire des infirmiers, *comme l'est actuellement votre compatriote Trub*, ajoutait la lettre.

Trub encore en vie ! La joie de cette nouvelle me fit oublier tout. Trub, le préféré du capitaine Sanot, était un délicieux garçon, mince, court sur pattes, à la figure fripée et maline, aux cheveux collés comme s'il sortait de l'eau, agile et spirituel plus qu'un singe, possesseur d'une infinité d'histoires drôlatiques ou touchantes, maître de lui dans les situations périlleuses. On ne lui savait qu'un défaut : l'amour effréné des cravates voyantes. Avec quelle allégresse je le serrerais dans mes bras! Mes transports furent interrompus par les imprécations de Jaury, lequel s'apercevait que mon voisin de gauche était atteint d'une rougeole et qu'on l'avait par mégarde placé dans un service de chirurgie qu'il risquait de contagionner. Le malheureux tremblait la fièvre. La nuit précédente, il m'avait demandé à boire cinq fois et je croyais que l'eau tombait dans du feu, tant sa bouche, aux lèvres sèches, me grillait la main quand il me l'embrassa par reconnaissance. Le directeur vint, pontifiant et solennel. Il menaça de renvoyer tout le personnel de la salle et décida que cet épouvantail serait immédiatement transféré à l'*hôpital des Contages*, sorte de léproserie où les Morticoles expédient les maladies épidémiques. Là, elles se joignent les unes aux autres par les greffes les plus intéressantes. Le coupable fut tiré de ses draps, grelottant, et embarqué sur une civière.

Le soir même, j'étais pris de nausées et tout larmoyant; le lendemain j'avais la fièvre et Jaury, à la contre-visite, me diagnostiqua une bonne rougeole que je devais à mon aimable voisin. Il me montra, dans une petite glace, ma face empourprée, mes yeux et mon nez gonflés d'eau. Je le suppliai de ne pas m'envoyer à l'*hôpital des Contages*. L'horreur de ma situation m'apparaissait dans sa splendeur, rythmée par le battement plus vif de mes artères. L'interne fut touché. Il me promit de ne parler de rien et de me passer subrepticement au service du docteur Charmide, homme excellent qui me garderait, me soignerait, aurait pitié de moi, me guérirait. J'avais entendu plaisanter l'extrême bonté de *Saint Charmide*, comme l'appelaient par dérision ses rivaux, désolés d'une situation prépondérante qu'il ne devait, par exception, qu'à son

travail et à son génie. Jaury me promit, en outre, de me
recommander à son collègue, l'interne Barbasse.

Je quittai la salle Vélâqui, chaudement enveloppé de
couvertures, et fus transporté, avec précaution, au lit
numéro huit du service de Charmide, à l'autre bout de
l'hôpital. Tiède, paisible, d'aspect familial, cette salle
Bucolin était petite et bien rangée, aux soins d'une gracieuse surveillante qui souriait en montrant de jolies fos-
settes. Une merveilleuse atmosphère de bonté dissipait la
crainte, laissait voleter l'espérance autour de l'arbre du
mal. L'interne Barbasse était un garçon poli et dévoué.
Une fraîche tisane m'amena dans la bouche une oasis, au
milieu des désert sablonneux de la fièvre. Un parfum
léger chassait les miasmes. J'avais des draps blancs, du
linge bassiné, un bonnet de coton tout neuf. Deux grands
paravents m'isolaient de mes voisins, me constituaient
une sorte de maisonnette, de domicile, et je m'assoupis
dans un bien-être inexprimable.

Le lendemain, je vis l'admirable docteur Charmide à la
tête si sérieuse et si bonne et telle qu'on en oublie les
traits pour ne se rappeler que l'expression morale d'a-
paisement, de mansuétude. Lui pour la médecine, Dabaisse pour la chirurgie, voilà les deux phénomènes de
compassion que leurs collègues regardent avec envie et
stupeur, mais désarmés, car ici la médisance ni la calomnie n'ont de prise. On ne s'imagine pas le sourire
divin de Charmide, sa parole voilée, la douceur de la
main qu'il impose sur les tempes brûlantes des malades,
le repos, la tranquille et sûre confiance qui émanent de
lui comme une auréole morale. Comme Dabaisse, il croit au
même Dieu que moi. Il n'y a chez les Morticoles que deux
héros, que deux apôtres et ils sont chrétiens, malgré les
sarcasmes. Ils ont appris la commisération, l'indulgence
souveraine aux pieds de la croix. O le regard pénétrant de
Charmide! Quand il le dirigea vers mon regard, je sentis
qu'il me pénétrait l'âme. Il m'interrogea sur mon passé,

vivement et presque timidement. Il m'assura que cette
rougeole serait l'affaire d'une huitaine de jours, si je prenais mes remèdes en conscience : « Ces paravents sont
une fragile barrière. Je vous demande de ne pas frayer
avec vos voisins; vous leur donneriez votre mal. Je vois
un livre sur le lit. Ne lisez pas. Cela fatigue. Restez au
chaud et immobile. N'ayez aucune crainte. — Qu'on lui
mette une bonne boule aux pieds et, si sa tisane lui déplaît,
qu'on la change. Quant à la nourriture, il peut manger
ce qu'il voudra. » Ce ton discret, amical et ces gestes
exquis glissaient au fond de moi comme des messagers
d'amour et de pardon. Qu'il faut peu de chose à l'homme
pour guérir les plaies cuisantes de l'homme !

Certes, je mangeai ce que je voulus! J'appris bientôt
que le docteur Charmide, révolté par les déprédations du *Secours universel*, payait de sa propre bourse les
suppléments alimentaires. Le lait devenait-il rare : « Qu'on
s'en procure et du meilleur, » disait le chef à la surveillante. On me donna, le premier jour, une côtelette sur de
la purée, des haricots verts exquis et une demi-bouteille
de vin qui me réchauffa mieux que la *boule*. J'aurais
voulu me dévouer pour ce céleste docteur, lui montrer
que je l'aimais et le vénérais de toute la haine amassée
contre ses collègues. Suivant ses ordres à la lettre, je
n'adressai même pas la parole aux malades, mais j'écoutais leurs conversations masquées, et mes paravents épais
et creux me devenaient des caisses de résonance. Ces
propos achevèrent de m'édifier : dans tous les tons de voix,
aigus ou graves, ou voilés par le mal, chuchotés presque
et d'autant plus doux et discrets, ils célébraient la bonté
inépuisable de Charmide. Aux uns, il avait changé trois
fois de suite un remède dont ils se dégoûtaient; aux
autres, il avait remis de l'argent en cachette. Un vieux
bonhomme, chevrotant et toussant, racontait que d'anciens rhumatismes noueux le ramenaient sans cesse au
service. Une fois Charmide lui avait dit tout bas et *quand*

le monde était parti : « Vous avez tort, mon brave papa, vous prenez la place d'un autre plus malade. » Ce juste reproche avait été au cœur du vieillard. *Il en avait pleuré la nuit,* ajoutait-il, *et il ne serait plus revenu s'il ne s'était senti de l'eau dans la poitrine.* Un organe éraillé (à quelle tète singulière pouvait-il appartenir?), mêlé d'argot et de jurons, déclarait que : « Comme bon bougre, le docteur n'a pas son pareil. Quand il fait froid et qu'on va chez lui, il vous allonge des pièces de quarante sous. » A tous, ce consolateur avait dit la parole décisive qui apaise et nourrit le cœur, ouvre les écluses de la reconnaissance. Malgré le petit peu de fièvre qui m'animait, j'étais attendri jusqu'à l'exaltation par ces témoignages frustes et anonymes, ces louanges chantées dans une salle d'hôpital, sous le jour froid et triste de l'hiver.

J'attendais avec impatience la visite matinale de Charmide. Je devinais son approche, et, avant que la porte tremblât, je savais qu'il n'était pas loin. Le maître me prenait la main, la gardait quelque peu dans la sienne, puis la quittait avec une petite tape amicale. Barbasse, son interne, était auprès de lui avec de rares élèves, car ce juste ne favorise personne dans les concours. Parfois il saisissait un des grands cahiers qui servent à la consultation et traçait dessus quelques esquisses au crayon bleu, mais cela d'une manière infiniment discrète.

La radieuse guérison parut. Je pris un bain et mes paravents s'écartèrent. Je connus les habitants de la salle Bucolin. Ce n'étaient plus, comme chez Malasvon, des lésions chirurgicales, des accidents tapageurs, mais bien des maux sourds et cachés. J'admirai le plaisir que les patients ont à s'appesantir sur leurs souffrances. Il leur semble qu'en se racontant ils extériorisent leur infortune. Il y a de l'apostolat dans les infirmités. Certains toussaient périodiquement d'une petite toux sèche qui secouait leurs épaules pointues, si affaiblis qu'ils se soulevaient avec peine par la poignée de bois descendant des traverses.

Quelquefois ils crachaient un sang rose, et ceci leur donnait une pâleur où les flammes de leurs yeux vacillaient.
Le timbre parcheminé de leur voix rappelait un jeu de
mon pays, où l'on imite le cri du coq avec un morceau de
papier.

Charmide les interrogeait sur leurs parents, et, quand
les lits étaient voisins, j'entendais distinctement les réponses. Je demandai à Barbasse pourquoi cette question
revenait toujours. L'excellent garçon m'expliqua que les
maladies des Morticoles sont de véritables personnages.
Parasites des humains, parallèles aux humains, elles ont
leurs fils chez leurs fils, leurs petits-enfants chez leurs
petits-enfants, et ainsi de suite : « Et, dis-je, ne peut-on
jamais se soustraire aux conséquences terribles de cette
hérédité ? — Jamais. Apprenez, Canelon, que le fils d'un
fou est un fou, celui d'un cardiaque un cardiaque, celui
d'un tuberculeux un tuberculeux. Le mal n'est pas fort
inventif. » J'objectai à l'interne combien ses concitoyens
répugnaient à cet ordre de problèmes, à ces recherches
sur leurs familles : « Oui, ils devinent là vaguement
quelque chose d'implacable, et les griffes de la fatalité.
Vous voyez (ici Barbasse baissa la voix), tout au fond, le
lit n° 2. C'est *un cœur*. Ses ascendants, ses frères et sœurs
sont tous morts par cet organe. Lui le sait, et pourtant il
le nie avec désespoir. D'ailleurs ces chaînes n'ont rien qui
doive surprendre. Ne ressemblez-vous pas à votre père et
à votre mère? » Je développai alors que, dans mon pays, on
ne voit que de rares accidents, tels qu'ils résultent des
travaux de la campagne, ou encore des indispositions, coliques et rhumes : « Nous ignorons cette kyrielle de fléaux
qui peuplent les salles de l'hôpital Typhus. Quant à l'hérédité, comme nous avons une existence très active, très
libre, très de plein air, cela depuis d'innombrables années,
aussi loin que remontent le souvenir et l'histoire, nous
formons infiniment plus de types caractéristiques et différents qu'on n'en trouve dans votre morne cité, où la vie est

8

affaissée, rongée par le besoin, limitée par la haine et la
servitude. Sans doute je tiens de mes parents ; mais, plus
qu'eux deux, je suis *moi*, Félix Canelon. On ne me re-
constituerait pas en les pilant dans un mortier. Grâce à
mon impressionnabilité, mes sens ajoutent à chaque seconde des petites boulettes de terre glaise à ma très per-
sonnelle statue. Ici, l'instruction est tellement répandue
qu'elle enseigne aux enfants dès le berceau tout ce qu'ils
doivent craindre des tares héréditaires. Aussi vos Morticoles ont-ils la sensation perpétuelle du prisonnier qui
voit mener son compagnon au supplice, et prennent-ils en
haine leurs ancêtres, causes de leur ruine, miroirs de
leur propre destin. Dites aux gens qu'ils sont libres, qu'ils
ne dépendent de personne et ils se croient libres, et ils
le deviennent ; ils respirent *leur* air, mangent *leur* pain,
marchent sur *leurs* jambes et pensent *leurs* réflexions.
Dites-leur qu'ils sont en cage et ils se le persuadent ; ils
admettent que leurs mouvements, leurs gestes, leurs idées
sont réglés, administrés, préétablis ; ils se figent dans l'automate. Voilà où mène votre matérialisme. Vous n'êtes
frappés que par les empreintes et vous les accentuez en
insistant sur elles. Vous vous empêtrez de liens plus durs
que la mort et vous les détaillez avec complaisance. Cet
esclavage est votre œuvre et vous y ajoutez par l'étude.
Ainsi tous ces êtres qui végètent dans la salle Bucolin, non
des vivants, mais des demi-vivants, étaient à peu près les
mêmes au même endroit il y a cent ans, et seront les
mêmes dans cent ans ! Tout s'immobilise en horreur. Et
vous vous irritez de ce que ces malheureux se refusent à vos
constatations. Mais, parbleu, ils voudraient avoir une existence individuelle ! C'est cela qu'ils vous expriment gau-
chement, lamentablement par leurs réticences, leurs
négations, leurs mensonges, leurs échappatoires : c'est
leur besoin de renouveau, de révolution, leur zèle à
partir du pied gauche en laissant derrière eux la douleur,
le désespoir et la honte ; leur élan pour courir, bondir

vers la lumière ! Chez nous, tout le monde est sur le même
rang, sans diplômes, titres, décorations, ni faveurs ; les
imbéciles sont honnêtes ; les rares savants tournent leur
science en bienfaisance. Votre docteur Charmide est un
des nôtres égaré parmi vous ; mais il ne suffira pas à vous
ramener au juste et à Dieu. »

Je subis bien des tristesses pendant mon séjour à la
salle Bucolin. Je vis ceux qui souffrent du foie et dont la
figure jaune et chinoise ne devient jamais blanche. Leurs
yeux aussi sont jaunes et leur bouche prend un pli amer.
Ceux qui souffrent du cœur : essoufflés, les narines battantes, ils se redressent dans leurs lits, les mains étendues
en avant ; quelquefois, un accès de suffocation les saisit,
tocsin douloureux de leurs veines. Alors ils se com-
priment, et s'arrachent la poitrine. Les uns sont tout
rouges et les autres tout blêmes et bientôt ils se gonflent
comme de la baudruche. Je vis des guérisons fausses :
un malade déclare qu'il va partir, fait ses préparatifs, célèbre comme un paradis la vie misérable dans laquelle il
rentre. Puis, à son dernier repas d'hôpital, une malencon-
treuse feuille de salade amène une crise d'étouffement.
Il faut se déshabiller et se recoucher dans le désespoir. Je
vis les convalescents de fièvre grave, leurs visages amin-
cis et tremblants où perle une sueur visqueuse. Quelques-
uns ont la tête si faible qu'ils disent des paroles incohérentes et font avec leurs doigts des mouvements mystérieux,
tel un oiseau blessé qui s'essaye à voler. Je vis ceux qu'em-
poisonne l'atelier : le plomb les paralyse et leur ventre se
tord dans des épreintes atroces, qu'ils calment en y plon-
geant leurs paumes calleuses et rouges. D'autres toussent
à cause des poussières du charbon. A d'autres, le phos-
phore a dévoré les os. Chez d'autres, le mercure, s'insinuant
comme une vapeur subtile, a tari les sources vitales, et
ils ont l'air de cadavres qui marchent, d'un bleu livide et
les yeux caves. Je vis l'anévrisme de l'aorte, qui bat sous
les côtes élimées, comme une araignée de mort, et crèvera

bientôt, fastueux et rutilant geyser qui lance, expulse
l'âme, l'anévrisme que sa proie connaît et observe. Tous
deux fraternisent d'angoisse et de terreur. Les assistants
n'osent plus découvrir la pellicule pulsatile, frêle barrière
terrestre, tant elle est mince et rose.

J'appris à reconnaître ceux qui portent une tumeur profonde, agonisent lentement, broyés par ce démon intime.
Leur regard pose une effrayante énigme. Spectateurs de
leur propre drame, ils admirent leurs tissus cédant à la
Reine, tels des courtisans empressés, la galopade de la
Mort, étincelante sur son cheval vert, puis des épisodes
soudains, des coups de théâtre : ce sont des vomissements
d'un sang épais et noir comme l'Érèbe ; c'est la perte de la
parole au milieu d'une phrase, en demandant *un peu plus
de purée*. L'acteur tragique s'arrête, hébété, porte la main
à son front, lâche son assiette et tombe en arrière. Ce
sont les veines des jambes qui gonflent tout à coup, des-
sinent une terrible forêt bleue. Que va-t-il arriver encore?
Au pied de la couche de ces porteurs d'inconnu, j'aperçois
l'Avenir, drapé de deuil et silencieux.

A tous, Charmide donnait un soulagement, un conseil,
un mot affectueux. Je me levais. Je suivais de loin la visite.
Barbasse me disait : « Canelon, vous devriez étudier la
médecine. Vous feriez des progrès étonnants. » Ce fut le
germe de la déplorable résolution que je pris plus tard.
Cependant le patron entrait dans les travées étroites qui
séparent les lits. Il regardait et palpait soigneusement les
organes atteints, examinait les urines polychromes, les
langues animées de tressaillements vermineux. Il fixait
un instant de son œil prophétique les regards éteints, vi-
dés, ou remplis de crainte jusqu'au bord. Il recouvrait
d'une serviette blanche ces poitrines sèches et rudes, où il
entendait des choses si pénibles qu'il relevait la tête en
soupirant. Alors on faisait silence dans la salle et, tandis
qu'il auscultait (avec quel soin grave et prudent!), le tic tac
de l'horloge mesurait le temps aux condamnés. Quelque-

fois il avait un geste de satisfaction, son lumineux sourire qui signifiait : *Cela va mieux*. Aux moribonds, qui le suppliaient pour la vérité, il versait le vin prodigieux du mensonge. Une seule fois je l'ai vu, en colère, chasser de son service une canaille de *Rasta* qui, sous prétexte de percuter un poumon, avait, par sa maladresse brutale, déterminé une hémorragie. Tout ce qu'on lui demandait, il l'accordait. J'osai un jour lui adresser la parole et le prier de me garder encore quelque temps dans les salles, bien que je fusse parfaitement guéri de mon pied et de ma rougeole. Sur un signe favorable de Barbasse, il y consentit.

Le plus possible je l'accompagnais. Je me rendais utile. Je préparais l'encre et le papier des élèves aux cliniques, le fauteuil où s'asseyait Charmide, la table où il disposait ses notes et je restais là pour entendre sa voix, jouir de sa présence. La visite achevée, je montais dans une petite pièce où il mettait son pardessus et son chapeau et je savourais ses enseignements complémentaires, familiers et toujours profonds.

Certes, j'avais envie de revoir notre pays; mais je savais les difficultés inouïes dont serait hérissé le départ, beaucoup d'entre nous malades, d'autres morts, tous dispersés. J'étais sans nouvelles du capitaine, et j'attendais les événements, prenant notre mal en patience. La petite Marie venait me voir. Elle devait me trouver froid à son égard, car, fatigué par tant de secousses, j'étais peu porté sur la bagatelle. Je sortais rarement de la salle. Ces alternatives d'un pâle soleil, de pluie et de giboulée ou de brumes noires ou blanches ne m'attiraient guère. Comme chez Malasvon, je m'asseyais contre le poêle, mais ici je voyais les pauvres redevenus des hommes graduellement, grâce aux soins, à la mansuétude. L'hôpital Typhus est une belle école. Il prouve comme l'humanité est malléable, prompte à toutes les empreintes, comme la révolte, la violence et la haine sont les filles de l'injustice. Ah, Morticoles, les

8.

pires d'entre vous sont encore plus bêtes que méchants !
Ils croient aux formules toutes faites, rigides et fausses.
La plupart de leurs vices sortent de l'orgueil. Quel bipède
parlant est donc supérieur à un autre? Quel droit donne
un parchemin? Qu'est-ce qu'une loi, sinon un contrat librement consenti et où les deux s'engagent? J'ai vu des gaillards tragiques, comme jadis ma barbe rousse, entrer
salle Bucolin, la fureur dans le corps. Ils ne résistaient pas
deux jours à la douceur de Charmide et s'assouplissaient
peu à peu, tournaient leur sauvage rudesse en protestations
de dévouement. Alors, chez ces combatifs, l'amour se
traduisait ainsi : « Je voudrais bien qu'on y touche un
cheveu de la tête, à notre docteur ! »

La surveillante et Barbasse me dressaient à l'examen
des urines, à la recherche de l'albumine et du sucre et je
ne me trompais point de réactif. Je lisais les températures au thermomètre ; je les inscrivais sur une feuille
de papier, par ces petits points que l'on relie progressive-
ment et qui deviennent une courbe élégante.

La salle Bucoline ou des femmes faisait pendant à la
nôtre, séparée d'elle par un grand vestibule à vitrages. Je
pouvais y pénétrer à ma fantaisie. La gent féminine est la
même partout, papillotante, rancunière, potinière et
criarde. C'étaient des disputes perpétuelles, des camps, des
luttes, des trames secrètes, des *ma chère*, des *croyez-vous*,
des *c'est bon, c'est bon* et des menaces. Les vieilles répri-
mandaient les jeunes et les jeunes plaisantaient les vieilles.
Parfois, près d'un lit, s'allongeait un berceau, et le glou-
ton gamin désolait le service par son cri, empêchait *le
monde* de dormir, tant qu'à la fin il se calmât, à l'approche
tiède de sa pitance.

Le lit *numéro vingt* de la salle Bucoline était habité
par une jeune fille brune, rose et charmante, Mlle Suzanne. Je pensais souvent à son fin visage ovale, et,
dès que j'avais une heure libre, je courais auprès d'elle ;
je la plaisantais sur ses yeux de malice, qu'elle avait gris

poudré d'or, et sur la petite couture à laquelle se dé-
vouaient ses doigts agiles. Elle me répondait du même
ton, aussi bonne et aimable que belle. Un jour qu'à la
visite elle s'était montrée plus gaie et vivace encore que
de coutume, je remarquai un rapide éclair de douleur qui
zébra la mélancolique physionomie de Charmide. Au vestiaire, il dit tristement à Barbasse : « Cette malheureuse
petite 20 est perdue, décidément perdue. La fièvre n'est
pas forte, mais hélas... » Un geste navré acheva la
phrase. J'eus le cœur brisé. Ainsi la mort, pourvoyeuse
ignoble, se tenait prête derrière tant de grâce, une chair si
tendre ! Après le départ du patron, je demandais quelques
anciennes explications à l'interne : « Ah ! me répondit-il,
la pauvre fleur coupée, elle embaume encore. C'est la
phtisie rapide, Canelon. Quand vous étudierez, vous
apprendrez à la connaître. Le temps n'a pas de faux plus
aiguë, plus soudaine. »

Le soir, une fièvre intense prit ma mignonne Suzanne.
Son teint parut plus animé. Le jour suivant, au matin, ce
fut l'agonie. La surveillante tenait les chères menottes
moites de la défaillante victime et je lui faisais respirer en
pleurant le contenu d'un ballon d'oxygène. La couture
gisait au pied du lit, fragile témoignage de la surprise.
L'idée que dans vingt-quatre heures ces délicats membres
de femme appartiendraient à l'infâme Trouillot et réson-
neraient durement sur le marbre, cette vision macabre
m'était insupportable. Elle avait aimé sans doute et on
l'avait aimée, cette hâtive proie du destin. Son cœur, en
lutte dernière, avait battu bien fort pour de plus doux travaux... Malgré nos peines, le souffle allait s'affaiblissant.
Les doigts crispés se détendirent. Le court gémissement,
qui soulevait la poitrine menue, devint un affreux hoquet.
Un bruit rauque écorcha son cou de tourterelle et ses
beaux yeux gris, ses yeux pailletés d'or, je les vis tout à
coup s'éteindre et sombrer. La tête oscilla, au gré de
l'oreiller, sur lequel se mouvaient les flots de la cheve-

lure noire, si ample et si riche, et je sanglotai contre le
mur, y tapant mon pauvre front d'homme.

A ce moment, il y eut un vacarme sacrilège. Le beau
Tismet de l'Ancre et le bel Avigdeuse passaient suivis de
leurs élèves, parlant fort, se frappant l'épaule, remplis
d'audace et d'arrogance. Ils s'arrêtèrent devant le lit, et
Tismet s'écria joyeux : « Tout juste! Décès subit! Diagnostic : *Tuberculose aiguë*. Si elle a de l'œdème, cela
tranche la querelle. » Déjà les deux compères soulevaient
brutalement les draps. Je détournai la tête : « Jolie fille!
Encore chaude... Un vrai satin. Non, pas d'œdème. — Alors
je suis battu. » Ils continuèrent leur route, laissant le corps
découvert, souillé par leur contact, tandis qu'Avigdeuse
expliquait à Tismet que *le vitalisme, l'animisme, il fau-
drait revenir à ces idées...*

Grâce à un subterfuge, Suzanne échappa à Trouillot, et,
par la plus sinistre des éclaircies, on la hissa dans un
corbillard mal étayé, qui grinçait sur des roues criardes.

Je ne pouvais rester plus longtemps salle Bucolin. J'y
occupais un lit sans raison, et je ne voulais pas mériter
même l'ombre d'un reproche de notre maître. Barbasse
obtint du directeur que je serais garçon en titre dans le
service du docteur Boridan. Je comptais gagner quelque
argent, avec le vague espoir de commencer des études
médicales qui donnent seules, chez les Morticoles, toutes
licences, même celle de fuir.

Je fis mes adieux à Charmide. Il me serra paternelle-
ment les mains et glissa sous mon oreiller plusieurs
pièces d'or. J'allai porter mes vêtements au dortoir des
garçons. Dans une longue pièce mal éclairée, garnie de
lits pouilleux et de planches où l'on rangeait ses affaires,
ils s'entassaient, les subalternes tapageurs qui copient
grossièrement leurs durs maîtres, exagèrent l'infatuation
et l'immondice. Comme j'ai l'aspect robuste et que j'étais
taciturne, mon entrée dans ce chenil se passa sans trop de
grognements : « Canelon! Canelon! On se retrouve

enfin! » Stupeur joyeuse! Trub lui-même me sautait au cou, l'excellent petit Trub, avec ses yeux clignotants, ses jeunes rides, la queue de sa barbiche, ses cheveux plats, sa taille de botte et ses gestes vifs comme sa parole : « Eh, Félix, le grand nez; y a-t-il assez longtemps, Seigneur! Quelle surprise ! » Ayant pris les deux lits côte à côte, nous causâmes toute la nuit. Je lui fis le récit de mes aventures; il me conta les siennes et m'apprit une nouvelle abominable : tous nos compagnons étaient morts dans des hôpitaux différents. Seul, le capitaine Sanot vivait encore, sans doute, mais nul ne savait ce qu'il était devenu. Des bruits contradictoires couraient à son sujet. Quant à Trub, il avait eu le bonheur d'entrer dans le service de Dabaisse, qui est pour la chirurgie ce qu'est Charmide pour la médecine, un véritable héros, détesté des Morticoles, qui trouvent en lui le remords joint à la concurrence. Bientôt rétabli, Trub restait comme garçon dans ces salles où il avait été malade, et ses manières délurées, son adresse, sa facilité d'adaptation aux circonstances l'avaient vite rendu précieux et célèbre parmi les inférieurs de l'hôpital Typhus. Quand son chef faisait en ville une opération importante, il l'emmenait avec lui, le chargeait de préparer tout l'attirail chirurgical. Aussi Trub mettait de côté un peu d'argent. De plus, ces sorties fréquentes lui faisaient une situation privilégiée; c'est ainsi, moitié au dehors, moitié par les racontars de ses collègues, qu'il avait appris la disparition de nos camarades. Les uns étaient allés s'échouer dans une sorte de lazaret, où ils avaient succombé à d'horribles contagions. D'autres étaient tombés aux mains de Morticoles faiseurs d'expériences, les plus redoutables de tous, de Cudanes et d'Avigdeuses, qui les avaient torturés d'une manière atroce, afin d'attirer sur leurs nullités l'attention des Académies. Il y avait même cinq ou six de ces infortunés qu'on avait laissés mourir de faim, pour observer si leur estomac ne se digérerait pas lui-même. Trub me communiquait ces détails avec fureur. Il me citait les noms. Nous nous attendrissions et nous nous irritions ensemble. Qu'était devenue cette bonne face rubiconde de Sanot? Avait-il été la victime d'un boucher ou d'un laboratoire? Était-il maintenant, par petits fragments, hôte des bocaux alcooliques ou sous l'objectif des microscopes? Avait-il été jeté, sort meilleur, dans un égout ou à la mer? Les poissons et les cancrelats sont préférables aux médecins.

Trub était, comme moi, révolté des horreurs qu'il avait entrevues et qui lui avaient paru d'autant plus vives qu'elles contrastaient avec l'extrême bonté de son Dabaisse. Les traits charitables et délicats qu'il me cita de celui-ci me rappelèrent à chaque minute Charmide. Trub n'avait pas perdu sa gaieté. Nous nous parlions bas pour ne point réveiller les brutes qui ronflaient près de nous. Je ris de bon cœur à plusieurs de ses sorties contre nos Morticoles; il me confirma dans l'impossibilité de nous enfuir actuellement : « Ils ont démâté et démoli notre brave *Courrier*. Il passe ici des bateaux de commerce, rarement il est vrai, car on redoute, dans l'univers entier, Crudanèt et ses acolytes. Enfin, nous saisirons l'occasion propice. En attendant, unissons nos forces et consolons-nous l'un l'autre. » Quand Trub apprit que j'étais garçon chez Boridan, il fit la grimace : « Un expérimentateur, celui-là, une tête toute ronde et le poil rude. Mon pauvre Félix, tu auras de mauvais moments. »

Dès l'aube, je pris le chemin de la salle Torquisite, où trône le médecin Boridan. Je trouvai là Quignon, l'interne, qui fumait et plaisantait avec les élèves. C'était un vilain garçon, maigre, au nez retroussé et écrasé, à la voix nasillarde; il citait sans cesse ses bonnes fortunes auprès des surveillantes et ne s'occupait point des malades, dont il regardait nonchalamment les pancartes. Il me donna quelques ordres brusques et contradictoires, et déclara que *ce matin, par hasard, on verrait le chef.* Après une longue attente, toute remplie par l'insupportable bagou des cara-

bins, nous vîmes entrer Boridan, tel que Trub me l'avait
dépeint, petit, grassouillet, pour tête une grosse bille où
les yeux indécis viraient de droite et de gauche, guettant
une approbation, une raillerie, un sourire, comme un chien
suit l'os dont on le dupe. Il se mit à causer bas et vite avec
Quignon; je compris que, pour mes débuts, on méditait
une expérience. Cudane parut, flanqué de son aide et d'une
machine terrible, garnie de pointes brillantes. On la dis-
posa sur une table, au pied du lit n° 7, et le malade,
sorte de squelette suant et barbu, la fixait plein d'épouvante. Il n'avait pas tort. L'entourage alluma des cigarettes
et l'on conta des calembredaines. Boridan semblait de
mauvais augure, son chapeau haut de forme sur l'oreille
dépassé par de rares crins pâles, comme il en peut pousser
sur le chef d'un méchant. Arrivèrent successivement
Tismet de l'Ancre et Avigdeuse, ces bellâtres jumeaux,
Cloaquol, hirsute et maussade, Bradilin, renommé pour
sa cruauté, Cercueillet, gâteux, mince et blême, Gigade le
joyeux, le farceur, le bouffon de la Faculté, dont les yeux
globuleux, les cheveux plats ramenés sur le front et les
plaisanteries aux directeurs ont égayé trois générations
d'étudiants, le solennel Canille, grand par la taille et la
vanité. C'est lui qui, dans ses cliniques, parle sérieusement des *admirables, éternelles découvertes de Moi, le
professeur Canille, de la célèbre Académie des Morticoles.*

Tout ce monde serrait les mains de Boridan, causait,
riait, agitait la fourmilière de potins sur les rapts du
Secours universel, l'intolérable suprématie de Crudanet,
la rivalité des deux hypnotiseurs Foutange et Boustibras
et mille autres commérages de moindre importance. Enfin
Boridan prit la parole : « Mes chers collègues, je veux
que vous ayez la primeur, avant l'Académie, de ce malade,
jadis phtisique au dernier degré, aujourd'hui totalement
guéri par nos applications d'électricité statico-dynamique
combinées avec des piqûres profondes au salicylo-brom-

hydrate d'*avigdine*, le médicament merveilleux de
notre cher Avigdeuse, ici présent. » Avigdeuse cligna de
ses yeux ironiques et noirs et hocha la tête. Cloaquol
prenait des notes pour son journal ; l'aide et Cudane s'empressaient autour de la machine. Les autres interrogeaient
le patient, qui répondait d'une voix basse et étouffée :
« Dites-moi, mon ami, demandait Canille avec hauteur,
depuis combien de temps remarquiez-vous vos garde-
robes glaireuses ? » Tismet de l'Ancre secouait les articulations soudées et murmurait, patelin : « Il n'y a pas de
tubercules synoviaux. » Cercueillet, silencieux, tâtait le
pouls par contenance professionnelle ; Gigade chantonnait :
« On va lui glisser un tube, lui glisser un tube Hercule. »,
Quant à Bradilin, face triangulaire aux regards torves, il
accaparait Quignon : « Pas si guérie que ça, votre *présentation*. Après l'Académie, nous lui enlèverons du muscle
à l'emporte-pièce. » Boridan ajouta des explications confuses. Tous se moquaient de lui, qu'ils savaient vil, ignorant
et menteur, fabricant de guérisons postiches. Lui admirait
la bassesse de ses collègues, assez grande pour qu'aucun
n'osât exprimer sa pensée.

La machine était prête. Tandis qu'elle fonctionnait,
Quignon faisait précipitamment au numéro 7 quelques
injections d'avigdine. Celles-ci, je l'appris depuis, avaient
été laborieusement combinées entre Avigdeuse, Cloaquol,
Boridan, le charlatan Wabanheim et son pharmacien
Banarrita, pour faire concurrence à une admirable invention récente, grâce à laquelle un docteur étranger rendait
la vie et la force aux désespérés. Les Morticoles se flat-
taient, par un tapage savant, d'atteindre un double but :
combattre et ruiner dans l'opinion celui qu'ils considéraient comme un rival dangereux pour la science officielle ;
créer une spécialité coûteuse qu'ils infligeraient aux riches
après l'avoir essayée sur les pauvres.

Le squelette retrouvait un peu de vigueur pour gémir.
Il étouffait. La sueur fétide trempait le col de sa chemise.

Quand ce fut fini, les têtes goguenardes se relevèrent ;
Boridan exultait : « Voyez le résultat ; la respiration est
libre ; le pouls augmente d'amplitude. Une sudation abondante indique la défervescence. » Tous demandaient des
détails complémentaires. *C'était convaincant, lumineux !* Puis, comme il fallait déjeuner, le groupe infâme se
dispersa . . . .
. . . .

Dans cette salle impitoyable, chaque lit était une
chambre de torture. Le cynique Quignon annonçait à
l'avance les extravagantes trouvailles de son maître :
« Tenons-nous bien, messieurs. On va essayer de guérir
les rhumatismes. Vous allez voir ce que vous allez voir.
Tout de même, le gredin, il pistonne bien. » *Pistonner*,
dans l'argot morticole, signifie pousser ses élèves aux examens, en dépit de toute justice. Ainsi les ambitieux aplatis
comme Quignon arrivent à toutes les situations avant les
Barbasse et les Misnard. Prévenu, j'attendais avec terreur
Boridan, son chapeau, l'éternelle cigarette. Pour lui, l'hôpital était une corvée. Il arrivait en trombe, s'informait
d'un ton dégagé : « Rien de nouveau ? » et passait au galop
la revue des lits, tandis que l'interne lui énumérait vite
les entrants. De cette manière, le consciencieux docteur
gagnait sans trop de peine l'argent du *Secours universel*.
Mais il lui fallait son expérience hebdomadaire. Au bout
de cinq ou six jours, il se frappait le front : « Ça y est ! »
et commençait les préparatifs. Puis on réunissait les collègues. Cloaquol fonctionnait. Des dessins paraissaient
dans les périodiques illustrés, racontant en détail la *sublime
découverte de l'illustre clinicien de l'hôpital Typhus*.
La clientèle affluait. Le tour était joué. C'est ainsi que
Boridan inventa un système de guérison des maladies du
cœur, à l'aide du fauteuil à bascule et du cheval de bois.
C'est à lui que l'on doit le fameux *lavement par en haut*.
On introduisait une énorme canule au fond du gosier de la
victime et on lui lançait dans l'organisme les liquides les

9

plus divers. Cela ne coûtait que la bagatelle de quelques
perforations de l'œsophage et ulcères à l'estomac. Que n'es-
sayait-on point! On électrisait la cervelle. On entrait des
aiguilles aimantées dans le foie, le cœur, le poumon. J'ai
vu poursuivre des essais jusqu'à l'extrême agonie. J'ai vu
Quignon expulser des moribonds de l'hôpital, afin de pouvoir mettre *sorti guéri* sur l'observation que Boridan lirait
à la Faculté. Le maître en arrivait à croire à son génie. Il
m'employait à la fabrication des appareils tourmenteurs
qu'il perfectionnait sans cesse, et, comme il était content
de moi, il me déclara un beau jour que je pourrais sortir
en ville une fois par semaine.

Je fus ravi de cette liberté. Nous convînmes, avec Trub,
de faire le dimanche suivant une promenade, au cours de
laquelle nous nous informerions du capitaine Sanot ; car
il est remarquable que tout leur athéisme n'a pas empêché
les Morticoles de conserver le dimanche comme jour
férié.

CHAPITRE V

Débarrassés de nos besognes, nous sortîmes aussitôt après le repas. A peine dehors, je fus pris d'une espèce de vertige suivi d'un vif mal de cœur. J'étais enfermé depuis si longtemps ! Trub, pour me ragaillardir, m'entraîna chez un marchand de vins où je bus quelques gorgées d'un liquide brûlant et râpeux. Cet alcool concourt à l'empoisonnement et à l'abrutissement d'un tas de misérables que leur nombre rendrait dangereux, s'ils prenaient une conscience claire de leur état. « Ce que tu tiens dans ta main, me disait Trub montrant le toxique, est le plus sûr moyen de l'esclavage. Ce climat humide et malsain rend la boisson nécessaire. L'habitude s'en mêle, aussi le vague désir de se soustraire, ne fût-ce qu'une heure, et par un mirage mortel, aux réalités ambiantes, et voilà un homme perdu. Il rentre chez lui, rosse sa femme et lui fait un enfant rapide dont tu imagines l'avenir et la constitution. Heureux pays ! Mœurs charmantes ! »

Nous quittions le bouge par un temps grisâtre, assez doux. En quelle saison se trouvait-on ? C'était difficile à déterminer. Nous nous dirigeâmes vers le port par une allée couverte de bustes. Qu'ils étaient laids, ces morts de plâtre, de marbre et de bronze ! Comme leurs visages reflétaient la méchanceté, la sottise, l'infatuation ! Ils avaient l'air de narguer les passants, de nous crier : « Eh bien, Canelon, eh bien, Trub, vous n'êtes pas entre nos mains, mais nos descendants vous tiennent et c'est la même chose, une bonne tradition qui persiste! On pourra tout bouleverser, mais on aura toujours l'illusion qu'on ne peut se passer de médecins! »

Mon compagnon, me tenant par le bras, me donnait force détails sur les habitudes sociales des Morticoles, que ses sorties et ses fréquentations lui avaient appris à connaître. Devant une hideuse bâtisse, ornée de colonnes et de statues qui tiennent dans leurs mains toutes sortes d'ustensiles : « C'est le Parlement, me dit-il. Là s'élaborent les lois d'hygiène que les Académies ont sanctionnées. Cette assemblée se compose de hâbleurs, que le peuple nomme sans les connaître, car, comme tous les pays de tyrannie, celui-ci possède le suffrage universel. A une date fixée par le code, les murs se couvrent d'affiches multicolores portant les noms des candidats. La plupart sont des médecins ratés, que leurs collègues, désireux de les apaiser par des sinécures honorifiques, proposent à l'élection. En réalité, ce Parlement n'a pas plus d'influence que les éphémères gouvernements et ministres qu'il se donne. Entre lui et le peuple s'intercalent en effet une police compliquée et une administration savante. Le vrai pouvoir est aux Académies d'abord, puis à la Presse, à la Faculté, au *Secours universel* et aux délégations d'hygiène dont Crudanet est le chef. De là sortent les luxueuses vexations dont tu jouiras bientôt. Sens donc l'atroce odeur. » En effet, une puanteur sinistre me forçait à me boucher les narines au moment où nous traversions un petit fleuve aux eaux noires : « C'est ici, ajouta Trub, la grande bouche de salubrité, le cloaque où se déverse le système d'égouts qui fait la gloire des Morticoles, que leur envie le monde entier, et qui, s'il supprime certaines épidémies, en crée d'autres plus terribles. Si je soulevais la peau rude des pavés, tu verrais au-dessous un puissant organisme, l'ensemble des tubes d'électricité, de force motrice, de vapeur, de canalisation, que nos hôtes ont construits à l'image de ces vaisseaux du corps humain qu'ils passent leur vie à étudier, et qui font ressembler la ville à un vaste cadavre étendu. »

Nous arrivions au port. L'animation était grande. Je retrouvai les galères à tête de mort. Au delà, l'espace, le lointain horizon où nous avions souffert les angoisses de la quarantaine. Mon cœur se serra. On nous bousculait brutalement. Les délégués sanitaires, assistés de malades-portefaix, examinaient les substances que l'on chargeait et déchargeait. Ils importent leurs poisons dans l'univers. Sur des bonbonnes recouvertes de cuir, j'aperçus l'étiquette *MORPHINE*. Si les pauvres sont en proie à l'alcool, les médecins se sont ingéniés pour infliger aux riches l'amour des stupéfiants. Beaucoup se morphinent. D'autres se piquent à la cocaïne, respirent de l'éther, fument de l'opium, mâchent du haschisch, absorbent des pilules mystérieuses, qui leur enlèvent l'usage de leurs facultés et les plongent dans une demi-ivresse où ils perdent le sentiment du juste et de l'injuste, de la servitude et de la liberté. Nul n'échappe à ces toxiques, ni les femmes, ni les vieillards, ni même les enfants. La vie est si misérable pour tous ! Ceux qui n'ont pas d'argent sont écartelés par la faim, le froid, la maladie. Les riches subissent les tourments plus raffinés de la science. Aussi le crime est permanent. La haine, l'exaspération, les rancunes sont plus vives, tortueuses et sanguinaires qu'ailleurs, et la fleur vireuse de l'hypocrisie s'épanouit au fronton des monuments, qui portent audacieusement cette devise : LIBERTÉ, ÉGALITÉ, FRATERNITÉ.

. . . .

Nous quittâmes ce quai tumultueux et lugubre où de pesants camions risquaient à chaque instant de nous écraser. Trub connaissait en ville un ancien garçon de l'hôpital qui nous attendait pour goûter. Nous y allâmes. L'intérieur était propre. Il y avait une femme et un

9.

enfant. On nous fit boire une tasse de thé aromatique qui nous réchauffa et notre hôte nous conduisit à son laboratoire, qui était au fond d'une cour puante et appartenait à un élève de Bradilin. Là une foule d'animaux étaient soumis à des tortures aussi raffinées que les malades de Boridan : des lapins étiques broutaient mélancoliquement les débris d'une salade jadis verte. Sur leur cage, la pancarte *Choléra*. Un dans le fond, droit sur ses pattes raidies, fixait le vide d'un œil vitreux. C'était un vrai petit homme habillé de poils. Une déroute de cochons d'Inde, auxquels on avait injecté des virus, se tordaient dans des douleurs tragiques. Quelques-uns, épileptiques artificiels, se jetaient en arrière et poussaient des cris lamentables, au-dessus des plus hautes notes de la flûte. Trois chiens privés de cervelet tournaient sur eux-mêmes, derviches rauques et sinistres. De leurs pattes fendues et de leurs ventres troués sortaient des paquets de ficelles, car, avant de servir à des expériences sur le système nerveux, ils avaient servi à d'autres sur le vasculaire, et, comme nous l'expliqua notre guide, *monsieur Bradilin ne gâchait pas les animaux :* « Il faut voir comme il tire parti des bêtes, nous disait-il avec admiration. Un jour nous avons reçu une cocasserie, un kanguroo. Il a étudié sur lui la variole et la morve ; il l'a curarisé. Après ça, il l'a laissé dix jours dans un bain de mercure. Quand on l'a présenté à l'Académie, il était tout violet et il lui coulait une glaire bleue par les naseaux. Tout de même, il reconnaissait encore et il tournait la tête quand on l'appelait par son nom, Oscar. Enfin l'élève lui a coupé les pattes et M. Cudane l'électrisait. Vous ne le croirez pas ! Oscar est resté à l'agonie deux mois, mais il respirait toujours et il a fallu, pour le tuer, que je lui farfouille la colonne vertébrale avec une tringle chauffée au rouge. »

Plus loin, je contemplai des oiseaux aux ailes rognées. Leurs crânes étaient remplacés par une lentille de verre, à travers laquelle on voyait les battements rouges des ar-

tères. Ils semblaient résignés, déconfits et piquaient dans
l'espace des grains de mil imaginaires. Sur des planches
de liège gisaient des grenouilles, dont la gorge se soulevait
périodiquement pour déglutir un peu d'air. J'exprimai de
la pitié : « Monsieur, s'écria notre ami, on ne s'attendrit
pas sur les animaux ! On devine que vous êtes étranger.
Le professeur Avigdeuse nous fait quelquefois l'honneur
de sa visite. Il essaye, sur des cobayes, les remèdes qu'il
donne à sa clientèle. Je ne m'en plains pas. On me laisse
les sujets à manger. Souvent ceux qui ont avalé des acides
ont un drôle de goût. Bah! on me prévient des dangereux.
Mon gosse que voilà, ça l'amuse, la physiologie. L'autre
jour, je l'ai surpris qui piquait le ventre d'une grenouille
pour voir si l'intestin viendrait. Je compte en faire un docteur... »

A notre sortie du laboratoire je désirai rentrer à l'hôpital. Mais Trub voulait profiter de son congé jusqu'au
bout et souper chez un autre camarade dont il ne me pré-
cisa pas les fonctions. Le jour terne tombait. Nous longions
des bâtiments gris qu'il me nommait au passage : « L'hôpital Jessé. L'hospice-prison de Fombreuil. L'asile des
Trépassés. » J'appris par son bavardage que la justice est,
comme tout le reste, au pouvoir des médecins. Ils ont n.
stitué des tribunaux où ils discutent la responsabilité
morale, condamnent les nombreux criminels d'après leur
degré de sauvagerie et les répartissent ensuite dans divers
établissements où ils servent à l'éducation de la jeunesse.
On les utilise pour des expériences, comme le kanguroo
Oscar. Le piquant, c'est que les Morticoles se vantent bien
haut d'avoir aboli la *question* et célèbrent leur philanthropie. Ces détails de crépuscule me gelaient l'âme. Je
croyais entendre des gémissements traverser près de nous
les murs froids et sombres.

Trub me montra une demeure très éclairée : « En cet
endroit, on classe les débris des cadavres qu'a dispersés
l'assassinat, les noyés verts qu'on retire des étangs, les

noyés noirs qu'on sort du fleuve et des égouts. On y trouve aussi les fœtus et les nouveau-nés que leurs parents confient aux vidanges. C'est le royaume de l'hilarant Gigade. Il habite ce palais ainsi que ses élèves et prépare les rapports soumis aux tribunaux. La recherche des coupables aboutit rarement. En revanche, on est toujours fixé sur la technique des meurtres. Veux-tu entrer ? — Je refusai énergiquement. — Tu as tort. Trouillot n'est rien auprès du gardien-chef. J'ai savouré des spectacles sans nom, des gelées de chair sanglante, des cheveux collés, des morceaux de barbe dont je rêvais pendant huit jours. Dès qu'une catastrophe se produit, et chaque progrès déchaîne un fléau neuf, on amène ici les victimes. Il faut voir la joie de Gigade. Il saute et plaisante ; il secoue les brûlés, les écrasés, les pendus ; cependant les familles viennent reconnaître les détritus. Elles se trompent. Elles emportent une jambe ou un bras qui ne leur appartient point, qui ressort du monsieur à côté. »

La nuit était venue quand nous montâmes les degrés d'une construction bizarre qui tenait de l'église et du couvent : « Nous dînons ici, affirma Trub. C'est l'*École du suicide*. Le gérant est mon ami. Ne t'étonne de rien. »

Après une courte attente dans un luxueux vestibule décoré de poignards et de flèches, le gérant lui-même, colosse brun, nommé Malamalle, nous ouvrit la porte d'un petit salon. Trub m'ayant présenté familièrement à lui, Malamalle fut très cordial : « Monsieur, vous êtes bien aimable d'avoir accepté une invitation sans cérémonie. Votre compatriote vous a sans doute donné quelques renseignements sur la maison que je dirige depuis une quinzaine d'années. — Je fis un signe négatif. — Alors, je tâcherai d'être bref et clair. » Il me poussa despotiquement dans un fauteuil, tandis que Trub, connaissant l'histoire, inspectait les magnifiques tapisseries et les bibelots qui garnissaient la pièce : « Vous avez déjà remarqué que la vie n'est pas précisément gaie chez les Morticoles,

j'entends pour les malades, car nous autres médecins avons
de tout en abondance. Mais les riches que la paresse, les
circonstances ou des habitudes d'esprit ont empêchés de
se faire docteurs voient l'existence sous un aspect morose.
C'est forcé. Joignez à cela des hérédités mélancoliques,
l'abus des toxiques et des soporifiques, la lecture d'ouvrages qui se ressentent de l'atmosphère ambiante. En
effet, la littérature, femme nerveuse, impressionnable,
reproduit en les exagérant les caractères de son époux,
c'est-à-dire de la société. Donc il pleut des traités de philosophie, plus désolants les uns que les autres. Ces fils
directs de notre science, nous ne pouvons les répudier. Ils
vantent la nécessité de se soustraire à un sort fatal par tous
les moyens possibles. Notre métaphysique, mon cher
monsieur Canelon, est noire comme du cirage. Nous ne
croyons ni à Dieu, ni au diable. Nos pauvres n'ont pas
même la perspective d'avoir un jour chaud en enfer. Mais
c'est des riches qu'il s'agit; ces désœuvrés ont encore à
leur disposition des romans où il n'est question que des
maladies qui les guettent pour les accabler et notre théâtre
se plaît à reconstituer les tares héréditaires, à montrer
dans l'avenir les vestiges immanquables du passé. Je ne
parle pas de la musique qui n'est que de marches funèbres,
ni de la peinture qui ne s'attache qu'aux cliniques, laboratoires, autopsies, tous spectacles dont vous avez pu appré-
cier la joie par vous-même. Aussi c'est une désolation
générale et le suicide est d'une extrême fréquence. A une
époque, on se tuait dans la rue, à la promenade, au restaurant, au concert, partout. Les femmes, les vieillards,
les enfants s'envoyaient une balle de revolver pour un oui,
pour un non, pour une pensée fugitive qui leur paraissait
résumer leur destin. Les arbres portaient autant de pendus que de fruits et les poissons du fleuve s'indigestion-
naient de noyés. Les choses en arrivèrent à ce point que
les animaux domestiques imitaient leurs maîtres, et l'on
voyait les chiens courir tout seuls à la rivière, les perro-

quets se jeter sur le persil comme les chats sur la valé-
riane. C'était triste, dégoûtant et malsain. La cité se
remplissait de miasmes. D'où des épidémies ridicules. »

Trub distrait continuait son inspection. Je remarquai
que les tapisseries montraient des hommes et des femmes
se précipitant du haut d'un balcon doré et que beaucoup
de bibelots avaient la forme de couteaux ou de fioles.
Malamalle parlait avec volubilité et me frappait les cuisses
de sa large main, comme pour enfoncer les arguments :
« On retrouvait dans les placards des gens morts depuis
dix jours. On ramassait sans cesse des billets ainsi conçus :
Je me tue ici le... Les marchands de charbon ne suffisaient pas aux demandes des futurs asphyxiés. La corde
montait de prix. Comment réprimer le suicide ? La péna-
lité n'y fait rien. On peut se détruire avec tout et il n'est
rien autour de l'homme qui ne soit homicide. C'est alors
que quelques philanthropes, dont j'étais, ont eu l'idée
géniale de réglementer cette détresse. Ainsi naquit l'institut que je gère. Nous prenons en pension les désespérés.
Nous leur apprenons à sortir proprement du monde, à
éviter cette anomalie de quitter dans la douleur une existence qu'ils fuient parce qu'elle est douloureuse. Nous
avons une riche et abondante clientèle, d'excellents professeurs. Nos affaires vont très bien. Il y a des essais
loyaux, quelquefois des ratages. Certains, épouvantés par
une première tentative, nous souhaitent le bonjour et
reprennent le courant de la respiration. Mais la plupart,
au bout de huit à dix jours, montent gentiment à leurs
chambres et s'imbibent de chloroforme, comme on le leur
a enseigné, ou bien avalent leurs gouttes de poison. Les
amoureux de l'antique s'ouvrent les veines dans des bains
tièdes et parfumés. Ces suicides-là ne comptent pas, premier avantage. On ne les porte pas sur les statistiques et
vous savez que nous autres Morticoles ne marchons
qu'avec cette science merveilleuse, par laquelle le blanc
devient noir, le rouge jaune, et qui répond à tous les argu-

ments. Grâce à moi, on présente aujourd'hui au Parlement
des recensements de suicides très diminués. Cela nous
permet de vanter les bienfaits progressifs de notre civilisation sublime. Voilà, cher monsieur, les grands traits de
mon administration. Je vous ai passé les minuties, de
crainte de vous fatiguer. Au reste vous dînerez avec nos
pensionnaires et jugerez par vous-même. »

Un gong strident retentit au milieu de ma stupeur. Un
maître d'hôtel en livrée annonça : « Monsieur le gérant est
servi. » Nous passâmes dans une somptueuse salle à manger. Aux murs les tableaux représentaient des femmes
dans des poses accablées et lascives, sous des arbres aux
feuillages éclatants, ou bien l'arrivée au fond de la mer d'un
cadavre que les poissons s'apprêtent à dévorer. La table
était longue, couverte de cristaux multicolores et de fruits,
environnée d'une foule de personnes des deux sexes en
grande toilette qui adressèrent à Malamalle un affectueux
salut de la tête. Je ne pouvais analyser tant de figures à la
fois, mais l'impression était plutôt souriante. J'en fis la
remarque à Trub, qui s'assit près de moi et me répondit
qu'en effet ces convives à lisière de tombe éprouvaient une
sorte d'allégresse.

De l'autre côté, j'avais pour partenaire Mᵐᵉ Malamalle, grasse et minaudière, au visage capitonné de fos-
settes. Elle me renseigna discrètement sur nos voisins immédiats : « Ce grand blond langoureux, qui embrasse une
photographie, est un jeune homme dont la fiancée fut victime du célèbre Boridan. Celui-ci expérimentait alors le
traitement de la chlorose par les vapeurs surchauffées et la
demoiselle n'y résista pas. Son amoureux est venu nous
trouver... A trois places de vous, ce brun à monocle est le
maître du précédent, M. Florimol. C'est lui qui pro-
fesse la *mort au chloroforme*, la plus répandue, la plus
suave. Je crois que l'élève est à point. » L'assistance était
trop grande pour une conversation générale, mais des causeries particulières se rejoignaient et emplissaient la vaste

salle d'un bourdonnement d'abeilles captives. Je manifestai
tout bas à Trub mon étonnement de nous voir si bien traités
par les Malamalle : « C'est qu'on m'a vu avec Dabaisse,
expliqua-t-il, et l'on nous prend pour des docteurs étrangers. Si l'on nous savait garçons d'hôpital, on nous ferait
servir le dîner. »

Je remarquai une paire de vieillards, le mari et la femme,
mornes et silencieux au milieu de l'enjouement général.
Ma voisine me raconta que, par une anomalie étrange, ces
deux riches avaient atteint un âge avancé sans maladies
graves. Mais ils avaient vu la mort faire son travail irrésistible autour d'eux et saisir toute leur progéniture, enfants et petits-enfants, dans les maux les plus déplorables.
Alors, isolés parmi les tombeaux, ils perdaient le courage
d'attendre et on les avait confiés à l'*aide des asphyxies*,
gardien des réchauds meurtriers. Celui-ci, un maigre
chafouin, chipotait dans son assiette comme quelqu'un
qui n'a pas d'appétit.

Tout à coup, mes regards se faisant à l'obscurité des
physionomies, j'observai, sous les sourires et dans leur
intervalle, une contraction soudaine des yeux, de la bouche
et du nez, un plissement universel des masques. Ces ondu-
lations exprimaient comme le bref passage d'une atmosphère sentimentale confuse, d'angoisse, de terreur,
surtout d'amour : voluptueux désirs au seuil du néant;
flammes de cyprès; étreintes passionnées de fantômes et
d'idées de fantômes. J'oubliais de manger. Je respirais
l'odeur entêtante de ces sépulcres entr'ouverts. M'étant
penché, j'aperçus sous la table les courbes gracieuses de
jambes rejointes, des petits pieds de femme, les mules
tombées, étroitement baisés par des escarpins. Malamalle
et ses filles, jeunes personnes courtoises, s'occupaient du
service, afin que chacun fût satisfait. J'admirai de beaux
enfants, blêmes et résolus, aux prunelles étincelantes.
Prématurément avertis des tristesses futures, ils avaient
vaincu la résistance des leurs, portaient au cercueil des

âmes intactes. J'admirai des vierges exquises, décolletées,
leur chair rose frissonnant de désir et de crainte ; des
jeunes femmes pliées par une volonté âpre, seins délicats,
bras sveltes, épaules menues que demain suceraient les
vers... Chaque jour ce banquet changeait de convives, ceux
de la veille étant déjà glacés : « La table tourne vite,
dit ma voisine, comme si elle suivait ma pensée. Le côté
où nous sommes est celui des entrées et l'autre celui
des départs. On se repousse ainsi des bouts jusqu'au
milieu. »

A ce moment un mystérieux domestique chuchota
quelque chose à l'oreille de Malamalle : « Il s'agit, murmura sa femme, d'une famille de six personnes qui avait
choisi *les fleurs*. Nous craignions un insuccès, du gâchis.
Je vois au visage de mon mari que tout s'est bien passé. »

On se leva de table. J'abordai M. Florimol, et, tandis
qu'on prenait le café, je le questionnai sur son ensei-
gnement : « Il est bien rare, me répondit cet affable garçon,
qui sentait vaguement la pomme, il est bien rare que mes leçons pratiques ne profitent pas à bref délai. Le chloroforme
est une issue délicieuse et nuancée. J'ai imaginé un appareil qui distille le précieux liquide goutte à goutte sur un
cône de tulle ou de batiste fine dont le suicidé se revêt la
face. Couché sur son lit, dans sa chambre, il n'a qu'à
presser un bouton et à demeurer immobile. C'est l'affaire de quelques minutes. On disparaît ainsi sans s'en
apercevoir, l'imagination semée de figures riantes.
Aujourd'hui j'ai dix élèves. Demain il m'en restera huit. »

Florimol me présenta Graticasse, le professeur de
revolver. Celui-ci apprend à charger l'instrument, à ne
pas crisper l'index sur la gâchette, à bien choisir la place :
« Imaginez-vous qu'hier j'avais deux galopins d'une douzaine d'années qui voulaient partir en même temps. Malgré
mes préceptes, l'un d'eux tremblait tellement qu'il dut prier
l'autre de lui tenir l'arme sur le cœur, tandis qu'il pres-
serait la détente. Puisque vous avez le bonheur de fré-

quenter Cloaquol, signalez-lui l'anecdote, je vous prie. Un
écho du *Tibia brisé* me ferait grand plaisir. »

Un bal familier s'organisait ; mais l'heure de partir était
venue. Nous prîmes congé de Malamalle en le remerciant.
Sur le pas de la porte, deux hautes silhouettes qui se donnaient le bras nous frôlèrent : « Clapier et Avigdeuse ! me
glissa Trub à l'oreille. Ils viennent pour les testaments.
Un vieil article du Code morticole défend aux docteurs
d'accepter les legs de leurs clients, tant l'on craint qu'ils
ne hâtent l'échéance avec délices; mais il est des moyens
pour tourner cette difficulté. Le plus simple est d'engager
les suicidés à laisser leur fortune à une salle déterminée
d'hôpital, par l'entremise du *Secours universel.* »

Tandis que nous regagnions l'hôpital Typhus par une
nuit compacte et froide comme une pierre noire, Trub
m'esquissait la vie cynique de cet Avigdeuse : sorti des
domestiques, race intermédiaire, il avait conquis rapidement ses diplômes et ses titres. Une vieille malade riche
et désœuvrée le prit pour médecin, en l'honneur de sa
barbe fine, de ses yeux cruels, de sa voix mi-caressante,
mi-tranchante. Ne bornant point là ses bontés, elle le dota,
le maria à une délicieuse jeune femme qu'il martyrise,
exploite et bat : « Le plus curieux, ajoutait Trub, c'est que
ces choses se racontent ouvertement et qu'Avigdeuse n'en
est que plus recherché. Toutes les femmes désirent affron-
ter ce regard implacable, mettre leur chair aux mains de
ce gaillard résolu. » Nous franchissions le porche de l'hôpital en même temps que l'infâme Trouillot qui roulait sur
ses jambes torses et se heurtait aux murailles en jurant.

Je dormis d'un sommeil de plomb. Quand j'entrai le lendemain dans la salle Torquisite, Quignon prenait l'*observation* d'un malade : « Canelon, me dit-il, nous allons
pendre celui-ci par les pieds. Boridan m'a dépêché hier
l'ordre télégraphique de l'expérience. Vers midi, il enverra
chercher le résultat par son valet pour sa communication
à l'Académie. Aidez-moi. » Nous tirâmes de ses draps un

malheureux atteint de cette affection bizarre que l'on appelle *hémophilie*. Ce mauvais jeu de mots signifie que le blessé aime le sang, alors que réellement il se contente de le perdre. Je remarque à cette occasion que les Morticoles se plaisent à employer les termes les plus extraordinaires, tirés du grec et du latin, quelquefois de l'hébreu, qui servent à masquer leur ignorance. C'est ainsi qu'un malade demandait un jour à Boridan : « Qu'est-ce que j'ai? » Et il sortait une langue énorme et rouge. « Comment dit-on langue, en grec? interrogea le flegmatique docteur. — *Glossè*, répliqua l'autre. — Donc, mon ami, vous avez une *glossite*. » C'est un des aveuglements remarquables de cette race de prendre des étiquettes pour des explications. Toujours est-il que notre sujet faisait une mine assez piteuse quand nous le transportâmes, Quignon et moi, à la *chambre des Essais*. L'interne passa les pieds de l'*hémophile* dans des anneaux. Je tirai la corde. L'homme se trouva suspendu la tête en bas. Aussitôt son visage devint blanc et poli tel qu'une lame d'ivoire; contrairement aux prévisions, un saignement de nez subit se déclara. Transparentes, continues, irrésistibles, les gouttes stillaient comme des rubis fluides. Nous n'eûmes que le temps de le décrocher, de le ramener à son lit, où il expira au milieu d'une mousse rose, tandis que Quignon donnait une réponse négative au superbe valet de chambre du maître.

La semaine suivante, je fus consolé de tant d'horreurs. C'était la fête de Dabaisse, le patron de mon ami. Je me fis remplacer chez Boridan et je suivis Trub dans ses salles. Elles ruisselaient de fleurs. D'immenses guirlandes partaient du plafond et allaient rejoindre les lits. Des herbages couvraient le sol et, sur les grandes tables médianes, entre les bocaux et les pansements, se dressaient de joyeux arbustes. Partout des drapeaux, des écussons, des inscriptions dorées de *Vive le docteur Dabaisse*. La plupart des malades s'étaient levés et attendaient debout près de la porte, chacun tenant un bouquet. Mêlés à eux, les infirmiers, les surveillants, les élèves, Misnard en tête, une feuille de papier à la main. A tous les degrés du lointain, ceux qui restaient couchés s'accoudaient sur leurs lits. Enfin, groupés autour du poêle, les anciens *guéris* de Dabaisse, dont le corps porte les stigmates de lésions anciennes ou récentes, venus embrasser leur sauveur : ce sont de pauvres vestes luisantes, des caracos râpés, mais si propres, des complets et des chapeaux extraordinaires. Les marmots dansent d'un pied sur l'autre et considèrent curieusement le spectacle. Il y a des familles complètes : en avant, la mère, plus décidée; derrière elle, le mari timide porte le gosse ou roule sa casquette entre ses doigts. La reconnaissance, l'attente, l'espoir communient à travers chuchotements et murmures. Tout se tait subitement. Un pas vigoureux retentit... C'est Dabaisse. Je le vois entrer, lui; j'admire sa bonne face aux favoris blonds, ses yeux clairs, sa forte corpulence. Il est en cos-tume de ville et sans tablier. Il est ému. Ses lèvres tremblent. J'entends sa voix franche et sonore, porteuse de bienfaits, qui console et rassure : « Merci, mes amis, merci. » Les bouquets qu'on lui tend s'empilent dans ses mains robustes. Il les passe à Misnard. Les larmes glissent de ses yeux sur ses joues aux larges méplats. Elles sont con-tagieuses. La gorge me pique. Je subis l'élan des malades, des élèves, de la salle entière. Une femme lui saute au cou et sanglote; c'est le dégel, un déluge de pleurs. Tous se jettent dans ses bras et tous il les embrasse. Ils n'y suf-fisent point, ses bras musculeux, remparts de son cœur, bien qu'il les étende et les enlace autour des bourgerons, des bonnets fripés, des vestes fanées et vaillantes. On lui passe les enfants qui crient et se débattent. C'est un brouhaha, une fourmilière d'émotions chaudes... Le rire se lève sur les visages. Dabaisse vante la bonne mine de l'un, la solide jambe de l'autre, les guirlandes, les bou-quets et les mioches : « Chut... Chut!... » Le silence se fait. Misnard s'avance et lit son compliment. Il raconte

les belles actions du maître, la gratitude des malades et
des élèves, la haute, la noble leçon qui se dégage de la
souffrance rachetée par le dévouement. Dabaisse veut
arrêter l'éloge, mais il suffoque. Tonnerre de bravos. On
crie, on trépigne. Elles applaudissent, les mains usées par
le travail, le froid, la maladie et piquées par l'aiguille.
Elles trouvent la force de se rejoindre et d'exprimer l'enthousiasme. Je les vois toutes dans l'espace, oiseaux d'allégresse, là-bas, au bout des lits, ici tout près en masse.
Dabaisse s'est remis. Il parle à son tour : « Mes enfants,
rien ne pouvait me toucher plus le cœur que de vous voir
tous autour de moi. Je vous ai soignés de mon mieux, c'est
vrai. Il y en a que je connais depuis longtemps. N'est-ce
pas, mère Louise? — Une énorme vieille se tamponne
les yeux et se mouche. — Tenez, ce papa-là, — il saisit
l'épaule d'un ouvrier maigre, à cheveux blancs, — je l'ai
fait durer par miracle et maintenant il en a pour autant
d'années qu'il voudra. Je dis cela afin de vous donner du
courage, à vous autres, les nouveaux venus. On se tire de
tout. Étant enfant, j'ai eu je ne sais combien de maladies ;
je n'étais pas d'une famille de médecins, et mes parents
n'étaient pas riches. C'étaient les pires conditions. J'ai travaillé ; je me suis guéri. Il ne faut jamais désespérer. Ils
le savent bien, ceux qui sont arrivés ici en pleurant et en
souffrant et qui sont repartis joyeux au bras de leurs
femmes ou de leurs mamans... Quant à vous, mes élèves,
je vous dis ceci : ayez pitié des malades et respectez-les.
C'est la moitié de votre devoir. Être savant, c'est quelque
chose. Être très bon, c'est encore mieux. On m'accuse
d'être vieux jeu, de ne pas tenir compte des progrès...
Si, si, je sais. Je lis ce reproche dans les regards de
certains d'entre vous. Cela m'est égal. Je renie les procédés
barbares qui grandissent la renommée de l'opérateur aux
dépens du patient et sacrifient l'humanité à la science.
Voilà. Je fais mon devoir chaque jour et je le ferai jusqu'à ce que le Seigneur me rappelle. Le sacrifice est ma

loi. Si vous la suivez, vous irez peut-être moins vite
que les autres, mais je vous prédis de délicieuses conso-
lations intimes. »

Tout ceci avait été prononcé sur un ton d'éloquence
familière qui remua profondément l'assemblée. On entendait un bruit de mouchoirs. Je fis à Trub des signes d'admiration. Comment sur le fumier morticole pouvaient
pousser deux âmes aussi belles que Charmide et Dabaisse ?
On apporta des plateaux, du vin sucré, des galettes. Le
chef trinqua avec chacun. Trub me présenta à lui : « Ah,
c'est votre *pays*. Il n'a pas un petit nez, mais il a bonne
mine et l'air d'un brave gas. » Il ajouta : « J'aurai en
ville une opération complexe qui nécessite deux infirmiers.
Si vous êtes libre, vous nous aiderez. »

La fête était terminée. Ceux du dehors venaient de partir.
Il ne restait que les élèves. Dabaisse commença aussitôt la
visite. Il arriva devant le lit d'un marchand des quatre saisons qui avait la jambe écrasée. Ses muscles tordus, sa
bouche de travers et ses yeux inquiets exprimaient une
atroce souffrance. Avec des précautions infinies, le maître
et Misnard examinèrent cette cuisse qui n'était plus qu'une
bouillie grumeleuse : «Je crois que...» et l'interne fit le geste
de couper l'espace. « Pardon, reprit vivement Dabaisse. Sa
jambe est à lui. Il faut le consulter. » Il prit dans ses
paumes robustes la misérable main noire et crevassée et,
de tout près, avec une douceur, une miséricorde sans
rivages : « Mon ami, nous allons vous débarrasser de cette
jambe. Non seulement elle ne peut plus vous servir, mais
les chairs se gâteraient et vous risqueriez votre vie à la
conserver. On vous chloroformera ; vous ne sentirez rien,
et je vous ferai cadeau d'une belle béquille neuve avec
laquelle vous pourrez marcher. » L'estropié réfléchit
quelques minutes, fixant alternativement sa cuisse et le chirurgien. Puis il murmura : « C'est que... c'est que... Alors,
il n'y a pas moyen... Je veux, oui. Merci, monsieur le docteur. Ah, nom de Dieu ! » Et deux larmes roulèrent sur ses

pommettes saillantes. Je remarquai une fille blonde et
laide qui se tenait de l'autre côté du lit. Je la montrai à
Trub. Il me répondit : « C'est Lermontia, l'étudiante, une
sainte ; tu verras. » Elle avait saisi l'autre main du marchand et la caressait avec une tendresse de mère. Dabaisse
lança à sa jeune élève un regard d'une compréhension
infinie qu'il rétracta vite sous ses sourcils épais : « Entendu.
Je vous opérerai tout à l'heure moi-même. Soyez tranquille.
Lermontia, vous m'assisterez ainsi que Misnard. »

Nous étions maintenant près d'un boucher qui s'était
piqué la joue avec un de ses sales outils et l'avait énorme
et gonflée. Sa tête de brute exprimait une terreur intense,
tandis que les doigts au tact si fin de Dabaisse palpaient
cette pomme rouge et tendue. Le maître eut un : *hum, hum*
significatif. Quelque chose de brillant circula : « Vous avez
peur, vous tremblez. Sacristi, vous massacrez les animaux
et vous claquez des dents quand il s'agit de vous ! C'est
égoïste. Enfin, je ne vous opérerai que dans quelques jours ;
mais votre barbe a trop poussé. Je vais, en attendant, la
raser. Mon savon phéniqué ! » En deux ou trois coups de
blaireau, il eut vite barbouillé de mousse la figure du
boucher, qui semblait un bonhomme de neige : « Attention! »
Dabaisse prit son bistouri, l'essuya sur un linge, coupa
quelques poils rudes, puis, d'un coup sec, le fit dévier. Un
cri suraigu retentit. Je tressautai. Un flot de pus jaillit dans
une cuvette hors de la joue fendue largement : « C'est fini.
Qu'on le lave et le panse !... Vous êtes débarrassé. »

En délicatesse, en bonté, Dabaisse avait l'invention
inépuisable. Il fouilla dans son pardessus et en tira un
livre bien relié pour un petit garçon malingre et blême
auquel il avait réséqué deux côtes, à la suite d'une pleurésie :
« Tiens, voilà de belles histoires. Ça te fera passer le
temps. Qu'est-ce que tu demandes? Des quartiers d'orange.
Qu'on lui en donne tant qu'il voudra ! » Je songeai mélancoliquement à Alfred...

La visite des hommes était terminée. Nous arpentions

d'un pas rapide et sonore, pour aller voir un enragé, une longue galerie longeant les salles. J'avais oublié Boridan. Il me fut rappelé par la rencontre désagréable de Quignon, Bradilin et plusieurs élèves qui venaient de l'extrémité opposée de l'hôpital et nous frôlèrent de leurs rires bruyants. On ne se salua point, et, quand ils nous eurent dépassés, Dabaisse s'écria sans se gêner : « Pour moi, un monsieur qui enlève inutilement des morceaux de muscle à ses malades est un misérable. » Nous étions arrivés à un étroit corridor. J'entendis des clameurs terribles, et, poussant une porte vitrée, nous entrâmes dans une pièce étroite et fétide. Sur un lit de fer, se roulait et bondissait hors des draps, l'écume à la bouche, la chemise déchirée sur sa poitrine ruisselante, un de ces agonisants qui ne s'effacent jamais de la mémoire, y restent agrippés par leurs doigts et leurs orteils tordus, leurs rugissements, le heurt de leurs crânes contre les murs et les barreaux. Il avait été mordu, une quinzaine de jours auparavant, par un de ces chiens perdus, lesquels, privés de nourriture et roués de coups, se vengent en donnant la rage à leurs adversaires. L'atroce mal s'était déclaré brusquement. L'homme râlait à cette heure et le moindre bruit, celui de nos pas et de la porte, l'éclair d'un rayon, crispait ses muscles durs comme du bois, lui bridait le ventre, le thorax et la gorge, exorbitait ses yeux sanglants. Nous nous tenions à quelque distance, considérant avec horreur cette sarabande désordonnée. Alors, la petite Lermontia s'approcha du misérable, qui hurlait à briser le tympan, étalait à tous les regards une nudité excessive et honteuse; lentement, paisiblement, elle essuya avec son mouchoir la sueur âcre sur le front, sur les cuisses, sur la poitrine velue, l'écume des lèvres. Elle tenta de verser un peu de liquide entre les dents grinçantes : le gobelet dansait, tintait et l'eau se répandit. Elle essaya vainement de rabattre la chemise et les draps. Enfin, lasse et désespérant d'un secours physique, elle se pencha sur le front luisant, derrière

lequel se jouait l'épouvantable drame, y déposa un fiévreux baiser. Dabaisse fit un grand signe de tête : « C'est
bien cela, ma fille, c'est très bien. »

. . . .

. . . .

Au sortir de ces beautés, le service de Boridan me
sembla dur. Comme un valet de bourreau, je dus porter en
ville les châssis d'un appareil avec lequel mon maître
écartelait ses malades et guérissait leurs névralgies. Je
montai près de Quignon dans un des superbes équipages
à deux chevaux du patron et nous parcourûmes au grand
trot des rues régulières. Cette géométrie est l'apanage de
la cité morticole. La vue de chaussées au cordeau, de
jardins ronds, de statues à intervalles fixes, de demeures
construites sur le même modèle, cette architecture implacable exprimait à elle seule la cruauté des habitants. Après
le fleuve et les égouts, nous arrivâmes au quartier des
riches. Partout nous éprouvions des ressauts mous, la
voiture roulant sur de la paille devant les nombreuses
maisons où l'on agonise.

Je regardais du coin de l'œil la tête plate au nez cassé
de l'interne, tandis qu'il me recommandait de serrer les
caoutchoucs. Nous nous arrêtâmes à la porte d'un hôtel
superbe, et j'installai tant bien que mal mon bagage dans
l'ascenseur qui grimpait le long d'escaliers chauds et tapis-
sés. A l'antichambre se tenait un domestique en livrée.
Cette race est, comme ses maîtres, respectueuse et craintive en face des médecins. Dans un coin, une petite fille
pleurait. On nous conduisit à un salon où se trouvaient
déjà le stupide Cercueillet, le silencieux Mouste, Avigdeuse
qui développait sa théorie de l'*animisme*. J'ajustai mon
appareil. Boridan arriva tout essoufflé : « Pardon ! Je suis
en retard. Bonjour, Cercueillet. Bonjour, Mouste. Bravo,
Avigdeuse ! Votre communication était superbe. N'est-ce
pas, Quignon ? C'est Crudanet qui rageait ! Ah ! tout est
prêt. — Ici un regard circulaire. — Nous sommes entre

nous. C'est Mouste, le médecin de la maison. C'est lui qui
nous a appelés en consultation. Jusqu'où devons-nous
aller, pécuniairement ? » Mouste fit une moue vague qui
signifiait son ignorance complète des frontières que l'on
pouvait atteindre. L'œil rapide de Boridan rencontra celui
d'Avigdeuse. Les deux compères sourirent : « Je crois,
murmura celui-ci, que mille francs pour chacun de nous,
deux cents à Quignon et cinquante à votre aide, ce serait
bien. »

Mon maître fit : « Hé, hé. Hum... hum..., » se moucha
bruyamment, s'assit, puis affirma : « Une expérience
comme celle que nous allons tenter vaut plus, car il y a
des risques. *On* peut nous claquer dans les mains. Ma
clientèle augmente. Tout monte de prix. Je demanderai
deux mille. » Cette touchante discussion fut interrompue
par l'entrée rapide d'une jolie femme svelte dans une robe
de chambre mauve : « Docteur, quand commençons-nous?
— Justement, madame, répondit Avigdeuse, nous parlions
d'examiner un peu le cher malade. — Alors, passons à
côté. » C'était une chambre à coucher confortable. Près d'un
bon feu, dans un fauteuil, grelottait un homme sans âge,
sans cheveux, à longue figure osseuse. Il nous regarda tous
d'un air hébété. Mouste montrait à Boridan une série de
boutons rouges, framboises poussées le long du cou maigre
comme un paquet de cordes : « Ah mais..., s'écria mon
chef, du beau, du splendide zona ! — Superbe, » ajouta
Avigdeuse. Cercueillet remua ses grosses lèvres. Il ne voulait pas se compromettre. Il ignorait tout et avait toujours
l'envie manifeste de s'en aller. Son père avait sa statue
sur plusieurs places. C'est ce qui avait valu au fils une
clinique chirurgicale et le titre de professeur à la Faculté.

Quelque gâteux que fût Cercueillet, il paraissait gaillard
à côté du malade que palpait Avigdeuse du bout de ses
doigts dégoûtés. La belle dame, cependant, minaudait de
son mieux : « Guérissez-le vite, docteur, le vilain. Il est
d'un paresseux ! Il ne veut même plus s'habiller. L'autre

soir, nous sommes arrivés au bal en retard d'une heure. »
Alors, notre client, qui jusque-là s'était laissé tripoter et
déshabiller dans un silence égal à celui de Mouste, roula
des yeux ronds, agita sa langue énorme et pâteuse :
« F'est que. F'est que. J'peux pas mettre mes bre... bre...
mes bretelles... » Il eut une grimace niaise. « Après une
séance d'*étirage*, la névralgie cède, fit lestement Boridan.
C'est ça qui vous tracasse surtout, hein ? cria-t-il à cette
loque vivante. — Voui... Voui... mes bre... telles. »
Avigdeuse ricanait derrière son lorgnon. Il prit mon maître
à part. « C'est une bonne petite paralysie générale. Ne
craignez-vous pas que ?... » Le reste se perdit dans des
gestes de dénégation de Boridan, qui se tourna vers
moi : « Apportez la manivelle ; ici, ce sera plus commode. »
Je trimballai la double potence et la couchai par terre
dans le cabinet. La dame m'avait suivi et me harcelait
d'une voix sèche et changée : « Gare au tapis..., au lustre...,
à la commode ! » Quand j'eus ajusté les caoutchoucs, nous
saisîmes le patient qui geignait et réclamait des épinards.
On étendit le corps presque nu sur la claie. On attacha les
poignets et les chevilles. Je tendis les ressorts. Il se mit
à beugler. Boridan tira sa montre : « Pendant un quart
d'heure ! Allez-vous-en, madame. Cela vous impressionne-
rait. J'espère un bon résultat. »

Elle partie, Mouste et Cercueillet considérèrent ahuris
le bonhomme qui gigotait entre ses bois. Quignon surveillait la manœuvre. De temps en temps, je donnais un
tour de plus aux caoutchoucs : « Écoutez donc, Boridan,
dit tout à coup Avigdeuse avec un soupir, comme s'il déchargeait un fardeau de conscience, c'est très gentil, cette
histoire ; mais, si vous demandez deux mille, je vous imite.
Je ne sais pas pourquoi je me dérangerais à vil prix. Tout
ceci est la faute de Mouste qui n'a pas posé nos conditions
d'abord. » Mouste indiqua par un geste qu'il n'y avait pas
songé : « Prenez garde, ce lien se desserre. — Et Avigdeuse,
de la pointe de son soulier verni, toucha un bras du pauvre

diable qui se lamentait d'une manière déchirante. — Quant
à Cercueillet, continua-t-il, il peut, comme chirurgien,
demander, en dehors de nous, ce qu'il voudra. — Quinze
cents francs, » déclara Cercueillet avec fermeté. C'était la
seule affirmation qu'il se fût permise. Boridan comptait
sur ses doigts, tandis qu'il regardait sa montre : « Deux
mille et deux mille, plus quinze cents. C'est parfait. Voilà
le quart d'heure. Cessez et dégarnissez l'appareil. » On
rhabilla le paralytique, on le remit dans son fauteuil.
Mouste était allé chercher la femme : « Docteur, que je
vous remercie ! Quand la guérison sera-t-elle complète ?

— Mon Dieu, madame (et Boridan prit son attitude la
plus digne), on ne peut espérer en une fois la disparition
des symptômes graves. Mais je suis sûr d'enrayer le mal.
La prochaine séance aura lieu dans un mois. Mon ami et
collègue Mouste vous préviendra. Maintenant du repos et
un régime fortifiant. Des épinards en masse, puisqu'il paraît les aimer.

— Et quant aux sorties ? Nous avons plusieurs soirées
cette semaine. »

Ce fut Avigdeuse qui répondit avec empressement :
« Les sorties ne sont pas nuisibles, au contraire. Couvrez-
le bien et qu'il se distraye. Il moisirait dans son fauteuil.
— Tu vois, casanier ! s'écria la triomphante épouse. Je ne
peux arriver à te remuer. Encore merci, docteurs, et à
bientôt. » Nous sortîmes ; la dame faisait voltiger les dentelles de sa robe de chambre. Son mignon visage était radieux. En descendant l'escalier, Avigdeuse chuchota à
l'oreille de Boridan : « Nous aurions pu aller à trois
mille. » Mouste était resté en haut. Cercueillet sifflotait
et regardait attentivement la rampe de fer ouvragé.

. . . .

Trub m'avertit un matin que je devais assister en ville
le docteur Dabaisse, commme celui-ci m'en avait prié lors
de sa fête. Nous allions cette fois non chez des riches,

mais chez des malades extrêmement modestes. C'était
l'heure du déjeuner. Le palier de chaque étage avouait à
nos narines ce qu'avaient mangé les locataires. Dans une
chambre propre et toute simple, ornée de gravures banales,
une pauvre femme maigre était couchée. Son mari, qui
voulait faire l'homme et dont la gorge ravalait des sanglots
contenus, se mit à trembler quand Trub et moi préparâmes
derrière un rideau la boîte à instruments et les éponges.
Cependant Dabaisse consolait la patiente. Il trouvait, pour
la rassurer, des phrases touchantes et belles. Il dit à
l'homme : « Il ne faut pas vous sauver. Votre devoir est
de rester ici. Ne regardez pas, mais donnez-lui la main.
Et vous, madame, serrez-la tant que vous pourrez. Un peu
de chloroforme. » Il tira son petit flacon et un mouchoir.
Je perçus l'odeur néfaste ; mais quelle atmosphère patriar-
cale, et que j'étais loin de Malasvon !... Certes la besogne
fut rude. Nous n'étions pas trop de deux, Trub et moi,
pour passer sans trêve les éponges, les bistouris et les
pinces. Le mari fixait la muraille, s'égratignait la tête de
ses doigts fébriles. Misnard, son maître dont le front ruisselait, et deux élèves s'activaient autour du ventre de la
malheureuse, car il s'agissait d'une terrible tumeur. Enfin,
Dabaisse s'écria joyeusement : « Je l'ai. Je la tiens. Une
pince. Un catgut. Une pince. Enlevez votre patte, mon
garçon. Misnard, ne tirez pas. Laissez-moi faire. »

J'entendis un craquement sourd, comme de filaments qui
se détachaient. Trub tendit une cuvette et reçut dedans un
gros paquet gélatineux et rouge. Le pansement fut rapide :
« Mon ami, — Dabaisse s'épongeait la face, — votre femme
est sauvée. » Et tandis qu'elle se réveillait, étonnée, bal-
butiante, embrassant les mains rudes et douces qui l'avaient
délivrée, son compagnon éperdu se jetait aux genoux
de l'admirable chirurgien : « Assez pour moi. C'est son
tour. Le bonheur ne fait jamais mal. Ne la remuez pas. »
Les époux s'enlacèrent, elle et lui, si faibles devant le destin. On ferma les rideaux : « Pas de bruit. Qu'elle dorme

11

le plus possible ! » Dans la petite antichambre, le mari
courait autour de nous affolé de gratitude : « Docteur,
comment reconnaître ? — Ah ! quant à ça (le patron le
secouait par la veste) : pas un sou, vous entendez ? je ne
veux pas un sou. Vous me fâcheriez. Seulement, j'ai
remarqué au-dessus du lit une belle gravure : un soldat
qui cueille des raisins. Envoyez-la-moi. »

CHAPITRE VI

Le jour qui suivit cette opération était un dimanche et nous avions congé, Trub et moi. Une chose nous tourmentait : nous étions sans nouvelles de notre capitaine qui, néanmoins, ne devait pas être mort. Que Trub avait donc une physionomie comique et un délicieux costume! Une longue redingote noire lui battait les talons. Sa figure menue aux yeux vifs était encore rapetissée par une gigantesque cravate de satin rose. Enfin il avait tellement lissé ses cheveux avec de l'eau qu'il paraissait, sous son chapeau, porter une calotte noire. Je ne lui communiquai pas mes réflexions ; comme tous les ironistes, il était fort susceptible, principalement sur le chapitre de la toilette.

Nous sortîmes par un brouillard blanc à saveur de menthe, que perça bientôt un mince rayon de soleil à peine teinté de jaune. Je remarquai sur la façade de l'hôpital Typhus une multitude de drapeaux à tête de mort : « C'est aujourd'hui la fête solenelle de la Matière, me dit Trub. Les Morticoles ne croient plus à rien, mais ils ont gardé les cadres de la croyance et les remplissent de superstitions. Si tu veux, nous allons d'abord flâner vers le quartier pauvre où habite un de nos anciens malades, nommé Bryant. »

Il n'y avait presque personne dans les rues. On se recueillait sans doute pour la cérémonie. Les statues émergeaient lentement de la brume et nous voyions moins les édifices qu'une sorte de fumée voltigeant autour d'eux.

Comme la plupart sont des hôpitaux ou des prisons, ce masque de brouillard n'avait rien de désagréable. Il se dissipa un peu, cédant aux nuages lourds des usines. Nous longions des canaux lamentables Sur ce quai, point de galères noires, mais des bateaux marchands. Des larves déguenillées déchargeaient des futailles. Leur station sur deux pieds semblait un instable équilibre. C'étaient nos malades d'hôpital, mais plus tristes encore au grand jour, au grand air. La joie n'était nulle part, ni dans l'horizon limité par des tuyaux de cheminée, ni dans les eaux mortes du canal, ni dans les vastes hangars de bois où s'empilaient des marchandises qu'aucun de ceux qui les avaient apportées ne consommerait. Trub me désigna une armée de petits barils bleus : « Regarde ces monstres. Ils renferment une liqueur, l'absinthe, avec laquelle les pauvres se grisent pour échapper aux tortures de la vie. Pendant quelques heures, ils ne respirent plus l'âcre parfum du charbon et du cuir tanné, ils ne voient plus le ciel lamentable. Ils ne sentent plus leurs muscles brisés. Mais chacun de ces récipients enferme au moins cinq folies, dix crimes et vingt suicides, et, comme ici on jouit de l'hérédité, il sera porté, ce fardeau, par les épaules de quatre ou cinq générations où il laissera sa marque ineffaçable. Ces sinistres enfants, qui rôdent autour de nous, sont les fils de l'absinthe. Ce sont leurs papas, ces tonneaux au ventre homicide, des papas verts, bleus, de toutes les couleurs, de sales alcools que l'on distille là-bas, dans ces fabriques... »

Nous étions arrivés à un faubourg grouillant. Des voitures à bras encombraient les chaussées, couvertes de légumes étiques, pauvres et fripés eux aussi. Toute la foule affairée sentait le vin, la sueur, la friture, le mélange d'haleines faméliques, et se coudoyait en silence, car la misère rend les cris plus rares. Ils gisaient là, sur les charrettes, les morceaux de viande douteuse qui prolonge la vie de quelques heures, remplit à moitié les flasques intestins que dévide ensuite Trouillot. Je voyais tous ces

passants ouverts sur les tables d'autopsie, leurs organes
creux et sanglants, leurs corps raidis. J'éprouvais plus
vive que jamais l'universelle détresse de la masse.

Nous marchions vite, car Trub avait des mollets d'acier
et ne s'arrètait pas pour m'attendre. Nous traversâmes
un passage, une enfilade de cours délabrées, où des gamins
se roulaient dans la boue, et nous montâmes un escalier de
bois vermoulu, aux marches disjointes, à la rampe poisseuse. Trub grimpait quatre à quatre, faisant flotter sa
cravate rose. Nous fîmes halte devant une porte à figure
de mendiante, percée d'un œil chassieux de serrure et sur
laquelle était écrit : *Bryant, artiste*. On entendait des
piailleries. Un homme brun, creusé, et qui avait le hoquet,
vint nous ouvrir, un marmot sur les bras : « C'est vous...
Bonjour, » dit-il à Trub. Il me serra la main nerveusement : « Allons, la patronne, le couvert ! » La table était
dressée devant un grabat sur lequel s'assit notre hôte, tandis que nous nous affalions dans deux carcasses de chaises :
« Ça n'est guère chouette chez nous, pas vrai ? Les médecins nous prennent tout. » La femme entrait, blonde à la
taille souple. Elle tenait par la main un second bébé qui,
se pressant contre elle, révélait la forme fine de ses jambes.
Elle boitait légèrement : « Il tousse toujours, continua
Bryant. Ils me font acheter tant de sirops que l'argent de
mon travail y passe. Il en est encore venu un ce matin, qui
m'a ausculté comme à l'hôpital et il a fallu lui allonger
cent sous. Ils sont durs, ceux-là, avec nous autres. Des fois
même, ils se font payer à l'avance. C'est égal, monsieur
Trub, j'aime mieux ne plus être à Typhus. L'ouvrage
donne. La femme et les enfants ne crèvent pas de faim.
Comment va ce bon monsieur Dabaisse ? En voilà un
homme ! C'est une autre affaire que les canailles du *Secours
universel*. » Notre gracieuse hôtesse nous servait avec son
gentil sourire. Un peu plus grasse, elle eût été charmante.
L'arrivée dans l'estomac de l'ouvrier d'un verre de vin bleu
l'indignait contre sa situation : « Ça n'est pas tenable, cama-

11.

rade. — Il me secouait le bras. — Vous ne vous figurez
pas ce qu'ils font, ces médecins. On ne peut même pas
crever tranquilles. Ils viennent arroser nos bicoques de
phénol, nous empester. Ils ne s'occupent de nous qu'à ces
moments-là, parce qu'ils ont peur que nos cadavres ne les
empoisonnent. Ah! si notre pourriture servait au moins à
autre chose qu'à enrichir Crudanet et sa clique! Car le
Secours universel les paye, eux les hygiénistes, pour
venir faire leurs saletés chez nous. » Je retrouvais cette
haine sociale, si vive mais si justifiée, que m'avaient révélée, salle Vélàqui, Jage, Lepêcheur et les autres.

« Jadis, poursuivit Bryant, on pouvait crever sur les
champs de bataille ; c'était plus propre ; ça ne profitait
qu'aux corbeaux. Maintenant personne n'ose plus faire la
guerre aux Morticoles, rapport à leurs inventions d'obus
vénéneux, d'explosifs qui donnent l'épidémie. Je l'ai lu ce
matin encore dans le journal. Ils ont fabriqué un truc qui
éclate en l'air et répand le choléra. Tout ça servira contre
nous, oui contre nous, les pauvres, quand nous désobéi-
rons... Mais, patience ! — Il montra ses enfants. — Les
gosses que voilà, s'ils vivent, apprendront à manœuvrer le
poison et les machines. Alors, on verra... Ce petit-là,
monsieur, croyez-vous qu'on me force à l'envoyer à l'école !
Il pourrait commencer à apprendre un métier ; pas du
tout. Il faut qu'on lui bourre la tête avec un tas d'histoires
inutiles ; il m'a dit l'autre jour : *Papa, tu tousses comme
un poitrinaire ; c'est ennuyeux, parce que, quand je serai
grand, moi aussi je tousserai.* »

A une question de Trub, Bryant s'esclaffa : « Si j'irai à
leur fête ? La fête de la faim ! La danse devant le buffet ! Ah
non, par exemple. La Matière, la science, tout ça c'est aussi
bête que le bon Dieu. » En nous servant un morceau de
fromage infect, il nous expliqua que la poussière de bois,
incessamment aspirée, l'avait rendu phtisique peu à peu.
Comme il avait épuisé son stock de réflexions personnelles
et commençait à rabâcher, nous lui fîmes nos adieux...

Les rues étaient animées. Des cris, des appels rayaient la voltigeante poussière. La foule piétinait vers la fête : « En ce pays, me dit Trub, il faut tout mettre sur le compte de l'égoïsme et de l'intérêt. Ces deux mobiles ont poussé les Morticoles à diviniser la science, objet de leurs études, source de leur pouvoir. Tu verras quel encens on lui brûle et quels autels on lui dresse ; mais nous voici devant l'*école de la Misère*, où l'on distribue, en ce beau jour, les prix à la jeunesse pauvre. Entrons. C'est un imposant spectacle. »

La salle où nous pénétrâmes était vaste, triste et nue, divisée en deux étages, dont le supérieur appartenait à un orphéon criard. Sur une estrade, paradaient les professeurs à l'air dur, en robes jaunes, noires, vertes, rouges, semées d'étincelantes décorations. Dans le bas, se pressait un troupeau d'enfants qui se ressemblaient comme des frères ; tous, en vêtements troués et rapiécés, portaient, sur leurs visages, des rides précoces et les coups d'ongle du destin. Cet âge de la puberté, où la vie fermente, était pour eux bridé par des chaînes, obsédé d'images lugubres. Ils restaient silencieux et prostrés, ruminant la faim, la détresse, les yeux à terre, se grattant les cheveux et les genoux, de leurs mains décharnées. Un des maîtres se leva et félicita ses collègues des écluses de bonheur qu'ils ouvraient aux déshérités, en leur enseignant les principes de la raison, de la sagesse ; puis il s'adressa aux petits : « Travaillez, obéissez. Vous monterez dans cette société généreuse où toutes les carrières vous sont ouvertes. Plus tard, vous vous rappellerez nos conseils avec attendrissement. » Il affirma, cynique, l'*admirable effacement des classes*, des différences de santé et de fortune, et montra d'un geste superbe la devise LIBERTÉ, ÉGALITÉ, FRATERNITÉ qui scintillait sur le plafond. En avant la musique du mensonge, et le mensonge de la musique ! La distribution commença : « Premier prix de *misère physiologique*, prix d'excellence : ce prix, institué par le docteur Hidazza, a été mérité par le jeune

Piot, interne. » Une aigre sonnerie de piston..., et l'on voit un minable squelette qui se traîne péniblement vers l'estrade. On lui remet un livre rouge à tranche d'or, qu'il changera en sortant contre une tranche de pain. Quand il revient à sa place, je regarde le titre : *l'Extinction du Paupérisme*, par Crudanet. « Premier prix de *froid* et de *fièvre* : fondation de Mlle Laguiche; mérité par Galpi Ludovic, externe. » Un petit borgne s'avance, grelottant, tremblotant, titubant dans un pantalon déchiré. Il emporte aussi un gros bouquin, trop lourd pour ses membres débiles. Suivent les prix de *rougeole*, de *claudication*, d'*ulcères*, de *soumission*, d'*alcool*, de *mauvais traitements* et d'*anémie*. Les professeurs embrassaient de loin chacun des arrivants sur sa partie la moins dégoûtante et lui adressaient quelque bonne parole. Certains lauréats n'étaient qu'un abcès. D'autres, habillés de vieilles chaussettes, de restes de parapluie, de loques fangeuses, laissaient derrière eux un sillage fétide. Tous étaient d'une transparente maigreur, qui faisait saillir leurs os pointus comme des architectures d'oiseaux. Cependant la jeunesse est si douce chose que leurs yeux brillaient d'une joie brève et que l'allégresse dépassait les haillons, quand ils descendaient de l'estrade, aux beuglements de la musique, serrant la récompense contre leurs étroites poitrines. Un ne vint pas chercher son livre : le *premier prix de suicide des pauvres*. Il est de tradition qu'on envoie ce souvenir aux parents. Il se compose des œuvres de Malamalle... La puanteur de la salle devenait si insupportable que je suppliai Trub de partir.

Nous nous retrouvâmes dans la foule et suivîmes le mouvement général qui nous portait vers le fleuve et les quartiers riches. Nous étions perdus au milieu d'un remous de pouilleux et de loqueteux affligés des maux les plus divers. Par bonheur les contagieux n'étaient pas à craindre. Ceux-ci, on les traque comme des bêtes fauves et on les expédie à l'*hôpital des Contages*, où s'accomplissent mystérieusement

de véritables massacres. D'après Trub, on plonge les malheureux, sous prétexte de désinfection, dans des huiles
phéniquées bouillantes où ils se dissolvent bientôt. Avec
leur décoction se fabrique la *cadavérine*, substance d'éclairage extrêmement claire, inodore et agréable. Dans la
flamme de la lampe revivent et crépitent ainsi quantité de
petites âmes épidémiques. Les plus dangereux, les lépreux,
cholériques, etc., sont comprimés entre des cloisons
d'acier. L'amalgame de chair et de sang produit une mixture résistante qui sert au mobilier et qui s'appelle *cléra*,
par une abréviation linguistique curieuse. Les rougeoleux
sont employés à une teinture qui s'obtient en leur écrasant,
dans de la benzine, la tête et les parties colorées : « Ma
cravate en est imprégnée, » ajouta Trub négligemment.
Ces éclaircissements m'étaient donnés parmi le tumulte
et la bousculade. De temps à autre, un riche, affecté d'obé-
sité, agité par un tic ou ramolli par une congestion, passait en superbe équipage, et l'on voyait à la portière sa
tête douloureuse, effrayée. Alors c'étaient de sourds gron-
dements de colère : « Il balade sa carcasse. — C'est fait
avec nos misères, son carrosse ! — Rentre ta gueule,
repu ! » Nous débouchions sur la place du Parlement. De
là devait partir le cortège, composé des ratés politiques, des
Académiciens, des médecins de la Faculté, du *Secours
universel* et des juges. Chaque année, cette cérémonie
donnait lieu à des discussions et rivalités effroyables, tant
les Morticoles ont développé le sentiment vaniteux de la
hiérarchie et des préséances, adorent la pompe, les discours, les estrades, tout ce qui hisse, décore et panache
la stupidité et la faiblesse humaines.

  J'entendis des murmures de curiosité joints à des rumeurs furieuses, car la foule est naturellement hostile à
ces docteurs qui la tyrannisent, l'exploitent et organisent
des fêtes à ses dépens. Une nuée d'agents de police nous
refoulaient avec violence, s'attaquant de préférence aux
femmes, dont ils tordaient les seins, et aux enfants, dont ils

cassaient les jambes. Ce corps se recrute parmi les alcooliques les moins débilités. On leur verse, le matin des ré-
jouissances, assez d'eau-de-vie pour les griser, pas assez
pour que l'administration n'en tire pas un petit bénéfice.
Ainsi lâchées, ces brutes se chargent de faire de *belles lésions* parmi le peuple et s'acquittent de leur besogne à
merveille. Le lendemain de la célébration de la Matière,
on amène dans les hôpitaux des hottes de fractures variées.
Les autopsies augmentent du triple.

Les vociférations redoublaient. Je perçus ces mots : « Les
voilà, les voilà, » accompagnés d'injures et de grincements
de dents. Les vagues de haine déferlèrent, miroitement
d'yeux, écume de lèvres. Les poings se contractaient.
Les visages se tordaient de rage contenue. Sans doute ces
féroces étaient des malades, des estropiés. Sans doute les
agents n'auraient pas de peine à les maintenir. Pourtant
cette houle de fureurs me terrifia. Aussi loin qu'allait mon
regard, je voyais la masse électrisée, frémissante. Les
figures grimaçaient et luisaient. Les pères soulevaient les
enfants, leur montraient leurs bourreaux. L'universel esprit
de vengeance bâillait et rugissait comme un animal monstrueux accroupi sous les drapeaux et banderoles. Des délégations de médecins de province et de villes d'eaux se
groupèrent devant le Parlement. Les orchestres jouèrent
des marches funèbres, et les bannières flottaient, couvertes
de devises : *Bonheur, Santé, Travail, Liberté, Fraternité, Solidarité*.

Des degrés du Parlement, descendirent les ratés de la
politique et les libidineux sénateurs. Ils causaient entre
eux, plaisantaient, se montraient le public. Ils étaient gras,
bien portants, robustes, en face de cette hâve multitude,
tel un bon morceau de bifteck devant un lion maigre,
et j'admirais la barrière morale qui sépare l'oppresseur
de l'opprimé. De quoi parlaient-ils ? Qu'agitaient-ils dans
leurs cervelles vides et confuses ? Les uns avaient des
favoris, d'autres de la barbe; d'autres étaient imberbes

comme des comédiens et ils posaient pour la galerie,
s'arrêtant sur les marches, pérorant à grands gestes. Un
gamin à tête de vipère grommela près de moi : « Canailles,
voleurs, voleurs. » Et je voyais la forme des bouches
dessiner de tous côtés ces outrages. Les parlementaires
portaient des redingotes noires et des serviettes en maroquin. On les accusait de tripotages et de déprédations
innombrables ; mais, comme ils servaient d'intermédiaires
entre les autres pouvoirs et qu'ils faisaient les lois, ils se
soustrayaient toujours eux-mêmes à des châtiments d'ailleurs illusoires.

Un défilé de personnages aux couleurs éclatantes sortit
d'une rue latérale. Leurs robes écarlates traînaient à terre.
Ils avaient sur la tête de hautes toques rouges, sur l'épaule
une bande d'hermine. Ils marchaient en rang, solennels,
majestueux, précédés de massiers à chaînettes également
majestueux et solennels. Je jouai des coudes et des mains
pour me rapprocher de ces magots. Sur leurs étendards
on lisait : *Académie de Médecine.* — *Académie de Chirurgie.* — *Académie des Sciences.* — *Académie du Positi-
visme.* — *Académie de Physiologie.* — *Académie de Psy-
chologie.* — *Académie de Thérapeutique.* — *Académie de
Sociologie,* etc., etc., et autres noms baroques, tirés du
latin et du grec, qu'épelaient autour de nous les enfants et
qu'estropiaient les badauds. Derrière eux, une fanfare retentissante précédait une statue dorée, grande comme une
tour, hideuse, hérissée d'objets symboliques tels que com-
pas, seringues, machine électrique et forceps, le tout en
carton, ajusté sans art et sans goût à l'effigie burlesque.
Un immense cri s'éleva : « *La Matière! La Matière!* »
Sur l'escalier, les membres du Parlement enlevèrent leurs
chapeaux, en bas, ceux de l'Académie, leurs toques.
Des multiples bras de cette mère Gigogne partaient
des cordons d'argent, qui se prolongeaient jusqu'à des
sortes de brûle-parfums balancés par des juges en toge
noire.

Un des politiques debout sur les marches tira de sa poche
un papier et se mit à lire, fréquemment interrompu par
des exclamations ironiques et des jurons : « Chers concitoyens, c'est aujourd'hui notre fête nationale. Je suis heureux de constater ce concours de populations qui viennent
saluer la statue protectrice de la Cité. La Matière a banni
les vaines idoles de la religion, chassé les ténèbres de ses
bras robustes et rempli les cœurs d'allégresse. Grâce à
elle, le règne de la raison est arrivé. L'instruction s'étend
à toutes les classes, avec son inévitable cortège de progrès,
de fraternité et de justice. A l'ombre de ce palladium, de
justes lois sont écloses qui protègent les moindres citoyens,
leur assurent la jouissance de bienfaits incessants. La paix
règne au dedans comme au dehors. Le pauvre est soigné
et guéri comme le riche. Les triomphes de la science sont
plus nombreux que jamais. Je veux ménager les modesties,
mais qu'on me permette de citer les noms respectés d'un
Malasvon, d'un Boridan, d'un Cudane, d'un Bradilin, d'un
Cloaquol qui consacrent toute une existence d'abnégation
à améliorer le sort de leurs semblables. Sur la noble route
ouverte aux inventions pacifiques, la statue de la Matière
s'avance sans chanceler, et sa marche éclaire les cons-
sciences. Une saine entente de l'hygiène et des modifica-
tions économiques et sociales a remplacé la vile croyance
en Dieu, tari la source des préjugés néfastes et des vieilles
erreurs. Ces glorieux résultats n'ont pas été acquis sans
peine, mes chers concitoyens, mais nous serons suffisamment récompensés par votre reconnaissance. »

Après ce discours, prononcé d'un ton de cabotin, une
main vers la statue, et l'autre sur l'absence de cœur, des
applaudissements éclatèrent parmi les docteurs, mais le
peuple resta silencieux et morne. Un des rutilants, le beau
Tismet de l'Ancre, prit la parole, au nom de la médecine
agissante, pour remercier le Parlement et énuméra les progrès de l'année, où il se tailla sa large part. Quand il en
vint à la *sublime institution du Secours universel qui*

supprime la misère et répand l'aumône comme une urne inépuisable, des ricanements sinistres et stridents grincèrent de toutes parts, vite réprimés par le zèle des agents. La harangue terminée, la statue de la Matière oscilla sur sa large base et se mit en route au son d'une marche funèbre. Autour d'elle ses emblèmes tintaient et brinqueballaient. Elle avait l'air, à chaque arrêt, à chaque heurt, de saluer ironiquement à droite et à gauche.

Nous assistâmes au long défilé des glorificateurs de la Matière. Après les politiques, marchaient les délégués du *Secours universel*. On se les montrait, on les invectivait, on se racontait comment ils gaspillaient l'argent destiné aux pauvres, on crachait dans leur direction. Je retrouvais là en pleine rue, dans ce jour blème et brumeux, les lamentations et les frénésies qui se chauffaient autour du poêle chez Malasvon. Ensuite, les juges, les vénérables juges. Ils avaient, eux aussi, des symboles pendus à leur bannière, une balance, sans doute parce qu'ils vendent à faux poids, un glaive, ébréché quand il s'agit des docteurs et des politiciens, rouillé pour les malades riches, mais qui reluit et frappe de toute sa force sur les misérables. A leur tête était Crudanet, fier, arrogant, maître des autres et de lui-même. Sa robe rouge rayée de noir indiquait sa double puissance de magistrat et de professeur. Suivaient les juges subalternes, mêlés aux *délégués d'hygiène*, aux *rapporteurs des crimes et des suicides* (je reconnus Malamalle), les médecins des fous, où Trub me désigna un colosse couvert de décorations, le fameux Ligottin, pourvoyeur de chair humaine. Lui et ses collègues de l'*Aliénation mentale* servent d'intermédiaires entre la justice et les médecins, livrent ou soustraient au bourreau qui bon leur semble, séquestrent, interdisent, condamnent, suivant le dogme de la *responsabilité morale*, dont eux seuls obtiennent au concours le redoutable secret. Deux lignes de leur écriture suffisent à envoyer au supplice ou au cabanon, à plonger les âmes dans les ténèbres.

12

Au terrible fracas d'une nouvelle marche qui dominait l'écho de la précédente, parurent les professeurs de Faculté, Avigdeuse, Tismet, Malasvon, Boridan et les autres, sauf Charmide et Dabaisse que l'on ne voit jamais dans ces cérémonies. Une bande de nuance différente sur la robe indiquait les représentants de la Physique, de la Chimie, des Mathématiques ou de la Botanique. Et encore, et sans trêve, des étendards, des pavillons, des insignes, des *Vive la Matière* et des *A bas Dieu.* Tous ces pantins avançaient d'un pas de comédie, inclinant leurs vilaines trognes pour remercier d'applaudissements imaginaires. Les Académiciens se distinguaient par les costumes les plus comiques, des palmes, des brandebourgs, des manchettes de dentelles et des épées que traînaient ces hideux vieillards.

Venaient enfin les journalistes, avec Cloaquol, puis les étudiants nombreux et pressés, ricaneurs, sautant autour de leurs emblèmes, narguant cette foule dans laquelle ils ne voyaient qu'une matière à autopsies. En queue, le personnel des hôpitaux, nos collègues, les surveillants et infirmières, la petite Marie, Trouillot immonde et déjà ivre.

. . . .

Toute cette clique devait promener la *Matière* à travers la cité. Une commère nous expliqua complaisamment le trajet : « Ils iront aux hôpitaux, aux prisons, aux morgues, aux égouts, à la *place des Exécutions électriques*, à celle des *Tortures expérimentales.* Ils s'arrêteront devant les statues les plus célèbres. Ça va en être du bavardage et des menteries ! Après, ils remiseront leur *Matière* dans un hangar qu'on surveille toujours, parce qu'on a peur qu'on n'y mette le feu. Ah, c'est que nous ne l'aimons pas, monsieur, leur gueuse dorée ! — Circulez, circulez, » criaient les agents de police, et je portais tout mon effort à ne pas quitter le bras de Trub.

Nous nous écartâmes, en longeant le fleuve, jusqu'à l'extrémité des faubourgs. C'était une succession de terrains vagues, pelés et solitaires où fumaient de place en place des cheminées d'usine. Le crépuscule commençait. Nous marchions sur des chaussées défoncées et boueuses. A distance j'aperçus un gros bourg : « C'est, me dit Trub, une des nombreuses *villes d'eaux*. Les Morticoles habiles mêlent aux sources naturelles, à l'aide de procédés spéciaux, certaines substances chimiques parfois inoffensives et fondent ce qu'ils appellent une *station thermale*. Alors ils s'entendent avec un docteur célébre et s'attachent plusieurs de ces médecins qui pullulent dans la capitale et n'y trouvent pas leur subsistance. La comédie s'engage. Moyennant une redevance annuelle, le Boridan ou l'Avigdeuse ou le Clapier envoie sa clientèle à ses jeunes confrères. Il explique à ses malades que la kyrielle des remèdes pharmaceutiques ne suffit point à les guérir, qu'à tel endroit on vient de découvrir une source minérale douée de propriétés merveilleuses et certaines. Les naïfs font leurs malles, se transportent dans ces coûteux établissements et absorbent, pendant une période déterminée, des verres d'eau, des bains et des douches à diverses températures. Ils boivent aussi l'illusion. Mais ils deviennent la proie d'hôteliers rapaces et des cupides médecins de villes d'eaux. Ils sont bernés, tondus, exploités avec méthode, cependant qu'on leur vante la source et ses vertus miraculeuses. S'ils avouent n'éprouver nul bienfait, on leur répond : « Ce sera pour l'année prochaine ; l'eau n'agit qu'après deux saisons. » Se plaignent-ils de souffrances nouvelles, on leur objecte que *c'est l'effet d'une première cure...* »

Devisant de la sorte, nous atteignîmes une construction sinistre, haute et grise, isolée dans la nuit. Au-dessus de la porte, une lanterne rouge éclairait ce mot : INCU-RABLES. Donc les Morticoles ont la cruauté d'inscrire ces irrémédiables syllabes au fronton des asiles. Ils suppriment l'espoir, attente dorée du ciel, l'espoir qui délie la douleur, et qu'accélère la fièvre, qui ouvre de ses blanches

mains les espaces de l'avenir et se tient debout aux chevets,
entre la patience et la terreur...

Nous dînâmes à la table du directeur, le propre frère de
Malamalle, robuste, bavard comme lui, et honteux de sa
position qu'il considère comme inférieure. Lui aussi nous
démontra les beautés de son établissement, où les grands
docteurs viennent *se faire la main* : « J'accepte les malades
intermédiaires, ni riches ni pauvres, qui ne veulent pas
entrer à l'hôpital, et payent une petite pension pour être
soignés. Hi! hi! J'admets les ménages, un vieux qui ne
consent pas à quitter sa vieille délabrée, un jeune homme
qui s'attache à sa fiancée prématurément phtisique, ou
que ronge un ulcère, ou qu'obsède une maladie noire. S'il
faisait jour, je vous montrerais mes pavillons, mais maintenant tout ça dort ou agonise. Chaque matin les Malasvon,
les Canille, les Tismet viennent ici avant ou après l'hôpital. Toute charcuterie est licite. Hi! hi! Je tiens de la
viande de toutes les qualités, de tous les âges. » Nous
étions tous les trois assis à une petite table, dans une vaste
pièce mal éclairée. Je distinguais aux murs des estampes et
leurs dédicaces : *A notre bon Docteur. — A Joseph Malamalle. Amitié et reconnaissance.* Ces sortes d'ex-voto, la
rudesse de cet homme, l'endroit et l'heure me glaçaient
d'effroi et Trub clignait malicieusement de l'œil au récit
de tant d'infamies. J'entendis des coups sourds et réguliers :
« Ne faites pas attention; c'est un cercueil qu'on cloue,
nous déclara notre hôte. Telle est ma musique quotidienne.
Vous ne prenez pas de ces haricots verts? Vous avez tort;
ils sont délicieux. Je vous disais donc que ces messieurs
de la Faculté tentent ici l'impossible. Ils fendent mes pensionnaires comme du bois, ils les attachent nus à des
arbres. Ils leurs entonnent des lavements au feu, à la glace,
au poivre, au jus de bifteck. Quel abatage! Hi! hi! Je
meuble à moi seul les cimetières des environs, et ce qu'on
jette à la tombe est fort mêlé, je vous assure, car mes aides
s'embrouillent dans les morceaux. Et ce sont des cris de

désespoir, des lamentations. Les murs en entendent! Moi,
je reste calme. Je n'ai rien à dire. C'est le droit des docteurs. Il leur faut bien des occasions de laboratoire. Les
condamnés à mort sont trop rares. Les suicidés de mon
frère sont des sybarites, qui ne veulent se laisser toucher
par personne. Moi, je me rends autrement utile à la science,
et les journaux de Cloaquol célèbrent ma maison comme
une œuvre de haute philanthropie. Vous connaissez Bradilin? Quel zèle il avait celui-là! Il venait à toute heure, me
harcelait pour emporter un muscle, un bras, quelquefois
un cadavre entier, au risque d'infecter la ville. Maintenant
nous l'avons perdu. Il se donne aux enfants, aux animaux.
C'est Malasvon mon roi et mon prophète. Il fait tous les
frais accessoires. C'est que ça coûte cher le mannequin
vivant! »

Les heurts sourds et durs continuaient à intervalles fixes,
m'impressionnaient affreusement. Malamalle le remarqua :
« Rassurez-vous, monsieur. Vous en prendriez vite l'habitude, si vous restiez un peu. Moi, je n'y fais plus attention.
On ne cloue pas qu'ici. On cloue aussi dans les cours, dans
les greniers, dans les caves, dans mes appartements particuliers, et ça n'arrête ni jour ni nuit. Une vraie débauche
de menuiserie! Hi! hi! » Son rictus céda cette fois à un
rire strident, épouvantable, où s'entre-choquaient des squelettes.

J'avais hâte de fuir. Je serrai avec dégoût la main de
l'ogre, me demandant s'il ne nous avait pas fait manger de
chair humaine. Mais, sous le masque outrancier et cynique
de son récit, je devinais du remords. Une de ses voitures
nous ramena à l'hôpital Typhus. A aucun moment nous
n'avions eu de nouvelles du capitaine Sanot.

A la suite de la fête de la Matière, l'hôpital fut désorga-
nisé. Boridan n'y venait pas, non plus que Quignon, et les
malades, livrés à eux-mêmes, ne s'en trouvaient que mieux.
Quelques-uns guérirent audacieusement. Je profitai de
cette accalmie pour fréquenter les salles de Dabaisse.

12.

Misnard s'était pris d'amitié pour moi. Il avait une honnête
figure ; toute sa personne respirait la droiture et la décision.
Il faisait son devoir avec une conscience digne de son chef,
tel Barbasse auprès de Charmide.

Un matin, je trouvai Trub et la surveillante en train
d'installer dans son lit un malade qui étouffait. Il respirait
avec un bruit rauque de la gorge qui s'entendait à distance,
et rouge, l'œil hagard, la bouche ouverte, les narines battantes, il frappait de ses mains crispées l'air qui ne parvenait pas à son poumon. Cette vue atroce est contagieuse.
Il semble qu'on agonise soi-même : « C'est le croup, murmura Trub, et justement le patron n'est pas là. » Misnard
prévenu arriva en toute hâte. Il observa l'homme une
minute, interrogea sa femme, qui l'avait amené, et se répandait en lamentations confuses. Sa conviction faite, il nous
demanda deux bistouris, une canule, un linge, que nous
apportâmes en courant. Il saisit le cou, le fendit sur le
milieu, d'une entaille nette et rapide, fouilla dans la profondeur avec la sonde pour dégager le trajet. On entendit
un sifflement aigu. Déjà l'interne enfonçait la canule. Par
son orifice jaillirent des filets de sang et des membranes
recroquevillées. Un peu de vie monta aux regards du patient. La moindre de ces parcelles signifiait la mort ; je le
savais et j'admirais ce jeune homme uniquement attentif à
sa besogne, qui recevait en pleine figure la sanie et les
détritus funestes. Mais une crise de suffocation survint, si
rude que je crus l'opéré perdu. Ses bras se raidissaient.
Trub lui tenait la tête et la surveillante les jambes, pendant
que la femme pleurait à gros hoquets. Alors Misnard retira
la canule ; d'un calme geste de héros, il appliqua ses lèvres
sur la plaie, aspira fortement. Il y eut un grelottement, un
glou-glou humide. L'appareil passa sans difficulté. Ce fut
une transformation : l'opéré respira largement, ses muscles
se détendirent, et sa physionomie exprima une reconnaissance mêlée d'extase, tandis que le courageux interne se
rinçait la bouche dans une cuvette.

Cet acte, qu'il faut du temps pour raconter, fut d'une
brièveté sublime. Nous étions transportés d'enthousiasme,
moi, Trub, la surveillante, les malades des lits voisins. La
femme se jeta au cou de Misnard, mais lui semblait gêné
par ces expansions et disparut. Après son départ, ce fut un
concert d'éloges attendris. On regardait les membranes
tombées sur les draps, les gouttes de sang, la salle. Tout
était ennobli par la belle image du sacrifice domptant la
mort. Trub le hâbleur sanglotait dans ses petites mains.

CHAPITRE VII

J'appris avec douleur, le jour suivant, que Misnard était
très malade. La fièvre croupale l'avait pris dans la nuit.
Mon service achevé, je courus à sa chambre, au-dessus de
la salle de garde. J'eus le triste bonheur de veiller ce
martyr et de lui faire boire sa potion par toutes petites
gorgées. Il me considérait de son bon regard intelligent,
un peu voilé. Il parlait bas, mais sans incohérence ; même
il me demanda du papier, il griffonna péniblement une
lettre, sa pauvre tête brûlante appuyée sur sa main. Il
répéta à deux ou trois reprises : « Ah ! ça ne va pas fort !
Ça ne va pas du tout ! » Au reste il se jugeait avec lucidité
et s'observait la gorge au miroir. Il n'avait pas voulu que
l'on prévînt ses parents, lesquels habitaient la campagne.
Ses camarades venaient le voir, essayaient de lui remonter
le moral : « Eh bien, mon vieux, tu fais la jeune fille !
Tu te rends intéressant. » Il ne répondait que par un
mélancolique sourire. A Jaury il dit : « C'est toi que je
charge, quand ce sera fini, de prévenir mes vieux. Tu y
mettras beaucoup de douceur, parce qu'ils n'auront pas
de résignation. » Quand Dabaisse entra, accompagné de
Charmide, il manifesta une joie très vive et ses lèvres
sèches étaient agitées d'un tressaillement nerveux. Dabaisse
ne cachait pas son émotion : « Grand bêta ! Il s'était déjà
dévoué une fois dans les mêmes circonstances. Je le lui
avais pourtant défendu : on ne peut pas le tenir.

— Comment va-t-il mon bonhomme, patron, interrogea faiblement Misnard, et le 34, vous savez, la fracture du crâne?

— Bien, bien, ils vont tous bien. Fiche-moi la paix avec les autres. C'est de toi qu'il s'agit, mon brave enfant, de toi qui nous fais des peurs affreuses. Examinez-le, Charmide, je vous en prie. »

Charmide éclaira le gosier, ausculta, tâta le pouls et moi, qui connaissais sa physionomie et sa façon discrète de dissimuler une mort imminente, j'eus le cœur atrocement serré. Il dit quelques paroles à l'oreille de Dabaisse, puis tout haut : « Vous vous en tirerez, cher ami ; le mal rétrocède. — Docteur, insista Misnard, est-ce que les bronches se prennent? Il me semble que je respire difficilement. J'ai ce *rythme cahoté* que vous avez décrit. » Je compris alors que, malgré ses recommandations et son assurance, l'infortuné gardait quelque espoir. Il prononçait des termes techniques et ne quittait pas des yeux Charmide et Dabaisse, leurs loyaux visages bouleversés et qui s'efforçaient d'être rassurants. Pendant quelques minutes, tous trois causèrent comme s'ils discutaient un point de science où personne ne fût en question.

La journée du lendemain se passa de la même manière, coupée par des remèdes, des visites de collègues et de Dabaisse. Celui-ci me recommanda, si Misnard allait plus mal, de le prévenir aussitôt. Il ajouta comme pour se soulager la conscience : « J'ai un remords. J'ai un remords. J'aurais dû être là de meilleure heure, prévenir son zèle...» Le malade respirait de plus en plus mal. Son regard, dans la figure terreuse, prenait une fixité glacée, et, quoique sa fièvre diminuât, ce que nous constatons ensemble au thermomètre, il était dans un état de prostration croissante. Cette seconde nuit, j'entendis un faible murmure : « Canelon, parlez-moi de Dieu, puisque vous croyez, vous. » Alors, je m'approchai, et de tout près, tenant sa main moite, je lui dis sur ma certitude d'un Sauveur, d'une vie

posthume et d'un rachat des consciences, tout ce que mon
enfance avait appris, tout ce qui est ma foi, le plus pur de
moi-même, mon seul trésor, mon viatique. Parfois il avait
un petit hochement de tête, incrédulité ou étonnement,
mais ce n'était plus son attitude impie, sa négation universelle de jadis. Je considérais ces narines pincées, ce
beau front où les cheveux prenaient des courbures de
révolte, et je songeais combien les convictions scientifiques sont chose fragile aux heures graves. Au tressaillement de ses doigts, à la vibration de tout son être, je devinais qu'il commençait à entrevoir des contrées inconnues
et lumineuses. Le ciel s'ouvrait pour son âme héroïque.
Il m'interrompit : « Je halette. C'est la fin. Le pouls cesse.
Adieu et merci. » La lampe qui nous veillait s'éteignit à
la même seconde, et il perdit la lumière dans le noir, le
courageux, le noble, l'admirable Misnard. Quand j'eus
rallumé, je m'agenouillai près du lit : « Seigneur, tu ne
peux repousser ceux qui t'ont méconnu en nom et en personne, mais qui t'ont gagné par le sacrifice. Accueille
celui-ci dans ta miséricorde. Il est à toi, bien qu'il t'ait
renié, et tu vivais en lui sans qu'il s'en aperçût. » . . . ⸳ ⸳

Je suivis le convoi par les rues froides et brumeuses.
Dabaisse, Charmide et quelques internes marchaient recueillis derrière le cercueil. Mais la foule des indifférents
causaient de leurs petites affaires, de leurs concours et
compétitions, de *ceux qui avaient bien léché les pieds, et
de ceux qui les avaient mal léchés,* et je ne comprenais
point cette métaphore. Au cimetière, Crudanet et Cloaquol
lurent quelques pages vides et prétentieuses, où il était
question du *devoir médical :* ... *Bel exemple,* — *Route du
progrès,* — *Splendeurs laïques.* Après la dernière pelletée
de terre, et comme l'assistance s'écoulait, je vis une femme
en noir, porteuse d'un gros bouquet, venir le poser pieusement sur la tombe, et je reconnus la compagne du *croup.*

. . . .
. . . .

Ayant soigné un de leurs camarades, je me trouvai
presque traité d'égal à égal par les internes. Quignon fer-
mait les yeux sur mes irrégularités dans le service et j'allais souvent à la salle de garde. La petite Marie, dépitée
de mon peu de galanterie, affectait de ne plus me regarder.
Barbasse, Jaury, Prunet me poussaient fort à commencer
des études médicales : «Votre intelligence est suffisante, me
répétaient-ils. Nous sommes tous bien disposés pour vous.
Vous avez des superstitions singulières, mais vous les aban-
donnerez. Vous ne pouvez, sans votre capitaine, fréter un
navire et vous rapatrier. Prenez votre diplôme de docteur ;
établissez-vous ici. » Peu à peu ces conseils me pénétrèrent.
Je n'avais nullement perdu l'espoir de revoir mon pays;
mais, ignorant la durée et les conditions de mon séjour
chez les Morticoles, je songeai qu'il était préférable d'atteindre une situation supérieure, plutôt que de végéter,
comme Trub, dans un emploi subalterne. J'espérais, ô
naïveté, qu'un travail tenace me permettrait de réussir et
j'avais mis de côté la somme nécessaire à mes premières
inscriptions. Puis je quitterais l'hôpital où trop d'horreurs
m'accablaient l'esprit et je ne deviendrais pas un de ces
malades pauvres qui crèvent de froid et de faim. J'engageai
Trub à m'imiter, mais il était trop paresseux.

Ma résolution prise, je me donnai du temps et voulus
connaître quelques médecins influents de l'hôpital Typhus :
« Ça ne vous servira pas à grand'chose, m'affirma ironiquement Quignon, si vous ne savez pas bien *lécher les
pieds*. » Cette fois encore, je ne le questionnai pas sur cette
expression énigmatique, espérant que le mot m'en serait
donné tôt ou tard. Je prenais par contact un des défauts
des Morticoles, qui consiste à n'avouer jamais leur ignorance.

Sur ces entrefaites, Jaury m'avait invité à déjeuner à la
salle de garde. Comme je voulais partir après le café :
« Restez, me dit-il, vous allez vous instruire. » La pendule
sonna deux heures. Toutes les pipes étaient allumées.

Quelqu'un s'écria en bâillant : « Rosalie ne viendra donc pas ?

— Elle m'a promis d'être exacte, répondit un nommé Tripard, interne de Foutange, le médecin des hystériques et somnambuliques. Elle ne peut manquer de parole. »

Effectivement, deux minutes après, entra en tourbillon une créature assez jeune, assez jolie, aux cheveux blonds ébouriffés, au petit nez en l'air, et vêtue d'étoffes tapageuses : « Bonjour, Tripard ! — Et elle l'embrassa. — Salut, la compagnie ! Je ne suis pas en retard ?

— Non, tu es à l'heure. Quoi de neuf ?

— Le neuf, c'est que tu préviendras ton patron que je ne veux plus lui servir de mannequin à moins de trois louis. Voyons, jeunes gens, quarante francs pour une attaque, est-ce raisonnable ? J'ai des sueurs froides toute la nuit après les cliniques. Vous ne vous doutez pas du turbin qu'ils me donnent là dedans. On me flanque en léthargie, en catalepsie, en somnambulisme. Tout ça m'éreinte, et c'est mon amant, un interne à la maison de santé Mala-malle, qui m'a conseillé : *Ma petite, à ta place je récla-merais trois louis. Ton Foutange est un vieux rat.* » Rosalie parlait avec une volubilité fantastique. Ses yeux clairs et bridés tournaient et viraient, comme des papillons autour de la flamme. L'assemblée riait.

« Tiens, prends une tasse de café, et on verra, ajouta Tripard, dont la figure malicieuse exprimait la jubilation. — La voilà, messieurs, cette Rosalie, qui a servi à tant de belles expériences relatées dans les journaux de notre infaillible Cloaquol ; cette Rosalie sur qui nous avons basé notre extraordinaire système de la *sensibilité neuro-musculo-cérébro-cutanée ;* cette Rosalie, point de départ de tant de merveilleux travaux que nous conteste le mé-chant Boustibras ! Saluez, car elle a fait couler plus d'encre qu'il ne passe d'ordures dans nos égouts ou de malades dans les pattes de Malasvon ! »

A ce moment parut Gigade. Bien que chef de service,

il venait souvent raviver à la salle de garde les souvenirs
de son passé d'étudiant, chercher des prétextes à sa jovialité célèbre : « Mais, c'est Rosalie! dit-il. — Et son visage
plissé devint trois fois plus hilare encore. — Tu travailles
toujours dans le système nerveux, ma fille? En as-tu fait
avaler des bourdes à Foutange! Allons, pique-nous une
attaque. » Aussitôt cette femme se renversa en arrière,
rugissante, et s'agita, se disloqua, prenant tantôt la forme
d'un arc, tantôt celle d'un fouet recourbé, lançant ses
jambes et ses bras dans toutes les directions, claquant
des dents, grondant de la gorge, s'exorbitant les yeux. Je
frémissais dans mon coin. Gigade était malade de rire :
« Non, impossible de mieux simuler! Satanée bourrique! —
Et il lui envoyait des coups de pied. — J'ai connu Lucie,
Madeleine et Félicité. J'ai connu la grosse Toupin, la
petite Poivre qui nous jouait l'hypnotisme à l'état de veille,
la plus rare des hypnoses. Jamais je n'ai retrouvé ta per-
fection. Du courage! Aux *attitudes passionnelles*, maintenant! Quel malheur que je n'aie pas la haute taille, le par-
dessus de caoutchouc et les favoris de Foutange pour
m'écrier : *Considérez, messieurs, l'extase, la prière, coutume surannée qui revit pour nous par les muscles de
cette enfant nerveuse! Considérez la colère, ces poings
crispés, ces regards furibonds! Considérez la pudeur,
tant de charme et de retenue chez la dévergondée de tout
à l'heure, car cette Rosalie est une fille publique, messieurs, et son mal est héréditaire, puisé dans l'alcool
de son père, la folie de son aïeul, l'épilepsie d'un oncle,
l'arthritisme d'une tante. Or elle est enceinte, la
malheureuse, enceinte d'un produit qu'affligeront l'arthritisme, la folie, l'épilepsie, l'hystérie!* » Tandis
que Gigade, monté sur une chaise branlante, déclamait à la façon de Foutange et que les internes s'esclaf-
faient, tellement que plusieurs pipes tombèrent, Rosalie,
grisée par le succès, prenait les attitudes qu'indiquait le
tonitruant professeur. Elle gigotait à terre. Son peigne se

13

détacha. De beaux cheveux dorés roulèrent librement et
les jupes retroussées montrèrent des mollets délicats. Tripard se précipita sur elle et lui fit respirer un éther fictif,
en jouant la compression des ovaires. Elle se calmait et
prit un air honteux. Puis, levant le masque, elle s'avança
mutine vers Gigade : « C'est égal, de ton temps on s'amusait ferme et je n'étais qu'une môme. Passe-moi une cigarette. »

Soufflant des anneaux avec la fumée et les jambes croisées l'une sur l'autre, Rosalie nous conta ses souvenirs.
Elle était la fille de malheureux, quelque part, là-bas, dans
les faubourgs. Un étudiant avait fait d'elle sa maîtresse.
Il lui enseignait des termes médicaux et elle lisait des gros
livres qu'elle ne comprenait pas, mais dont les images lui
restaient dans la tête. Ensuite, elle avait connu Gigade
qui s'occupait de système nerveux, et, pour faire de
bonnes farces à son patron, lui avait appris à simuler
l'hypnotisme et l'hystérie : « Un fameux service que tu
m'as rendu là, mon vieux. Ce Foutange est jobard comme
on ne l'est pas. Il me paye ce qu'il appelle *mes talents de
société*. Il ne croit pas si bien dire. Te rappelles-tu ? Tu
n'étais pas encore un gros bonnet. Moi, j'étais une vraie
gosse ; tu buvais dans un crâne et nous mangions du sau-
cisson avec du pain. Ah ! je t'ai joliment regretté ! »

Elle paraissait jalouse de ses collègues en supercherie,
la grosse Toupin, la petite Poivre, *des faiseuses, des rien
du tout, qui se trompaient dans la simple attaque !*
Quant à Félicité et à Madeleine, elles avaient passé armes
et bagages au camp adverse de Boustibras, et elles démo-
lissaient les expériences de Foutange. *Ce qui n'était vraiment pas convenable.* Elle avait un bagou intarissable,
une faculté prodigieuse d'imiter les accents, les gestes,
les tics de tous les professeurs. Elle avait vu de près la
plupart des médecins en renom et dévoilait leurs plaisirs
faciles, leurs brutalités, leurs manies : « Tismet de l'Ancre,
le joli Tismet, il peut faire son malin auprès des dames du

monde! Ça n'est pas un gaillard, je vous jure. Il m'a tant
tannée que j'ai cédé. Pourtant il ne me plaisait guère,
avec sa tête de coiffeur... Et le vieux Canille, l'austère,
le *Président des Sociétés vertueuses*, ma chère, Sa Solennité, *ma situation de professeur*, en voilà un exigeant
cochon! Il restait des heures dans un fauteuil sans bron-
cher, les mains sous mon corsage! » On la questionnait :
« Et Boridan? — Un butor. Il sent mauvais. — Cudane?
— Merci bien! Il a le truc de vous électriser, l'idiot. —
Et Avigdeuse, l'as-tu apprécié? — J'te crois que je l'ai
apprécié! Il est arrivé un jour, avec un nommé Sorniude,
me demander si je voulais, pour beaucoup d'argent,
raconter qu'un enfant était à moi, bref une histoire très
compliquée et louche. Sorniude avait le gosse tout prêt
dans une serviette. J'ai refusé. Ensuite, il est revenu me
parler de choses à faire, de poison, de mort, de suggestion.
Il me prenait pour une vraie hystérique et il me fixait de
ses yeux de braise. J'en cours encore. Non, vois-tu,
Gigade, il n'y a que toi!... Ah, mes enfants, une sévère!
Imaginez-vous que Torla, le chef du *Secours universel*,
m'a promis... » Elle parlait à voix basse. On se groupa
autour d'elle; je n'osai m'approcher. Il y eut un tollé
général : « Comment! Oh, l'hypocrite, la canaille, le sale!
Voilà où passe l'argent des pauvres! »

« Rosalie, c'est sérieux, maintenant. — Et Tripard frappa
la table du poing. — Nous méditons une nouvelle expérience. Papa Foutange est persuadé que, si on te met dans
les mains des petits carrés de papier portant des noms de
médicaments, tu subiras l'effet de ces médicaments. Je
vais te donner leur liste, dans l'ordre où je te les présen-
terai à la prochaine clinique. Tu te trompieras une fois.
Attends d'être endormie. Boustibras sera là, et, pour
embêter le patron, certifiera que tu fonctionnerais aussi bien
réveillée. Je te réveillerai et tu te trompieras tout le temps.
Qu'est-ce que j'ai fait de cette liste?... Ah! la voilà! »
Bravo, bravo! hurlèrent Gigade et les autres. Tripard tira

de sa poche une feuille de papier : « Primo : Sulfate de
quinine. Tu feras l'écœurée. Tu t'écrieras : *Que c'est amer !*
Pouah ! Que c'est dégoûtant, mes oreilles bourdonnent.
Secundo : Ipéca. Ceci, ma mignonne, c'est le grand jeu.
Il faut vomir. Foutange sera si content ! — Ça va, ré-
pondit-elle. Je me tirerai de tout. » Elle inspecta la liste
des médicaments en connaisseuse. Je me promis de ne pas
manquer la séance de Foutange.

La conversation devenait générale. On parla des cruautés
auxquelles donnait lieu l'hypnotisme : « J'ai vu dernièrement, racontait Rosalie, une petite fille de quatorze ans,
une vraie malade, celle-là, qu'on a rendue complètement
folle. On la faisait travailler tout le temps : pour un
médecin de villes d'eaux, pour un étranger, pour rien,
pour le plaisir. Elle était à peine nerveuse en arrivant à
l'hôpital. Elle en est sortie pour aller aux cabanons de
Ligottin.

— Mais, riposta Gigade, qu'avait-elle de mieux à faire
que de servir la science ? — Son ton subitement grave me
parut plus joyeux encore que ses précédentes cabrioles. —
L'hypnotisme est la plus belle conquête de la médecine
moderne. Il éclaire tout, la jurisprudence, l'histoire, la vie
journalière. Il diminue la responsabilité. Il sert à expliquer
la philosophie, la peinture, la religion, la musique et la
littérature. Il nous permet de mettre la main sur tout.
Nous lui devons notre omnipotence. Nous avons *suggéré*
au public de nous hisser sur le trône, à la place des rois, et
sur l'autel, à la place des prêtres. » Là-dessus, Gigade
bondit au piano et joua un furieux *galop* que dansèrent
les internes et Rosalie, laquelle levait ses jambes jusqu'à
sa tête. . . . .

. . . .

Boridan savait par Quignon ma résolution d'étudier la
médecine : « Surtout, me dit-il, apprenez à lécher les
pieds, » et il me permit de m'absenter tant que je
voudrais.

Je visitai le service de Wabanheim, vieillard trapu, au front puissant, aux yeux cernés, à la parole brève, avide d'argent, de plaisirs et d'honneurs. Chaque jour il invente de nouvelles drogues qui lui permettent de réaliser des bénéfices considérables chez Banarrita, le pharmacien auquel il envoie ses clients. Comme les riches seuls lui importent, il a contre les pauvres, qui lui volent son temps précieux, des colères féroces, et les traite comme des animaux. Il est hautain même avec ses élèves, ce qui n'est guère dans la tradition des Morticoles. Il leur recommande d'acheter ses ouvrages, *dont la connaissance est indispensable aux candidats*, et qui sont, eux aussi, une pure spéculation de librairie, car Wabanheim les fait bâcler au rabais par des médecins jeunes et de peu de ressources.

Au deuxième étage de l'hôpital Typhus, les salles du chirurgien Tartègre occupent une enfilade d'arceaux. Tartègre est un maniaque. Il opère très peu, mais avec tous les raffinements de cette science que les Morticoles appellent *antisepsie*, c'est-à-dire lutte contre les animaux microscopiques, en qui, lors de mon voyage, ils voyaient la cause de tous les maux. Ils adoptent ainsi périodiquement de vastes hypothèses qui modifient leurs connaissances de fond en comble. Après un stade de lutte, ces théories deviennent un dogme, un article de foi qu'on ne peut plus renier, sans être tenu pour un âne et un hérétique. Il est curieux que la religion prête ses formes aux esprits irréligieux. Alors ce peuple incrédule les supporte avec peine, s'en dégoûte et cherche un autre système qui détruit le précédent, le remplace et règne à son tour. Les doctrines dont ils se targuent ne sont donc qu'une suite de ruines méprisées par les jeunes générations et dorées par le soleil de l'indifférence. Or Tartègre s'appliquait à chasser les microbes. Il craignait l'eau qui les humecte par millions et l'air qui les héberge par milliards, le bois, le linge, le papier, la pierre, tous les métaux. Ses malades étaient isolés dans des cages de verre et perpétuellement aspergés

13.

d'acides immondes. Il n'opérait qu'à la dernière extrémité, aussi redoutable par son abstention que Malasvon
par sa charcuterie, et, en ce cas, c'étaient des artifices
inouïs pour expulser l'*adversaire*, les patients étouffés
dans de l'ouate antiseptique, les bistouris remplacés par
le feu, les pansements formés de trente-sept couches de
gaze imbibées de substances diverses. Quand on pénétrait
dans ses salles, cela sentait le phénol, la rose, la moutarde
et la cannelle. Il se dégoûtait vite de ses matières germi-
cides et les variait sans cesse, de sorte qu'il coûtait plus
cher à l'hôpital que tous les médecins réunis et fournissait
involontairement au *Secours universel* l'occasion d'innombrables pots-de-vin. Les victimes de son zèle outrancier ne
mangeaient qu'une rare nourriture empestée de poudres
désinfectantes. On les soumettait, par en haut et par en
bas, à des lavages méthodiques et caustiques. Elles buvaient
du lait bouillant, de l'eau bouillante, du vin aromatique
et bouillant. Comme il ne voulait pas de cabinets à proximité de ses salles, il fallait que les malades fussent portés
à cinquante mètres de là et il avait imaginé des water-
closets à triple courant d'air, d'eau et de sublimé qui leur
procuraient des fluxions de poitrine et des hémorroïdes.
Tartègre était en guerre perpétuelle, acharnée avec Tabard
et Malasvon. Ils s'invectivaient dans les journaux de Cloaquol, se traitaient de *fou*, d'*ignorant*, de *paresseux*, d'*assassin*, de *boucher ivre*. Malasvon portait à Tartègre des
défis de trépaner six crânes et d'ouvrir quinze intestins en
une demi-heure, avec un couteau de bois et un sou de
ficelle. Tartègre publiait la liste complète des *ratés* de son
rival. Ces gentilles controverses divertissaient énormément
le public.

Le docteur Fête, lui, ne croyait pas aux microbes, mais
à des globules infinitésimaux renfermant une parcelle de
substance médicamenteuse. On faisait fondre une de ces
monades en un seau d'eau. De cette dilution, les malades
absorbaient douze gouttes dans une série de douze verres

d'orangeade échelonnés d'heure en heure. Or il est remarquable qu'ils ne guérissaient ni plus tôt ni plus tard et ne mouraient ni plus ni moins qu'avec l'aide des autres méthodes. Les collègues de Fête le jalousaient atrocement pour son excessive clientèle de riches, qu'il doit d'abord à son urbanité, à son aimable visage, à sa belle barbe blanche, ensuite à la simplicité et à l'innocence de son traitement, lequel dispense des purges, vomitifs, lavements et drogues noires, remèdes atroces et poisseux, chers aux Boridan, aux Clapier, aux Wabanheim, aux Avigdeuse. Enfin les irréligieux Morticoles ont besoin de remplacer la foi par une confiance aveugle en quelque chose d'obscur, et le mystère du *système globulaire* est fait pour séduire ces âmes inquiètes. J'admirais beaucoup le portefeuille en maroquin à son chiffre que Fête tirait au pied des lits, le sérieux avec lequel, sans un mot d'explication, il remettait à la surveillante une de ses boulettes magiques.

Pour me divertir, je suivis le service d'Avigdeuse, le plus audacieux des charlatans ; j'écoutai le *beau brun* parler à ses élèves. Il est l'homme de génie ; il en a le port hautain, le langage bref et la fougue perpétuelle. Comme Tismet, il découvre chaque matin que la terre est ronde, que le soleil nous éclaire, que nous sommes tous mortels, et il explique, démontre, commente ces découvertes avec une verve intarissable. Il pose des diagnostics surprenants : *Affection singulière de la troisième tunique de l'estomac*, et ses prescriptions remplissent trois pages du cahier d'hôpital : *Prendre, à chaque repas, deux biscuits de son ; un quart d'heure après, un jaune d'œuf au poivre ; six minutes après, cinq clous de girofle, une feuille de salade de laitue et deux grains de sel moyens.* Aux uns il interdit *les salaisons, la viande, les pâtes, les légumes et le lait,* ne leur laissant à consommer que l'air du temps et leur salive ; aux autres il conseille *l'encre, le pétrole, les pétales de rose et la cendre de cigare.* Il dicte ses ordonnances d'un air inspiré, ôtant, frottant et remettant son

lorgnon, se tapant le front pour y agiter ses trouvailles. Il
se précipite vers un malade, lui prend les mains, les lâche,
s'écarte de trois pas, revient, le fait se lever, se baisser,
fermer les yeux, se coucher en long et en travers. La précision dans la sottise, telle est l'allure de cet animal souple
et griffu.

Bradilin dirigeait un service d'enfants. Il s'y trouvait
plus à l'abri pour ses cruelles tentatives, les marmots ne
pouvant ni se défendre, ni se plaindre. Je les vois courant
à la rencontre de l'interne dans leurs courtes capotes
bleues : « Monsieur, monsieur, le petit 16 est mort, et
Jules, le petit 12, agonise. » Lamentables 16 et 12, martyrs
minuscules, torturés entre deux draps, aux yeux éteints,
aux joues froides et caves, aux mains recroquevillées, rata-
tinées, réduites à l'état de surfaces blêmes! Ils sont morts
sans le baiser chaud d'une maman, morts par la faute du
bourreau médical qui leur injecta des poisons nouveaux,
dans des souffrances affreuses, raconte la surveillante, la
tête basse, honteuse de surveiller ces meurtres! Tout
autour des minces cadavres, c'est l'insouciance, aussi grande
que chez des heureux. On joue avec les instruments de
supplice, les couvercles des bocaux, les bandages et les
rideaux des lits. On regarde de vieilles images qui racontent
la triste fête de la Matière, et, à l'âge où l'être se forme,
sur le tendre cerveau se gravent des effigies et des formules
athées. Cependant Bradilin arrive et ricane devant ses
succès : « C'est ce que je craignais. » Ne crains-tu rien d'autre,
bandit? Ne crains-tu pas que, quelque part, quelqu'un
ne recueille ces âmes irritées et sorties vieilles de la jeunesse, n'écoute leurs justes plaintes? « Qu'on porte ça,
ajoute-t-il, au premier amphithéâtre! Je ne crois pas que
le poison ait été absorbé en entier. »

. . . .

CHAPITRE VIII

La veille du jour où je devais commencer mes études et prendre mes inscriptions, c'était grande séance chez Foutange. On en causait fort à la salle de garde, et Tripard affirmait que Rosalie était prête. On comptait sur une querelle avec Boustibras. Nous arrivâmes de bonne heure, Trub et moi, dans le domaine de l'illustre hypnotiseur. Le service de Foutange formait en effet une véritable cité au milieu de ce royaume de misère qu'est l'hôpital Typhus. L'extraordinaire pression sentimentale et sociale, à laquelle sont soumis les Morticoles, a développé chez eux au plus haut point les désordres du système nerveux. Une perpétuelle inquiétude, le moindre bobo exagéré, traité par une dizaine de médecins contradictoires; une activité industrielle incessante; un frénétique désir de rapidité dans les communications, que manifestent et multiplient la vapeur et l'électricité à outrance; l'affaissement des âmes par l'analyse, la persuasion du fatalisme, la crainte de l'hérédité, la terreur de la mort, la certitude de l'omnipotence de la matière; la soif à tout prix de la richesse, la méfiance des inévitables docteurs; la nature, heurtée et violentée par la science, qui se venge en empestant les sources, l'air, la mer, en donnant aux animaux des maladies hideuses, qui viennent de l'homme et retournent à l'homme; les fleurs lourdes de sucs vénéneux; l'art ne racontant que la misère et le deuil; le contact d'hôpitaux, de prisons, d'égouts, de

morgues, de convois funèbres, de charniers ouverts à tous
les vents et à tous les regards ; les lamentations entendues
à travers les sifflets des chemins de fer, les bourdonnements
des tramways ; la corruption des femmes à genoux devant
des médecins obscènes et adroits; la faiblesse des maris,
menacés du cabanon et de la camisole de force au moindre
signe de résistance; les alcools, la morphine, l'éther, la
bande farouche des opiacés, squelettes agitant des images
brillantes, qui portent la joie dans un linceul; la haine
des pauvres et des riches; la précocité des enfants dont
l'imagination est journellement souillée; une éducation
intensive qui surcharge et trouble la puberté, en fait sortir
le crime, le désespoir et le suicide ; des fléaux périodiques
que l'hygiène attise plutôt qu'elle ne les combat; une presse
vénale uniquement occupée à signaler ou dissimuler les
épidémies ; enfin une atmosphère générale d'angoisse qui
flotte sur la contrée — telles sont les causes les plus appa-
rentes qui remplissent de pauvres le service de Foutange
et de riches sa clientèle privée. Toutes ces formes de la
surexcitation cérébrale et du manque de sommeil s'inscri-
vent sur le corps humain en maladies extraordinaires
dont Foutange et d'autres s'acharnent à déchiffrer les
signatures. Il est juste d'ajouter qu'ils les exaspèrent, les
cultivent comme des plantes rares, ne s'occupent jamais
de les atténuer, mais toujours d'en tirer profit ou gloriole.

Contournant le laboratoire d'électricité, nous atteignîmes
un grand vestibule aux portes battantes, où commence
l'empire de Foutange. Là défilent du matin au soir, au
milieu de cris et de bousculades, une multitude de femmes
en jupons, camisoles grises et savates, corps meurtris dans
des lainages rudes : des vieilles toutes blanches ont
échappé aux efforts réunis du mal et de la pauvreté :
épaves de la vie, gâteuses, branlant la tête, chevrotant, la
langue dehors, elles répètent la même perpétuelle phrase
monotone qui est leur unique horizon moral : « Bonjour,
l'ami. — Eh, joli brun. — Viens, ma guitare. » Paroles

mystérieuses, tombant de ces bouches édentées que borde
un liséré de bave. Qu'ont-elles sucé, bu ou mangé, accroupies parmi les ordures, nues sous leurs souquenilles, entre-
choquant leurs os de squelettes? Quelques-unes sont as-
sises. D'autres marchent et déclament leur confession
sinistre. De plus jeunes descendaient le large et sonore
escalier, portant des draps, des brocs ou des fioles. Plusieurs étaient ou avaient été belles, mais leurs traits grimaçaient. Certaines imitaient la démarche d'un animal,
sautaient comme un écureuil, grignotaient du pain comme
un singe, ou bien accotaient à la rampe poisseuse leur
taille souple, chantaient des mélopées traînantes et bizarres. Sur les dalles froides, un être terreux et sans sexe,
aux cheveux gris dénoués, courait à quatre pattes et voulait
nous mordre les jambes. Or tout ceci n'est point la folie ;
c'en est l'approche et le contour ; c'est le signe qu'elle fait
à l'âme. Nous entendîmes des cris stridents, et par une
des portes du préau se ruèrent des créatures gesticulantes.
Elles jetaient des gloussements suraigus, qu'elles accompagnaient de mimique, levant avec force les épaules, ou
lançant le pied et le bras en avant, ou proférant des ky-
rielles de blasphèmes ; leurs corps tremblaient de tem-
pêtueux frissons. Une d'elles tomba de son long sur le sol.
Sa tête fit le bruit d'une bûche qu'on fend. Aussitôt tout
le cortège des vieilles, des gloussantes, des chanteuses,
des épileptiques, s'attroupa autour d'elle en cercle de sor-
cières, tel un arbre aux branches dépouillées dans
l'orage... Nous franchîmes ce pas redoutable, malgré les
efforts d'une naine qui se pendait à nos mollets en hurlant.

   Après ce premier vestibule, il en est un second, celui
des hommes. Nous le traversâmes vite, pas assez néanmoins pour ne pas remarquer des formes sans âge qui,
frileusement serrées sur un banc, tendaient devant elles
leurs mains agitées de secousses menues. Ils semblaient
filer de la laine ou expliquer quelque chose à tout petits

gestes. Deci, delà, enfants adultes et vieillards ânonnaient
des syllabes sans suite : « Ba ba... To... To... Zo zi...
Ru... Ré... », riaient niaisement, bras dessus, bras dessous, ou nous dévisageaient d'un air de fureur. « Que de
mouvements inutilisés ! m'écriai-je. Tous ces fantômes dé-
pensent en pure perte la vie que Dieu leur a prêtée. —
Les automates sont punis, me répondit Trub. Tics, saccades et tremblements rappellent la trépidation des machines auxquelles on emploie les malheureux. Ils gardent
l'empreinte et le rythme de leur profession. Ces animaux
d'acier qu'ils fabriquent et utilisent leur donnent leurs
formes en détraquant leur organisme. »

En montant l'escalier qui conduit aux salles de Foutange, nous croisions des groupes d'instables danseurs.
Mais leurs yeux fixes et leurs gambades de pantins ne ma-
nifestaient point l'allégresse. Nous vîmes un homme grand
et maigre, qui descendait les marches avec précaution.
Quand il passa près de nous, il nous lança un regard infini.
Il signifiait, ce regard-citadelle, ce regard-foule, ce
regard-présage : « Je souffre et j'ai souffert de douleurs
innombrables et je suis resté conscient de moi-même.
Mon mal est moins apparent que les autres, qui portent
des masques comiques ou tragiques. Il est intérieur ;
vous ne le comprendrez pas, messieurs. Il frôle la
conscience. Il est religieux, de rédemption ; la foi seule
pourrait le calmer. Il dépasse toute science ; il est l'image
de maux futurs, bien plus terribles, parce qu'ils ne seront
pas dans le geste, dans le tic, dans l'allure, mais qu'ils
pourriront au bas abîme de l'âme, tels ces cadavres trop
profonds qu'on ne devine qu'à l'odeur fade... »

L'antichambre propre du service est environnée de
vestiaires et d'armoires où les étudiants déposent leurs
blouses et leurs livres. Au milieu, s'allonge une table
destinée aux chapeaux et parapluies. Car Foutange excite
une vaste curiosité. Les Morticoles viennent là en partie
de plaisir, voient *travailler* les malades, et souvent em-

portent la contagion. Il grouillait donc une foule composite :
tel millionnaire, trésor des médecins, célèbre par sa fruc-
tueuse hypocondrie, consulte pour la dixième fois Avigdeuse, lequel répond nonchalamment, caresse sa belle
barbe noire. Telle petite dame s'empresse autour de
Tismet de l'Ancre qui lui donne des conseils à voix basse,
et serre des mains de tous côtés. Des infirmiers passent et
repassent pour préparer l'amphithéâtre, truqué comme
une salle de spectacle. Ils nous plaisantent, Trub et moi,
qui venons là en *messieurs*. Il est vrai que notre conduite
frise l'inconvenance, mais on n'a pas le loisir de s'occuper de nous. Voici des médecins étrangers, reconnaissables à leur tenue, à leur forme de visage, à leur gêne ;
dans un coin, Malamalle aîné cause avec un géant alerte,
Ligottin, le dompteur des fous. Il nous reconnaît et nous
fait un signe amical. Voici Clapier, le rival d'Avigdeuse ; le
lourd Wabanheim, comme chargé du poids de son front,
dirige partout le jet perçant de ses regards, et n'écoute
pas un mot de ce que lui jacasse son interlocuteur, le
pharmacien Banarrita. Le spécialiste du nombril, Purin-
Calcaret, au crâne bosselé, aux cheveux blonds broussail-
leux, si caractéristique que chacun le prend pour un génie,
plaisante Gigade, qui court deci, delà, tape familièrement les épaules, les bras, le ventre d'autrui et ses propres
cuisses, éclate d'un rire tonitruant, puis d'une série
de hoquets qui grincent. Gigade raille tout haut les *tours*
de Foutange auxquels nous allons assister. Tartègre démontre à Mouste que l'air est saturé de microbes; mais
Mouste, perdu dans les plaines du silence, ne répond pas.
Cloaquol, très agité, se tourne vers trois jeunes reporters
médicaux qui, le crayon et le carnet à la main, prennent
des notes fiévreuses. Surviennent Pridonge, Bradilin,
Quignon, Prunet, Jaury, Cudane l'inévitable. Le stupide
Cercueillet se précipite au-devant de Crudanet lui-même,
le louche tartufe, scintillant de décorations, environné de
ses aides. Les élèves s'ébrouent et plaisantent ou, disci-

14

ples fervents, se tiennent à l'ombre de leurs maîtres. Ils
déposent sur la longue table des cannes et des paperasses,
édifices instables qui s'éboulent à chaque instant. Tabliers
et calottes noires frétillent. Et l'on potine, l'on potine!
On entend citer des noms propres, des anecdotes ressas-
sées cent fois. J'aperçois des étudiantes, la plupart laides,
des dames aussi, malades riches et désœuvrées. matron-
nées par un docteur, elles ne s'écartent pas de leur guide;
celui-ci les renseigne en s'épongeant les tempes. L'assemblée dégage une chaleur, une odeur néfaste, et le désir
malsain de s'exciter les nerfs. Les élèves de Foutange,
Tripard en tête, se distinguent par leur sérieux. Ils démo-
lissent bien, dans le privé, un maître trop naïf, mais le
public, la concurrence, le sens de la gloire les impres-
sionnent. On se montre le dramaturge Loupugan, idole de
ses concitoyens, qui passe sa vie au milieu des docteurs
et leur demande des sujets de pièces. Il emploie dans ses
drames des termes d'anatomie que lui fournissent Tismet
et Avigdeuse. Je contemple le peintre Stéphane, chien
mouillé, battu et fangeux. Il cherche à l'hôpital de quoi
barbouiller ses toiles avec des pieds bots authentiques et
des convulsionnaires exacts. J'admire un poète qui chan-
tera sur le mode mineur les beautés de l'hypnotisme; une
série de juges zélés, désireux d'étudier de près cette
grosse question de la responsabilité morale qui leur permet
de considérer les scélérats comme des innocents et ne les
dispense pas de demander leurs têtes. Ils questionnent
sans trêve leurs amis médecins, avec des mines, des attitudes, des réticences et des masques de théâtre, tellement
qu'on ne les distingue pas de quelques cabotins et cabo-
tines, interprètes fidèles de Loupugan, venus là pour
simuler l'attaque d'après Rosalie qui, elle-même, la
simule. Mensonge sur hypocrisie, hypocrisie sur mensonge,
tout cela évolue et moutonne en une énorme masse
humaine où l'on chercherait en vain un grain de pitié,
un atome de bonté, une goutte d'intelligence. On guette

anxieusement Foutange et Boustibras ; dès que la porte
s'entr'ouvre, tous les regards se tournent vers elle et les
bavardages s'interrompent.

« Laissons ces singes gambader, me chuchote Trub à
l'oreille. Je veux te montrer le service des femmes, en
attendant l'arrivée du maître, et nous irons ensuite
directement à l'amphithéâtre. »

Nous entrions dans une grande salle dont l'aspect multi-
colore et confus me saisit d'emblée. Chaque lit était une
folle petite chapelle, ornée d'oripeaux aux couleurs extravagantes, où le jaune et le violet luttaient en hurlant avec
le rouge et le bleu ; sur les étoffes chiffonnées ruisselaient
des avalanches de colifichets et bimbeloteries, statuettes
de plâtre et de verre, objets de forme inconnue, d'usage
vague, poteries indéterminées, herbes sèches, jusqu'à des
bouts de bougie et des bobines de fil. Au milieu de cette
mascarade s'énervaient, s'étiraient une trentaine de
femmes étranges, quelques-unes jeunes et jolies, d'autres
vieilles, mais toutes fardées, les rides plâtreuses et
roses, les cheveux travaillés de façon biscornue, dressés
en tire-bouchon, ou s'envolant de toutes parts, comme sur
les têtes de gorgones et de méduses, ou bien plaqués en
accroche-cœur, mouillés, huilés et collés sur les tempes,
ou divisés en série de petites nattes, chacune nouée par
une faveur de nuance diverse, l'acajou tranchant sur le
brun, et le blanc sur le blond ; des bonnets fantastiques et
criards, en dôme, en pointe, en parapluie, à la hussarde.
Des peignoirs ouverts sur le côté, friperie de cauchemar,
découvrant le flanc et la cuisse, brodés, soutachés, parse-
més de dentelles et de graisse, de crasse et de guipures.
Certaines filles avaient des poses de nonchaloir, cou-
chées tout habillées sur leurs lits, faisant saillir les
hanches, accroupies et fumant d'odorantes cigarettes,
mâchonnant des choses dures, du bois et de la craie.
D'autres s'amusaient à se poursuivre avec des clameurs
insensées, à se battre, se mordre, se griffer, s'envoyer des

coups de pied qui faisaient flotter les peignoirs. Une, à qui
la surveillante voulait ingurgiter un médicament, rechi-
gnait avec des minauderies. Notre entrée dans ce sérail
suscita une vive animation. Nous sentions sur nous tous
ces regards fiévreux, cernés de noir et de fard. Nous
admirâmes plusieurs décorations. Flattées dans leur
amour-propre, les jeunes personnes nous envoyaient des
compliments et des baisers, tandis que leurs voisines,
jalouses, nous faisaient des grimaces. Mon nez et la cravate de Trub étaient matière à plaisanteries. On s'approchait de nous; on nous tiraillait; on nous demandait du
tabac. Cela puait la sueur, la pommade et l'éther. L'atmosphère était lourde. J'en aperçus deux étroitement enlacées;
une autre, tapie dans sa ruelle, aspirait avec délices le
contenu d'un petit flacon, prenait, par la molle inflexion de
son corps, une grâce de chatte engourdie. Cette disparate,
ces rumeurs, ce bruissement d'étoffes, ces parfums violents
me congestionnaient et je fus heureux de retrouver le
frais palier de l'amphithéâtre.

Celui-ci était bondé de monde quand je poussai sa porte
basse à tambour, laquelle aboutissait au faîte. Nous
dominions le public, empilé sur les gradins, qui tout
à l'heure stationnait dans l'antichambre. On se serra pour
nous faire place sur un banc de médecins étrangers, à
l'extrémité duquel trônaient Avigdeuse et Cloaquol. En
bas, dans l'hémicycle, qui, de l'endroit où nous étions,
ressemblait à un entonnoir, s'agitaient Cudane, son aide,
Tripard, et les élèves de Foutange. Ils préparaient une
machinerie compliquée. Les hautes fenêtres dépolies dis-
pensaient un jour si maigre que le gaz était allumé. J'étouf-
fais. Aux murs on voyait un tableau noir et de grands
dessins coloriés, œuvres de Tismet, représentant les divers
stades de l'hypnose sous la forme d'un puits où plonge
l'esprit des patients. Un autre tableau portait cette gigantesque annonce :

ROSALIE !

ROSALIE !

ROSALIE !

MERVEILLEUX EFFETS DES MÉDICAMENTS ÉCRITS.

PERSUASION THÉRAPEUTIQUE.

DISCUSSION ET RÉFUTATION DU SYSTÈME BOUSTIBRASIEN.

Trub me désignait, au premier rang dans le bas, le petit docteur Boustibras, sa houppe de cheveux grisonnants, sa barbiche. Serré dans une redingote cloche aux larges boutons luisants, il attendait avec impatience le moment de se déployer.

Des applaudissements éclatèrent à l'arrivée de Foutange. Il était grand, vigoureux, analogue à un perroquet. Le nez accomplissait sa courbe au-dessus d'une bouche assez fine qu'encadraient des favoris blonds, de ce blond qui persiste jusqu'à l'extrême vieillesse. Son ample pardessus de caoutchouc, où s'engouffrait le vent de son éloquence, claquait et dansait à chaque mouvement. Il salua l'assistance, joyeux de la voir si fournie, et commença son discours. Il prenait à témoin ses élèves et les dessins muraux des merveilles qu'allait présenter *le nouveau sujet qui...*, *le nouveau sujet dont...* ; il montrait la table chargée de fioles. Puis il saisit une longue baguette terminée par une petite boule et se lança dans une théorie épineuse, désignant successivement les niveaux gradués du *puits de l'hypnotisme*. Ces explications ennuyaient. Des vagues de bâillements déferlèrent d'un bout à l'autre de la salle ; seules les dames du monde prenaient des notes rapides sur d'élégants calepins.

Enfin Foutange, l'index tendu, s'écria : « Qu'on amène Rosalie! » Il y eut un frisson dans l'auditoire. La jeune

14.

femme, conduite par Tripard, sérieux et solennel, s'avançait à petits pas, en robe noire, les yeux modestement
baissés. Elle s'assit à droite de la table, face au public :
« Nous avons ici, mesdames et messieurs, mugit Foutange
du ton inspiré d'un faiseur de tours, nous avons ici un
sujet de premier ordre que nous a procuré notre savant
interne Tripard. — Celui-ci s'inclina ; ses camarades se
poussaient le coude. — Grâce à cette nommée Rosalie,
nous sommes arrivés à réfuter, point par point, les doctrines adverses de notre collègue Boustibras, lequel pourra,
d'ailleurs, s'expliquer à son tour et tenter de répondre à
notre décisive expérience... Vous savez, mesdames et
messieurs, que nous avons toujours soutenu la nécessité
de l'hystérie comme cause des phénomènes hypnotiques.
Quiconque est sain n'est point hypnotisable. Axiome fon-
damental, lumineux. Notre collègue affirme le contraire.
Or Rosalie présente le phénomène singulier de n'être
susceptible de léthargie, catalepsie, somnambulisme qu'a-
près une grande attaque. Je lui donne cette attaque. » Ici
Tripard surgit, presse le poignet de la simulatrice, qui
tombe à terre en hurlant et commence une gymnastique
désordonnée. Plusieurs se lèvent pour mieux voir. On crie
Assis ! et *Chapeau !* Sur un signe de son patron, Tripard
enraye l'attaque. Le thaumaturge continue : « Mesdames
et messieurs, Rosalie est maintenant hypnotisable. Nous la
mettons en léthargie. — Il appuie élégamment ses doigts
fuselés sur les paupières. — Voilà qui est fait. Les membres
flasques : signes caractéristiques. Nous la mettons en
catalepsie. — Il relève les paupières. — Les membres
raides : signes caractéristiques... Somnambulisme, enfin. »
Il frictionne le sommet du crâne et la nuque du *sujet*,
qui s'agite, bredouille des syllabes incompréhensibles,
frappe du pied d'un air mécontent. Quelques élèves pré-
venus étouffent des rires.

« C'est à cette minute, mesdames et messieurs, proclame
Foutange avec un geste prophétique, c'est à cette minute

que va se manifester une puissance nouvelle, extraordinaire, mystérieuse, l'action, non des médicaments, mais
des signes de médicaments. Nous avons, avec le concours
de notre interne, mis au jour cette merveilleuse faculté, et
nous en trouverons sans doute d'autres exemples. Je prends
ces petits carrés, sur chacun desquels est écrit le nom
d'un remède... Le premier : sulfate de quinine, mesdames et messieurs, sulfate de quinine, le sulfate de quinine... je l'applique sur la nuque de la malade, et cette
jeune femme, qui est une ignorante, une pauvresse, qui
n'a jamais entendu prononcer le mot de sulfate de quinine,
va présenter les signes caractéristiques de l'intoxication. »

En effet, à peine le papier est-il collé d'un mouvement
rapide par Foutange, que Rosalie cesse son incohérent
bavardage et exprime par tout son masque un irrésistible
dégoût : « Pouah! Que c'est amer! Que c'est amer! Que
c'est mauvais! Je n'en veux plus! Cochon! Cochon! »
Elle crache à terre et secoue les épaules. Foutange
exulte : « Hein? Croyez-vous? » Beaucoup s'émerveillent.
Très peu flairent la supercherie. Rosalie se frotte les
yeux et murmure : « Des cloches! j'entends des cloches!
Ça bourdonne. Ça siffle. Un chemin de fer! Gare,
gare! Il arrive!... » Bravos enthousiastes. Cri du cœur
du maître : « Est-ce assez convaincant? » Il souffle
sur les yeux de la patiente, qui se réveille hébétée,
demande anxieusement : « Où suis-je? Mais quoi?...
Qu'est-ce qu'il y a? » Foutange, attendri, lui tapote le
crâne, la brave caboche obéissante : « Je profite du repos
nécessaire à cette chère petite pour demander à mon collègue Boustibras s'il espère obtenir chez une personne
saine des résultats semblables. »

Boustibras ne se fait pas répéter deux fois l'invitation. Il escalade et démolit la barrière qui le sépare de
l'hémicycle, écrase douze pieds, bouscule quinze encriers
et porte-plume, et se précipite bravement dans l'arène. Il
semble un pygmée à côté de Foutange, et celui-ci pourrait

lui donner la main comme à un bébé qu'on promène :
« Ze demande la paroie. » Il prononce *temante* et la *barole*.
Je reconnais là un de ces juifaillons qui infestent le pays
des Morticoles et dont Wabanheim est le représentant le
plus illustre. Son généreux rival acquiesce. Ce n'est pas
rien, cependant, qu'a demandé Boustibras. C'est le droit
d'inonder l'auditoire, pendant une demi-heure, d'explications retorses et confuses, où tous les *b* sont des *p* et tous
les *t* des *d*, d'où il appert à la fin que l'orateur propose
d'expérimenter sur une personne quelconque, au hasard.
Une dame se lève. Elle réclame l'honneur de servir de
mannequin. Elle descend du haut de l'amphithéâtre et
chacun s'écarte respectueusement, admire la mine futée
du sujet volontaire, son élégance, son chapeau rose et la
finesse de son pied, quand elle saute dans l'hémicycle,
maintenue sous les bras par Tripard.

Boustibras la fait asseoir en face de lui, près de Rosalie,
laquelle regarde de travers cette intruse qui lui vole l'attention du public. Il agrippe les poignets de la dame et la
magnétise de ses yeux ronds. D'abord elle se détourne,
puis elle a le fou rire devant la physionomie du nabot.
Prompt et autoritaire, Boustibras affirme : « Vous avez volé
une montre. *Si, hier sur la blace Grudanet, à drois
heures de l'abrès-miti, fus affez folé une mondre.* » Elle
nie avec dignité, ensuite avec impatience : « *Ché fu dis
qué si. Fus affez folé une mondre.* — Mais non, monsieur.
— *Ché fu dis qué si.* — Non. — Si. — Non. — Si. —
Non. » Elle secoue la tête de droite à gauche, Boustibras
de haut en bas. Foutange sourit malicieusement. L'assistance devient houleuse et sceptique. Trub trépigne et me
pince la cuisse. Les médecins étrangers sont scandalisés.
Rosalie hausse les épaules et tourne le dos à la dame. Celle-
ci commence à se fâcher. Elle voudrait dégager ses poignets,
mais Boustibras s'accroche à elle : « *Qu'affez fu ti au
sergent te ville quand fus affez folé la mondre?* » Et il
insiste, il insiste tellement que la malheureuse se trouble,

balbutie. Elle regrette sans doute de s'être prêtée à ces manigances, par amour de la science et vanité féminine. Elle
tressaille sur sa chaise, maintenue par son implacable bourreau. Enfin, lasse, elle avoue : « Eh bien! oui, là, j'ai volé
une montre. » Elle fournit des détails circonstanciés. Tout le
monde s'étonne. Foutange s'énerve, Rosalie aussi. Boustibras regarde les gradins et savoure son succès. Moi, j'interprète tout par la fatigue et le désespoir de la dame. Trub
soutient qu'elle est un compère. Elle accumule les preuves
du dol : « Comment elle avait l'intention de voler la montre,
comment elle a suivi un monsieur qui portait une chaîne
brillante, comment cette chaîne l'a attirée, fascinée. Elle
s'est jetée dessus. Le monsieur a crié. La foule s'est
amassée, un sergent de ville est intervenu et l'a conduite
au poste. » Maintenant elle déplore son acte, elle pleure et
se lamente. On applaudit.

Déjà Boustibras change de tactique : « *Ne fu faites pas
te pile; ce n'est pas frai tu ça*, certifie-t-il. *C'est moi
qui fiens te fu le dire. Fu n'affez pas folé la mondre.* »
Le sujet résiste. Elle est convaincue et sincère à travers ses
sanglots : « Si, si, je l'ai fait. Je l'ai volée. Je me repens.
Il faut que j'aille en justice! Il faut que j'aille en justice!
Je veux être examinée par un médecin! » Elle se débat.
Dans son agitation, son chapeau rose glisse sur le côté.
Boustibras la maintient férocement, tel un cannibale son
déjeuner : « *Mais çé n'est pas frai! C'est moi, c'est moi
qui fiens te fu le dire, qui fiens te fu le tire.* » On ne perçoit plus que ces syllabes acérés, pressantes et sifflantes :
« *Moi qui fiens te fu le tire-fu-dire, moi-qui-fiens-tire-
fu...* » Il la rassure. Les gémissements s'apaisent. Il
l'abandonne, repasse joyeux la barrière, va se rasseoir à sa
place, agite ses bras menus et hurle avec emphase : « *Çé
n'est pas blus tifficile qué ça!* »

Suit une controverse très embrouillée, hérissé de termes
d'argot scientifique, entre lui et Foutange. Cela tourne à
l'aigre. Le manteau de caoutchouc claque : « *Je fiens te le*

lui tire. — Mon cher collègue, du calme, je vous en prie.
— *Mais che fiens te le lui tire.* — Reportez-vous au
puits de l'hypnose. » Tripard jubile. Rosalie hurle, en proie
à une vraie crise nerveuse cette fois, et on emporte le *premier sujet du docteur Foutange,* ainsi qu'elle l'écrit sur
ses cartes. La dame est très entourée, questionnée, toute
rose et enorgueillie de son aventure. De son banc, Boustibras gesticule, admoneste Avigdeuse, prend les élèves à
témoin. Tout l'amphithéâtre cause, caquette et dispute ;
c'est un bourdonnement de mouches. Crudanet demande
la parole. Il s'exprime avec facilité, du même timbre fade
et patelin. Il accable d'éloges Foutange d'abord, Boustibras ensuite. Il déclare que des découvertes aussi impor-
tantes que *l'action des papiers médicamenteux* et la
suggestion sur n'importe qui ne sont nullement contradictoires, honorent grandement la science et la Faculté des
Morticoles : « Un point de vue m'intéresse particulièrement, messieurs ; celui de la médecine légale. Il y a là de
gros problèmes, dont la solution devra désormais nous
guider dans l'application des pénalités. Ces questions sont
de celles qui ne se résolvent pas à la hâte. Il faut nommer
deux Commissions dont chacune comprendra un membre
de *l'Académie des Sciences,* un de *l'Académie des
Inscriptions scientifiques,* un de *l'Académie neuro-
pathologique,* un de la *Faculté professorale.* Quelques-uns de ces maîtres éminents, dont le renom et la
bonne foi sont hors de conteste, voudront bien s'arracher à leurs travaux pour examiner de près les pré-
cieuses expériences des docteurs Foutange et Boustibras. »
On vote par acclamations. Gigade, Bradilin, Tabard,
Wabanheim et Cercueillet sont de la Commission Foutange ; Tismet, Malasvon, Avigdeuse, Crudanet et Mouste
de la Commission Boustibras. Les gaillards élus se frottent
les mains. Cette vieille querelle se réglera désormais à
coups de dîners et d'emprunts. Mornes, les deux rivaux
supputent ce que leur vanité va leur coûter en champagne,

cadeaux et pots-de-vin. Là-dessus se grefferont dix mille
intrigues, promesses de réceptions aux examens, concours,
lèchements de pieds. Pour deux mois la machine à potins,
faveurs et scandales est remontée. Nous avons l'insigne
honneur d'assister, Trub et moi, au germe de cette magnifique floraison.

Ce n'est pas fini. Foutange doit interroger quelques
malades. On les amène, hommes et femmes, pâles, grelottants, roulant des yeux égarés. Le maître s'est assis. Ce
n'est plus le même être. Sa voix et son geste ont changé.
Il a l'air, non plus d'un charlatan, mais d'un juge autoritaire et dur. La figure du perroquet s'est glacée. Sa bouche
est mince et mauvaise : « Votre père s'est tué. Ah ! Comment ? Contez-nous ça !... Votre mère était une prostituée. Parlez plus haut ! Une pro-sti-tuée, que diable !
Nous savons ce que c'est... Et alcoolique ? Depuis
quand buvait-elle ?... Vous-même êtes sujet à des crises
d'épilepsie... Vous tombez, vous bavez et ça vous cuit
dans la nuque... Au suivant ! » Les élèves prennent acti-
vement des notes. C'est ainsi : devant deux cents personnes
ricaneuses, ces infortunés doivent étaler leurs hontes,
leurs tares et celles de leurs familles, dévoiler leurs secrets
intimes. Rien n'arrête l'inquisiteur implacable : « Vous
êtes voleuse et vicieuse, madame. La police vous connaît. Vous avez jeté un fœtus à l'égout. — Docteur,
c'est que... — Taisez-vous. Je ne vous demande pas d'in-
terprétation. A quelle époque avez-vous cessé d'être vierge ?
Et vous êtes enceinte ? C'est du joli !... Bromure de potas-
sium, un gramme. Eau, deux cents grammes. Passez à
côté, on va vous donner votre ordonnance... A qui le
tour ? » Foutange plonge, avec une adresse diabolique, jusqu'au fond de ces consciences frustes. Il recueille des
aveux lamentables, des confidences qui remuent le flot
noir, rouge et boueux des souvenirs, amènent aux joues
des larmes de honte. Ces confessions, variées en apparence, se réduisent toutes au manque de pain, de gîte,

d'éducation morale, de croyance, aux mauvais contacts. Il ne comprend pas, ce Foutange, que l'odieux matérialisme dont il est un des représentants, que l'exploitation de l'homme par l'homme, que la science sans conscience sont les causes nécessaires et prochaines de toutes ces maladies qu'il étiquète de noms baroques et qu'il attribue à l'alcool, à la syphilis, à ce qu'il appelle des dégénérescences nerveuses. Il se lève, va à son tableau noir, tenant par la main une petite fille, triste danseuse de Saint-Guy. Il dessine les rapports, les jonctions des paralysies, hémiplégies, tétanos. Il dessine la lésion de l'enfant, et elle regarde son cerveau, stupide et terrifiée, ne comprenant pas comment il peut être à la fois là et dans sa tête, sa pauvre tête laide, trop grosse pour son corps, qui oscille et bat la chamade... Comme arguments, Foutange a fait venir d'autres malades atteints d'affections analogues à celle de la fillette et qui gambadent devant lui. Il rabâche ses formules : « L'hérédité, l'hérédité, l'hérédité. Son oncle est mort d'une congestion cérébrale. Sa grand'mère était incestueuse. N'est-ce pas, elle vivait avec votre père ? Dans leurs taudis, messieurs, ils s'accouplent comme des chiens. L'inceste est la règle. Ils conçoivent dans la débauche, après plusieurs bouteilles d'alcool. »

L'auditoire se fatigue. Les bancs se dégarnissent peu à peu. Les médecins, les étrangers, les dames, les élèves regardent leurs montres et s'évadent discrètement. Trub et moi nous les imitons et nous faufilons derrière quelques malades riches enchantés de leur matinée : « Vous savez, moi j'ai un peu de ça ! Je porte difficilement mon verre à ma bouche. — Et moi, au réveil je tremble ; je ne peux pas me moucher. — Ah ! qu'il est fort ! Ah ! qu'il est fort !... »

Je devais le lendemain quitter l'hôpital Typhus. Le soir, je préparai un petit paquet de vêtements propres, que je m'étais achetés à ma dernière sortie. Je fis le compte du peu d'argent qui me restait. J'embrassai Trub et lui promis de le voir le dimanche, le plus souvent possible. Je lui jurai d'être toujours prêt à m'enfuir avec lui au premier signal, dès que nous aurions retrouvé le capitaine Sanot.

DEUXIÈME PARTIE

CHAPITRE PREMIER

Je sortis de l'hôpital au matin, par un pâle soleil. Ma joie était extrême. Lors de ma dernière visite à la salle de garde, les internes, saluant en moi un futur collègue, avaient bu ma santé et m'avaient promis de m'éviter les faux pas. Quignon ne m'avait point ménagé les conseils : « Canelon, soyez plat. Moi, j'ai fait ma route par la bassesse. J'ai, jusqu'ici, réussi à merveille. J'ai cru parfois, à l'occasion des expériences de Boridan, surprendre, dans votre regard, des éclair qui n'étaient pas précisément d'admiration. Voilà, mon cher, un défaut qui passe inaperçu chez un garçon de salle, mais qui, remarqué chez un élève, le coulerait. Mettez-vous dans la tête qu'un chef influent ne peut se tromper, que l'on doit s'agenouiller devant chacun de ses actes, chacune de ses paroles. Vous voyez que je suis franc avec vous et je n'ai nul intérêt à vous parler ainsi, puisque vous ne pouvez me servir. Quand vous aurez passé le concours du *lèchement des pieds*, où vous réussirez, je l'espère, il vous restera à mettre en œuvre l'intrigue sagace et continuelle. La corruption vous est interdite, par manque de ressources. Or, mon ami, tout professeur morticole a sa marotte, sa

faiblesse et sa haine. Découvrez cette marotte, chatouillez
cette faiblesse, surtout flattez cette haine, et vous arri-
verez, vous serez riche et puissant. Sinon, vous tomberez
bientôt à l'état soit de médecin des pauvres, ce qui est
honteux, soit de domestique, ce qui est lamentable, soit
de malade pauvre, ce qui est la mort. Voilà. » Ce petit
discours fut prononcé d'une voix assurée et nullement ironique.

L'air du dehors et la conscience d'être libre me fouettaient
le sang, activaient mes idées : « Adieu ! — criai-je à l'immense bâtisse où j'avais passé tant d'heures douloureuses.
— Adieu, hôpital Typhus, séjour de la misère, antre de la
cruauté ! J'échappe à tes griffes noires et j'en remercie mon
Dieu, ce Dieu auquel personne ne croit dans tes murs.
Si vilain et maussade que tu sois, tout rempli de gémissements et de sueurs d'agonie, de bistouris qui vident les
entrailles, et d'hommes sans générosité, tu fus pour moi
un apprentissage. Mon esprit a subi tes spectacles, qu'il
n'oubliera jamais, et par-dessus tes stupres et tes hontes,
se dressent les admirables, les souveraines figures des
docteurs Charmide et Dabaisse ! »

J'avais pris par les quais pour rejoindre un petit appartement que j'avais loué, à ma dernière sortie, dans le
parage de la Faculté. Bien que le ciel fût clair, la mer
était forte. Les galères noires à têtes de mort se balançaient
et roulaient sur leurs ancres. On continuait à charger et
décharger des marchandises toxiques. J'arrivai au quartier
des Écoles et Académies, qui allait devenir mon centre et
mon habitation. Les statues étaient là fort nombreuses,
quelques-unes entourées de jardinets maigres et froids.
Je ne regardai pas les noms inscrits sur les socles, mais
je considérai les somptueux monuments de la science morticole, portant au fronton la devise LIBERTÉ, ÉGALITÉ,
FRATERNITÉ et des appellations hautaines : *Académie des
Sciences, — Académie des Inscriptions scientifiques, —
Académie de Médecine, — Académie de Chirurgie.*

La demeure que je m'étais choisie avait six étages, et j'habitais au sixième un appartement de trois pièces dont une cuisine. Une vieille mégère, la mère Pidou, qui cumulait les rôles de concierge et de femme de ménage, m'y accompagna. Son mari jouait les Trouillot quelque part. Je possédais un lit, une lampe, une table, une bibliothèque où j'avais déjà réuni les premiers livres nécessaires. Seul, j'eus des réflexions tristes. J'ouvris ces volumes. Les uns traitaient de chimie et fourmillaient de petites lettres ; les autres, ouvrages d'anatomie et de physiologie, me renouvelaient, par leurs illustrations, les tableaux de l'hôpital Typhus. Tels seraient dorénavant mes lugubres sujets d'étude.

Le même jour, j'allai prendre mes inscriptions à la Faculté. Celle-ci se trouvait à l'extrémité d'une rue étroite bordée de marchands d'habits, de marchands d'instruments chirurgicaux et de bouquinistes. On y arrivait donc à travers des couteaux, de la poussière, des os et de la défroque. C'était une considérable construction carrée. Sa cour intérieure était semée de statues, et sur cette cour débouchaient une multitude d'escaliers qui menaient aux amphithéâtres, aux musées, à la bibliothèque, aux laboratoires et aux cabinets des administrateurs. Les monuments des Morticoles sont, sur le modèle de leurs esprits, à compartiments et à cachettes. Je courus de guichet en guichet ; je signai des paperasses innombrables. Je payai un peu plus cher que je n'aurais cru, et je me trouvai étudiant patenté de la glorieuse Faculté de médecine morticole, F. M. M. — F. M. M.

Les premiers temps furent très animés, remplis de surprises et de travaux divers. Ces travaux sont répartis entre un certain nombre d'années. Dans la première, où j'étais, on étudie le matin les *sciences accessoires*, c'est-à-dire la botanique, la zoologie, la physique, les mathématiques et l'histoire au point de vue médical. Je me levais tôt pour me rendre au cours de chimie. Dans une vaste salle s'éten-

daient des tables de marbre chargées de substances vertes,
jaunes, rouges, noires ou incolores que je n'abordais
qu'avec une crainte extrême, les sachant toutes explosives
et vénéneuses. Nous devions mélanger les *sels* et les *bases*,
les transvaser d'un verre dans un tube et réciproquement,
jusqu'à ce que nous fussions arrivés à la confection d'une
de ces infectes drogues que l'on inscrit sur les ordonnances. On se trompait, on mettait trop d'acide, on répandait la précieuse poudre, et, à la fin des deux heures
de manipulation, on obtenait une mixture innomable.
Chaque demi-heure, passait derrière nous un nabot triste
et enchifrené comme s'il avait le nez plein d'eau. Il nous
interrogeait ; on répondait de travers ; il prenait quelques
notes et s'éloignait. Moi, je ne comprenais point quel intérêt on trouve à extraire, par des procédés compliqués,
des alcaloïdes dangereux de tous les minéraux, de toutes
les plantes, de tous les organes animaux. Il est remarquable que la plupart de ces essences possèdent des propriétés terribles et néfastes à l'homme, comme si la nature
se vengeait de ce qu'on la martyrise pour tirer d'elle des
forces qu'elle a sagement réparties en douceur et dissé-
minées. Chaque venin vient d'un mal. Je communiquais
mes réflexions à mes voisins immédiats, une jeune fille
boulotte et poupine, Mⁱˡᵉ Grèbe, et Julmat, grand garçon
zélé ; ni elle ni lui ne me comprenaient et ils m'objectaient
en souriant ma qualité d'étranger. Il ne se passait pas de
jour qu'une détonation ne retentit, qu'un étudiant ne
risquât d'être aveuglé par un mélange subitement furieux,
qu'un autre n'eût le doigt brûlé par un acide.

Les Morticoles, chez qui la méchanceté est endémique,
comme la rage d'instruction universelle, me semblaient
tous d'inculquer à tout le monde des connaissances périlleuses, susceptibles de se retourner contre l'organisation
sociale. Je voyais près de nous un jeune homme nommé
Savade, au large front, aux cheveux plats, aux yeux verts
singuliers, qui me tenait d'inquiétantes conversations :

« Vous venez d'un pays heureux, Canelou! Je me demande
pourquoi vous n'y retournez pas au plus vite. Moi, je suis
né dans un monde détestable et injuste, et j'apprends ici,
j'apprends avec précision, avec délice, à empoisonner,
détruire, massacrer. Ces tubes, ces cornues, ces flacons,
qu'est-ce qu'ils contiennent tous? La mort, la mort... et la
délivrance! Il faut savoir s'en servir, de ces dociles libé-
rateurs! Un beau jour ils trouveront des formules si
neuves et si hardies, nos maîtres, qu'ils se disperseront
dans l'espace, eux et la cité entière. » Il riait d'un méchant
rire qui montrait ses dents blanches et je trouvais alors au
laboratoire une signification diabolique. Il me rappelait
une peinture de chez mes parents, représentant le purgatoire, où grouillaient aussi de fantastiques instruments
destinés à torturer ceux qui ne sont pas tout à fait damnés.

Aux travaux de physique, même personnel, même
tableau noir couvert de formules. On nous enseignait à
fabriquer un thermomètre, à le graduer, à le peser dans
une balance de précision, comme si l'erreur n'était pas
inséparable de l'esprit humain, et comme si les causes de
cette erreur n'augmentaient pas avec les efforts mêmes
qu'on fait pour la fuir. Je tournais nonchalamment la roue
d'une machine électrique et *cudanienne* dont Julmat et
Mlle Grèbe admiraient les étincelles en zigzag.

Les leçons de botanique et de zoologie m'intéressaient
davantage. D'abord j'avais devant moi un peu de vie et
non plus un appareil ou un poison. On nous faisait copier
des fleurs, besogne stupide et vaine, ou disséquer des
animaux. Je me vois, immobile et attendri, devant un
muguet ratatiné : « Pourquoi t'a-t-on arraché? pensais-je.
Pourquoi vais-je maintenant te découper et te mettre sous
le microscope? Il valait bien mieux te laisser vivre et
mourir à la place que t'avait choisie la Providence. Quelle
insanité de déranger les êtres de leur destination, de les
massacrer, de les torturer! » Quant au colimaçon, au
hareng et à l'huître, que le programme de la leçon m'or-

donnait de mutiler, je me contentais de les regarder avec sympathie : ô lentes promenades des braves escargots par les soirées humides, alors qu'ils laissent derrière eux un sillage d'argent, et sortent leurs cornes gélatineuses.

Les Morticoles échafaudent sans trêve, sur les sciences naturelles, des hypothèses matérialistes, qui se remplacent et se ruinent successivement. D'où d'incessants conflits, des luttes d'Académie à Académie, des discrédits suivis de relèvements, ' des vérités momentanées qu'on nie d'abord, qu'on admet ensuite et qui renversent les vérités antérieures. L'ensemble rappelle les bateleurs qui font la culbute, se relèvent, montent sur l'épaule de leur camarade, touchent le sol à leur tour et servent d'escabeau à celui qu'ils viennent d'escalader. Cela n'empêche point les professeurs de célébrer les *progrès incessants et continus* de leurs travaux, alors que ceux-ci constituent la toile de Pénélope, où la théorie du lendemain découd celle de la veille.

Lors de mon voyage, la mode appartenait à un système tout battant neuf, baptisé l'*Évolution*. *Évolution* et *microbes*, cela répondait à tout, expliquait l'univers et remplaçait Dieu. Non contents de l'hérédité, qui soumet l'individu à ses aïeux, supprime la liberté et la spontanéité, quelques savants avaient imaginé une vaste dépendance de la nature entière : l'homme descendrait du singe, lequel viendrait du kanguroo, puis du renard, puis de la souris, puis du mollusque, puis du ver, puis du scorpion et de l'araignée, enfin d'une gelée végétale, et, par elle, du règne minéral. Ces métamorphoses se seraient produites grâce à des batailles et luttes acharnées, loi fondamentale d'une société où le plus fort l'emporte toujours. Les Morticoles ont trouvé là de belles excuses à leurs injustices et scélératesses, car c'est encore une de leurs manies de ne pouvoir faire une hypothèse sans en tirer aussitôt des inductions pour tous les domaines de l'esprit, sans en badigeonner l'histoire et la vie sociale. Ils abou-

tissent ainsi aux affirmations les plus burlesques, les plus
sauvages. Combien la simple pitié, qui nous fait nous
sentir de communion avec tous les êtres animés, est plus
belle que cette sèche et brutale doctrine de l'Évolution et
la rend inutile !

Quant aux futurs docteurs, mes condisciples, on les
bourre de formules toutes faites, suivant des procédés
infaillibles. On leur apprend à ne jamais rien juger par
eux-mêmes, mais toujours d'après la parole du maître. On
favorise la formation, chez eux et entre eux, d'associations
et de petits parlements baroques, sur lesquels leurs professeurs ont la haute main. Quand ils sortent de là, ils sont
mûrs pour la servitude, munis d'arguments spécieux,
d'axiomes vides, d'une fausse expérience. De plus, ils ont
le perpétuel et dissolvant spectacle de la corruption et de
l'intrigue. Ils n'ont vécu, jusqu'à l'âge adulte, que dans
l'atmosphère factice, étouffante et vicieuse du collège, où
la plupart dorment, mangent et travaillent, privés du
contact de leur famille. Ils passent de là à une Faculté qui
montre les avantages de la domestication, la force irrésistible de la platitude et de l'or. A chaque instant, ils voient
triompher le retors, le scélérat, évincer celui qui n'a pas
déployé la malhonnête adresse nécessaire. Comment
échapperaient-ils à pareille pression? Ils finissent par
trouver le monstrueux naturel, adoptent et prêchent un
optimisme veule, se guident par l'envie jalouse, haïssent
et fuient les indépendants.

Ah! comme il eût mieux valu pour eux vivre à la campagne, labourer, semer, greffer, jouir des oiseaux, des
arbres et des sources, faire quelques heures par jour un
métier naïf, plutôt que de se réunir dans des locaux
sinistres pour y discuter des statuts, des simulacres de
Parlements et d'Académies, plutôt que de singer les
vilains singes qui les gouvernent!...

Je prenais mes repas à une petite pension avec des
camarades. La nourriture était douteuse; l'eau fade et

saumâtre, bien que filtrée et débarrassée des microbes. Le
vin venait non du raisin, mais de la chimie; et la viande
d'animaux malheureux, qui avaient toujours souffert,
empoisonnait l'intestin.

Les après-midi se passaient aux cours. Au milieu de
bancs disposés en cercle et en gradins, surgissait la chaire
magistrale, flanquée d'un tableau noir. Cette disposition
ronde et étagée, dite *amphithéâtre*, est universellement
répandue chez les Morticoles. Elle vaut pour toutes les
assemblées, depuis les collèges jusqu'aux Parlements, en
passant par les hôpitaux, les prétoires et les Académies.
Dès qu'on la voit, on peut s'écrier : « Voici le gîte des préjugés et du mensonge ! » Elle m'était si bien entrée dans
les yeux, que, même après mon départ, j'eus du mal à
m'en débarrasser, et souvent, dans mon sommeil, je
reconstituais en rêve les étages d'auditeurs, la chaire, les
devises et les bustes fixés aux murs. Certains cours nous
enseignaient dans l'histoire une succession de faits héréditaires. On n'y parlait que de révolutions, d'incendies, de
massacres, de noyades considérés comme l'origine de la
Liberté, de l'*Égalité* et de la *Fraternité*. D'autres
traitaient de jurisprudence. On nous exposait le droit
compliqué et contradictoire des Morticoles. Ceux-ci considèrent les criminels comme des fous et des irrespon-
sables ; néanmoins ils les punissent de mort, quand ils
n'appartiennent ni à la caste des docteurs, ni à celle des
riches, lesquels s'en tirent en donnant de l'argent. Ce
dernier moyen s'appelle *circulation de la richesse*, les
pauvres payant pour tout le monde. Un troisième professeur nous vantait l'industrie et le commerce des substances toxiques, la bonté des grands directeurs et actionnaires d'usines, qui consentent à faire vivre un nombre
considérable d'ouvriers malades, la nécessité d'un luxe
insolent, source de profits pour la masse, l'admirable
mécanisme du *Secours universel* qui ne laisse personne
dans le besoin. Il célébrait en outre la générosité et l'abné-

gation des docteurs, des membres du Parlement, du tribunal et de l'Académie. Ces discours paraissaient si
beaux qu'ils étaient généralement reproduits dans les
journaux de Cloquaol, pour l'édification du peuple. Un
quatrième farceur, nommé Lestingué, traitait de l'argent,
des moyens de l'acquérir, de l'augmenter, de le conserver.
Il nous expliquait, cet économiste, comment toutes les
scélératesses sont bonnes et licites, du moment qu'il s'agit
de multiplier sa fortune. Il ne niait pas que cette multi-
plication ne se traduisît par une soustraction aux dépens
du voisin, mais il nous fournissait une série de preuves
pour réfuter cette théorie révolutionnaire. Il nous proposait jusqu'à dix arguments, quant au droit de vendre ou
d'acheter une valeur fictive. Enfin il nous énumérait les
moyens commodes de jauger d'emblée le degré de fortune
des malades, d'après le loyer, le quartier, l'étage, l'aspect
de l'appartement, le nombre des enfants, la toilette des
femmes. Aux chirurgiens il conseillait de se faire toujours
payer d'avance, et de demander au père de famille, pour
la moindre opération, une année de son revenu. Il citait
l'exemple magistral de Malasvon, qui n'agit jamais autrement. Il nous initiait aux splendeurs de la *dichotomie;*
cette coutume est telle : quand un malade, dans un cas
grave et pressant, prie son médecin habituel d'appeler une
célébrité à la rescousse, le devoir du médecin habituel
est de demander à la célébrité le partage intégral de la
consultation. « La *dichotomie* facilite les manœuvres.
Elle supprime les discussions, si nuisibles au bon renom
de votre art. Elle exprime le client comme un citron. »
Les séances de Lestingué étaient les plus suivies, les
seules indispensables et où l'on prît des notes. Aux autres
cours on somnolait.

Tous les deux jours, revenaient les travaux pratiques
d'anatomie. Cela se passait dans d'immenses baraques
appelées *pavillons*, tous au fond de la Faculté. La
première fois que j'entrai dans un de ces charniers,

je me trouvai ramené à Trouillot, brusquement. Chaque table portait un cadavre. Groupés autour d'elle, cinq ou six jeunes gens s'acharnaient aux bras, aux jambes, au ventre, à la tête, et tiraient à eux une parcelle de débris humain, en fumant la pipe et goguenardant. Parfois une altercation éclatait. On se jetait une main, un pied, un morceau de cervelle. L'odeur était fade, non repoussante, car, pour éviter cette mort que propage la mort, on avait empli d'une graisse antiseptique les artères et les veines du *sujet*. Il me fallut m'asseoir sur un escabeau, tirer de la poche de ma blouse une petite boîte de bistouris, et fendre maladroitement la peau. Je considérai la viande proposée à nos investigations scientifiques. C'était un homme. Le cuir du visage, absolument collé sur les os, était grumeleux et gris, autant du moins que me le laissait entrevoir Julmat qui le déchiquetait fiévreusement. A ma droite, la zélée Mlle Grèbe m'interrogeait sur les muscles de la jambe, qu'elle ne parvenait point à séparer ; quand la graisse nous embarrassait, nous en faisions de petites boulettes jaunes que l'on raclait sur une soucoupe. Aux murs de la salle étaient suspendues des planches coloriées représentant les diverses parties du corps. J'appris à distinguer les nerfs des vaisseaux, à suivre les fines ramifications de ces arbustes qui parcourent nos tissus, y portent le sang ou les impressions tactiles. J'appris à connaître les muscles qui participent à tel ou tel mouvement, les os nombreux où la vie prend appui. Je me répétais sans cesse : « Quelle erreur bizarre est celle de tous ces gens-là, qui s'imaginent plus renseignés parce qu'ils ont détraqué la montre, étiqueté les parties du mystère? » Fléau de l'habitude ! Bientôt je traversai sans répugnance des rangées de cadavres ; je voyais des femmes, courbées sur ces chairs dégoûtantes, nettoyer les tendons et les muscles, tellement attentives à leur besogne qu'elles paraissaient des anthropophages.

Pour nous distraire de ces tristesses, nous avions la

botanique. Son prophète était le professeur Bouze, vieillard quinteux, grognon, méchant, méfiant, à la physionomie fine bien que convulsée, au parler nasillard, que l'on haïssait pour sa sévérité aux examens. Il habitait, près de la Faculté, une maisonnette entourée d'un jardin spécial. Là, avant qu'aucune plante eût poussé, de petites étiquettes de bois fichées en terre indiquaient quelle serait cette fleur, portaient un nom baroque qui nous renvoyait aux nombreux ouvrages descriptifs de Bouze. J'ai passé là des heures agréables. Je jouissais de la solitude. Je m'installais devant une plate-bande future. J'y savourais l'image de cette dure éducation morticole, qui déclare aux esprits en graine « Tu seras ceci ou cela ; nous te classerons de telle manière, » et obtient des produits artificiels et monstrueux. Un petit pas frôlait le gravier humide : une étudiante, un livre sous le bras, constatait l'état du parterre, étudiait sur l'emplacement vide.

J'étais fidèle aux *promenades botaniques* de Bouze. On partait dès l'aube, au nombre de deux ou trois cents, empilés dans un chemin de fer. Nous remplissions le compartiment de nos cris et de nos chansons. Cette gaieté factice et sans objet était la réaction contre l'horrible existence qui nous enserrait, le débat de la vie en face de la mort, comme un coq allègre sur les tombeaux. Je distingue encore ces bouches agrandies de mes camarades. J'entends ces refrains stupides que l'on reprenait en chœur. Bouze ne s'occupait pas de nous, tout entier à sa passion qu'il allait enfin satisfaire. Nous traversions, par la brume matinale, cette campagne maudite et pelée qui s'étend autour de la ville. On apercevait un hôpital-prison, une maison de fous. Alors c'étaient des exclamations, des hurlements. On racontait les infamies qui s'y passaient, les arrestations arbitraires, la façon dont tel ou tel Morticole riche avait acheté la conscience de deux docteurs, et s'était débarrassé de sa femme, de sa maîtresse, d'un parent compromettant. Cette jeunesse trouvait de pareilles mœurs

16

ignobles, mais elle les admettait. Elle en plaisantait même,
supportant l'idée de subir à son tour ces compromissions
honteuses. Savade seul était doué de la faculté d'indignation. Il me désignait les villes d'eaux qui défilaient sous
nos regards : « Là on exploite les malades de la façon la
plus indigne. Les hôteliers et les médecins s'entendent
pour prolonger leur séjour, leur ballonner le ventre
d'eaux tièdes ou gazeuses. Quand le hasard ou la nature
les préservent d'une aggravation, leur bourreau triomphe :
Hein? Que vous disais-je? Signez-moi ce papier. Et les
journaux de Cloaquol, la bonne, la fidèle, la vénale presse,
annoncent que, *grâce aux eaux de* (suit le nom de la
localité), *sulfato-sulfuro-potasso-magnésio-calcino-
codiques, M. Un Tel, affligé d'une œsophago-laryngo-
gastro-entérite rebelle, se porte aujourd'hui comme
un docteur*... Ces médecins d'eaux, ajoutait Savade,
sont encore plus bêtes, cruels, lamentables que tout
le reste. Ils n'ont pas l'ombre de conscience. Leur
préoccupation unique est l'argent, et cette habitude est
tellement ancrée chez eux que, lorsqu'ils parlent à leur
victime, ils ne quittent pas des yeux ses poches ». J'observais par les vitres du wagon les rapides apparitions
de ces stations thermales, quelques hôtels à enseignes
dorées, la porte béante d'un casino ou des bains, la buvette
et les baigneurs auxquels on criait : « Tas de naïfs!
Sauvez-vous donc! »

Nous atteignions le but de la promenade. Le train
stoppait et nous descendions, la boîte verte ballottant sur
nos hanches. Alors commençait une marche lente dans
une forêt ou dans un champ. Nous arrachions la moindre
plante, le plus insignifiant herbage, et, par essaims joyeux,
nous portions notre découverte à Bouze, qui arpentait les
kilomètres du même pas menu, impassible. Il s'arrêtait,
prenait dans sa main fine le détritus végétal, et nous
articulait, maussade, son nom, son genre et son espèce.
Quelquefois il avait un sourire fat. C'est que le cas était

rare et difficile. Mais son embarras ne durait guère. La
plupart de nos trouvailles étaient vénéneuses. Le moindre
champignon coupé devenait bleu, puis noir au contact de
l'air. Toute racine ou tige fendue laissait échapper un suc
âcre et brûlant, dont une goutte sur le doigt suffisait à pro-
voquer un panaris. La nature exprimait ainsi aux Bouze
de toutes les époques sa fureur d'être molestée : « Je suis
comme ces plantes, murmurait Savade. Irrité par le
milieu, produit de la race, je me montrerai cruel, implac-
cable. Tu verras, Canelon, la Révolution ! Tu verras si je
répandrai mon venin ! » Le plus souvent ces promenades
avaient lieu le dimanche, et j'obtenais de Trub qu'il nous
accompagnât. Il était délicieux de voir ce petit homme
courir et bondir dans la campagne comme un cheval
échappé ; Bouze suivait d'un regard étonné ce singulier
botaniste, cherchant à graver son visage et sa cravate dans
son esprit, pour le refuser aux examens. Trub me donnait
des nouvelles de l'hôpital Typhus où rien n'était changé.
Boridan, Quignon, Dabaisse, Charmide, tout cela me
semblait loin, maintenant ! Parfois des paysans rapaces,
des propriétaires ou des gardes champêtres venaient se
plaindre à Bouze de ce que nous avions franchi le mur de
leurs jardins ou piétiné leurs champs. Notre maître ne
répondait point ou bien, montrant du doigt le rustique
irrité, il l'étiquetait d'une moquerie en latin...

Je fréquentais la Faculté le plus possible. J'y allais même
en dehors des cours et du laboratoire. Je m'y liais avec
des condisciples plus avancés dans leurs études. Ils parlaient
sans cesse de leur avenir, de leurs rivalités, et de celles de
leurs maîtres, des coteries d'où chacun visait et tirait sur
l'adversaire, des intrigues nouées entre les professeurs, les
Académiciens, les politiques. Souvent la réception d'un
élève ou son refus déterminait une de ces décorations dont
le personnel de l'Université est si friand. On se répétait à
l'oreille des anecdotes scandaleuses qui parvenaient
bientôt aux huissiers et garçons de salle. Ces causeries en

plein vent, au milieu des statues, étaient interrompues par
l'arrivée à grand fracas d'un équipage portant un docteur
en renom. Dès qu'il avait disparu par une baie noire menant
à l'amphithéâtre, c'était une pluie d'injures et de railleries : « Le drôle en a dans l'aile. Il ne sera pas nommé.
— Boridan est contre lui. — Il l'a dit à Quignon. — Aussi
pourquoi n'a-t-il jamais fait de visite à Mme Boridan ? » Car
les femmes de médecins jouent un rôle considérable dans
toutes ces comédies et luttes pour l'obtention d'un grade,
d'un diplôme, d'une chaire, d'un titre ou d'une croix. On
les redoutait autant et plus que leurs maris. Leurs haines,
leurs aigres jalousies, leurs ambitions avaient à la Faculté
des contre-coups imprévus. C'est ainsi qu'un vieux professeur de microscope, le célèbre Académicien Sidoine, étant
très malade, Wabanheim, le juif aux yeux si durs, au front
superbe, se trouvait en rivalité, pour la future place
vacante à l'Institut avec Cortirac, honnête homme, mais
théoricien, célèbre par ses lunettes d'or et ses envolées
métaphysiques. Wabanheim avait pour lui sa subtile femme,
Sarah Wabanheim, sa race, les banquiers, le pharmacien
Banarrita et cinq ou six amies disposant de salons importants, pourvues d'excellentes cuisinières. Les atouts de
Cortirac étaient sa légitime réputation et la préférence
de Cloaquol, chef de la presse, directeur du *Tibia brisé*.
En revanche, Sidoine s'acharnait à ne pas mourir et à
favoriser un troisième concurrent, le joyeux Gigade,
candidature uniquement lancée pour départager les voix
de Cortirac et Wabanheim : « Pourquoi ne faisons-nous
pas empoisonner Sidoine par le bel Avigdeuse ? s'écriait
Gigade en riant. Je suis sûr qu'il nous machinerait ça
au rabais. »

De cette histoire, qui passionnait les Morticoles, dépendaient une multitude d'épisodes qui se détachaient d'elle
comme les rivières d'un fleuve et les ruisseaux de ces
rivières. Si Wabanheim et Cortirac se disputaient l'Académie des Sciences, leurs élèves briguaient l'Académie de

Médecine, de Chirurgie, la jurisprudence, le corps des
hôpitaux, le Parlement, tel ou tel Lèchement de pieds.
Selon que l'on était du parti Wabanheim ou du parti Cortirac, on avait donc des chances opposites de réussir ou
d'échouer. D'où des débats, embûches, traquenards, intrigues, projets, pointages, des ruses nouées, déjouées et
renouées, des embuscades masculines et féminines, des
visites et complots, des audaces, des parjures et des
lâchetés qui remplissaient la vie et les ragots de la Faculté.
On s'abordait avec un clin d'œil mystérieux. « J'ai du
nouveau. » On se groupait autour du narrateur. Bientôt
c'étaient des trépignements, des ivresses, des rages, des
discussions, des hypothèses qui cessaient net au passage
d'une des causes primordiales du tumulte, Wabanheim,
trapu, voûté, les mains dans les poches de son ample
paletot, Cortirac, grand, sévère et fixant tout sous ses lunettes d'or : « *Ils vont chez Crudanet. Ils vont chez
Crudanet.* » La demeure du chef sanitaire était, en effet,
le rendez-vous de tous les concurrents, et c'était par son
habileté à ménager la chèvre et le chou, à servir de
paillasson aux colères et rancunes, de trait d'union aux
réconciliations forcées, d'étrangleur d'affaires véreuses ou
criminelles, c'était par sa liaison intime avec Cloaquol et
les parlementaires, c'était par toutes ces qualités primordiales, relevées d'une obséquiosité sans bornes vis-à-vis des
puissants et d'une atroce dureté vis-à-vis des faibles, que
l'aimable Crudanet avait atteint et conservé sa situation et
son prestige.

Cependant mes camarades me répétaient : « Bah, si tu
échoues à l'examen, tu te rattraperas au *Lèchement de
pieds.* » Je finis par demander le mot de cette locution
courante. On m'expliqua qu'elle était non une métaphore,
mais une réalité. Les examens, que l'on passait très vite et
au hasard, ne comptaient pas. On jugeait de l'aptitude des
élèves et des maîtres à toutes les fonctions en leur faisant
lécher les pieds de professeurs tirés au sort. Il y avait le

16.

Premier Lèchement de pieds, qui donnait droit au stage
régulier dans les hôpitaux; le *Deuxième,* par lequel on
devenait chef d'un service; le *Troisième,* qui instituait
professeur ou agrégé; le *Quatrième,* professeur de plein
droit; le *Cinquième,* professeur de jurisprudence ou d'une
des facultés annexes; le *Sixième,* membre d'une Académie
secondaire; le *Septième,* membre d'une Académie de
premier rang. Quand on échouait à partir du *Troisième,* on
devenait de droit parlementaire, et là on disposait des
finances et des décorations, après des petits lèchements de
pied minuscules ou *de deux en deux doigts.* Ces curieuses
coutumes sont basées sur ce fait que les Morticoles demandent surtout une grande souplesse d'échine et une forte
dose de mépris de soi-même à ceux qui briguent les hauts
emplois. Ils sont sûrs ainsi de ne laisser passer que des
compères, alors que par les habituels examens, si organisés
et truqués qu'ils soient, peut néanmoins se faufiler de temps
à autre un Dabaisse ou un Charmide. Je m'empresse d'ajouter
que ceux-ci avaient commencé leurs études à une époque
où le Lèchement de pieds n'était pas encore parfaitement
organisé, qu'ainsi ils avaient pu se soustraire à une obli-
gation dégoûtante; mais on s'en était vengé en ne leur
accordant aucun des titres supérieurs auxquels ils avaient
droit.

Je visitai les musées, qui sont nombreux et renferment
les spécimens des maladies les plus répugnantes, moulés
en cire d'après les originaux. Je vis là les blessures multiples et hideuses de l'amour. La première fois que je contemplai ces vilenies, au-dessus desquelles s'étalait le nom patro-
nymique de *syphilis,* je n'y compris rien. Savade, qui
m'accompagnait, rit aux éclats de mon ignorance : « L'empereur de ce fléau est l'auguste Pridonge, cynique et bavard,
presque aussi puissant que Crudanet, et qui tient dans sa
main les clefs du plaisir, de la débauche, de la prison, de bien
des mystères. S'il te faut lécher ses pieds un jour, prends
garde : il est imbibé du mal qui le nourrit. » Ainsi les

Morticoles n'ont pas même épargné ce qui nous élève au-
dessus de la vie, embrase les plus froides choses, fait à
notre contact frissonner la nature entière : l'amour, transport des cœurs bondissants, des âmes inclinées, des corps
rejoints et des mains en extase, ils l'ont accablé d'étiquettes
honteuses, soumis à leur science imbécile.

Sur le palier du musée, je me croisais avec Lestingué
revenant de son cours; j'entendais sa grosse voix et les
objections de ses élèves qui sautillaient autour de lui.
J'arrivais à la porte de la salle néfaste. Je la poussais, le
cœur battant, et me trouvais dans une atmosphère tiède,
devant les redoutables vitrines. Une fois, j'assistai là à une
leçon pratique que Gigade était venu faire en remplace-
ment de Pridonge. Au moment où j'entrai, il parlait de sa
rivalité avec Wabanheim et Cortirac. Il se tordait de rire, et
ses disciples l'imitaient. L'antithèse de cette hilarité et
des effigies sanglantes, visqueuses, délabrées, auxquelles
on avait laissé les noms, désormais célèbres, qu'elles portaient de leur vivant, ce contraste doublait mon horreur :
« Ah, ah, ah! gloussait Gigade en pleurant de joie, elle est
adorable, *la dernière* de Sidoine. Ce qu'il punit ces farceurs
de se disputer sa dépouille! Imaginez qu'il vient de mettre
dans mon jeu Crudanet, oui, mes enfants, Crudanet lui-
lui-même. Mme Sidoine a fait une visite à Mme Crudanet,
qui a appris la chose à son mari, et le patron m'en a fait
part. Hein, si je décrochais la timbale à mon âge?
C'est ça qui serait farce! » Sa gaieté résonnait à travers la
salle et faisait trembler les cages de verre, domaine transpa-
rent des victimes de l'amour. Il continua, s'adressant à un
de ses auditeurs : « Ah, Nécuin, vous connaissez Mimindol
intimement, n'est-ce pas? Dites-lui donc, cher ami, dites-
lui — son hoquet d'allégresse l'étouffait — qu'il doit recevoir absolument le petit Burlumont. C'est un gentil garçon
qui lèche bien les pieds, et puis, surtout, — nouvel accès
de rire suivi d'une cascade de hennissements — surtout,
surtout, il est le fils, cet excellent petit Burlumont, du prin-

cipal client de Tartègre, notre grand chasse-microbes,
dont la voix m'est indispensable. »

Ici Gigade, qui s'était arrêté à l'occasion de son discours,
se remit en marche; mais sa figure, même au repos, ne
pouvait devenir sérieuse. Elle gardait un certain rictus,
deux plis fortement creusés de chaque côté du nez; et,
pour ce, Gigade ne réussissait guère dans la clientèle, car
les riches aiment à être dépouillés dans les formes, et cela
les irrite et les vexe qu'on danse autour de leur porte-
monnaie. Quand les médecins se disputent un malade, c'est
toujours le plus grave qui l'emporte, celui qui sait le mieux
regarder le patient en hochant la tête, de l'air de dire :
C'est très sérieux! et, quelques heures après, déclare modestement : *Je l'ai sauvé.* Là est l'origine de la confiance.

Gigade se dirigea vers une vitrine : « Voici, messieurs,
la femme dont je vous ai parlé. — Il montrait une plaie
dégoûtante, série d'ulcères jaunes rongeant le sein et
descendant jusqu'au ventre. — La bonne physionomie,
n'est-ce pas? Qu'est-ce que c'est que ces saletés-là?...
Personne ne répond?... Mais des gommes, de simples
gommes, les *gommes qui rampent*, celles que Pridonge et
moi avons décrites dans les *Archives* il y a trois ans et je
vous engage par parenthèse à connaître la question pour
l'examen. Savez-vous la particularité célèbre de ces
gommes? C'est qu'elles furent artificielles. Oui, messieurs.
Bradilin les avait données à la malade. A ce moment-là,
les animaux ne suffisaient pas à notre cher collègue. Il
voulait à toute force expérimenter sur l'humain. Moi, je
lui répétais : *Prends garde, ça pourrait te coûter cher.*
Mais il me répondait avec raison : *Laisse donc, je me
tirerai d'affaire. J'ai Crudanet dans ma manche.* C'est
à cette époque qu'il injectait le choléra et la morve à ses
malades, et qu'il obtenait ces magnifiques colorations du
poumon et de la rate, que vous n'avez certes pas oubliées.
Bref, un beau jour, comme il discutait avec Pridonge, je
vois encore la scène, il lui soutint qu'on pourrait produire

des gommes syphilitiques qui, du cou, se propageraient
par les ganglions jusqu'au ventre. Pridonge niait. Mon
Bradilin s'obstinait. Finalement, quelques semaines après,
il nous amena cette jeune personne qu'il avait infectée lui-
même avec de la syphilis intensive. Il avait fait passer le
virus par huit cobayes, deux lapins et un singe. L'avons-
nous assez admirée, cette lésion ! J'ai proposé à l'Académie
de l'appeler *lésion Bradilin*. Le beau, c'est que ni le
mercure, ni l'iodure, en piqûres, lavements, pilules, fric-
tions, n'y ont rien fait. Le sujet est mort en dix jours, et,
écoutez-moi bien, avec de la FIÈVRE, une fièvre de
cheval ! ! » Gigade, suivant son geste favori, envoya une
bourrade de la main droite dans l'estomac de son plus
proche interlocuteur. . . . .

. . . .

Un deuxième musée faisait suite à celui-ci. On y admirait, non plus en cire, mais conservés et ratatinés par
l'alcool et tels que la nature les avait formés dans un
moment de délire, des petits monstres, fœtus ou nouveau-
nés qui affectaient des formes de rêves. Les uns possé-
daient une trompe comme un éléphant, d'autres dix pieds
et quinze mains ; d'autres n'avaient que le tronc. Certains
jouissaient d'un visage ouvert, noir et caverneux où
s'apercevaient un début de dentition et quelques poils.
Plusieurs, acrobates de naissance, étaient accouplés par
le ventre, le dos, les hanches ou la tête. La plupart avaient
vécu quelques heures, quelques mois, quelques années.
Qu'avaient-ils deviné, vu, compris du monde extérieur où
ils tombaient en si étrange posture ? Je considérais ces
joues gonflées, ces crânes gros comme des citrouilles, ces
nombrils d'où jaillissaient des sortes de cordages ou des
touffes semblables à des fleurs, ces ventres fendus, montrant l'intestin, ces doubles pieds, cet œil unique au
milieu du front et cette oreille exilée près de la lèvre. Le
jour baissant vite, je me trouvais, au crépuscule, environné de ces débris qui prenaient des attitudes grimaçantes.

Je croyais les voir tourner dans l'alcool, se faire des signes, railler ces dénominations dont on les affublait...

A côté s'étendait la bibliothèque, large et spacieuse, contenant environ cinquante mille volumes. Là était démontrée l'absolue fragilité de la science. Sur les plus hauts rayons, auxquels on n'atteignait même pas à l'aide des longues échelles roulantes, s'entassaient les piles poussiéreuses d'ouvrages jadis célèbres, maintenant inutiles et dédaignés et dont une courte mention était faite au catalogue moderne. Ces antiquités rongées aux mites eussent fait sourire un étudiant de première année. Mon esprit se reportait vers les jolies chansons et légendes de mon enfance et de celle de mes aïeux, qui étaient toujours demeurées aussi fraîches, aussi émues, fleurs mobiles à travers la race. Elles ne prétendaient pas au progrès. Elles savaient, dans leur rythme sage, que l'homme d'hier vaut l'homme d'aujourd'hui, et elles consentaient à enchanter les cervelles naïves, toujours identiques, bien que séparées par des siècles.

CHAPITRE II

Un dimanche matin, Trub me dit : « Mon cher Félix, Joseph Malamalle est en excellents termes avec le directeur d'une prison. Nous aurons l'aubaine aujourd'hui de contempler une exécution électrique. »

Quand nous fûmes devant l'édifice sinistre, mon compagnon présenta la carte de Malamalle à un guichet rébarbatif creusé dans le mur. Une lourde barrière de fer tourna sur ses gonds. Après une petite cour, une petite porte, puis des corridors et des grilles. J'en comptai jusqu'à six. A chacune d'elles, un geôlier nous examinait des pieds à la tête et réclamait notre passeport, auquel Trub joignait une pièce de quarante sous. Le formalisme est frère de la vénalité. Finalement nous aboutissions à un dernier couloir obscur rempli de gens. Je reconnus plusieurs silhouettes de médecins juges, le stupide Cercueillet, préposé aux exécutions, Mouste, chargé du rapport officiel, l'important Canille, un groupe d'élèves de troisième année. Ceux-ci assistent par nécessité à ces manœuvres homicides qui sont dans le programme de leur examen. Ils s'entretenaient avec un reporter de Cloaquol : « Alors, vous pariez Cortirac. Mais Sidoine ne meurt pas, et d'ici là Wabanheim est capable... On raconte que Mᵐᵉ Avigdeuse est à l'agonie... Qui avez-vous à votre jury du troisième Lèchement ?... Bradilin m'a promis d'agir. » Ces propos étaient pressés et comme étouffés entre des dos, des

épaules, des bras, des ventres, tant était exigu le boyau où
nous piétinions. Il ne recevait la lumière que d'une
fenêtre basse donnant sur une cour sombre où se promenaient des guichetiers.

Il y eut un remous. Une porte s'ouvrit dans la paroi, et
un gros homme au visage vultueux, dont les moustaches
noires rejoignaient les favoris en un H impressionnant,
articula d'une voix caverneuse : « Entrez, messieurs,
l'opération commence. » Tel un filet d'eau s'échappe en
murmurant par un strict orifice, tels nous nous glis-
sâmes deux par deux dans une ample et haute cellule
éclairée par trois fanaux rouges. Une seule ouverture en
biseau était creusée près du plafond. Je tressaillis à la
vue du supplice : un homme nu, sauf une ceinture autour
des reins, était assis sur une chaise d'acier. Ses mains, ses
pieds, son torse étaient entourés de liens du même métal
qui aboutissaient à des plaques brillantes fixées sur ses
tempes, son ventre et ses chevilles. Contre lui se dressait
une énorme machine, dont les plateaux de verre et de cuir
se terminaient par des boules dorées communiquant aux
chaînes et à la chaise. A côté, dans des attitudes d'inquisi-
teurs négligents, le Cudane, notre Cudane, puis son
aide, le directeur de la prison, maintes trognes féroces de
valets.

Nous tenions à l'aise dans la cellule. Une corde nous
séparait du personnel actif. Pour se donner plus d'enver-
gure, Canille l'enjamba et se rapprocha des Autorités. Je
regardai le condamné. C'était un individu musclé, de
taille moyenne, aux yeux noirs, aux longs cheveux noirs,
à la poitrine velue. Il semblait un demi-singe, un de ces
êtres placés entre la bête et l'homme chers aux hypothèses
morticoles. Ainsi les théories moulent les faits à leur
image. Le malheureux tremblait visiblement, et certes pas
de froid, car la pièce était surchauffée. Sur les grosses
rides précoces, immédiates peut-être, de son front, la
sueur coulait, et sa mâchoire inférieure pendait, montrant

des dents blanches. Il fixait alternativement les spectateurs et la machine d'où émanerait la secousse mortelle. J'eus, en même temps qu'une terreur grande, la honte d'assister à ce drame. Cudane sortit de sa poche un papier qu'il lut prétentieusement : « Coubon, âgé de trente-cinq ans, père épileptique et alcoolique, mère prostituée, livré à lui-même à l'âge de six ans, condamné quatre fois pour vol à neuf, onze, vingt-deux et vingt-sept ans. — A assassiné, il y a six mois, une vieille femme de la classe des riches et sa domestique. Reconnu responsable *au huitième*, 1/8, après examen des docteurs Tismet et Cercueillet. Condamné à mort pour ce fait. Va être exécuté à l'aide d'une machine d'induction, système Cudane perfectionné; *Volt* 10, *Farad* 100, *Cud* 1000. Dimension des bobines, 25/30. »

« Eh, eh ! marmotta Canille en hochant la tête, tandis que Cercueillet et Mouste franchissaient la barrière à leur tour et que les yeux de mes voisins exprimaient une curiosité cruelle. Eh, eh ! Fort intéressant, fort intéressant ! Et le courant durera, mon cher confrère ?...

— Dix secondes sept dixièmes, maître, répliqua l'obséquieux Cudane.

— Eh, eh ! Très bien, très bien. Et par où passera le courant ?

— Il est double, de la tête aux pieds et en ceinture. Il saisira le front, les chevilles et le ventre, ainsi que vous l'indiquent les plaques ajustées.

— Eh, eh ! Très bien ! Parfait ! » Le front de Canille se plissa comme un potiron, exprima l'attention la plus vive. Mouste haussait les épaules en silence; Cercueillet remuait ses lèvres épaisses.

Rien ne peut rendre la sauvagerie de cette scène, la lueur louche et macabre où nous étions plongés, le mélange de scélératesse et de sottise qui composait l'atmosphère morale et semblait se conjoindre avec la lourde atmosphère physique. Le directeur s'approcha du con-

17

damné : « Coubon, n'avez-vous pas une dernière recommandation à nous adresser? — Celle de vous dépêcher,
répondit sinistrement le patient. — Les barbares vous
enjoindraient de prier Dieu, poursuivit l'imperturbable
Torquemada. Moi, je vous conseille le calme et la cor-
rection qui conviennent à un homme de cœur. » Puis,
tirant sa montre : « Allez, messieurs ! »

L'aide repoussa une petite tige fixée à droite de la
bobine. On entendit un ronflement sourd, accompagné de
crépitations et d'étincelles, et, comme un chat qui fait le
gros dos, le misérable commença de s'étirer. Les muscles
de son ventre, de ses bras, de ses jambes se gonflèrent
comme de la baudruche. Je crus que les liens allaient
éclater : « Eh bien, qu'y a-t-il?... La machine est mal
chargée !... Allez donc... Un de plus... Poussez... Mala-
droit... » Cudane s'activait autour de son meuble de cuir
et de verre. Il y eut un hurlement, suivi d'un bruit sec.
Une chaîne des jambes venait de se rompre. Le membre
prit à l'instant la plus extravagante posture : il décrivit
une courbe circulaire, puis se fixa dans une attitude rigide
et tortueuse, comme s'il vivait à part du corps. Il paraissait immense, le mollet tel qu'un ballon tendu, les orteils
écartés et disloqués, sorte d'éventail de cauchemar. Le
masque revêtit une expression fantastique. La bouche se
distendit, et la langue s'en échappa, droite comme un I,
entre deux jets de salive. Les globes des yeux tournèrent
rapidement, et, sortant de l'orbite, proéminèrent sur leurs
pédicules rouges. Les cheveux raides pétillaient d'étincelles. Le cou formait une échelle de cordes. La poitrine
et l'abdomen étaient parcourus de secousses folles, comme
si des serpents grouillaient sous la peau. On perçut plusieurs craquements consécutifs; c'étaient les os qui se
rompaient sous l'effort de la contraction musculaire. Certains assistants murmuraient : *Comme c'est curieux!*
D'autres : *Qu'il est laid! Ah! qu'il est dégoûtant!*
Cudane et son aide étaient dissimulés par le groupe du

directeur, des geôliers, de Cercueillet et de Mouste. Canille affirma : « Évidemment, le *tonus* est exagéré. » Le
supplicié ne gémissait plus. Il émettait un râle atroce,
espèce de rugissement étouffé par cette langue gigantesque,
trois fois rouge comme la lumière rouge. Il avait une
silhouette hors de l'humanité, qui se rapprochait des chi-
mères. Il rejoignait tout ce que forment les rêves les plus
hideux. Ses yeux, chassés décidément des orbites, cou-
lèrent sur les joues, telles deux colossales larmes écarlates. C'était trop, je me détournai. Il y eut du tumulte. A
travers l'affreux roulement continu de la machine, Trub
me répétait : « Mais vois donc, vois donc ! Ah, l'infortuné !
C'est horrible ! » Quelqu'un cria : « Du cyanure, du cyanure ! J'ai ma seringue. » Je rouvris les paupières : un
jeune homme s'approchait de Coubon, lui piquait le pied.
Une détente immédiate se produisit. La masse de chair
cessa sa danse forcenée, et le corps se replia, s'affaissa
sur lui-même, aussi flasque et mou qu'il était raide, la
tête inclinée sur le cou. On avait complété la mort.

Tandis que les geôliers s'empressaient autour du
cadavre, nous sortîmes en masse : « Messieurs, disait
l'affable directeur, voulez-vous examiner nos condamnés
en expérience ? Il en est un que M. le professeur Boridan a empalé sur une tige de bismuth. C'est une tentative curieuse. A un autre, M. le professeur Bradilin a
remplacé une moitié du cerveau par la moitié corres-
pondante d'une cervelle de chien. » Mais j'en avais
assez, et j'entraînai Trub hors de cet enfer. Je pensai
que les corridors, les portes et les guichets n'en finiraient
plus.

Quand les œufs et les côtelettes de la mère Pidou nous
eurent un peu calmés, je remis à Trub quelques-uns de
mes livres et le priai de m'interroger, car mon premier
examen aurait lieu bientôt. Je répondis à toutes ses questions et me félicitai de l'excellence de ma mémoire. Puis,
comme le jour baissait, nous descendîmes prendre de

l'appétit pour le dîner que mon compagnon voulait m'offrir au restaurant.

Il m'était déjà arrivé de remarquer, à la nuit tombante, de tristes créatures mal vêtues qui adressaient des signes aux passants. La situation des pauvres est telle que beaucoup de femmes gagnent leur vie en vendant leur chair misérable. Grâce à cette prostitution, se propage la syphilis, que Pridonge étudie, réglemente et diffuse suivant un système compliqué. Ce soir-là, deux de ces rôdeuses, maigres à faire pitié, vêtues avec ce faux luxe usé dont elles ont l'apanage, nous prirent par le bras, Trub et moi, au tournant d'une rue. Elles s'appelaient Louise et Serpette, n'avaient pas mangé depuis deux jours. Cela se connaissait à leurs haleines, à leurs regards fiévreux, à leurs mains pâles, au bruit de leurs estomacs tandis qu'elles nous parlaient. Il flottait un brouillard humide qui semblait augmenter leur détresse. Ému, je les emmenai souper avec nous. C'était de ma part une imprudence, car le contact des prostituées est interdit aux étudiants dont les plaisirs se passent dans des maisons spéciales tenues par des sénateurs vertueux ; mais la brume favorisait mon audace. Nous arrivions à une enseigne brillante : *Au bon chirurgien*. Je demandai au garçon, étonné à la vue de nos pauvresses, un cabinet où nous fussions seuls.

Louise et Serpette étaient intimidées. Elles se chauffaient devant un feu clair, soulevant leurs robes élimées, et montrant leurs souliers aussi mous, aussi minces que deux feuilles de papier noirci. Nous autres, installés devant la table joyeuse et que l'on couvrait de vaisselle, observions ces figures défaites, ces corps qui avaient droit au respect, au désir, à la nourriture, et qui seraient un jour la proie creuse de Trouillot. Par-dessus la faim, se lisait maintenant la reconnaissance, tant les misérables sont touchés de la main qui les relève. Dès que nous fûmes seuls, elles attaquèrent les hors-d'œuvre avec une

sorte de rage, ne se donnant même pas le temps de mâcher
les gros morceaux de pain dont elles se gonflaient les
joues, ce qui leur créait un embonpoint factice. Une
nuance de rose empourpra leurs pommettes. L'une d'elles
toussait.

Elles se ressemblaient d'ailleurs, comme la plupart des
pauvres. Les visages n'ont de différence que dans le bien-
être et atteignent chez les docteurs leur maximum de
variété. Mais les souffrances, la crainte, le métier dur,
l'action du froid et de l'humide prêtent aux physionomies
des déshérités une fraternité désolante. Jusque-là, elles
n'avaient pas dit un mot. On leur servit de chauds
potages. Chacune d'elles but un verre de vin. Alors, la
vie renaissant, elles répondirent à nos questions. L'oiseau
de la confiance revint percher sur ces âmes muettes. Son
chant nous charma tout le soir.

Elles s'étaient connues dès l'enfance et faisaient en
commun depuis cinq ans leur déplorable métier. L'une
avait dix-sept ans, l'autre dix-huit. Elles étaient nées de
l'autre côté des égouts, dans les quartiers d'usines et de
tortures : « C'est la troisième fois, ajoutait Louise, que
nous mangeons à notre appétit. Une fois à la fête de la
Matière et une seconde... — Tais-toi donc, tu ne te rap-
pelles pas.' » Et Serpette empiétait sur le récit de sa voisine. L'autre lui cédait la parole avec une jolie moue de
l'épaule : « Monsieur, nos maisons se touchaient. Nos
familles n'avaient pas le sou. Moi, mon père m'a prise un
soir qu'il était gris. J'ai été malade longtemps et l'on a
cru que j'allais mourir. On n'avait pas voulu m'envoyer à
l'hôpital, de peur que je n'éveille la police. Je grelottais
presque nue devant une lucarne cassée. Louise venait me
voir et m'apportait la moitié du pain de son dîner. — Oh!
un pain, interrompit Louise, qui ne ressemblait guère à
celui-ci! Qu'il est bon, celui-ci! On dirait du gâteau. Je
n'ai jamais mangé le pareil. Le nôtre est noir et fait dans
la bouche comme de la poussière.

17.

— Et puis, reprit Serpette, nous avions un voisin riche,
qui mangeait de la viande, et c'est lui qui a eu Louise
d'abord et il lui a donné un châle et il m'invitait à déjeuner aussi. Ma mère est morte des coups que mon père lui
donnait. On l'entendait crier la nuit. Ça réveillait les voisins et j'avais tant de honte que je n'osais plus descendre
l'escalier. Moi, il ne me battait pas. J'avais des frères et
des sœurs qu'il fallait garder à la maison, pendant qu'il
allait à la fabrique. Et puis il est tombé·dans une machine
terrible, une machine qui fait le sucre, et il est entré à
l'hôpital.

— Et vous, y êtes-vous entrée, à l'hôpital ? » dis-je en
leur découpant un morceau de viande rôtie. Trub avait
son bon visage. Je me sentais le cœur gonflé. La petite
pièce où nous dînions était chaude, honnête et allègre·
Louise répondit, la bouche pleine :

« Sûr que nous y sommes allées. Dans notre métier on
en voit de toutes les couleurs. Il y a eu un moment...
laisse-moi donc parler, Serpette ; tu causes tout le temps...
où nous avons été cossues, mais voilà — elle montra piteusement sa robe — tout ce qui nous reste de l'époque.
J'avais fait la connaissance d'un joli blond, et j'habitais chez
lui avec mon amie, et il m'offrait ce que je voulais, des
chapeaux, des bottines et du linge brodé. On mangeait
plus qu'à sa faim. Seulement, un jour, la famille de mon
amant s'est fâchée. Elle a eu peur que je ne le ruine et
on nous a enfermées, Serpette et moi, aux *Corps perdus*,
un sale hôpital, monsieur.

— En somme, je n'avais rien fait, moi, fit Serpette qui
commençait à s'émouvoir. Pourquoi qu'on nous a traitées
comme des criminelles, coffrées avec des voleuses et des
folles ? Au dortoir, je couchais entre une qui demandait à
boire et une autre qui pleurait, parce qu'elle avait tué son
enfant à coups de marteau. J'avais tellement peur que je
restais la tête sous mes draps jusqu'à m'étouffer. C'est
qu'on était sévère aux *Corps perdus*. Pour un oui, pour un

non, boum, au cachot ! Tu te souviens, Louise, de cette petite
femme que son mari avait fait mettre là, parce qu'elle
l'avait trompé. C'était un homme influent, un du Parlement,
qu'on disait. Elle était si mince et si jolie que nous en
étions toutes amoureuses et on n'osait pas lui parler, parce
qu'elle avait été honnête. Elle sanglotait. Elle réclamait
ses gosses à genoux. Une fois j'ai pu tout de même la
prendre dans mes bras, la câliner, et elle a pleuré, tout
contre moi, ici. J'avais ses petits cheveux dans la figure.
Ah, que c'était doux !

— Oui, oui, continua Louise qui, tout entière à ses
souvenirs, fixait de ses beaux yeux fiévreux un point ignoré
de l'espace. Nous avons passé là des jours qu'on ne voudrait
pas revoir. Et ça vous reste ; on ne peut pas les chasser.
C'est comme un remords. Et celles qui mouraient ! Comment l'avait-on surnommée celle-là ?... Ah, j'y suis ! le
Poisson, parce que la maladie lui avait dessiné des tas
d'écailles d'argent sur la gueule. En sortant des *Corps perdus*, monsieur, on nous a donné, au *Secours universel*, un
permis de raccrochage. C'est moi qui ai été syphilitique la
première. Serpette, ça n'a été qu'ensuite. Je m'en suis
aperçue par des petits boutons roses. Boum ! Encore à
l'hôpital, un sérieux celui-là, chez le docteur Pridonge, le
bavard. Des *gueuses*, qu'il nous appelait, et il riait, parce
que ça l'amusait de voir de *belles lésions*, comme il dit.
Venez voir, messieurs, la belle lésion de la gueuse ! Il
nous a soignées. Mais ça n'était pas encore fini avec les
médecins. » La chaleur, la nourriture et quelques doigts
de vin avaient produit des effets divers. Tandis que Louise,
les coudes sur la table et les mains dans ses paumes, nous
racontait avec volubilité son existence, Serpette s'était peu
à peu engourdie. Elle avait reculé sa chaise, et le front
appuyé sur une main, les paupières battantes, elle s'efforçait de suivre le récit de son amie, l'approuvant parfois
d'une légère moue comique.

« Monsieur, — Louise nous prit chacun par le bras, —

imaginez-vous que dans le service de Pridonge venait un petit bonhomme à l'air méchant, et sec, sec comme un couteau. Quand nous étions convalescentes, il causait avec nous et s'asseyait au pied des lits, nous demandant s'il nous restait un peu d'argent, si nous allions nous prostituer, si nous n'avions pas peur d'avoir des enfants, enfin une masse de détails drôles. Il se nommait Sorniude. Enfin, un jour que Serpette était là, et comme il savait que j'allais quitter l'hôpital, il nous dit : *Ecoutez, je vous propose une bonne affaire. J'ai un docteur de mes amis qui fait collection d'ovaires. Il a besoin des vôtres. Nous vous les retirerons. Vous recevrez, chacune, cinq cents francs. Ni vu, ni connu ; et jamais, jamais plus vous ne risquerez d'avoir de gosses.* Vous pensez si nous étions contentes, Serpette et moi. Nous avions bien un peu le trac. Mais Sorniude jurait qu'il n'y avait pas de danger. Il est venu chez nous, dans notre mansarde, avec un autre qui s'appelait... qui s'appelait... Comment donc ? Serpette !... Serpette, tu dors ? — Tismanque, grogna Serpette. — Mais non, t'es bête, et Louise éclata de rire. Tismet d'Ancre, c'est ça, et encore un deuxième. Ils nous ont *choroformé*, ouvert le ventre, il ne reste même pas de cicatrice, et tout enlevé en un tour de main. *Mes petites,* qu'ils ont dit en nous réveillant, *vous êtes vidées comme des lapins.* Oh, ce qu'il travaille, monsieur, ce Sorniude ! Toutes les femmes que nous connaissons, toutes il les a nettoyées. Dans notre quartier, vous ne trouveriez pas un ovaire à prix d'or. Je me demande ce qu'ils en font. Toujours, ça rend joliment service. Et il n'y a pas qu'à nous autres, vous savez... Il paraît qu'ils opèrent aussi les dames de la haute qui veulent faire leurs farces. Pensez donc ! C'est si commode !... Où en étais-je ?... Ah !... Eh bien après, on a *claqué* les mille francs, et puis ç'a été la misère, la misère et toujours la misère. Jamais de feu, ni à manger, ni à boire que des choses qui brûlent, et des hommes, des hommes ! — Louise eut un geste de dégoût.

— Heureusement qu'il n'y en a plus pour longtemps. J'ai l'âge où ça claque, les femmes comme nous. »

Ce récit nous ouvrait une série d'abîmes que nous ne soupçonnions pas encore, et, quand Louise cita son âge, l'idée qu'à dix-sept ans elle était déjà vieille me fit tressaillir. Je ne comprenais que vaguement ces histoires d'ovaires, mais elles m'intriguaient d'autant plus que les Morticoles se plaignent sans cesse de la dépopulation ou diminution des enfants. Or Louise m'assurait que des milliers de femmes étaient ainsi mutilées. Trub, dont l'attention se fatigue vite, voulait partir. Serpette s'était endormie, et son visage, incliné sur ses menottes en croix, souriait à quelque rêve furtif. Divin sourire, qui illuminait la créature, ses petits doigts noirs, ses dentelles souillées, ses pauvres lèvres desséchées par la fièvre et les baisers sans nom ! Et dans le tendre geste de Louise, lui passant les bras autour du cou pour la réveiller, il y avait l'emblème de toutes les amitiés et de toutes les amours, de la chair qui, devant le dur destin, se cache et se tapit contre la tiédeur de la chair.

« Vous vous en allez? soupira Louise bourrant ses poches de dessert. Vous avez été bien bons. Je ne vous ai pas ennuyés? Ils s'en vont, Serpette! Debout, paresseuse! » Trub appela le garçon, régla la note et laissa en plus deux pièces d'or sur la table : « Pour vous, mes petites. » Louise le considéra avec étonnement : « Vous êtes étranger, vous. Vous n'avez pas eu de plaisir et vous nous payez cependant! — Nous reverrons-nous jamais, ô mes charmantes! Tous mes respects au docte Sorniude! » s'écria Trub, qui tient à dissimuler son cœur sous des plaisanteries . . .

. . . .

Le lendemain matin, fatigué par ma journée de la veille, j'étais plongé dans un sommeil profond, où il n'était question que d'ovaires arrachés, quand je fus réveillé en sursaut par des coups brusquement frappés à ma porte. C'est toujours une impression dramatique et dure. J'allai ouvrir

en chemise, et fus stupéfait de voir entrer Savade. Il avait
l'air encore plus révolté qu'à l'ordinaire; la méchanceté
plissait ses lèvres minces : « Je me suis procuré votre
adresse à la Faculté, me dit-il d'un ton saccadé, et je suis
monté chez vous, parce que vous êtes étranger, parce que
j'ai besoin de raconter à quelqu'un l'acte immense que je
viens d'accomplir, parce qu'enfin je vous aime comme très
différent des coquins qui nous entourent. » Je le regardai
avec des yeux stupéfaits, rouges et bouffis de sommeil,
mais il poursuivit avec feu : « Dans quelques heures, la
plupart des Morticoles auront disparu; leur race sera sur
le point de s'éteindre. Voilà : j'ai fracturé cette nuit le
laboratoire de Bradilin. Il y avait au moins trois mois,
depuis que le projet avait germé dans ma tête, que je
guettais l'occasion favorable. J'ai pris, dans une de ses
fameuses étuves, une dizaine de tubes où il conserve pré-
cieusement la morve, le choléra, la fièvre jaune, la
typhoïde, et je suis allé les casser en plein fleuve, à l'entrée
de la ville. D'autres, sur lesquels était écrit : *Contage
possible par l'air*, je les ai brisés sur la place du Parlement. Ils renferment, à l'état essentiel, les plus redoutables
des germes. Nous subirons donc un déchaînement de fléaux
qui, je l'espère, atteindront cette fois ces bons docteurs.
Ce n'est pas pour rien qu'ils auront passé des jours et des
nuits à extraire des poisons. Les voici maintenant qui
circulent, ces virus! Quiconque est atteint, tombe et ne se
relève plus. » Tout ce discours était prononcé par Savade
d'une voix inspirée, haché par des soupirs, ponctué de
gestes terribles et vibrant d'une joie de carnage. Je ne
savais si j'avais affaire à un fou. Il éclata de rire :
« Ah, ah! Ça vous étonne? Vous ne me croyez pas? En ce
moment les venins travaillent. Ils ont déjà atteint une
poitrine humaine. Ils commencent leur course. Il me
semble que je les vois grouiller, que je les suis dans les
artères et les veines, des pauvres comme des riches, des
riches comme des docteurs, car eux se moquent des classes

et des catégories. Hein, ce n'est pas mal, pour un élève de
première année? Voilà ce que c'est, Canelon, que d'ouvrir
les laboratoires à tout le monde. Ah, j'étouffe! Laissez-
moi m'asseoir et m'expliquer un peu! »

Il saisit l'unique chaise, se mit devant ma table et
changea subitement d'allure. Ce n'était plus l'enthousiaste
de tout à l'heure. C'était un Morticole, théoricien froid et
sec, qui développait des arguments, tel Lestingué à son
cours. Ses cheveux se hérissaient au-dessus de son immense
front et ses yeux verts me fixaient. Moi, cependant, je
m'habillais en hâte : « Canelon, je suis un pauvre par
amour. J'ai toujours eu de l'argent; je passe pour riche,
mais mon zèle va aux malheureux. Ma famille a été désor-
ganisée par les médecins. L'un d'eux, un être abject,
comme Avigdeuse, comme Tismet, s'est insinué chez nous
à la faveur de sa science et a été l'amant de ma mère. Je
suppose même qu'il a empoisonné mon père. Ce que je
sais, c'est qu'entrant un jour à l'improviste dans la chambre
de maman, je l'ai trouvé, ce monstre de docteur, à
côté de la chère figure que j'aimais tant à embrasser, dont
l'image fut désormais pour moi un dégoût. Pouah! La vie
s'écrasa d'un seul coup, comme un fruit pourri, sur mon
âme d'enfant. Je gardai le secret infâme. Bientôt mon
pauvre père tomba dans une mélancolie noire, et plus
l'ombre se faisait en lui, plus le traître venait coucher
avec ma mère, tellement qu'ils sont partis ensemble,
laissant le vieux à l'agonie. Il en voulait sans doute à son
argent, le bellâtre, ainsi que les crapules de son espèce.
Ils se glissent dans les demeures et les ruinent. Il est
impossible aux femmes de leur résister. Songez donc : rien
n'est caché pour un médecin. Ah, ah! nos professeurs
parlent des horreurs de la confession et de l'action dis-
solvante du prêtre! Mais le prêtre, Canelon, — Savade se
leva et arpenta la pièce d'un pas trépidant, — le prêtre n'a
pas une pareille puissance. L'autre peut promener partout
ses mains et ses regards, frôler, tordre et martyriser la

chair, ou la réjouir honteusement, sans que les lois l'atteignent jamais. Pour eux tous, les femmes sont nues. Oh ! — Et il montrait le poing aux murs. — Tu es peut-être mort, bandit, mais je hais ton cadavre que rongent les vers... Après, j'ai été élevé chez des vieilles tantes. Je grandis et j'observai. J'aimais à me promener seul dans les quartiers pauvres ; je me mêlais à la foule qui sort des ateliers ; je voyais les muscles tordus par des besognes inutiles et je sentais en moi des jets brûlants de haine, mêlés à des bouffées de je ne sais quoi que je n'ai point, peut-être une foi, une croyance en Dieu, que m'a enlevée la stupide éducation de ce pays. Ce qu'on m'avait appris me remontait aux lèvres en vomissement, puisque j'y devinais la cause de tant de tortures. J'avais soif d'apostolat. J'ai souhaité trouver un remède, participer à cette science pour la modifier. Mais j'ai compris qu'elle était un engre-nage, qu'elle m'ôterait toute énergie si je me laissais prendre à sa chaîne. J'ai voulu détruire. Ce qui a armé mon bras ce matin, Canelon, c'est un idéal sublime ! Je maudis ce matérialisme qui m'a ballotté de la pitié à la colère et de la colère à la pitié, sans jamais satisfaire en moi tant de forces tournées vers le bien, vers le bleu. — Il montrait le ciel par mon étroite lucarne. — Il faut rajeunir le monde ! »

Je m'aperçus qu'il claquait des dents. Son œil devint hagard, et je restais, mon peigne à la main, collé contre la cloison, avec la crainte de quelque chose de terrible. Il avait cessé de vaticiner. Un tremblement agitait sa bouche, ses mains et ses jambes. Il s'appuya sur mon lit : « Fuyez ! Je suis la première victime ! Fuyez ! Adieu ! » Je m'élançai vers lui. Il fit de son bras un grand geste pour me repousser et roula sur le tapis. Des pensées contradic-toires s'élevèrent en moi. Je savais, par son orageuse con-fession, qu'il venait de déchaîner des maux effroyables. Nul doute qu'il n'en fût la proie. Il se tordait à terre et râlait ; sa figure était crispée ; ses beaux yeux s'injectaient de sang.

Je descendis l'escalier quatre à quatre. Devant ma
demeure une foule de gens couraient, hommes et femmes,
bousculés par une équipe de gardes de police. Ceux-ci se
précipitèrent sur moi. J'invoquai ma qualité d'étudiant :
« Votre carte d'inscription !... C'est bien. Portez-la d'une
manière apparente, car une épidémie est déclarée. Nous
menons les passants aux prisons. » La rue était déserte et
l'on percevait toutefois des gémissements, un sourd
tumulte de fourmilière. J'aperçus un chien mort qui
bavait. Je me jetai, affolé, dans la direction de la Faculté.
Des sonneries aigres retentirent : au triple galop défila un
cortège de *perquisiteurs sanitaires* et de pompes désinfectantes. Une femme bondissait en criant d'une maison.
Elle tenait un enfant dans ses bras. A un mètre de sa
porte, elle tomba sur le sol, en proie aux mêmes convul-
sions désordonnées que Savade. Je me sauvai par plusieurs
ruelles au hasard. Je suais à grosses gouttes. J'avais
perdu le chemin. Les statues que je croisais s'animaient,
menaçantes. Une âpre rumeur lointaine m'angoissait plus
que tout, par l'idée d'une multitude qu'envahissaient aussi
vite les fléaux. Enfin j'atteignis la Faculté. Je me ruai dans
la cour. Elle était pleine de monde. Tous les professeurs
étaient là et parlaient à la fois, discutant la catastrophe
soudaine, les mesures à prendre. Bradilin avait constaté
le vol de ses bocaux. Les quartiers proches du fleuve
étaient atteints avec furie. Il me parut que ces docteurs,
qui s'agitaient confusément et se demandaient des détails
de l'un à l'autre, avaient l'air très inquiet pour leur
compte. On s'arrachait un journal de Cloaquol qui donnait
déjà la marche du tourbillon par éditions successives. On
ferma la grande grille de l'École et personne ne put pénétrer que sur présentation de sa carte. Les élèves arrivaient
en foule. Ils racontaient la mort de plusieurs d'entre eux.
Chacun proposait son avis : sur la cause, d'abord : la
coïncidence du péril avec le vol frappait les esprits, mais
quelques savants discutaient et niaient la transmission

18

aussi immédiate : « Si, si ; c'est une épidémie de laboratoire, affirmait très haut Boridan. — Non, c'est né sur
place, né chez les pauvres, les sales pauvres! » On accusait l'hôpital Typhus et la malpropreté de Tabard. Crudanet survint, radieux, gesticulant au milieu d'une trentaine de ses collègues qui l'interrogeaient : « Il faut
organiser de suite, non les secours, on n'y peut songer,
mais la désinfection en grand de la cité. L'eau du fleuve
est interdite, et quiconque y boira sera puni de mort. »
Certains préconisaient, d'une voix chevrotante, le massacre
de tous les habitants dans les endroits les plus dangereux,
le bombardement des infectés. Beaucoup reculaient devant
cette mesure, la jugeant trop hâtive. A chaque seconde,
un nouveau témoin apportait quelque affreux récit; des
familles entières fauchées en cinq minutes; des gens qui
se précipitaient par la fenêtre pour échapper aux douleurs.
On distinguait sur les cadavres des lésions de choléra, de
morve et de fièvre jaune. Les aventureux croyaient à une
maladie nouvelle. Le professeur d'épidémies était très
entouré, *mais il ne pouvait avoir d'opinion, n'ayant pas
eu la chance de voir une seule victime,* affirmait-il avec
calme. Bref, on soumit au vote, au milieu du tumulte, les
trois motions suivantes qui furent adoptées séance
tenante :

1° *Les médecins se tiendront à l'écart et laisseront
l'invasion décimer les malades riches et pauvres. Il
serait insensé de hasarder la classe supérieure morticole pour un bénéfice illusoire, car la marche du contage est si aiguë que tous les soins seraient précaires;*

2° *Empêcher par la force les riches de sortir de chez
eux. Conduire en prison ceux qui désobéissent. Envoyer,
dans tous les domiciles, des escouades sanitaires chargées
d'inonder d'antiseptiques, de flamber les objets de literie,
les vêtements, meubles, etc., d'achever les agonisants et
les suspects ;*

3° *Brûler les quartiers pauvres contaminés. Interdire*

aux pauvres l'entrée des hôpitaux où leur présence serait meurtrière. Laisser mourir dans la rue et faire ramasser par les perquisiteurs les citoyens surpris par le mal.

On commençait à voir passer à travers les grilles les perquisiteurs couverts de leurs scaphandres qui sont remplis d'air stérilisé et leur permettent de transporter les corps sans s'exposer eux-mêmes à périr. Leur aspect excitait la frénésie de mes camarades qui les applaudissaient et les encourageaient.

J'eus l'occasion d'admirer avec quel zèle ponctuel les ordres avaient été transmis, car des sonneries retentissaient de toutes parts, annonçant les chevauchées des escouades antiseptiques. Le personnel était sur les dents. Les professeurs et membres des Académies prirent la résolution de se tenir en permanence à la Faculté où ils recevraient les télégrammes. A la famille de chacun d'eux et pour l'abriter, étaient affectés un certain nombre d'agents d'hygiène et des élèves de Crudanet. Quant à nous, étudiants, on nous laissait libres, seuls de la cité, avec défense expresse de nous approcher des cadavres. Beaucoup préférèrent rester près des maîtres. Moi, j'étais dans un état d'excitation qui dépassait la peur, et j'avais la curiosité d'assister à l'ouragan déchaîné par Savade. Je me hasardai donc au dehors.

Il n'y avait personne. La ville semblait morte. Mais le bruissement indéfinissable qui m'avait frappé les oreilles augmentait. C'étaient de vastes clameurs continues et bourdonnantes qui, à un moment donné, devenaient particulièrement intenses, puis se dégradaient par intervalles pour reprendre ensuite avec plus de force. Des scaphandres circulaient, fourmis voraces, traînant leurs fardeaux immondes, et suivis de caissons chargés de bonbonnes d'acide phénique. D'une fenêtre, un homme et une femme dégringolèrent presque à mes pieds, s'écrasèrent sur le trottoir comme des fruits mûrs; du sang ruissela.

Comme j'approchais du fleuve, épais et fétide, complice boueux de Savade, une troupe de malheureux dépenaillés s'avançaient sur l'autre berge. Ils se tenaient par les mains, dansaient et chantaient à tue-tête. Arrivés au parapet, ils l'escaladèrent, et tous ensemble, pêle-mêle, se précipitèrent dans l'eau noire. Je courus jusqu'au bord, plein de vertige, sanglotant et implorant Dieu, tant une pareille calamité dépassait la mesure humaine. Des bras et des jambes fouettèrent quelques minutes la surface, puis tout cessa. La rivière roula sur ces désespérés sa force liquide lourde de mort.

Je me jetai à genoux, seul sur la pierre. La Providence irritée s'appesantissait sur les Morticoles, mais je la conjurai d'avoir pitié des moins coupables : « Seigneur, m'écriai-je, un miracle ! Épargnez les petits ; épargnez les riches aussi pauvres aujourd'hui que les plus pauvres. » J'étais là en plein air, tête nue, car j'avais perdu mon chapeau. Qui m'aurait vu, m'aurait cru fou. Le ciel était livide et bas, sans prières, sans présage mystérieux de pardon. Et tous ces habitants mouraient la rage au cœur, avec la persuasion qu'ils étaient boue, et qu'ils retournaient à la poussière !

Je me relevai ; je repris ma course incertaine. Sur une immense place environnée de colonnes, j'aperçus une fantastique inscription : une multitude de cadavres étendus traçaient, par leur assemblage, ces mots gigantesques : MORT A NOS MAITRES ! Chaque lettre était formée d'une dizaine de corps des deux sexes dont la plupart remuaient indistinctement, dérangeaient la boucle de l'S et le jambage de l'R. Cet ultime défi, menace en majuscules vermineuses et grouillantes, était une tradition des Morticoles pauvres, lors des épidémies.

Les trompettes stridentes vibraient toujours. L'atmosphère était empestée. L'odeur des égouts se mêlait à celle plus forte des chairs putrides. J'aspirais, malgré moi, ce glas des narines. Les maisons, que fouillaient les perquisi-

teurs, retentissaient de cris déchirants, puis devenaient
silencieuses comme des tombes et me dévisageaient de
leurs fenêtres muettes... J'avais perdu la notion de la durée
et de l'espace. Il me semblait vaguement que j'avais longé
l'hôpital Typhus. Les désastreux convois se succédaient
sans interruption. Un attelage passait au galop, portant
une quinzaine de cercueils démontés. Les ruisseaux roulaient des substances infectes. Des râles suintaient des
murs, comme si les pierres elles-mêmes déploraient leur
destin. Et la solitude, peuplée d'horreurs, étendait sur la
ville ses ailes sombres.

Comme la nuit tombait, je me trouvais dans le quartier
des riches, devant le Parlement, près d'un terre-plein encombré de statues. Tout à coup, j'eus dans les regards une
illumination intense. Je levai les yeux : le ciel était rouge,
ardent comme la gueule de l'enfer, et dans ce brasier
proche ou lointain passaient des jets de vapeur écarlate,
des gerbes d'étincelles, de gros nuages d'or incandescent.
C'étaient les quartiers pauvres qui commençaient à flamber.
La rumeur devenait infinie. Les malheureux, sans doute,
rôdaient par bandes éperdues entre l'incendie et la mort.

J'y voyais plus clair qu'en plein jour : les monuments et
leurs devises, les statues et leurs piédestaux, tout cela,
par l'effet des projections rutilantes, prenait un relief
splendide ; les arêtes vives de la pierre rose se découpaient
sur un fond de pourpre. C'était bien l'haleine du sinistre
et comme un prélude de chaos. Dans mon cœur bondissaient mille sentiments excessifs, sarabande à la lueur du
volcan et j'interrogeai fiévreusement ce grand ciel peint
rempli de fureur, ce ciel sacrilège que je pouvais braver,
puisqu'il ne renfermait pas mon Dieu.

Je sentais la chaleur du brasier, telle une devanture de
rôtisserie. J'entendais derrière moi le souffle des fuyards,
l'écroulement des poutres craquantes. Au moins une fois
les pauvres se chaufferaient ! A un perquisiteur, qui menait
une troupe de cercueils, je demandai : « Où portez-vous

18.

tous ces cadavres? » Il me répondit brusquement : « A la flamme! » et disparut d'un pas alerte, comme le chevalier du Feu et de la Nuit. J'avais besoin de tâter l'homme, si sauvage qu'il fût. Le pivot du réel me semblait perdu et j'avais hâte de le retrouver. Je cherchai donc la route de la Faculté, à la faveur de l'étincelant et sonore halettement de la ville.

Dans mon égarement, je parcourus dans tous les sens un labyrinthe de rues et de culs-de-sac et je croyais avancer alors que je tournais sur moi-même. Un vent fort et rapide se leva et poussa de l'ouest à l'est des amoncellements d'une brume éclairée, toute une mobile coupole d'or fauve où les flammèches pétillaient comme des pierreries en fusion, comme des étoiles. L'énergie de mes sens décuplait. J'avais en moi un autre Canelon, plus lucide, et une fièvre bizarre se leva dans mon âme, fleur de la destruction, joie possible du dernier homme. Ces lieux aveuglants, dévastés, cet horizon embrasé, ces sonneries, ce vague piétinement de fantômes, l'odeur des substances consumées, de la mort, le frisson divinatoire me haussaient l'esprit jusqu'à prédire. Je parlais tout seul en marchant, pour rendre à l'air ce qu'il m'apportait d'excessif...

Au coin d'une borne, sur le sol, deux frêles créatures étaient enlacées. Leurs tristes vêtements devenaient luxueux par la fulguration de l'espace, et les lueurs d'en haut prêtaient à leurs visages une grâce d'apothéose. Je reconnus Louise et Serpette, mourantes à l'endroit même où nous les avions rencontrées. Leurs corps tombaient là où tant de fois ils s'étaient offerts. Je m'avançai, regardant tout autour de moi, craignant l'arrivée des scaphandres. Je saisis une main froide et déjà raidie qui ne répondit point à mon étreinte. Pourtant, la tête fine de Serpette, accoudée sur le bras de Louise, dans une pose inquiète et charmante, eut un tressaillement bref, et je crus que les yeux allaient s'ouvrir, car ils s'étaient fermés sans doute pour fuir l'incendie, préférant la terreur intime à celle

du dehors. Je considérai longuement, tendrement ces
bustes rapprochés, lumineux et frivoles. Si j'avais souhaité, malgré toute mon angoisse, l'image voluptueuse de
l'effroi supporté ensemble, je la trouvais dans ces deux
êtres délicats. Louise et Serpette, je vous admirais mortes,
mortes dans cette chaude splendeur! Combien de fois,
rôdant à travers la nuit, vous aimant et détestant le sort,
n'aviez-vous pas désiré le feu, le pain et l'abri! L'abri,
vous l'avez; il est dans cette solitude, dans vos mains
jointes serrant vos tailles souples. Le pain, c'est celui de
la terre; et comme la réverbération vous anime, de quelle
parure elle revêt vos hardes! Que votre dernier baiser doit
être tiède et doux! Transporté de joie, j'allais m'étendre
près d'elles, demander à leurs âmes ailées une part de
cette béatitude, tant leurs corps étaient beaux et de noble
allure; je soulèverais les molles paupières, je baiserais un
dernier regard qui concentrerait l'éternel, et, sous cette
voûte étincelante, j'aurais la prescience du Paradis!

Un brusque son de trompe rompit et déchira mon
extase. Je bondis en arrière. C'était une troupe de perquisiteurs. Ils saisirent brutalement, dans leurs pattes bizarres,
les dépouilles de Louise et de Serpette. La magie disparut.
Le temps que je mis à respirer une gorgée d'air poussiéreux, elles n'étaient plus que deux cercueils, mes deux
jolies sœurs d'incendie et de misère.

.   .   .   .

.   .   .   .

.   .   .   .

Quelques pas plus loin, je retrouvai la Faculté. Je montrai ma carte à la grille. La cour centrale, flamboyant por-
tique, était un océan humain dont chaque vague reflétait
l'ardeur céleste. Que de faces levées au ciel! Que d'autres
penchées vers le sol, moutonnantes! Que d'autres animées
par les discussions! Julmat me tirait par la manche : « Où
te cachais-tu donc, malheureux? Tu es pâle et maigri.
Viens, il y a un buffet. » Il m'entraîna dans le vestiaire

où des tables étaient dressées, couvertes de victuailles. Je
pris un bouillon et une tranche de viande, et, comme je
m'étonnais de sa fraîcheur, Julmat m'expliqua qu'elle venait des boucheries particulières de la Faculté, lesquelles
seules n'avaient point cessé leur débit : « Tout a été organisé admirablement. Crudanet est sublime quant aux services d'hygiène. Pas un médecin n'est atteint et le fléau se
circonscrit. Allons au grand amphithéâtre. »

Là, étaient réunis les principaux professeurs. La salle
était houleuse. Tous avaient revêtu leurs costumes pour
plus de solennité ; le rouge éclatant des robes et des toques
convenait à la circonstance. Un *bureau* se constituait,
suivant l'usage de tout Morticole réuni au nombre de plus
d'un. Le président fut le vénérable Canille. On étouffait
dans cette enceinte garnie, plus encore que sur le Forum,
et je préférais l'odeur et le goût des flammes au parfum
de ce suant égoïsme. Cependant les télégrammes affluaient.
Canille les dépouilla successivement :

« *Messieurs, vos ordres ont été strictement suivis. On
a ramassé à l'heure qu'il est, dans les rues et dans les
maisons, vingt-cinq mille cinq cent vingt-trois cadavres.
et détritus d'hommes, femmes et enfants. Tant faute
d'aliments que par auto-vaccination intensive, l'épidémie est en décroissance. On dresse à mesure de grandes
feuilles de statistique dont vous seront délivrés des
exemplaires. Signé : Crudanet.* »

De vifs applaudissements retentirent. Le délégué chef
se montrait à la hauteur de sa tâche. Les étudiants enton-
nèrent des chansons joyeuses, tandis que le président
ouvrait le second télégramme :

« *Messieurs, nous avons mis le feu à trois des quartiers pauvres. Favorisé par le vent, l'incendie se propage avec rapidité. Il élimine aisément les germes.*

*néfastes. Au reste, il ne dévore plus que des pierres, la
plupart des habitants étant emportés par le fléau. Signé:
Truffié, sous-directeur des vidanges, délégué du professeur Crudanet. »*

Troisième télégramme : « *Les membres du Parlement,
réunis en assemblée plénière, et les Sénateurs envoient à
leurs collègues de la Faculté et des doctes Académies
leurs plus chaleureuses félicitations pour l'attitude si
ferme et si courageuse qu'ils gardent pendant l'épidémie.* » A quoi le Bureau répondit séance tenante : « *Les
membres de la Faculté et des Académies, réunis en
assemblée plénière et vigilante, envoient à leurs
collègues du Parlement et Sénateurs leurs remerciements
les plus chaleureux.* »

Ensuite Canille donna la parole à Tartègre qui discuta
les mesures consécutives. Il demandait qu'on exilât les
familles suspectes et qu'on submergeât d'acide phénique
une partie de la ville. Ces propositions furent adoptées.

Canille se leva, et du ton le plus grave : « Mes chers
collègues, messieurs ; j'ai un grand malheur à vous annoncer : notre vieil ami, le professeur Sidoine, vient de suc-
comber, non au fléau, mais à une indigestion qui l'a
emporté en quelques minutes, au moment où il accourait
se joindre à nous et nous éclairer de ses précieux conseils.
Je lève la séance en signe de deuil. »

Cette nouvelle inattendue souleva un violent tumulte.
Enfin la succession de Sidoine était ouverte ! On se montrait Wabanheim et Cortirac, à gauche et à droite de
Canille, nerveux, hardis et frémissants, dès cette heure
adversaires résolus. Les moindres partisans de ces candidatures fameuses vibraient. On oubliait l'épidémie. Dans
le coin où j'étais, quelques élèves de quatrième année
pointaient avec fureur et prédisaient la victoire de Wabanheim : « Je la souhaite, affirmait l'un ; car, au prochain

Léchement de pieds, je passe avec Molito. Or Molito est l'élève de Gerbiste, et Gerbiste lui-même écrit la moitié des livres de Wabanheim. » Les membres du bureau avaient quitté leur longue table et se promenaient en bourdonnant dans l'hémicycle. Toutes les bouches murmuraient ces noms mystérieux : *Cortirac, Wabanheim, Wabanheim, Cortirac*. Quant aux deux rivaux, ils étaient séparés par tout l'espace de la salle et affectaient de causer d'autre chose. J'examinais Wabanheim, son large front, ses yeux aigus, son col échancré d'où s'échappaient des touffes de poils gris. Autour de lui Foutange, Pridonge et Boustibras. Cortirac enlevait et essuyait ses lunettes d'or pour parler à Mouste et à Boridan, tandis que Cercueillet bâillait avec componction.

On racontait que Charmide et Dahaisse avaient désobéi, soigné des malades en ville. Un blâme leur serait infligé. Près de moi, le pharmacien Banarrita harcelait Cloaquol : « Moi, j'ai carrément fermé boutique. Les passants faisaient la queue devant mes volets, demandaient en grâce des médicaments, mais, *bernique, va-t'en voir si j'ai la colique!* Il y en avait qui tombaient raide tout à coup. J'aurais infecté ma maison : c'est ce que je répète à mes confrères : *en temps d'épidémie, nous n'avons qu'à nous cacher.* » Il ajouta en riant : « C'est le comble du secret professionnel. » Cloaquol n'écoutait guère son interlocuteur. Il dansait de joie, Cloaquol : « J'ai dix mille tirages du *Tibia brisé*, répétait-il en roulant les *r*. — Son rouge visage devenait ponceau. — C'est là que vous en trouverez des détails ! Et ça ne coûte qu'un sou ! » Au reste, chacun pliait et dépliait cet excellent organe. Je retournai dans la cour. Les flammes se faisaient plus rares ; la splendeur aérienne diminuait d'intensité. Là rutilaient aussi des autorités en grand costume. Ils étaient beaux à contempler, au milieu des statues, sous les arceaux lourds de symboles, ces pontifes de la science officielle ! On commentait beaucoup le noble message du Parlement, réuni dans sa force, accueil-

lant les échos de l'épidémie d'une oreille robuste et sympathique. On plaisantait la peur bruyante de Gigade qui
avait perdu toute jovialité, toute envie de rire, et puait
tellement l'antiseptique qu'il était impossible de l'aborder.
On me le montra, pâle et défait, appuyé à un groupe représentant l'illustre Laurantiès, fondateur de l'épidémiologie,
qui donne ses soins à un cholérique. Sous ce bronze tordu
de coliques et d'héroïsme, Gigade, sourcil froncé, les
jambes fondues, semblait suivre d'un œil morne son propre
convoi funèbre. Je m'approchai de lui. Il répandait en effet
une odeur si forte qu'il me fallut tout mon courage : « Mon
cher maître, dis-je humblement, voici une triste nouvelle ;
votre élève préféré, Savade, est mort ce matin, emporté en
quelques minutes par le... »

Gigade me regardait avec terreur et dégoût : « Avez-vous
prévenu l'autorité sanitaire ? s'écria-t-il avec un ample
geste parallèle à celui de Laurantiès. Malheureux, quels
risques vous courez ! Rien de si atroce, de si insurmontable
que ce fléau ! — Puis, reculant de dix pas : — Allez vous
laver, ajouta-t-il d'un ton péremptoire. Lavez-vous bien
vite avec : *Sublimé, cinquante centigrammes* ; —
Eau distillée, soixante grammes. Prenez un bain d'eu-
calyptol et, d'eau bouillante. Allez vite. vous laver !
Il n'est plus temps peut-être. Je vous signale à vos infortunés camarades, aux innocents que vous infectez. Allez-
vous vous laver ! » Il était grandiose ainsi, fou de crainte,
dans une attitude d'objurgation, sous ce ciel tragique :
« Je vais, je vais, » répondis-je, et je lui tournai les talons.

Le buffet était plein de docteurs et professeurs qui
déchiffraient les nouvelles de leurs familles calfeutrées et
s'empiffraient de nourriture. Lestingué, superbe dans sa
robe rouge, la bouche dégoulinante de sauce, proposait un
impôt hygiénique pour couvrir les frais des perquisitions :
« Messieurs, vos *hônôraires* vont monter. Brôôôm. —
Garçon, un peu de gelée, je vous prie. — Ces désastres
sont toujours suivis d'une hypocondrie générale qui com-

pense et largement le déchet de la clientèle. Brôôôm.
Vous êtes en droit d'augmenter vos *hónóraires*. L'offre
étant double ou triple, que la demande soit double ou
triple. » Il prononçait ces aphorismes précis en mâchant
et s'ébrouant. Un immense tableau faisait le fond du vestiaire : sur un vert gazon, les principaux types d'épidémies étaient nonchalamment étendus. Cette œuvre d'un
des meilleurs peintres morticoles avait groupé, sur les
corps nus des personnages, dont la tête folâtrait, tous les
stigmates du choléra, de la fièvre jaune, de la peste ; et,
dans le fond, une foule de danseurs de Saint-Guy, précédés de binious et de violons, accouraient donner une
aubade à leurs dégoûtants amis. Les docteurs, chargés
d'assiettes, de petits pains, de jambons, de galantine et
de gelée de viande, considéraient avec complaisance ces
maux dont l'incendie leur rappelait la proximité peu redoutable, et, sauf Gigade, chacun était heureux, savourait son
bien-être.

On avait organisé, à la Faculté même, de vastes dor-
toirs. Dans celui des étudiants, les hommes étaient séparés
des femmes, ce qui prêtait à des plaisanteries. Julmat se
coucha à côté de moi et nous causâmes tard de la mort de
Savade, dont je ne lui avouai que l'essentiel.

Le lendemain, l'air était calme. On entendait encore,
mais fort espacées, les trompes des perquisiteurs, et les
dernières dépêches, lues en public, furent complètement
rassurantes. Dix mille deux cent quatre personnes avaient
succombé le matin, qui, jointes à celles de la veille, four-
nissaient un total d'environ quarante mille morts. A
part Sidoine, dont la disparition était accidentelle, nul
des médecins n'avait été touché. Leurs familles et leurs
domestiques avaient été également préservés, grâce aux
mesures de précaution.

Parmi les victimes de l'épidémie, il fallait compter un
certain nombre de suicides par peur. On expurgeait le
fleuve des cadavres, source nouvelle d'infection. Les jour-

naux constataient la joie des villes d'eaux environnantes
dont les actions montaient dans des proportions considérables. On citait la forfanterie de Tabard qui, pour
prouver la fausseté des doctrines microbiennes, se nour-
rissait depuis la veille de déjections et d'excréments, en
avait barbouillé ses trois fils et sa femme, dormait assis
dans un ventre de cholérique. On vantait la conduite du
Secours universel qui s'était chargé de l'incendie des
quartiers pauvres. L'après-midi se passa gaiement. On
organisa des charades et une petite comédie, *l'Impromptu
du Fléau*, jouée par des étudiants, qui dérida la foule des
professeurs ; condamnés à l'inaction, ces messieurs se promenaient au buffet, à la bibliothèque, aux musées, discutant les chances réciproques de Wabanheim et de Cortirac.

Le jour suivant, Cloaquol réunit ses collègues. Il proposa, pour fêter le retour à l'état normal, une deuxième
célébration de la Matière : « Les sauvages remercient bien
Dieu et le Christ, s'écria-t-il en manière de péroraison,
quand ils sont débarrassés d'un fléau. Pourquoi ne pas les
imiter ? Honorons, messieurs, honorons la noble, la douce,
l'auguste Matière, par laquelle tout ce qui est fait est bien
fait ! Si cette épidémie n'avait pas eu lieu, nous serions
peut-être arrivés à une pléthore de malades, à une congestion malsaine d'hypocondriaques. Grâce à elle, une véritable purge s'est produite. Nous voilà débarrassés d'une
masse de frelons qui accaparaient nos soins, gênaient nos
travaux, empêchaient la science de progresser. Qu'elle
marche en liberté, maintenant et sans entraves, cette sœur
de la Matière, et qu'elle tresse à sa jumelle des louanges
et des couronnes ! Il serait puéril et ingrat de se lamenter
parce que quelques inutiles et quelques geignards ont
disparu. » Après Cloaquol, Crudanet monta à la tribune :
il déclara, au milieu des bravos, que les fonds affectés *aux
droits des pauvres* seraient remis par le *Secours universel* à lui Crudanet, pour les frais généraux de cette fête
de la Matière, à laquelle il s'associait. Puis il annonça que,

19

l'épidémie heureusement terminée, les médecins pouvaient reprendre le cours de leurs travaux : « Messieurs, nous avons le contentement suprême d'avoir accompli tout notre devoir. »

Je ne fus pas fâché de quitter cette École où nous étions empilés depuis trois jours. Au dehors, la cité était tranquille. Seule, une odeur fade et forte à la fois, mêlée de mort et de phénol, rappelait le désastre. On nettoyait les places, les statues, les trottoirs, les maisons. J'écoutais les conversations des passants et des concierges. Elles faisaient allusion à l'*aventure* avec une crainte superstitieuse, et, suivant les prédictions de Lestingué, le respect des médecins augmenta. On faisait l'éloge des Académies, de la Faculté, du *Secours universel*, surtout de Crudanet, dont la sagesse avait circonscrit rapidement le fléau. En outre les survivants ne paraissaient point regretter les morts. Les affaires marchaient, un grand mouvement s'étant fait dans les héritages et les Compagnies d'assurances. La Bourse et les spéculateurs, coulissiers, remisiers, agents de change, banquiers, vermine de tout poil et de toute fraude, profitaient de la baisse de la population que compensait une hausse du papier en cours et de la monnaie.

Je changeai d'appartement, ne voulant plus habiter celui où était mort si misérablement Savade, que la mère Pidou me raconta avoir été enlevé, une demi-heure après mon départ, par les scaphandres sanitaires. Je pris un logement plus modeste ; mes ressources commençaient à s'épuiser. Je revis Trub avec bonheur. Il n'avait rien su de l'épidémie, en quelque sorte, car, dès le début, on avait fermé les portes de l'hôpital, avec défense de laisser entrer ou sortir personne. Il avait été inquiet de moi, et il m'embrassa, les yeux pleins de larmes. Je lui appris la fin tragique de Louise et de Serpette.

CHAPITRE III

Le jour de la fête de la Matière, nous rôdâmes par les quartiers pauvres, dégoûtés d'une cérémonie trop connue. Les ruines fumaient encore. C'étaient des plaines de pierre, des éboulis tièdes, des pans de mur noirs où se trouvait inscrite, par des débris de papier de couleur, la misère des bouges dévastés. Là clopinaient des chiens à l'œil fauve, en quête d'une pitance cadavérique. La demeure de Bryant faisait partie du lot incendié. Un dernier chagrin nous tourmentait. Il était invraisemblable que le capitaine Sanot eût échappé à l'épidémie. Désormais nous le considérions comme perdu.

J'exposais à Trub ma lamentable situation pécuniaire, quand nous rencontrâmes Jaury : « Bonjour, camarades, nous dit-il. Vous n'êtes pas aux fêtes? C'est très mal. Canelon, comment vont les études? Elles sont un peu bousculées depuis une semaine. » Trub lui confia ma détresse : « Cela tombe à pic! s'écria Jaury. Un des collaborateurs de Cloaquol quitte le *Tibia brisé*. Voilà une place vacante. Postulez. Je vous offre un mot de recommandation. Ce n'est pas très payé, mais c'est suffisant. Puis, j'espère que le directeur vous acceptera, car il y a un cadavre entre nous. Vous serez sa rançon. »

Muni d'une lettre, j'allai immédiatement sonner à la porte du petit hôtel qu'habitait le maître de la presse morticole. Un domestique à l'œil rusé, à la bouche fendue

de travers, vint m'ouvrir et m'introduisit dans un vestibule
tapissé de velours amarante, orné d'une statue réduite
de la Matière ; au-dessous, cette inscription : *Au grand
citoyen Cloaquol — Apôtre de la laïcisation.* On me fit
monter un escalier aux épais tapis ; j'entrai dans un
sombre, un imposant cabinet de travail. Derrière un
bureau, sur une haute chaise, si petit néanmoins que son
menton touchait la table, travaillait le puissant personnage. Sans se déranger, sans m'inviter à m'asseoir, il me
dévisagea de ses regards perçants : « J'ai entrevu votre
physionomie quelque part. Vous êtes étranger? Oui.
Vous venez recommandé par Jaury ? Oui. Situation
pécuniaire difficile? Oui. Vous désirez la place vacante?
Oui. » Comme il faisait à la fois les demandes et les réponses, je n'avais rien à ajouter, et je me balançais gau-
chement d'un pied sur l'autre. Après un court silence, le
nain rougeaud ajouta, griffant de la main ses cheveux gris
d'où pleuvaient des pellicules : « Je vous accepte. Deux
cents francs par mois. Tous les matins au rapport à dix
heures. Vous aurez les Échos et, par intérim, les séances
de l'Académie. Oui. Avez-vous déjà léché les pieds? —
Non, monsieur. — C'est bien, votre besogne n'interrompra
pas vos études. Vous commencerez dès aujourd'hui. Nous
avons de grosses affaires en train. A propos, discrétion
absolue ! Au moindre bavardage, je vous flanque à la porte.
Le *Tibia brisé* soutient la candidature Cortirac. Vous
attaquerez journellement Wabanheim ; je fournis les muni-
tions. Préparez, pour le numéro de demain, un entrefilet
dans ce sens : *On a fort remarqué, aux superbes fêtes de
la Matière, la mauvaise tenue du vieux drôle Wab...
Il harcelait ses collègues. Singulière façon de préparer
sa candidature et qui sera sévèrement appréciée.* Vous
comprenez? Oui. Recueillez à la Faculté les potins
désagréables sur son compte. C'est ce petit plomb qui
manque. »

Une assez jolie personne blonde fit irruption dans le

cabinet : « Tu vas au Parlement, aujourd'hui. — Oui,
chère amie. » La physionomie de Cloaquol prit une
expression humble, qui, remplaçant son masque autoritaire, m'étonna : « Tu inviteras à dîner un tel, un tel, un
tel. — Elle articula une série de noms que je ne pus retenir.
— Je veux les chauffer pour l'élection. » Cloaquol prit une
note sur un carnet, puis avec bonhomie : « Voilà justement
un jeune homme très dégourdi, qui m'est fort recommandé.
Il mènera la campagne contre Wabanheim. » Le visage
de Mme Cloaquol s'éclaira : « Parfait ! parfait ! Ne le ménagez point, monsieur, le scélérat. Il faut qu'il échoue, il le
faut. Je vous raconterai le dernier propos de sa mégère
de femme sur mon compte. Elle me le payera ! »

Sa femme partie, Cloaquol ajouta quelques instructions
complémentaires. Je courus à la caisse toucher un mois
d'avance. L'après-midi, j'annonçai à mes camarades
mon entrée au *Tibia brisé*. Je remarquai dans leurs
regards un mélange d'envie et de respect. La Faculté était
en émoi. Boustibras avait brusqué à un examen un élève
de Foutange. Celui-ci, furieux, avait juré de refuser systé-
matiquement aux Lèchements de pieds tous les élèves de
Boustibras. Je vis passer Gigade revenu à sa gaieté naturelle,
tapant sur le ventre rebondi de deux de ses collègues.

Le lendemain, à dix heures précises, je franchis le seuil
du cabinet de Cloaquol. Cinq ou six de mes collaborateurs
prenaient des notes sur leurs carnets. A mon grand dépit,
le directeur savait déjà les nouvelles : « Affaire Foutange-
Boustibras. Jusqu'ici nous avons soutenu Boustibras. Il en
prendrait l'habitude. Il nous embête. Embrassons avec
fureur la cause de Foutange. Messieurs, je vous présente
un camarade, Félix *Gapelon*, étranger. Il travaillera à
vos côtés. Ne lui ménagez point les conseils. Je disais
donc : Expliquer la colère de Foutange par la guerre
injuste qu'on lui fait. Il paraît qu'un élève de Boustibras
a envoyé un dossier au Parlement et réclame la revision
de son examen. Démontrer le péril d'un pareil système.

19.

Conjurer le Parlement de jeter la demande au panier, la Faculté d'infliger une peine disciplinaire au jeune homme. Hier, soirée chez Wabanheim. — Je sentis que je devais écrire. — La raconter ainsi : *Le vieux drôle Wab... a offert une soirée, malgré son avarice sordide, pour préparer sa scandaleuse candidature. Presque personne n'avait répondu à son invitation. Complots louches dans tous les coins. Que les partisans de l'admirable Cortirac se serrent les coudes !* » Mon petit crayon courait. Les lignes de conduite étant ainsi tracées, mes collaborateurs, saluant Cloaquol, disparurent. Il me fit signe de rester, et quand nous fûmes seuls : « Je vous charge d'une mission délicate. Si vous réussissez, c'est *la* prime de cinq cents francs. Je suis prévenu d'une série de déprédations qui se sont produites au *Secours universel.* Des fonds, destinés à l'approvisionnement des hôpitaux, ont été détournés de leur emploi. Vous irez trouver le *Chef*, Torla, et lui ferez comprendre adroitement que, s'il ne double pas la subvention mensuelle du *Tibia brisé* et de l'*Alvéole*, nous commençons la campagne. Ces entreprises exigent de l'adresse. Torla, tel que je le connais, vous épargnera la moitié du chemin. C'est ardu, mais il faut faire son apprentissage. »

En quittant Cloaquol, je me comparais, plein de dégoût, à ces mendiants qui fouillent les détritus pour y découvrir un trognon de chou. On n'est pas longtemps probe dans la société des corrompus. Je marchai vers le *Secours universel*, me rappelant ce que j'en avais entendu raconter par les malades de l'hôpital Typhus autrefois, mes camarades d'étude plus récemment. J'aboutis à un lourd édifice construit sur le type commun à la plupart des monuments morticoles. Impossible d'imaginer un peuple où l'architecture soit plus conforme aux mœurs, exprime plus manifestement l'esclavage. Qu'il s'agisse d'une prison, du Parlement, d'un hôpital, du Palais de Justice, de la Faculté, c'est toujours une suite indéfinie de grilles,

de guichets, de corridors, de vestibules et d'amphithéâtres.
Ces issues étroites, ces labyrinthes, ces barrières et ces
gradins ronds signifient bien le laminoir à l'aide duquel
on écrase les esprits. Après vingt détours, après m'être
renseigné dix fois près de trognes bourrues et crasseuses,
j'arrivai au vestibule de *celui* que l'on désigne sous le
nom de *Chef du Secours universel*. A un dernier bureau
se tenaient deux huissiers. Ils furent très polis dès que
j'eus présenté ma carte de *rédacteur au Tibia brisé* et ils
m'invitèrent à m'asseoir. Personne encore dans la pièce :
« Comment se fait-il, pensais-je, qu'il n'y ait pas de solliciteurs? Ceux-ci ne sont-ils point la manne, la raison
d'être, l'excuse de l'administration? N'est-ce pas sur eux
que s'assouvissent les orageuses humeurs des subordonnés
de ces engrenages morticoliens? »

A ce point de mes réflexions, les solliciteurs survinrent
en masse, tel qu'un troupeau qu'on avait laissé se former
à la porte et qui pénétrait en une fois. Entrèrent une
cohue de pauvres et de pauvresses déguenillés, morceaux
noirs de la statue qu'on devrait élever à la misère. Ils
étaient beaucoup plus lamentables qu'à l'hôpital, préparés
pour la vie et n'ayant pas la force de la mener, presque
déchus de la condition humaine. J'eus l'amer plaisir de
voir l'huissier se montrer parfait Morticole par sa dureté
envers ces esclaves. Tous demeuraient debout, timides,
bégayants, désemparés, avertis, par l'accueil du larbin, du
sort que le Chef leur réservait. Autant ce gredin à chaî-
nette avait été plat et obséquieux à mon égard, autant il
brutalisait ces estropiés du destin, les contraignait de
s'empiler sur une étroite banquette. Aimable société, où
cinquante meurt-la-faim occupent la place de cinq riches
et cinq riches celle de cinquante meurt-la-faim ! Je passais la revue de ces figures sans âge, sans sexe, aux rides
grises, aux cheveux prématurément gris, du gris des murs,
du gris des âmes, de ces yeux éteints, aveugles, puisqu'ils ne voient jamais la beauté, de ces corps rapetissés

et tortueux sous les haillons. Qu'avaient-ils autre chose
à quémander que la mort, ces demi-cadavres? Une sonnette tinta. L'huissier glapit : « Monsieur Canelon ! »

Le Chef, Torla, était un homme maigre, de taille
moyenne, d'attitude triste et gênée, de mine hypocrite.
Dès les premiers mots touchant les fautes commises dans
son service, il baissa la voix, qu'il avait déjà faible, frotta
l'une contre l'autre ses mains pâles, éternua, se moucha,
toussa et arpenta la vaste pièce chaude garnie de tapisseries qui représentaient Saint Martin coupant son manteau pour des vagabonds. Pourquoi le Chef ne réalisait-il
pas ses décorations murales, et ne partageait-il point sa
jaquette impeccable entre les infortunés de l'antichambre?
Torla, qui suivait mes regards, murmura : « Oh! ce n'est
pas le Saint Martin des sauvages ; c'est une légende beaucoup plus belle qui nous vient de source laïque. J'ai saisi
votre pensée, monsieur Canelon. Cela veut dire que je
saisis aussi celle de l'ambassade que vous donne près de
moi *mon ami Cloaquol.* » *Mon ami* fut prononcé avec une
nuance d'ironie. Je repartis : « Mon directeur est décidé
à publier les détails scandaleux qu'il possède sur ces tripotages, si vous ne trouvez pas un *arrangement* immédiat. » Je soulignai la phrase. Torla ne m'intéressait
guère, et je m'amusais à suivre les progrès de l'inquiétude
sur sa face de fouine où la cruauté grimaçait dans la lâcheté. J'ajoutai quelques mots et je prononçai quelques
noms qui lui infligèrent toutes les couleurs de l'arc-en-
ciel. Il me tourna le dos pour me cacher cette peinture
instantanée, et se remit à marcher sans répondre. Je m'im-
patientai : « Monsieur, quelle est votre décision? » Il leva
les bras au ciel : « Le sais-je? Le tapage autour de cette
affaire serait déplorable et antipatriotique. D'autre part, la
mensualité aux journaux de mon ami Cloaquol me saigne
aux quatre veines. Enfin, dites à mon ami Cloaquol que le
Secours universel s'abonne à cinq mille numéros du
Tibia brisé et à cinq mille de l'*Alvéole.* Mais qu'il me

renvoie les documents ! J'épurerai moi-même. » Je m'inclinai et me préparai à sortir : « Un instant, monsieur, un instant. Remerciez votre directeur et priez-le de me prévenir toujours, quand il aura quelque avertissement fâcheux sur mon administration. Cela me facilite la besogne. Au revoir. »

Je partis, tandis que l'huissier appelait violemment : « Femme Lémudin ! » et qu'une petite fille, plus maigre qu'un rêve, se traînait vers la porte du directeur. J'entendis des éclats de voix qui ne ressemblaient guère à la douceur récente de Torla. C'était à croire que ce n'était plus lui qui parlait. Mais je n'en doutai plus quand la femme Lémudin reparut sanglotante, bousculée par le Chef qui hurlait : « J'en ai assez pour ce matin de toutes ces blagues-là, de toutes ces vaches-là ! » J'étais fixé, et je parcourus en sifflotant les escaliers et les corridors. Cloaquol, sans s'en douter, vengeait les pauvres, et Torla vengeait sur eux la colère que lui causait notre chantage. C'est sur leur dos tanné que se règlent toutes les querelles de cette bienheureuse contrée.

Cloaquol fut satisfait de la manière dont j'avais rempli mon message. Il me tapa plusieurs fois sur l'épaule, indice de son contentement : « Ce Torla, s'écria-t-il, est un vieux farceur, une *pratique* extrêmement madrée. C'est moi qui, à force de démarches, l'ai fait placer au *Secours universel*. A peine casé, le vilain a tenté d'esquiver la reconnaissance. Mais j'ai mes dossiers. Quant aux documents, mon cher Félix, vous lui en renverrez la moitié, gardant par devers vous les plus instructifs. N'importe ! Ceci est excellent ! » Il ouvrit un tiroir et me tendit un beau billet de cinq cents francs dont le froissement me parut plus délicieux que celui de la soie.

Mon influence à l'École grandissait. Quelques agrégés même se lièrent avec moi, ce qui prouve l'action de la Presse dans ce pays hiérarchique. Les Morticoles ont vis-à-vis du papier, qu'il circule comme valeur ou comme im-

primé, un fétichisme absolu. C'était à qui me raconterait
des anecdotes et me supplierait de les inscrire dans mes
Échos. Dix minutes après qu'un élève de Banarrita
m'avait confié un potin sur Fête, un élève dépêché par
Fête accourait m'en confier un sur Banarrita. Grâce à
ma place de rédacteur, je saisis à merveille la bassesse de
ces personnages officiels, qui n'ont d'autre but que d'ajouter un titre à leurs titres, une décoration à leur décorations.
C'est un perpétuel échange, un perpétuel mouvement
entre le Parlement, le Sénat et les Académies. On se
pousse, on se bouscule, on se grimpe sur le ventre, sur les
épaules, sur le crâne. Il n'y a pas d'amitié qui tienne, ni
de serment. Un seul but : arriver. Un seul sentiment :
l'envie. Un seul moyen : la calomnie.

L'intrigue est si complexe qu'elle se mine et se contre-
mine souvent elle-même et que beaucoup échouent par
excès d'adresse. Quiconque a commencé ses études médicales les mènera *nécessairement* jusqu'au bout. A l'ap-
prenti menuisier, boucher, cordonnier, tailleur, qui ne
sait rien faire, on dit, après quelques essais infructueux :
« Mon ami, tentez autre chose. » On tient le même langage au peintre qui n'a aucune disposition pour la peinture, au forgeron qui ne peut pas forger, au maréchal
ferrant qui ne peut pas ferrer, au moissonneur qui ne
peut pas moissonner. Bref, toute carrière élimine
ses incapables. Mais il n'en va pas de même pour la médecine, qui tient dans ses mains ignorantes et cruelles la vie
et la mort de tous les citoyens. Il est sans exemple qu'un
professeur ait avoué à un étudiant : « Vous ne comprenez
rien à votre métier. Cherchez ailleurs. » On arrive *fatalement, immanquablement*, par les examens, au diplôme
de docteur, c'est-à-dire au droit strict de tuer son semblable. Il n'y a que les *Lèchements de pieds* qui ne laissent
monter plus haut, vers les grades et fonctions honorifiques,
que les plus retors, les plus subtils, les plus plats. Aussi
ces Lèchements de pieds suscitent-ils des batailles et des

haines formidables. Les élèves épousent les querelles des
maîtres. Ils les dévient, les exaspèrent, les rapetissent.
Chacun s'entre-dévore et avec des formes, car la grossiè-
reté est rare chez ce peuple d'hypocrisie. Si les grands
réagissent sur les petits, les petits réagissent sur les
grands. La rivalité de deux élèves aboutit à la guerre
entre deux maîtres, à des réclamations au ministre, à des
interpellations au Parlement, à des menées sourdes. Les
professeurs savent que, pour maintenir leur autorité et
leur puissance, il faut qu'ils aient des jeunes dans la main.
Ceux-ci, de leur côté, n'ignorent pas que leurs patrons les
soutiennent et les poussent par pure gloriole et vulgaire
égoïsme. Ils n'observent donc que la reconnaissance apparente indispensable à leurs intérêts.

Voici comme les choses se passent : Deux professeurs,
plus politiques, plus insinuants, plus canailles que les
autres, sont arrivés à une suprématie incontestée dans les
Académies et à la Faculté. Lors de mon séjour, c'était
Crudanet et Sidoine qui jouissaient de cette prérogative,
occupaient le trône, faisaient le jour et la nuit, nommaient
à tous les postes, dirigeaient tous les Léchements de pieds.
Naturellement ils se craignaient et se détestaient en
dessous, mais en public ils se caressaient comme des
chiens et ne se ménageaient point les marques d'admiration. Ils partageaient les faveurs entre leurs disciples
réciproques. Pendant dix ans de suite, l'élève annuel de
Sidoine obtint la priorité au deuxième *Léchement de
pieds* et, par compensation, l'élève annuel de Crudanet
l'emporta six fois de suite au troisième. Crudanet et
Sidoine gouvernaient et administraient chacun leur
clientèle, composée d'une douzaine d'académiciens, desquels dépendaient à leur tour cinq ou six parlementaires,
divisés en *Véreux* et en *Idiots*, deux ou trois sénateurs
divisés en *Obscènes* et en *Gâteux*, une vingtaine de professeurs de tout rang et de journalistes. Cette énorme
machine à faveurs, injustices et pots-de-vin fonctionnait

avec la régularité d'un chronomètre, les préférés de la clientèle Sidoine succédant par périodes fixes aux préférés de la clientèle Crudanet. Quelquefois des jalousies individuelles, se greffant sur les luttes des coteries, détraquaient le mécanisme. Alors c'était un branle-bas, une confusion générale, que rétablissaient bientôt la voix cassante et dure de Sidoine, la voix pateline et fourbe de Crudanet. Sidoine étant mort, l'équilibre se trouvait rompu. Il s'agissait de savoir qui hériterait du pouvoir central, de Wabanheim ou de Cortirac, ou si, au contraire, les capitaines se partageraient l'empire. On juge du désarroi où cette compétition jetait le monde de la Faculté. Du résultat dépendaient, en effet, la fortune, le succès, l'avenir de plus de quatre mille individus.

En réalité, l'influence politique, c'est-à-dire d'un homme sur les hommes, est tout chez les Morticoles, alors qu'ils simulent des préoccupations exclusivement scientifiques. Les dons de ruse, d'audace, de souplesse sont mille fois préférables au talent et au génie. Celui qui l'aura emporté à tous les *Lèchements* et qui saura grouper sa platitude en tyrannie, faire de chacune de ses humiliations passées un trait d'autorité pour son visage, celui-là est certain de sortir vainqueur de toutes les épreuves. Par suite, ce héros est un être hypocrite et tenace, persuasif et hâbleur. Il s'adjuge les travaux de plus modestes que lui, les dépouille sans vergogne, les élucide, les met à la portée du public, organise dans la presse une réclame payée. Chacun tremble devant lui : on ne cite son nom qu'avec respect; ses théories, fausses ou vraies, font la loi dans les examens, dans les hôpitaux, dans la justice, dans les livres. Les Morticoles sont des autoritaires déguisés en libertaires. Ils sont simplistes et aiment qu'un certain nombre de découvertes leur donnent la sécurité dans l'ennui. De ceux qu'ils ont choisis, ils admettent tout, même les erreurs séniles, et ils ne reviennent jamais sur le compte du pilleur d'épaves qu'ils ont ainsi sacré grand

homme. Aussi cette science dont ils se targuent n'a chez
eux aucune variété, porte la marque universelle d'un
esprit égoïste et étroit.

Un des célèbres adversaires de l'idéal, que l'on citait
avec admiration, était le physicien Vomédon, vieillard
courbé, aux yeux clignotants sous d'épais sourcils, à la
démarche rustique. Parmi les ennemis de Dieu, Vomédon
était le plus déclaré, le plus intransigeant. Le meilleur de
sa réputation tenait à ce que, le vendredi saint, il descendait devant sa maison manger du boudin en compagnie de
sa nombreuse famille. Il en distribuait aux passants, observant avec ironie que la foudre ne lui tombait pas sur la
tête. En toutes circonstances, agapes, banquets, réunions,
cérémonies publiques et privées, il démontrait, par un
long et filandreux discours, que l'espoir en Dieu et en
l'immortalité de l'âme est la plus redoutable chimère
capable d'empoisonner l'existence d'un bipède raisonnant,
d'un bipède physicien, d'un bipède philosophe, d'un bipède
progressif. Il développait cette thèse quotidienne dans un
petit journal, le *Prêtre fouetté*, dont quelques banquiers
juifs faisaient les fonds. En somme, cette impiété affichée
produisit d'excellents résultats. Grâce à elle, Vomédon
entra d'emblée au Parlement et fut, ainsi que Crudanet,
Cloaquol et quelques autres, à cheval sur tous les pouvoirs. Il guettait les morts, se ruait sur leurs places
chaudes, touchait à tous les guichets, criant sans cesse
misère, casant dans les sinécures nombreuses et lucratives
ses fils, ses gendres, ses amis, ses connaissances, ne négli-
geant jamais aucun titre, aucun emploi, si minime qu'il
fût. Il fallait que cette voracité fût chez lui poussée aux
plus extrêmes limites, pour qu'on la remarquât. C'est
qu'elle était phénoménale, comparable à celle de dix lions.
Il mêlait admirablement son amour de l'argent et des
honneurs à des déclamations désintéressées, à des tirades
contre le Paradis, l'Enfer, le Purgatoire, le Saint-Esprit,
les Saints et les Prophètes, à de honteuses flatteries pour les

moindres tenanciers d'un poste, d'une faveur, d'un minis-
tère. Or les ministres sont des poupées de carton, le plus
souvent véreuses, que les parlementaires abattent ou
dressent par désœuvrement. Donc, Vomédon avait ses
clients dévoués à tous les échelons de la hiérarchie, et il
se hissait ensuite sur les épaules de ceux que lui-même
avait élevés. Il s'acharnait, en science, à un certain
nombre de formules aussi arrêtées que dangereuses et
peu originales ; et, comme le *Prêtre fouetté* et les
comptes rendus des Académies célébraient chaque jour ses
sublimes trouvailles, chacun finissait par y croire et par
admettre des merveilles qu'on n'avait pas le temps de
contrôler. Ainsi se créent les dogmes scientifiques, les plus
implacables, les plus étroits, que l'on impose aux générations, le Dogme Crudanet, le Dogme Sidoine, le Dogme
Cortirac. Devant ces idoles s'agenouille dévotement le bon
public, lequel paye tous les frais des grasses existences à
la Vomédon.

Avigdeuse avait une autre méthode. Lui utilisait les
riches. Alors que ses confrères les dédaignaient, hors des
consultations, et ne les jugeaient bons qu'à rétribuer largement la mort qu'ils leur distribuaient plus largement
encore, Avigdeuse, avec un tact exquis, les flattait, les
chatouillait, les adulait. Son succès reposait sur les
femmes et, comme elles se tiennent toutes, il agissait sur
ses collègues par cet élégant canal. Il racontait aux dames
émerveillées et terrifiées ses splendides expériences. Il
leur demandait des conseils sur le style de ses ouvrages,
« car, ajoutait-il fièrement, je ne suis point un artiste, et
je ne sais qu'exposer brutalement les faits que j'observe. »
Il jouait le savant auprès des malades riches, et l'homme
du monde auprès des savants, impressionnant les deux, se
moquant de tous. Son matérialisme pratique portait des
gants parfumés, d'astucieuses cravates, dardait un beau
regard noir au-dessus de sa barbe noire...

Cependant l'époque des Lèchements de pieds approchait,

précédée de l'été morticole, c'est-à-dire d'un soleil un
peu moins froid et d'une lumière un peu moins terne. Quand
je songeais aux admirables journées de ma patrie, dorées
et chaudes, prolongées jusqu'aux approches d'une nuit
divine et gazouillante d'oiseaux, mon cœur se serrait. Je
souffrais du manque de nature. S'il s'était trouvé, en dehors de cette ville néfaste, une forêt, une source, un ruis-
seau, je serais allé avec délices m'asseoir sous un grand
arbre dont le feuillage frémit, tremper mes mains dans
l'eau courante. Mais c'était un rêve. Nous n'avions autour
de nous que des terrains pelés, désolés, comme les consciences de ceux qui ne les cultivent pas, des stations thermales où l'on rencontrait toutes les maladies des riches et
toute la cupidité des docteurs, multipliée par la distance,
la nécessité de faire fortune sur un nombre restreint de
clients. Je les admirais quelquefois ces médecins, des eaux,
dans le cabinet de Cloaquol. Ils discutaient une de ces
annonces mensongères qui sont la fortune du *Tibia brisé*.
Ils attendaient pendant des heures. Ils supportaient pa-
tiemment le caractère bourru, le langage injurieux et
cynique de notre directeur. Ils étaient plus vils encore que
leurs collègues de la cité.

Je commençai par subir un examen; c'est-à-dire qu'assis derrière une table verte, Bouze et quelques autres me
demandèrent les noms de substances vagues et desséchées
que l'on me présenta dans des flacons poussiéreux. Je me
tirai de mon mieux de cette simple formalité.

L'époque des Lèchements de pieds de tous les degrés
approchait, et il n'était question que de ce redoutable appareil. Mes camarades en parlaient sans cesse, supputant les
chances des uns et des autres, échangeant des conseils
contradictoires. Les internes de l'hôpital Typhus affirmaient
cette première épreuve facile. Elle nécessitait simplement
de la bonne volonté, de la tenue, et un manque d'odorat
qu'on pouvait obtenir artificiellement à l'aide de drogues
dont j'eus les recettes. Mais, découverte, cette supercherie

entraînait une radiation des cadres. Mon directeur me plaisantait le matin au rapport : « Or çà, Canelon, nous allons
être naturalisé Morticole ! Attention, mon ami ; léchez bien !
Dès que vous les saurez, car on les tire au sort, donnez-
moi les noms des arbitres. J'aurai à coup sûr quelque ami
parmi eux. »

La préoccupation de ces graves circonstances effaçait
dans les esprits les candidatures de Wabanheim et de Cortirac dont le septième Lèchement de pieds ne devait avoir
lieu que plus tard et serait d'ailleurs symbolique. A ce degré sublime, on lèche à distance les extrémités, revêtues
de chaussettes, de ses futurs collègues à l'Académie : pour
les autres degrés, il n'en va pas de même et, quant à ce
qui est du premier, les professeurs ne se lavent pas pendant les huit journées qui précèdent. Ces détails me don-
nèrent à réfléchir. J'absorbai quelques pincées de la poudre
qui supprime l'odorat, mais elle me procurait des maux de
tête affreux. Je dus y renoncer. On me recommanda aussi
de m'exercer la langue à l'aide d'un appareil imaginé à cet
effet, et je passais des heures, dans ma chambre, à promener la rouge habitante de ma bouche sur des rondelles de
drap de qualité et d'épaisseur diverses, ceci jusqu'à la fatigue de l'organe. Quignon, qui ne quittait plus la Faculté
et négligeait le service de Boridan, car il devait bientôt
lécher au deuxième, m'apprit que chacun des cinq juges
remet au chef du jury une note représentant la satisfaction
qu'il a éprouvée du travail, la cote de la finesse, de la douceur et de l'onction. L'ensemble de ces cotes décide de
l'admissibilité du candidat : « Regardez ma langue à moi,
qui ai toujours réussi. » Il la tira. Elle était mince et
blanche comme une feuille de papier : « Mais il ne vous en
restera plus ! » m'écriai-je. Il sourit : « Quand ce malheur
arrivera, je serai si haut, si haut que je n'aurai plus besoin
de parler. Je ferai des gestes, et Malasvon saura bien me
greffer une langue de caoutchouc ou de singe. »

L'époque des Lèchements de pieds approchait. C'était

une effervescence générale. La cour et la rue de l'École
étaient remplies de groupes, de conciliabules secrets. On
se transmettait des indications, des recettes infaillibles.
L'un m'insinuait : « Pas beaucoup de salive; soyez sec;
une râpe; c'est ce qu'il y a de mieux. » Un autre : « Vous
êtes étranger ; un conseil : beaucoup, trop de salive. Vous
n'avez pas sans doute la langue faite aux pieds de nos cli-
mats. » J'avais beau jurer que, dans mon pays, nous igno-
rions cette cérémonie dégradante, on me répondait ironiquement : « Alors, à quoi jugez-vous la valeur individuelle ! »
J'appris que les membres du Parlement et les sénateurs,
les *Véreux* comme les *Idiots*, les *Gâteux* comme les *Obscènes*, doivent lécher, à intervalles fixes, un certain nombre
de pieds de malades pauvres et riches, quitte à se venger
plus tard en molestant, par des impôts, la police et des lois
vexatoires, ceux qui les ont ainsi humiliés. La force de la
routine est telle, chez les Morticoles, qu'elle seule peut
combattre les différences de castes. Ces Lèchements de
pieds, *universels ou restreints*, sont destinés à tromper le
peuple et à lui faire croire qu'il est *souverain*, comme
cela se lit quelquefois au-dessous de la fameuse devise :
LIBERTÉ, ÉGALITÉ, FRATERNITÉ, que j'interprétais, moi :
VANITÉ, HÉRÉDITÉ, FATALITÉ. Il paraît que le peuple n'est
point dupe de cette comédie, encore qu'il la réclame et
qu'il ait fait pour l'obtenir une révolution formidable.

L'époque des Lèchements de pieds approchait. Les cours
étaient suspendus, un grand nombre d'amphithéâtres
fermés et remis à neuf pour la cérémonie. Les candidats
aux *trois premiers* accomplissaient une sorte de retraite,
s'exerçant la langue sur leurs mannequins de drap. Quant
aux concurrents du *Quatrième* et du *Cinquième*, quant
aux vieux routiers, ils attendaient les événements sans se
livrer à une gymnastique dont ils avaient la longue expérience. On faisait des *visites* aux *Léchables*. On tâchait,
par d'adroites flatteries, de les bien disposer en sa faveur.
Les candidats au troisième degré s'engageaient par écrit à

20.

soutenir, s'ils réussissaient, les protégés futurs de leurs
maîtres. C'étaient, du matin au soir, des serments que la
nuit défaisait, que l'intérêt mieux entendu modifiait. La
haine et l'envie ajustaient leurs masques mielleux. Des
mains se serraient, qui avaient le désir de tordre les cous.
Les femmes de professeurs continuaient leurs machinations
savantes. Mme Cloaquol se précipitait dans le cabinet de
son mari : « Si tu es du troisième Lèchement, je te recommande un tel. Ne le manque pas. Sa femme ne vient jamais
à mon jour. Il n'a pas fait danser notre fille une seule fois,
au dernier bal de Crudanet. » Le directeur prenait bonne
note de ces indications. Je ressentais de vives inquiétudes.
Mon emploi au *Tibia brisé*, s'il m'assurait des faveurs certaines, me valait, par contre, des ennemis implacables.
Chaque matin, je courais aux tableaux-affiches annonçant
les juges. Alentour se bousculait une multitude avide de
nouvelles, et c'étaient des exclamations de joie ou de tristesse, des trépignements de rage, de muets désespoirs. On
s'espionnait. La devise était : *Chacun pour soi tout seul.*
Enfin, je vis mon nom. Un hasard heureux joignait à ma
série Mlle Grèbe et Julmat. Nous avions pour *Léchables :*
Boridan, Bradilin, Mouste, Clapier et Tabard. Somme
toute, jury médiocre. J'allai rendre immédiatement ma
visite préliminaire à ces messieurs. Boridan m'accueillit
affectueusement, me certifia sa bonne volonté, me rappela
Quignon et la salle Torquisite, me confia une nouvelle
expérience qui devait paraître dans le *Globe oculaire*,
journal illustré de Cloaquol. Bradilin fut sarcastique et
acerbe. Au départ il me dit : « Bon courage! » Je me
rappelai que l'*Alvéole* lui avait jadis fait la guerre. Mouste
hocha la tête deux ou trois fois, et, avant de se replonger
dans une *patience*, sa folie, balbutia quelques paroles
sourdes, en me montrant ses pieds : « Ils seront presque
propres, je vous assure. Mais ils vous dégoûteront peut-
être tout de même. » Clapier ne me reçut pas : *il avait
des dames.* Enfin Tabard se montra glacial. Je le trouvai

dans sa crasseuse salle à manger, déchiquetant à belles
dents cariées un morceau de charogne indicible, qui répandait une odeur âcre. Ses manches effilochées ruisselaient
de sang et de pus. Il me proposa, narquois, de partager sa
nourriture, *un restant de bidoche cholérique, histoire
d'embêter Tartègre.* Il me promit sèchement d'être juste
et impartial, *bien que j'appartinsse à un journal qui ne
l'avait jamais ménagé.* En effet, le *Tibia brisé* menait
contre lui une campagne sauvage et le traitait chaque jour
d'*horrible cochon,* de *coprophage* et d'*assassin.* Je lui
répliquai qu'*on pouvait tuer tout en étant propre,* et
cet aphorisme l'amusa. Pendant toutes ces visites, j'avais
contemplé les pieds de mes Léchables. Sauf ceux de
Mouste, qui se dissimulaient, silencieux et discrets, dans
une chancelière, les autres m'avaient paru de dimension
banale, autant que la chaussure le laissait présumer, et je
songeais : « Les voilà, ces redoutables supports avec
lesquels je me mesurerai bientôt. Que me réservent-ils?
Quelles surprises s'accumulent en eux? » Ils ne me répondaient pas, s'agitaient même assez peu, car les Morticoles
gesticulent plutôt avec leurs bras qu'avec leurs jambes.

Quand je racontai ces visites à Cloaquol, il devint grave :
« Méfiez-vous de Tabard. D'abord il ne lave jamais ses
pieds. Je les confie à votre imagination. Ensuite il ne porte
jamais de chaussettes. Enfin il me déteste et sera enchanté
de vous jouer un tour. Mais j'ai là un premier Morticole
tout prêt, intitulé *le Vidangeur-Boucher,* qui vous ven-
gera cruellement. D'ailleurs, je ne vous souhaite pas un
échec, car vous ne pourriez rester au *Tibia brisé.* » Devant
ma stupeur, il continua : « Mais, mon pauvre garçon, que
voulez-vous que je fasse d'un collaborateur qui échoue à
son premier Lèchement? Au deuxième et au troisième, passe
encore. Il y entre autant de chance que d'adresse. C'est au
premier qu'on jauge un homme. Regardez Tabard : il est
mal disposé pour vous. Or, si vous le léchez dans la perfec-
tion, si vous suivez, d'une langue inlassable et savante, le

contour, la cambrure, les orteils de son ignoble patte, vous
ne manquerez pas de l'attendrir. Comment! Il sera aussi
repoussant que possible. Il exhalera un infâme parfum. Et
il vous verra d'autant plus acharné à votre devoir! Qui
résisterait à ce zèle? Quel Morticole aurait le cœur assez
dur pour ne pas fondre devant un tel courage? C'est la
beauté de cette épreuve. Elle étale le caractère du candidat.
Pas d'ambiguïté, pas d'erreur. Ma situation, ma prépon-
dérance à la Faculté, à l'Académie, au Parlement, tout cela
tient à ma langue si charnue, si rose, si douce, que les
maîtres s'en félicitaient. Telle est l'explication du geste que
nous exigeons des malades. *Montrez la langue*, cela veut
dire : *Sortez votre âme.* Comme toutes les belles insti-
tutions, celle-ci se perd dans la nuit des temps et son
inventeur n'a pas de statue. Donc pas de bêtise, pas de
dégoût, pas de révolte. Sinon, ma maison vous est à jamais
fermée; vous n'aurez plus qu'à vous faire domestique. »
Cloaquol me recommanda de lécher soigneusement le cou-
de-pied d'abord et les chevilles, puis le dos du pied, puis
les orteils avec méthode : *On commence par le pouce
et on finit par le petit brididi que l'on doit littéralement
polir. Enfin on termine par la plante, dont la succion
consciencieuse amène sur le visage du juge la plus
agréable expression de joie.*

Mes camarades étaient enchantés de leur série. Mlle Grèbe
se félicitait de Clapier, qu'on prétendait favorable aux
étudiantes. Julmat était fort heureux également, mais il
s'était tant exercé qu'une petite boule lui gonflait la langue
et qu'il s'imaginait avoir un cancer. Il est très fréquent
que les étudiants impressionnables se croient, au début de
leur carrière, atteints de toutes les maladies. J'ajoute,
à ce sujet, que j'ai rarement vu de jeunes Morticoles fran-
chement gais. Il semble qu'ils aient mangé, dès leur naissance, une herbe qui les désole et rend leur bouche amère.
J'ai connu un héros comme Misnard, mais raisonneur et
sombre, de bons élèves comme Jaury, Prunet, Julmat,

des révoltés comme Savade, des sauvages ivres comme
ceux qui se lançaient des débris humains ou violaient les
filles dans les bals publics. J'ai connu des délicats, des
épuisés qui causaient avec finesse, dont le regard était
aigu, le pied menu, le geste élégant. Mais nulle part je
n'ai trouvé cette ébullition fortifiante qui suit la puberté, ce
réservoir d'énergie pour la race. Dans ce peuple d'analyse
et de cadavre, l'ironie même est morose, de cette nuance
mordorée qu'on remarque à la surface des étangs crépus-
culaires, dont le fond pourrit avec lenteur.

La veille du grand jour, Cloaquol m'ordonna d'assister
à une séance d'Académie qui promettait d'être chaude. Il
ajouta : « Épargnez Bradilin dans le compte rendu. Je
vous y autorise. » Que signifiaient ces mystérieuses paroles ?
Mon carnet et mon crayon en poche, je me dirigeai vers
l'Académie de médecine, laquelle est proche de la Faculté.
Ces monuments de l'orgueil morticole sont serrés comme
des complices. Que se chuchotent-ils, le soir, quand leurs
hôtes les ont laissés à la majestueuse solitude de la
pierre ?

Je gravis un escalier étroit jusqu'à la tribune destinée
aux simples spectateurs et à la Presse. Elle faisait le demi-
tour d'un amphithéâtre orné de peintures, qui représentaient l'abnégation et le courage des savants, et de bustes
qui transmettaient à la postérité leurs laids et durs visages.
Le *bureau*, où s'asseyent le président, le vice-président,
les secrétaires, les sténographes et assesseurs, était une
table longue et surexhaussée. Oh, l'amour de l'estrade, de
la vedette ! A peine a-t-on créé, dans ce pays, un honneur ou
un titre nouveau, que la brigue contraint de forger un sur-
honneur et un sur-titre. Au moment où j'entrai, la tribune
était déjà pleine, mais la salle déserte d'académiciens.
J'entrevis plusieurs de mes collègues employés aux journaux de Cloaquol ou au *Prêtre fouetté* de Vomédon, et
quelques-uns des vieux médecins qui suivaient le service
de Malasvon, entre autres le fameux Lecène de Cégogne. Je

remarquai aussi un lot de malades riches et les habituées
des cliniques de Foutange. J'entendis Lecène causer avec
un journaliste : « Bouze doit faire aujourd'hui une communication sur un poison végétal que j'ai découvert il y a
deux ans. J'avais envoyé un *pli cacheté* à l'Académie.
C'est Bouze qui l'a décacheté. Il a refusé de le lire à la
docte assemblée. Maintenant il s'en empare. C'est dans la
règle. » *La Cigogne* prononçait ces paroles en philosophe
sans acrimonie, comme quelqu'un qui mange quotidien-
nement le pain amer de l'injustice.

Les Académiciens arrivaient en foule. Ici ils n'étaient
pas en robe, mais en habit bleu brodé de noir, avec des
bas noirs, des épées et des chapeaux à deux cornes. Certains portaient des décorations excessives, en forme de
croix, de cravates, de gibecières, de tire-bouchons, de
chaînettes obliques, perpendiculaires ou parallèles à leurs
revers et auxquelles pendaient des bibelots singuliers. On
me montra celui qui avait le plus de cette quincaillerie et
qui l'étalait, d'un air vainqueur, sur son large buste :
« C'est Pridonge, l'indiscret bavard. Sa profession spéciale
lui vaut les plus grands honneurs. On le demande sans
cesse à l'étranger. Il soigne exclusivement les syphilitiques. Or beaucoup de têtes couronnés le sont aussi de
pustules. Nos sénateurs surtout sont frappés. » Je songeai
à Louise et à Serpette. Ce n'étaient pas ces pauvres filles
qui avaient ainsi doré, argenté et rougi la place vide du
cœur de Pridonge. Le gaillard adressait, d'une main soi-
gnée, des bonjours discrets à ses collègues. Ceux-ci devenaient de plus en plus nombreux. Ils montaient de suite
à leur banc, dépouillaient leur courrier, ou bien s'arrêtaient
dans l'hémicycle, formaient des groupes qui riaient, babil-
laient, se confiaient des secrets joviaux. D'autres tiraient,
hors d'élégantes serviettes, des dessins qu'ils montraient à
leurs amis. D'autres s'asseyaient d'un air bougon et ren-
frogné. D'autres prenaient des attitudes pour les dames des
tribunes. Et il en passait encore, il en passait toujours,

des jeunes, des vieux, des maigres, des gras, des chevelus.
des chauves luisants, et, à mesure qu'ils s'empilaient, des
bouffées de vanité et de sottise plus compactes traversaient la chaude atmosphère. C'était pour avoir le droit de
mettre leurs derrières sur ces bancs cirés, de relever leurs
pupitres, d'écouter en bâillant des orateurs maussades, que
ces hommes passaient leur vie en compétitions, en calom-
nies et en querelles. Tel était le but suprême, l'idéal de
leur existence : s'enfermer, clabauder et puer dans cette
enceinte, au-dessous des bustes de leurs prédécesseurs
qui, eux-mêmes, s'étaient enfermés, avaient clabaudé et
pué rigoureusement, et ce serait toujours ainsi jusqu'à
l'extinction des siècles. Jamais ces têtes obscures ne
s'éclaireraient. Jamais elles ne se demanderaient : « Que
faisons-nous là, à nous étager, pauvres viandes humaines,
en attendant la mort ? » Non. Ils considéraient au contraire
qu'ils devenaient d'une essence divine, parce qu'ils se serraient les coudes et les genoux, les préjugés et les passions sèches. La confraternité n'était qu'un prétexte à coteries. Les caquetages des derniers rangs, les plus élevés,
parvenaient à mes oreilles. Je percevais les noms de
Wabanheim et de Cortirac, des bras levés, de subtils clins
d'œil, des sourires, des sourcils froncés. On agitait la grave
question de savoir lequel de *ces messieurs* l'emporterait à
l'autre Académie, celle d'à côté, exprimant encore un degré de plus, une sélection, un tri suprême. Ils étaient pré-
sents, les rivaux Wabanheim et Cortirac, entourés de leurs
partenaires. Mais ils ne jouissaient pas de leur pupitre, ni
du vert *bureau*, ni de l'émoi qu'ils soulevaient. Ce qu'ils
convoitaient, c'était l'os creux qu'ils n'avaient pas, et,
après cet os creux, ils en désireraient un autre, puis un
autre, et le dernier de tous, le plus décisif, le plus creux,
le tombeau, serait le seul qu'ils n'ambitionneraient
point.

Au milieu de tous ces susurrements, bourdonnements,
frétillements de bas de soie noire, d'habits bleus et de

brochettes, le *Bureau* fit son entrée solennelle, Vomédon
en tête. Sur l'estrade, dans des fauteuils dorés, prirent
place les majestueux pontifes. « Silence, messieurs ! »
glapit un huissier. Vomédon se leva, dressant un peu son
dos voûté, et, d'une voix mâchonnée, sourde, d'un œil
clignotant, lut le programme de la séance :

1° *Communication de M. le professeur Bouze sur les
curieuses propriétés du Vanica rubicans* (c'était le vol
commis au préjudice de « la Cigogne ») ;

2° *D'un nouveau procédé pour compter les pulsations
radiales par M. le professeur de villes d'eaux Callipostude ;*

3° *D'un cas de cancer artificiel par M. le professeur
Bradilin ;*

4° *Élection d'un membre correspondant.*

Vomédon se rassit et je vis surgir mon ancien maître
Bouze, directeur des promenades botaniques. Il commença
à dérouler un interminable discours où revenaient, tels des
bouchons sur une eau croupie, ces mots nasillards et che-
vrotants : *Vanica rubicans. Vanica rubicans.* Je me
tournai vers la bonne face velue et malicieuse de Lecène
de Cégogne. Il savourait le plaisir du volé. De temps en
temps, il hochait la tête pour approuver, ou il la secouait
négativement, ou il marquait sa stupeur devant une affirmation hasardée. Bouze continuait son débit monotone,
déposait une à une devant lui les pages qu'il venait de
vider par l'orifice baveux de sa bouche, et, comme le
paquet qu'il tenait à la main était énorme et ne diminuait pas, des bâillements s'ouvrirent et se transmirent,
exprimèrent la fatigue qu'imposaient à ces messieurs de
l'Académie les multiples dispositions extérieures et internes du *Vanica rubicans, dont le pistil..., dont les
étamines..., dont les pétales..., etc..., etc...* Un de mes
confrères murmurait : « Voilà une fameuse réclame pour
le futur remède de Banarrita. » Bouze, en effet, certifiait
que ce poison dompté révolutionnerait, dans un avenir

prochain, le traitement des maladies du cœur, des pou-
mons, des reins, de la vessie, du cerveau et de la moelle.
L'orateur n'en finissant pas, ses collègues se résignaient
à s'occuper de leurs petites affaires, à bavarder entre eux,
à dessiner des caricatures, à se retourner vers les tribunes et à lancer des œillades aux belles clientes que
l'éloquence de l'apôtre du *Vanica* effarouchait aussi. Bouze,
sans sourciller, détachait les feuilles d'un pouce alerte,
et le monceau en réserve demeurait intact. Vomédon,
agitant sa sonnette, réclama l'attention de la compagnie.
Lui-même écrivait sa correspondance. Les membres du
Bureau somnolaient. L'ennui se propageait à travers la
salle, devenait excessif et sonore. Les corps fatigués
s'étiraient, changeaient de position. Au bout d'une heure
de lecture, ce furent d'abord quelques *chut* discrets,
dissimulés derrière des mouchoirs et des toux, puis des
Oh, oh, assez! et chaque minute joignait un petit instrument à cet orchestre de révolte. Ceux qui se moquaient
de la botanique, et ils étaient nombreux, frappaient du
pied en mesure, répétant *Va-ni-ca, Va-ni-ca* sur un
rythme scandé. Lecène de Cégogne exultait. Finalement,
Vomédon, qui, malgré sa sonnette et ses adjurations, ne
parvenait pas à rétablir l'ordre, pria Bouze de scinder sa
lecture : « Vous continuerez cette histoire la prochaine
fois. » Le botaniste piqué s'interrompit net, s'effondra au
milieu des *Ah, ah! Enfin!* et du soulagement universel,
puis, furieux, il cria de sa place : « Je croyais que môssieu
le président avait le devoir de faire respecter ses collègues! »
Alors des *Hou, hou, conspuez la mauvaise tête* s'élevèrent
de tous côtés, coupés de grands éclats de rire, et l'orateur
suivant, maigre bonhomme brun, analogue à un balai,
prit la succession du *Vanica*. Ce médecin de villes d'eaux,
Callipostude, parlait en public pour la première fois et
suait à grosses gouttes. Il balbutia, se troubla, proféra des
syllabes incohérentes, *pulsation, radius, constata — tion*
et des chiffres, 6, 23, 42, 17. Au contraire de Bouze, il

était pressé d'en finir. Quand il se fut rassis, salué de chiches applaudissements, un silence religieux se fit dans l'assemblée. On attendait la pièce de résistance.

J'avais pris peu de notes jusque-là, mais je devins attentif à mon carnet et aux nécessités du *Tibia brisé*, tandis que Bradilin descendait les degrés de l'amphithéâtre et venait se placer dans l'hémicycle, devant le bureau. Il devait faire une *présentation*, celle d'un petit gas malingre et jaune, qu'amena un huissier, et qui contrastait singulièrement avec son cynique montreur : « Messieurs, commença l'expérimentateur, je vous ai entretenus déjà de la contagion du cancer des glandes. Je vous ai présenté des animaux auxquels j'avais, par culture, infligé le mal qui m'occupe depuis de longues années. Je vous laissais entrevoir que, le champ de mes tentatives s'élargissant, je pourrais bientôt vous offrir une preuve concluante du passage des lésions de l'animal à l'homme. J'ai tenu ma promesse. Voici un jeune homme de quatorze ans, le nommé **Lirot**, du quartier pauvre B, auquel j'ai donné, il y a **deux** jours, un cancer à marche rapide, en lui insérant, sous la peau de la joue gauche, quelques grammes du tissu glandulaire d'un cobaye infecté. En quarante-huit heures, le mal s'est déclaré. Le sujet présente les symptômes classiques que voici. — Il ôta la blouse de l'enfant, et soulevant un bras décharné : — Observez l'aisselle, messieurs ; les ganglions sont pris. Le cancer suit sa marche irrésistible et fatale, et — ici Bradilin sourit gracieusement — j'espère que, dans deux séances, je vous apporterai un foie et une rate farcis d'indubitables noyaux. »

J'hésitais à écrire, tant cette déposition me stupéfiait. Bradilin rhabillait sa victime. Les bravos hésitaient, aussitôt interrompus par une sorte de rugissement rauque, et le robuste visage de Dabaisse, congestionné de colère, s'éleva dans l'assistance, cependant que son index, tendu vers Bradilin, présageait un terrible orage : « Messieurs, s'écria l'admirable chirurgien, dont le verbe suivait les

battements de mon cœur, il importe de flétrir de suite, et
avec la dernière énergie, cet inconscient qui ose augmenter
la somme des maux humains et s'en vante. Ainsi on a voué
à la mort un jeune homme de quatorze ans ! Mais c'est un
meurtre, un meurtre odieux ! On a traité ce pauvre enfant
comme un cobaye ! Je le déclare, M. Bradilin est un
monstre ; je déclare aussi que, si vous ne votez pas immédiatement un ordre de flétrissure condamnant ces assassi-
nats scientifiques, je quitte une Compagnie où nous sommes
les lâches complices d'un bourreau. » J'applaudis avec
fureur, ainsi que quelques voisins, mais la majorité de
l'assemblée restait muette et pétrifiée. Le noble Charmide
se leva : « Je m'associe à la demande et à l'indignation de
mon cher collègue Dabaisse. De pareilles expériences sont
une infamie et une honte. »

Bradilin, hideux et vert, croisait les bras d'un air de
défi. L'enfant tremblait dans sa blouse mal rajustée. Que
comprenait-il de tout ce débat ? Quel grelot tintait dans
cette humble intelligence marchant à une mort infligée ?
Il y eut du tumulte, des contestations. Dabaisse et Charmide
demeuraient debout, calmes et résolus. La sonnette de
Vomédon vibra : « M. le professeur Bradilin a la parole. »
— « Messieurs, — le drôle s'efforçait d'être imperti-
nent — je suis surpris, comme vous tous, d'une inqua-
lifiable attaque qu'il faut mettre, je le crains, sur le
compte de la jalousie. D'abord j'ai acheté mon sujet à ses
parents, des gens très pauvres, et je l'ai payé cher. Il
m'appartient donc en toute propriété. Ensuite, je crois,
avec la plupart d'entre vous, que les droits de la science
priment ceux de l'individu, et je n'ai fait, en somme, que
suivre tant d'illustres exemples qui m'ont été donnés par
les meilleurs de mes prédécesseurs et de mes contemporains
dont les bustes — il eut un geste circulaire de cabotin —
décorent cette salle. Je regrette d'être en contradiction
radicale avec MM. Dabaisse et Charmide qui sont des
praticiens honorables, mais nullement des physiologistes.

Je regrette surtout qu'ils se soient servis à mon égard de termes que vous condamnerez, messieurs, car il s'agit du progrès universel, de ce progrès vers lequel s'avancent, d'un pas si fier, les doctes Compagnies morticoles. Que deviendrions-nous, si le vain attirail d'un idéalisme suranné, si une morale étroite arrêtaient notre essor et paralysaient nos travaux? »

Cette belle période achevée, Bradilin remit l'enfant à un huissier qui l'entraîna et revint s'asseoir à sa place : « Un seul mot, messieurs, ajouta Charmide. Vous allez voter sur un point décisif : les droits de l'humanité doivent-ils être sacrifiés à ce que le professeur Bradilin appelle les nécessités de la science? J'ai cinquante années d'une pratique qu'il dédaigne, mais où j'ai sans trêve accompli mon devoir. Or je n'ai jamais eu besoin de commettre un seul crime pour assurer ma réputation et acquérir l'honneur de siéger parmi vous. A cet honneur, je renonce volontiers, s'il faut l'acheter au prix de ce que je considère comme une déroute de ma conscience.

— Bien ! hurla Dabaisse. Moi aussi j'ai une longue carrière et j'arrive au terme sans rougir. J'ai eu souvent des angoisses et de sérieux débats intimes devant un être que je craignais d'estropier en essayant de l'arracher à la mort. Sans ce scrupule, le bistouri devient un couteau de boucher. La phrase morticole est fameuse : *Qu'est-ce que l'âme? Je n'ai jamais rencontré ça sous mon scalpel!* Moi, je l'ai toujours et partout rencontrée, cette âme, dans le pauvre regard qui sombrait sous le chloroforme, dans le tissu que je fendais, dans le sang que je répandais. C'est au nom de cette âme que je vous parle, que je vous conjure de réveiller en vous la pitié, la charité, la justice ! »

On vota sur un ordre du jour de Dabaisse et de Charmide, *flétrissant les procédés de Bradilin et les interdisant à l'avenir.* L'aspect de la salle et des tribunes était curieux. Cet événement avait modifié la cristallisation des spectateurs et fait sortir les passions, tels les vers hors du

sol par la pluie. Des colloques animés s'engageaient.
Dabaisse s'était rapproché de Charmide et leurs amis les
entouraient. L'opinion oscilla, fluctua, puis je remarquai
que Bradilin formait le centre d'un groupe qui grossissait
à chaque seconde. Je flairais là-dessous quelque machina-
tion ténébreuse. La voix mordante de *la Cigogne* me tira
du doute : « Bradilin l'emportera. Il les tient tous. Il connaît leurs cadavres. Il collectionne et note : on craint ses
dossiers. » Les dames avaient enfin leur pâture. Elles discutaient avec de jolis gestes. L'ordre du jour honnête fut
repoussé. Un de mes voisins grogna : « C'est ici comme au
Parlement. Scélératesse et lâcheté. » Tartègre proposa une
motion ainsi conçue : *L'assemblée, confiante en l'humanité
du professeur Bradilin et persuadée que son expérience
a été conduite selon les règles de l'antisepsie, passe à
l'ordre du jour.* Ce texte fut adopté à mains levées. Charmide déclara d'un ton ferme : « Messieurs et chers collègues, entre la mauvaise cause et la bonne vous avez choisi
la mauvaise. Mon ami Dabaisse et moi remettons à M. le
président notre démission solennelle de membres de
l'Académie de Médecine des Morticoles. » Et appuyés au
bras l'un de l'autre, fraternellement, bravement, ils quit-
tèrent la salle des séances, escortés de murmures indécis
Vomédon eut un mouvement d'épaules qui signifiait :
Quelle sottise ! et annonça que l'on allait élire un membre
correspondant.

Cette cérémonie n'intéressait personne. Les bancs se
dégarnirent et la tribune se vida comme un vase plein
d'eau sale, dont les particules commentaient la séance. Je
courus au *Tibia brisé.* J'y trouvai Cloaquol en conversation avec Bradilin qui m'avait précédé. Quand j'entrai,
mon directeur frappait sur l'épaule de l'habile physiolo-
giste : « C'est entendu à ces conditions, mon cher, et mon
journal étouffera cette ennuyeuse histoire. Je vous demande
en outre et *par-dessus le marché* de recevoir au Lèchement de demain mon excellent collaborateur que voici,

Félix Canelon. » Les yeux cruels de Bradilin me fouillaient. Cloaquol ajouta, très aimable : « C'est lui qui *ne
fera pas* l'article sur votre cancéreux. Et quand passez-
vous à la caisse ? — Après-demain sans faute. — J'y compte.
Tenez votre parole et je tiendrai la mienne. » Puis, dès
qu'il fut dehors : « Quelle canaille ! s'écria Cloaquol en
sautillant. Comment se procure-t-il de pareilles rançons !
Canelon, voilà notre besogne simplifiée. Étendez-vous sur
le *Vanica rubicans* et les *pulsations radiales.* Trois
mots sur l'affaire Bradilin. D'ailleurs Charmide et Dabaisse
nous embêtent avec leur vertu. Ajoutez : *On donnait, dans
la salle, l'échec du vieux drôle Wab... comme certain.* Le
gros juif en fera une maladie. »

Je passai une mauvaise nuit. Je m'étais exercé la langue
une dernière fois, mais ma conscience me bourrelait Ainsi,
débarqué probe dans ce pays de corruption, j'en arrivais à
suivre des ordres que j'aurais dû rejeter violemment et
cela dans un intérêt personnel.

La cour de la Faculté avait l'animation des grands jours
quand j'y arrivai pour subir l'épreuve. La même fournée
comportait des Lèchements de trois degrés. En outre une
foule d'élèves venaient pour assister leurs camarades.
J'avais fait la toilette obligatoire, c'est-à-dire que j'étais
vêtu d'un complet noir, gilet, pantalon, redingote, qui avait
dévoré la moitié de mes appointements. Je portais des gants
noirs. Noire était ma cravate et noir mon chapeau. Je serrai bien des mains banales, tandis que des bouches banales
me répétaient *bonne chance.* Heureusement j'aperçus
Trub : « Tu es prêt, Félix ? Si tu es reçu, je n'oserai plus
te saluer. Pense donc : un lécheur du premier degré et un
simple garçon d'hôpital ! » Autour de nous, c'était un inces-
sant échange d'impressions sur les juges, sur les langues
que l'on tirait, que l'on appréciait, que l'on palpait.
L'attente fut interminable. Enfin un huissier annonça :
Lèchement de pieds du premier degré ! Première série !
On nous conduisit, à travers des corridors sombres, jus-

qu'à un petit local triste et nu. Celui-ci communiquait
avec un amphithéâtre où l'on tirait en ce moment au sort
l'ordre dans lequel nous nous présenterions devant le jury.
La porte s'ouvrit : un deuxième huissier appela : *Félix
Canelon !*

Je pénétrai dans la salle. Bien qu'on fût en plein jour,
elle était éclairée à la lumière électrique. Sur les gradins
s'entassaient les spectateurs, avides de voir comment un
étranger *s'en tirerait.* Les professeurs étaient assis dans
de confortables fauteuils, tous en grand costume, toges et
toques rouges. Leurs pieds, placés sur des tabourets,
étaient cachés par une longue couverture noire portant les
armes des Morticoles, la tête de mort blanche flanquée
de deux os blancs. Ils avaient l'attitude rogue et sévère. Je
distinguai confusément les visages de Boridan, Bradilin,
Tabard, Mouste et Clapier, mais mes regards s'attachaient
à leurs mystérieuses extrémités inférieures. La grande
pendule tinta. On avait *vingt* minutes pour l'épreuve
totale, *quatre* minutes donc pour chaque paire. M'armant
de courage, je commençai. La couverture disparut. Déjà
j'étais à genoux devant *ceux* de Boridan. *Ils* étaient blêmes,
gras et froids, et j'eus, en appliquant ma langue sur eux,
une sensation de glace grenue et peu de dégoût, ma vive
imagination m'ayant averti et me tempérant la réalité. Ma
bouche s'engourdissait. N'importe ! Je suivis l'ordre indiqué : le dos, les chevilles, les orteils, du pouce au petit
doigt, et je remarquai avec surprise la forme bizarre de
ce dernier. Il était plus un minime moignon qu'un organe,
privé d'ongle mais non de petites *envies* qui me râpaient
les lèvres au passage. Je crus que je n'en finirais point
avec cet onctueux brimborion, sur lequel se dressait un
cor rond et dur, pareil à une coupole. La plante ne fut
plus qu'un jeu et, tandis que je m'activais, le gros pied me
ballottait dans la figure, secoué par les tressaillements du
propriétaire. Son frère et voisin subit le même sort.

Quel changement avec Bradilin ! Une branchette sèche

et jaunâtre! Partout des os et des tendons saillants. Si
ceux de Boridan étaient deux côtelettes, ceux-ci m'en
parurent les manches. Et une envie folle me prit de mordre
ces maigres outils de la marche, de ronger le peu de
chair cornée qui les recouvrait. Même j'eus un moment de
sympathie sincère pour ces pieds si commodes et prompts,
dont la descente était aisée, dont les orteils s'écartaient
tout seuls. Le petit doigt, allongé en fuseau, d'une tournure certes délicate, m'égaya. Le seul vice était dans les
ongles, hérissés, méchants et pointus, par lesquels se manifestait la cruauté de leur maître. Quant à la plante, non
plus plate, mais cambrée à souhait, elle eût fait une excellente chaise longue pour une naine. Comme je la polissais,
elle s'agita nerveusement, et j'entendis de petits rires
aigres.

Une chose me gênait. Je ne calculais point la durée, et
le tic tac de la pendule me troubla. Allais-je trop vite ou
trop lentement? C'est ce à quoi je n'avais pas le temps de
réfléchir. Ma colonne vertébrale était douloureuse, à cause
de mon attitude maladroite. La langue ne me brûlait pas
trop. Le deuxième pied de Bradilin différait du premier.
Il avait dû subir quelque accident. Deux ou trois cicatrices
faisaient crête sur son dos. Un orteil manquait. Lequel ?
Sa place était occupée par un étroit cratère, âpre et crémeux, vulgairement nommé *œil-de-perdrix*. J'eus un instant la tentation de franchir ce léger obstacle. Je me disais :
« Il ne fait pas partie du pied ; c'est une excroissance, un
rajout, un pourboire de la nature. Il n'est pas dans nos
conventions. » Mais je me rappelai la susceptibilité des
juges. J'avais sacrifié au cor de Boridan. Donc, audacieusement, j'attaquai cet œil sans regard.

Après ces deux paires, je repris haleine quelques secondes.
Cet arrêt causa ma perte; redressant mon échine endolo-
rie, j'aperçus la physionomie satisfaite de Boridan, puis
celle de Bradilin, joyeux encore de sa plante chatouillée.
La troisième était le triangle hautain de Tabard. Je suivis

sa personne étroite et rouge et descendis jusqu'à ses pieds ou plutôt à l'endroit où *ils auraient dû être.* Ma première pensée fut : « La couverture noire est restée. » Une douloureuse attention m'amena à la certitude que c'étaient bien là les pieds de mon juge, les pieds que je devais lécher, nullement comparables à ceux d'un nègre, malgré leur épaisse couche de vernis, cirée plus qu'une botte ; car cette crasse formait un relief, et dans les interstices brillait une chapelure verdâtre. La néfaste coloration cessait aux ongles, nougats craquelés, mi-bruns, mi-jaunes. Je réfléchis : « Ce ne sont point des pieds. On ne marche pas avec ces guenilles-là. C'est une plaisanterie. » Je remontai au visage, plus sinistre que tout à l'heure. Une joie maussade plissait les lèvres. Je songeai à ma bouche à moi, à ma malheureuse bouche que j'allais traîner dans ce bitume. Le tic tac de la pendule se précipitait. Je courbai la tête. Alors, jointe à la nuance, et plus forte qu'elle, une puanteur atroce éclata, faite de tous les noirs ingrédients d'un chaudron de sorcière. De mes narines, elle gagna la gorge, l'estomac, me remplit l'âme, et soudain, invinciblement, je rejetai, sur ces pieds d'enfer et sur le tabouret qui les supportait, mon repas de la veille et mon déjeuner du matin en une retentissante cataracte. Je vomissais avec âcreté, avec furie et les pieds s'agitaient, pataugeaient dans cette fange vengeresse. Je ne distinguais plus rien, aveuglé par l'odeur, empoisonné par la vue et secoué de hoquets jaillissants. Quand je fus soulagé, je me levai d'un brusque tour de rein, et sortis de la salle en courant, poursuivi par des rires et la vision rapide de tous les spectateurs debout et convulsionnés d'allégresse.

Dans la cour déserte, je me sentis honteux et désespéré. Trub me rejoignit : « Malheureux, qu'as-tu fait ? Tabard est ivre de rage. On est en train de le nettoyer et je te jure qu'on a fort à faire. — Ah, m'écriai-je, aussi qu'allais-je chercher dans ce cloaque ? Me voilà délivré ! J'ai voulu me plier au joug des Morticoles, et tout le dégoût accumulé en

moi par mon séjour dans cette infâme contrée est sorti en
un instant par ma bouche. Je regrette que de mon estomac
n'ait point jailli un geyser de vitriol qui corrode et détruise
tous ces pieds. Fuyons, Trub, fuyons. » Mon ami me calma.
Il me montra combien la fuite était impraticable, puisque
nous ne pouvions fréter un bateau et que nous serions arrê-
tés par les perquisiteurs sanitaires : « Tout n'est pas perdu.
Tu passeras tes examens. — Non ! non ! Je n'en veux plus.
Je préfère l'hôpital Typhus, Trouillot même, oui Trouillot,
à ces hontes et à ces bassesses ! » Je courus chez un pharmacien boire un peu de cognac et d'eau, puis je revins à
l'École. Mes camarades sortaient de l'amphithéâtre. Julmat avait été magnifique. Il obtiendrait le maximum. Mon
aventure faisait les frais de toutes les conversations. On me
fuyait comme un lépreux. Échouer au premier Lèchement
et dans ces conditions, c'est tomber aux classes inférieures.
On se moquait de moi. Mais je me réjouissais de ces vilenies. Au bout d'une demi-heure, l'huissier annonça les résultats de l'épreuve. Le compte des notes se faisait par
orteils et la limite était *cinquante*. J'avais *vingt*. Comme
je me sauvais avec Trub, Bradilin me rattrapa et me glissa
dans l'oreille : « Mon pauvre ami, j'ai fait ce que j'ai pu. Ceci
me brouille avec Tabard. Nous avons discuté pied à pied.
Ni lui, ni Mouste, ni Clapier n'ont voulu se laisser fléchir.
Boridan seul inclinait à l'indulgence. Enfin rappelez-vous
que je vous ai soutenu envers et contre tous et servez-moi
auprès de votre directeur. »

Cloaquol, je le vis dans la journée. Il m'accueillit durement : « Monsieur Canelon, je ne puis vous garder dans
ma rédaction. Vous avez commis un révoltant scandale. Si
vous n'étiez étranger, vous vous exposeriez à des peines
afflictives. Vomir sur les pieds d'un professeur ! Et pourquoi je vous prie ? Parce qu'ils sont crasseux ! C'est à nos
yeux presque un crime. Notre Constitution n'admet pas ce
manque de respect. » Devant mon attitude piteuse, il se ra-
doucit : « Je suis content de vos services, et, bien que ce

dernier épisode ne témoigne guère en faveur de votre cœur
et de votre intelligence, vous méritez un bon conseil : vous
avez maintenant le choix entre végéter comme malade
pauvre, car ce dégoût incompréhensible indique un estomac délabré, ou vous placer comme domestique chez un
médecin. Prenez ce dernier parti. On oubliera votre histoire. On vous saura gré de votre humilité. » Je réclamai
le prix de mes derniers jours de travail. Il eut un clair
sourire : « A quoi cela me servirait-il de vous payer,
puisque je vous chasse ? Partez et rappelez-vous que vous,
étranger et candidat malheureux, ne pouvez rien contre
moi, membre du Parlement, de la Faculté et de trois Académies... »

Le lendemain, après une causerie avec le subtil Trub,
je donnai congé de ma chambre d'étudiant et j'allai sonner
chez Wabanheim. Une servante borgne vint m'ouvrir. Je
demandai à voir son maître, pour une affaire pressante et
grave : « Monsieur, dis-je à ce vieillard pesant, emmitouflé
d'une robe de chambre grise, j'étais candidat au premier
Lèchement et rédacteur au *Tibia brisé*. J'ai échoué à
l'épreuve et Cloaquol m'a chassé. Je suis au courant de ses
manœuvres contre vous. Si vous me prenez comme domestique, je vous indiquerai les pièges qui vous sont tendus.
Je suis étranger. Je m'appelle Félix Canelon. Je suis dur
à l'ouvrage. Mes gages seront ce que vous voudrez. »
Wabanheim réfléchit quelques instants et contracta son
front entre ses épais sourcils. Il craignait un traquenard,
mais mon air naïf et sincère le rassura, puis il cédait à la
perspective d'avoir un domestique au rabais, car il était
d'une avarice sordide. Enfin il écarta ses lèvres minces :
« *J'accepte*, » les referma et rentra dans son cabinet.
Une nouvelle phase de ma vie morticole commençait.

TROISIÈME PARTIE

CHAPITRE PREMIER

Wabanheim était un vieillard robuste et retors, aux regards inquiets et aux combinaisons infinies. Je fus vite dans les bonnes grâces de sa femme de chambre, Mlle Hélène, de la cuisinière et d'un campagnard destiné aux gros ouvrages. Je devais jouer un rôle de demi-secrétaire. Ce n'était pas une petite chute que de tomber du rang d'étudiant à celui de domestique ! Les caquetages de mes nouveaux collègues me procurèrent quelques distractions. J'appris ainsi que Mme Sarah Wabanheim, brune au teint mat, aux yeux impressionnants, à la démarche languissante, et beaucoup plus jeune que son mari, affolait celui-ci par ses dépenses et sa toilette. L'argent était entre eux un sujet de disputes continuelles. Madame souffrait d'habiter un quartier qui n'était pas le plus beau des Morticoles, d'y occuper un appartement modeste et meublé avec une parcimonie ridicule. Le salon, aux meubles d'acajou, où s'empilait la clientèle les jours de consultation, abritait une armée de bronzes allégoriques, offerts par les *malades reconnaissants*. Je songeais, en les époussetant, à la naïveté de leurs donataires.

De fait, mon maître était effrayant. La race juive forme

22

chez les Morticoles, comme partout, une classe à part,
détestée mais puissante, et Wabanheim en était le fleuron
scientifique. Avide et sordide, il jouait gros jeu à la Bourse,
perdait quelquefois, gagnait le plus souvent, grâce à des
renseignements sûrs tirés de sa coterie de financiers.
L'ambition était aussi développée chez lui que les autres
vices et les combattait, car elle le forçait à donner des
réceptions. Pour réussir au *septième Lèchement symbolique en chaussettes*, pour atteindre à la plus haute des
Académies, il est nécessaire de gaver ses futurs collègues.
Ces agapes étaient organisées par Mme Sarah qui, à ces
occasions, jetait l'or par les fenêtres. Le vieux ne pouvait
récriminer, puisqu'il s'agissait de sa candidature. D'ailleurs elle mettait toute son âme à l'intrigue, visitant ses
coreligionnaires, flattant les gens en place, d'une souplesse
et d'une ingéniosité merveilleuses. Lors des *galas*, Vomédon était roi de la table. Il s'empiffrait, ainsi que sa
nombreuse famille, et, pendant tout le festin, le dur Wabanheim vantait les travaux de son hôte illustre, les citait
à la queue leu leu, en déclamait des passages par cœur.
Il prouvait à la tribu des Vomédon, aisément convaincue
de ces vérités, que son chef était inimitable, savant hors
pair et philosophe génial. J'observais la cible de ces flatteries et je surprenais bien de la malice derrière les paupières fripées et clignotantes du physicien. Un jour, dans
l'antichambre, tandis qu'il endossait son paletot, je l'entendis chuchoter à l'oreille des siens ébahis et rieurs :
« Ah ! le vieux diplomate ! Et quand je pense que demain
nous subirons les assauts gastronomiques de Cortirac !
Réellement, cette rivalité nous nourrit.. »

Je suis naturellement curieux, et ce vice s'était fort
développé depuis mon séjour chez les Morticoles. En
l'absence de mon maître, je fouillais ses papiers, je lisais
sa correspondance. Souvent il me dictait des lettres im-
portantes. J'écoutais même aux portes et je surprenais
des discussions entre le mari et la femme sur la possibi-

lité d'acquérir tel ou tel. A un seul sacrifice, Mme Sarah n'avait pu se résoudre : faire des avances à Mme Cloaquol. Le *Tibia brisé* poursuivait sa campagne. Mon maître s'en désespérait et m'interrogea longuement sur la manière dont se composaient les articles, sur les sources d'informations, les points faibles de l'adversaire. Je l'édifiai en conscience. Il se prit pour moi d'une certaine affection. Il sut déjouer ainsi quelques mauvais tours, non enrayer les attaques. Il acheta, pour la durée d'un mois, la première page du *Prêtre fouetté*, mais l'organe de Vomédon ne pouvait lutter avec celui de Cloaquol. Un moment il agita la question d'un journal personnel. Lestingué vint, traça un tableau des frais approximatifs. Ils semblèrent exorbitants à mon maître.

Cependant il gagnait beaucoup d'argent. Sa consultation à domicile se payait *deux cents francs*. Il ne gardait pas les malades plus de dix minutes dans son cabinet; son salon était toujours rempli de monde, et la sonnette tintait sans arrêter. Quand il daignait se déranger, porter en ville son immense front, sa tête chenue, sa mâchoire carrée et son cou de taureau, cela coûtait *cinq cents francs* aux amateurs. J'appréciai vite la netteté de son intelligence. Pour lui, comme pour la plupart de ses collègues, la médecine était le moyen de dominer et d'arriver à tous les honneurs. De la science en elle-même, il se souciait comme de la morale. Mais il ne négligeait aucun des avantages qu'elle procure. La somme d'énergie qu'il déployait, pour obtenir des voix nouvelles au septième Lèchement, était considérable. J'ai écrit des lettres contradictoires, hérissées de promesses et de menaces, de subterfuges, de roueries. Là je compris la force de la corruption. Celle-ci est admise, réglée, tarifée et ne provoque plus le scandale. Un partisan fougueux de Cortirac se laissa fléchir aux conditions suivantes : il serait appelé, le jour du vote, dans une ville d'eaux, auprès d'un client fictif, lequel le retiendrait tout le temps qu'il eût consacré

à plaider la cause adverse. Cette visite lui serait payée
dix mille francs. Le malheureux Wabanheim gémissait de
débourser une pareille somme. Mme Sarah glapissait :
« Veux-tu, oui ou non, réussir ? On n'achète jamais trop
cher la défection d'un Académicien influent ! »

Chaque matin, le juif pâlissait davantage et se plaignait
de vertiges et d'éblouissements. Chaque nuit, il rêvait de
l'élection, de son triomphe, et assistait, la joie au cœur, à
la noire défaite de son rival.

Les jours de consultation, j'étais occupé à caser les
clients dans des pièces séparées. Ceci permettait à Wabanheim de les expédier plus facilement. Tous me glissaient une pièce d'or dans la main et me recommandaient
de les faire passer vite; à tous j'affirmais que leur tour
serait bientôt venu. Ils subissaient néanmoins de formidables attentes. Un d'entre eux était acharné. Il revenait
deux fois de suite dans l'après-midi, pour contrôler son
traitement et demander au *bon docteur* de l'examiner à
nouveau. C'était un nommé Burnone, gros petit homme
glabre, qui se croyait toutes les maladies morticoles et
dont les yeux exprimaient une perpétuelle angoisse. Il
faisait la fortune des médecins, courait de l'un à l'autre,
suppliait qu'on l'auscultât, le palpât, l'interrogeât, seulement rassuré quand il était dans les griffes doctorales, et
repris de ses craintes et de ses scrupules dès qu'il les
avait quittées. Ses poches étaient bourrées de médicaments : « Dites-lui, me répétait-il en me serrant le bras,
dites-lui que c'est son ami Burnone et que c'est très pressé,
que ça va très mal. » Je frappais à la porte de Wabanheim.
Un *Entrez !* strident retentissait. Je surprenais mon
maître en train de bâcler une ordonnance. Un riche se
tenait piteusement debout près de lui, ou plaçait avec précaution deux billets bleus sur le coin de la cheminée.

Parfois, dissimulé derrière une épaisse tenture, j'assis-
tais à la consultation. Wabanheim se montrait grossier,
surtout avec les femmes, comme s'il eût eu contre elles

une rancune secrète accumulée par les dépenses de Mme Sarah. D'un ton sec et brutal, il leur disait : « Désha-billez-vous. » Puis il s'impatientait : « Faudra-t-il que je vous aide? Vous ne savez pas dégrafer votre corset? La chemise aussi... oui, la chemise... Êtes-vous sourde?... Vous cherchez vos bas!... Je ne les ai pas volés, vos bas! Je ne les collectionne pas, les bas! Allons, des larmes! Qu'on m'apporte mon urne! » Son succès était fait de cette sauvagerie. Il éprouvait une jouissance à prédire des maux accablants, inéluctables : « Ta, ta, ta, ta. Cortirac a dit que vous guéririez?... Ah! ah!... C'est un bel âne, Cor-tirac! Vous êtes un homme, n'est-ce pas? Vous savez que vous n'êtes pas immortel. Eh bien, vous n'en avez plus pour deux mois. Mais vous êtes foutu, mon ami, absolu-ment foutu! Regardez-moi vos varices. Sont-elles assez ignobles! Voilà ce que c'est de faire la noce quand on est jeune! Moi, je me suis ménagé, aussi je suis robuste comme un chêne... Hein, quoi? Si vous devez faire votre testament? Mais à coup sûr et plutôt deux fois qu'une. » Il brusquait et épouvantait les enfants : « Et ce mioche-là... Avance, idiot... Retire les doigts de ton nez... Son père est mort gâteux? Il tient de lui... Porte la main à ton front, à — ton — front. Vous voyez, il n'entend point. En avez-vous d'autres? Non. Tant pis. Vous ne l'élèverez pas. » Je m'étonnais qu'un de ceux qu'il con-damnait ainsi en plein visage ne lui sautât pas à la gorge, pour faire d'une prédiction deux morts. Il portait le pro-nostic fatal, sans même examiner son client. L'argent, l'argent, l'argent! Tel était son amour du métal qu'il en avait dans le regard le reflet, la fixité, la dureté.

Cependant, Trub, exalté par le récit de mes gains, se proposait de quitter le service de Dabaisse et l'hôpital Typhus, et d'entrer comme domestique chez un docteur. On le recommanda à Avigdeuse. Nous ne nous voyions qu'à de rares intervalles. Mes journées du dimanche étaient retenues par mon maître qui, trouvant mon écriture élé-

gante et rapide, me dictait des préfaces pour les nombreux
ouvrages qu'il publiait sans relâche et qui lui constituaient
des *titres scientifiques*. Les candidats aux derniers Lèchements doivent présenter à leurs juges une liste de travaux *originaux*. Originaux, ceux de Wabanheim ne
l'étaient guère, car ils étaient écrits par quelques-uns de
ses élèves les moins fortunés, auxquels il payait chiche-
ment cette abrutissante besogne. Il se contentait de revoir
les épreuves, d'ajouter un court préambule, et de mettre
son estampille sur cette denrée qu'il servait au public. Il
s'entendait à la faire valoir. Les étudiants devaient acheter
ces livres fort chers, sous peine de refus aux examens.

Wabanheim avait placé en moi sa confiance. Il me chargeait de transmettre ses ordres au pharmacien Banarrita.
Celui-ci habitait une magnifique boutique, la plus riche,
la plus achalandée des Morticoles, éclairée le soir par une
dizaine de bocaux de couleur. Je passais là des heures
agréables à flâner et à causer, en sirotant un petit verre de
quinquina ou en suçant quelques pastilles. Analogue à
une racine gelée, long et blême, impassible, Banarrita
portait des lunettes comme Cortirac, pour lequel il avait
une secrète admiration, bien qu'il fût l'âme damnée de
mon maître. Entre ce dernier et lui, le complot était
simple. Banarrita fabriquait une drogue quelconque, l'étiquetait d'un titre pompeux et la soumettait à Wabanheim.
Aussitôt, celui-ci la préconisait pour toutes les maladies, la
recommandait dans ses livres, dans sa conversation. Elle
revenait sur toutes ses ordonnances, et *on ne la trouvait
que chez Banarrita* qui, s'il la choisissait simple et peu
coûteuse, la faisait payer un prix exorbitant. Il partageait
le bénéfice avec son *lanceur*. Que de fois ne l'ai-je pas
entendu marmotter, tandis qu'il activait ses garçons, et
plissait avec soin le papier vert d'un bouchon : « Voilà
une petite affaire qui rapportera gros, maître Félix. Ma
Banarritine guérira à coup sûr les migraines, maux d'estomac, d'intestins, de dents, de pieds, de cheveux. Les

nouveau-nés l'apprécieront, ainsi que les vieillards et les adultes des deux sexes, et, plus on l'absorbera, cette Banarritine célèbre, plus on sera allègre, dispos, sûr d'échapper à la contagion, à la fatigue, à l'ennui, à la constipation, à tout, sauf à la nécessité de verser l'argent dans ma caisse. Ce qui m'attriste, c'est de partager avec votre vieux rat. Ce n'est pas juste. Il devrait se contenter du tiers. »

Les Morticoles se passionnent pour les médicaments nouveaux. Lors de l'invention de la Banarritine, mélange nauséabond d'encre et d'huile de ricin, Burnone vint jusqu'à trois fois en une heure à la pharmacie pour compléter son approvisionnement, tant il avait peur de manquer de cette admirable panacée. Banarrita était farci d'anecdotes. Il me racontait les méfaits de Boridan et d'Avigdeuse, leur entente avec Tismet, les rapports entre médecins et chirurgiens, les entreprises fabuleuses, les rivalités d'argent, l'âpreté avec laquelle on se disputait la clientèle et l'on terrifiait les malades : « Si vous retournez chez Wabanheim, disait Cudane à l'impressionnable Burnone, vous êtes perdu » ; et, pendant huit jours, Burnone se faisait électriser. Puis un remords le prenait; il retournait chez Wabanheim et lui confiait sa défection : « Si vous retournez chez Cudane, s'écriait le malin juif, je ne réponds plus de rien. Au reste, je me désintéresse d'un pareil imbécile. » Or Burnone s'appelait légion. Banarrita n'approuvait ni ne désapprouvait ces mœurs de chiens qui s'arrachent un os. Il les constatait simplement. Intermédiaire entre la rapacité des docteurs et la sottise des riches, il s'efforçait d'exploiter les deux, d'organiser sa réclame, d'utiliser les connaissances et les lumières de ces *Messieurs*, comme il appelait les membres de la Faculté et des Académies. Placé à la source du mystère, il bénéficiait de tous les secrets; il possédait un scepticisme exquis qui le portait à l'indulgence. Mes indignations l'amusaient. Il les calmait par quelques sages paroles :

« Vous êtes un étranger, Canelon. Vous ne nous comprendrez jamais. Nous ne sommes pas si pervers. Avouez que nous serions bien sots de ne point tondre ces agneaux, puisqu'ils s'offrent à nous avec insistance et se désespèrent si nous les renvoyons à la saine nature. »

Wabanheim se méfiait de la probité de Banarrita. Il le soupçonnait de fraude, l'accusait de ne point verser la part convenue des bénéfices ; quand j'allais toucher la mensualité, il m'adressait mille recommandations, me priait d'examiner les livres et me déclarait qu'à la première supercherie il me mettrait à la porte.

Le hasard me fit assister à une scène comique dans le cabinet de consultation. Un riche montrait à mon maître sa lèvre supérieure couverte de boutons, et celui-ci, après l'avoir légèrement regardée, déclarait d'un ton péremptoire : « C'est un cancer ; vous n'en avez pas pour six mois. » Le malade ne s'émut pas, tira de sa poche une pièce de cinq francs, la déposa sur la table et ajouta : « Il y a un an juste, docteur, je suis venu vous consulter sur le même sujet. Vous m'aviez prédit un cancer et ma mort au bout de six mois, et je vous payai deux cents francs. Cette déclaration courageuse me valut six mois de transes atroces, et j'ignore comment je ne me suis pas tué. J'eus raison, puisque me voilà. Mais, cette fois, je baisse mes prix. Cent sous me paraissent récompenser suffisamment ta clairvoyance, ignorant gredin, sinistre abruti ! » Wabanheim fut si stupéfait qu'il resta muet devant sa pièce ronde, tandis que l'autre sortait en riant. Je ris bien davantage quand je vis l'*ignorant gredin* mettre les cinq francs dans sa poche en haussant les épaules.

Après chaque dîner offert aux Académiciens, une note en première page du *Tibia brisé* signalait l'*ignominie du vieux drôle Wab... qui s'efforçait de corrompre ses juges par la bonne chère.* Des allusions transparentes étaient faites au docteur juif qui fait écrire ses livres *dans les*

prisons, ou qui *tripote avec les pharmaciens*. Wabanheim
me demandait, déchirant le numéro avec rage : « Ne
peut-on pas acheter le silence de ces misérables? » Je répondais négativement. Ce n'était pas une affaire d'argent ;
c'était une querelle de femmes. Plus l'élection approchait,
plus le *Tibia brisé* accumulait les outrages. Des conciliabules nombreux se tenaient chez nous. On y discutait les
chances de Cortirac. C'étaient des marchandages, des
échanges, des promesses, puis des défections de la dernière heure, des lâchages et des imprécations : « Comment ! hurlait Wabanheim à propos d'un de ses collègues,
comment, il me trahit, lui, lui que j'ai tiré de cette abominable affaire de mœurs ! Sans mon attestation en justice, il serait maintenant chez Ligottin, ce sénateur ! Et il
chauffe la candidature Cortirac ! » Ce dernier ne négligeait rien pour réussir. Il avait promis sa voix dans tous
les examens pour dix ans. La lutte serait chaude autour
du cercueil-fauteuil de Sidoine.

Les domestiques s'amusaient de cette rivalité. Ils se
passionnaient, engageaient des paris. J'avais obtenu de ne
pas dîner à l'office. On me servait dans une petite pièce
contiguë. De là j'entendais les éclats de voix de mes camarades et les rires de Mlle Hélène. Tout ceci me rappelait
les disputes de la Faculté. Wabanheim passait sur ses
clients ses colères et ses craintes : « Vous n'avez pas
suivi mon ordonnance. Vous n'avez pas pris scrupuleu-
sement vos cinquante cuillerées à soupe de Banarritine.
Donc vous mourrez, mon cher monsieur. Je m'en lave les
mains. Je vous ai tiré du tombeau par les cheveux. Vous
vous y rejetez. A votre aise. » Suivaient les sanglots du
malheureux, qui se traînait à genoux, parlait de sa femme
et de ses enfants : « Je vous payerai ce qu'il faudra,
mon bon docteur, mais ne me chassez pas; sauvez-
moi! Je boirai ma Banarritine. J'en boirai dix flacons.
Voilà cinq cents francs, mille francs ! » Le spectacle
des billets bleus attendrissait le *bon docteur*. Il grinçait

entre ses dents : « Mauvaise tête ! mauvaise tête ! Vous mériteriez que je vous envoie à Cortirac. Votre affaire serait nette. Enfin, je suis bon prince. Je vais refaire votre ordonnance. Vous savez, c'est la dernière. » Quant à Burnone, qui nous harcelait, je reçus l'ordre de ne plus le recevoir. Le petit homme se fâcha, supplia, tapa du pied, déclara qu'il se jetterait à la rivière, sortit, rentra, me fit respirer son haleine, me tira la langue comme preuve de sa mauvaise situation gastrique. Je perdis là mon meilleur pourboire. J'entendis encore un jeune homme prier mon maître de venir en consultation auprès de sa mère mourante. Après avoir convenu de l'heure et du lieu, on aborda la question de prix : « C'est que..., bredouilla le jeune homme avec timidité et une hésitation pudique, tandis que ses joues s'empourpraient, c'est que, docteur, nous n'avons qu'un petit patrimoine... et je... — Mais, mon garçon, interrompit le digne médecin, en lui tapant affectueusement l'épaule, apportez, apportez toujours le petit patrimoine ! »

Cette cruauté avait fait à Wabanheim beaucoup d'ennemis et il les retrouvait à l'occasion de sa candidature. On lui reprochait de n'avoir point la *dichotomie* scrupuleuse, de ne point partager intégralement avec ses collègues les honoraires des consultations où ceux-ci l'appelaient. Il n'avait pas d'amis, mais il comptait sur ses coreligionnaires et leurs ramifications à la Bourse, sur quelques consciences vénales, comme Vomédon, enfin sur ceux dont il connaissait les *cadavres*. Les Morticoles se servent beaucoup du chantage. Chez eux, le silence est vraiment d'or. Les plus habiles collectionnent des *dossiers*, et font savoir, par voie indirecte, aux intéressés influents qu'ils les possèdent.

Le matin même de l'élection, le *Tibia brisé* publia un article d'une violence inouïe, où se trouvaient expliquées tout au long les principales fraudes de Wabanheim. Il y avait trois chapitres : *le Sauvage, le Spéculateur, l'In-*

trigant, et chaque paragraphe comportait une énu-
mération de faits précis. J'hésitais à porter le journal dans
le cabinet de mon maître; mais, à mon grand étonnement,
il le lut et le froissa, le sourire aux lèvres : « Bah ! Ils auront beau faire, la cause est entendue. » Par quelques
fragments d'une causerie qu'il eut avec sa femme, cependant inquiète et nerveuse, j'appris qu'il se considérait
comme sûr d'un heureux résultat. Vomédon lui avait télé-
graphié des renseignements qui ne laissaient plus aucun
doute.

Il partit donc rayonnant pour le *Lèchement symbolique
en chaussettes* , simple formalité qui précède le vote, et il
était si confiant dans le succès, qu'il se commanda à
l'avance un costume de membre des cinq Académies, ruis-
selant d'or et de décorations. J'allai chez Banarrita.
— Otant ses lunettes et les remettant sur son nez mince,
pesant ses poudres et chauffant la cire à la lampe, le pharmacien me sembla moins affirmatif : « Hum ! hum ! Cortirac est un rude adversaire. D'abord, — et il haussait le
ton à cause de plusieurs personnes qui attendaient leurs
remèdes dans la boutique, — d'abord, il a des titres, il
faut l'avouer, supérieurs à ceux de Wabanheim, et puis il
a la conscience plus nette. » Relevant mes regards et les
plantant dans ceux de Banarrita, je m'aperçus avec stupeur qu'il parlait sérieusement. Il continua : « Les trafics
enrichissent, mais ils ne sont pas beaux. Je soigne une
multitude de malheureux dont les maladies s'aggravent
par la faute de votre patron. Il va trop loin. Le *Tibia brisé*
a raison sur bien des points. Tenez, voilà une vingtaine
d'ordonnances où je trouve pour dix francs de *Vanica rubicans.* C'est excessif. » A ce moment, un aide apporta la
nouvelle du succès probable de Wabanheim : « Qu'est-ce
que je vous disais, s'écria audacieusement Banarrita, c'est
un homme immense, un savant intègre devant qui on doit
s'incliner. Le voici au rang des plus hauts. Le labeur soutenu mène à tout. Je suis fier d'être l'humble intermé-

diaire entre ce génie et ceux auxquels il dispense la vie et la santé ! » Ces transports persistaient quand un deuxième émissaire accourut, livide de consternation. Le résultat était certain : Cortirac *tombait* Wabanheim à dix voix de majorité.

Je remontai vite chez nous. Mᵐᵉ Sarah, les lèvres pincées, la figure mauvaise, arpentait fiévreusement le salon. Elle connaissait la nouvelle : « Nous sommes battus, Félix, battus à plates coutures, — me cria cette femme si fière, qui n'adressait jamais la parole à ses domestiques. — Cortirac l'emporte et nous déshonore ! » La sonnette retentit. Wabanheim rentrait seul. Je fus épouvanté du changement de son visage. Lui, si pâle d'ordinaire, avait les pommettes rouges comme deux grenades, les yeux hagards, la démarche chancelante. Il s'écroula sur un fauteuil en murmurant : « Les traîtres ! les traîtres ! Oh ! je me vengerai. » Mᵐᵉ Sarah, sans lui adresser la parole, continua sa promenade furibonde au milieu de tous les bronzes, dont les dédicaces reconnaissantes prenaient un aspect ironique et funèbre. Je n'osais point bouger, ni sortir ; le moindre craquement de mes chaussures neuves m'effrayait, et je m'assis sur une chaise, sentant que le désastre allait loin. Wabanheim respirait avec effort. Des perles de sueur roulaient sur son vaste front, se rejoignaient en petits ruisseaux, qui lui coulaient le long des joues, suivant la pente des rides. Par intervalles, il levait un bras d'un geste de détresse, puis le laissait retomber pesamment. J'entendais ce souffle énorme, je voyais ce robuste corps terrassé. L'ambition fait de tels ravages ! Ce qui s'écroulait en lui et autour de lui devait être terrible.

Enfin, Mᵐᵉ Sarah s'arrêta devant cette loque vaincue et se mit à l'interpeller : « Ta situation est perdue, et à un âge où tu ne peux la refaire. Tu n'as pas voulu suivre mes conseils. Tu as joué à l'économie. Cela te réussit joliment. Je t'avais dit de les payer tous, tous, tous ! Pas un de tes élèves n'est venu. Ils sont tous chez Cloaquol. Notre

maison est morte. » Mon maître ne répondait rien, et l'on
ne percevait que le halettement de sa poitrine, tumultueux,
périodique. Tout à coup, ses yeux vitreux se fermèrent,
sa tête s'affaissa sur son épaule, et il eut un farouche hoquet. Je dus le porter sur son lit, le déshabiller, lui mettre
des sinapismes aux pieds et aux cuisses. J'étais seul
dans la chambre. Sa femme s'était éloignée en haussant les
épaules, et je pensai qu'elle avait envoyé chercher un
collègue. Le cœur battait avec des interruptions soudaines.
La peau était froide. Tout en m'activant autour de ce colossal organisme, je songeais aux spectacles qu'il avait
supportés sans faiblir et à l'effroyable égoïsme qui lui faisait perdre connaissance, parce qu'il échouait à l'Académie.
Lui, qui voyait agoniser avec calme des jeunes filles et
des enfants, lui qui prédisait si joyeusement la mort,
était abattu comme un bœuf par l'élection de son rival !
Cette réflexion m'ôtait toute pitié. Je changeais machinalement les sinapismes. Je me comportais en vrai Morticole. Il souleva ses paupières et grogna : « Boire, boire ! »
J'allai chercher à la cuisine un verre d'eau. En passant
près du boudoir de ma maîtresse, j'entendis des soupirs.
J'ouvris la porte et lui dis que mon maître reprenait connaissance. Elle pleurait de rage, la tête dans ses mains.
Elle ne me répondit point et ne changea pas de position.

Quand je rentrai dans la chambre, un spectacle extraordinaire m'attendait : Wabanheim était assis sur son lit,
sa chemise ouverte montrant sa poitrine velue, trempé
de sueur, les favoris en broussailles, les regards plongés
dans quelque monstrueux cauchemar, les bras tendus en
avant, et il gémissait : « Je ne veux pas..., je ne veux
pas... J'ai peur de la mort... Canelon... — Il me saisit les
mains, me tutoya. — Canelon, vite va chercher... —
Sa voix s'étranglait. Des pleurs coulaient sur ses larges
méplats flamboyants. — ... n'importe qui... oui... n'importe qui... J'ai peur de mourir. Va... même chez Cortirac... Appelle Sarah ! » Il but avidement l'eau que je lui

tendais. Mais le liquide gargouillait dans sa gorge, et la moitié retomba sur les draps. Il suffoquait. Je me précipitai de nouveau chez ma maîtresse : « Madame, madame, monsieur crie qu'il va mourir ! Il demande qu'on aille chercher n'importe qui, même M. Cortirac ! » Elle n'avait point bougé et sortit brusquement de ses doigts chargés de bagues son joli visage crispé par la fureur : « Il est fou, triplement fou. J'ai déjà prévenu... Laissez-moi. » Je ressortis. J'étais bouleversé. Je sentais le frôlement de la mort. Je n'avais jamais réfléchi à la fin possible d'un de ces docteurs. Ils avaient une telle sécurité pour annoncer la catastrophe, qu'il ne me paraissait pas naturel qu'elle s'abattît sur eux. Wabanheim, implorant l'aide de ces traquenards médicaux, dont il savait l'inutilité et la comédie, devenait digne de commisération.

Il avait rejeté la tête en arrière, choquant le fer du lit, qui était humble comme un brancard d'hôpital, à cause de son avarice. Un peu d'écume moussait sur ses lèvres sèches. Un jet de terreur et de haine filtrait sous ses paupières à demi rabattues. Quand le bruit désespérant de mes chaussures neuves parvint à ses oreilles, il se dressa encore : « Eh bien, ce sont eux ? Ce sont les docteurs ? Qu'ils m'expliquent ce que j'ai là. » — Et il montrait son cou gonflé, la table de son torse. Sa rougeur augmentait. Des mots compliqués et luisants comme des couteaux à triple lame s'ouvraient et dansaient dans ma mémoire : *congestion, apoplexie, hémiplégie.* J'essayai de reboutonner la chemise béante, mais mes ongles se cassaient contre les boutons. Il me repoussait : « Tu m'étouffes... Laisse-moi... Ah ! ah ! ah ! — Il eut un rire diabolique qui sillonna ses rides rugueuses. — Ah, s'il me tenait, Cloaquol !... Tu sais, Félix, ce n'est pas vrai, ce... ce qu'il raconte. Que je souffre !... Mon dos se fend ! Soulève-moi... Plus doucement donc... A boire... Beaucoup à boire... » Il avala cette fois le liquide d'un trait. Je ne pouvais admettre que ce chêne, à l'écorce si rude qu'aucun

sentiment humain ne l'avait jamais pénétrée, fût ainsi foudroyé. J'attribuais ces soubresauts à la secousse de son
orgueil. Une phrase lente et cahotée, issue de l'antre de
l'âme, et ruisselante de sincérité ultime, me prouva mon
erreur : « Ah, je donnerais tous mes titres pour une année
de vie..., un mois de vie..., quelques jours. Tout m'est égal,
sauf la vie ! J'ai peur ! » Puis, la colère rejaillissait :
« Vomédon, lâche et traître Vomédon..., puisses-tu souffrir... Oh ! ce coup de fouet !... ce que je souffre ! » Il
contractait son poing noueux, implacable et tremblant
et sa mâchoire carrée sautillait de haut en bas. Le som-
mier grinçait sous son poids.

« Mais ils ne viendront pas !... Ils ne viendront donc
pas !.. » La voix changeait comme celle d'un comédien,
languissante maintenant et plaintive. Arrivèrent enfin le
stupide Cercueillet et Gigade, le premier essoufflé comme
s'il avait couru, l'air ahuri ; le second, jovial et déluré,
parla d'abord, lançant son chapeau sur une étagère : « Bonjour, mon vieux maître ! Qu'est-ce qu'il y a ? Nous avons été
battus ! Moi, j'ai fait votre jeu, vous savez ! Ah, ce diable
de Cortirac a toutes les chances. J'avais parié pour vous.
Elle est bonne !.. Hein ? Qu'est-ce que vous avez ? Rien du
tout, un bobo, un petit mouvement de bile. » Cercueillet
secoua sa longue tête d'âne. Sa présence était inutile puisqu'il était chirurgien. Puis il n'espérait pas d'honoraires.
Les médecins ne se dévalisent pas entre eux. La porte
s'ouvrit devant le corps rondelet, le visage rond et stupéfait de Boridan : « Mais, mais, mais ! Qu'est-ce qu'il y a ?
Nous avons été battus, mon vieux maître. — Il reprenait
les phrases de Gigade, la même intonation faussement
attendrie. — Je viens de quitter une consultation pressée.
Mille francs de moins dans ma poche. C'est gentil, ça.
Qu'avez-vous ? Que vous sentez-vous ? La suite des émotions
de cet après-midi. Ah, l'animal de Cortirac ! Il a été le plus
fort. » Wabanheim restait silencieux, inerte et morne, ses
trois collègues devant lui. Enfin nettement, mystérieuse-

ment, il articula ces syllabes tragiques : « J'ai peur de mourir... du... boule... versement. Tout ça est pris. — Il passait les doigts sur sa nuque. — Sauvez-moi, Gigade... Et... vous, Boridan... Rappelez-vous... comme je vous ai poussés. Vous me devez... votre avenir et tout... Acquittez-vous... Je ne veux pas m'en aller... Je ne veux pas! » Gigade, qui se contenait depuis le début de cette mélopée, éclata de rire : « Mourir! Allons donc! Avec cette mine-là! — Et il tapotait le menton. — Ce pouls excellent! — Il le tâtait avec négligence, suivant les secondes sur sa vaste montre. — Vous nous enterrerez tous. » Boridan avait fait la grimace au rappel des services rendus, et Cercueillet bougonnait avec une moue comique : « Certainement, certainement... La chose... »

« J'ai la poitrine oppressée... Auscultez-moi ; Boridan..., je vous en supplie... J'ai peur. Comprenez-vous?... Ne me prévenez pas... Oh, ne me prévenez pas si c'est très grave... Cela me tuerait. » Boridan leva la chemise avec calme, appliqua longuement son oreille incurvée, la changea de place et percuta. Quand il eut fini, il dit à Gigade du ton le plus tranquille, sans une nuance d'étonnement : « Qu'est-ce que c'est que cette drôle de lésion-là? Écoutez-donc ça, vous, père la Malice. Ça grelotte. Ça frémit. On croirait de l'apoplexie pulmonaire. » Les regards de Wabanheim devinrent immenses d'effroi, et la prunelle tressaillait, nageait, sautait sur le blanc démesurément agrandi, telle une bouée dans la tempête : « Apoplexie! A-po-plex... Mais alors, c'est cela. Je vais mourir. — Il hurla. — Je vais mourir! Je vais mourir! Sauvez-moi, Gigade, Cercueillet. Des sangsues! des ventouses! Dites, vous, mon Boridan, mon bon Boridan, mon cher Boridan... — Il embrassait ses mains gantées... — On se trompe... Ce ne sont pas des râles... » Mais l'autre gardait une attitude compassée, raide, scientifique, uniquement attentive au mal qu'il soupçonnait... Gigade auscultait à son tour. En se relevant, il poussa une sorte de sifflement inquiet, et

les plis railleurs de sa physionomie se froncèrent, tandis
que Cercueillet berçait sa courge de gauche à droite, et
qu'un claquement sec des lèvres de Boridan signifiait :
Perdu, n'est-ce pas? — « Mon cher maître, affirma Gigade
avec gentillesse, il serait puéril de vous le cacher. Votre cas
est grave, très grave, sinon immédiat. Peut-être vous en
tirerez-vous; pourtant... je crains... Bref, j'adopte le diagnostic Boridan : apoplexie pulmonaire indéniable. Ça
crève le tympan. Vous seriez un malade riche, qu'on vous
collerait sangsues et ventouses. Mais nous sommes seuls.
— Et ses regards firent, ironiques et professionnels, le
tour de la chambre. — Entre nous, cela est parfaitement
inutile. C'est un cautère sur une jambe de bois. Laissez
les choses évoluer, et faites, en tout cas, votre testament. »

A peine avait-il achevé que, par un effort héroïque,
Wabanheim bondit hors de sa couche, et, oscillant sur
ses jambes poilues, vociféra, montrant la porte : « Sortez,
coquins... Sortez..., misérables ingrats... Honteux idiots
que j'ai tirés de la misère, à qui j'ai donné la clientèle,
le titres, les décorations. Aujourd'hui vous venez, venez...
à moi — Il frappait sa poitrine condamnée — me dire brutalement : Tu vas mourir... Qu'en savez-vous? Vous ne
savez rien, ânes que vous êtes... Je ne mourrai pas, entendez-vous?... Je ne veux pas... Et vous verrez... » Boridan
recula de trois pas et proféra froidement : « Le cerveau
est pris. Ce sera plus rapide que je ne croyais. » Gigade
se tordait de joie : « Mon cher maître, vous allez loin. Il
fallait peut-être vous dorer la pilule! Ah, elle est bonne!
Où donc est mon chapeau, Cercueillet? Vous paraissez
troublé, Cercueillet. Certes, on vous quitte, et avec plaisir. Bonsoir, papa Wabanheim. »

Avec un rauque et sourd rugissement, Wabanheim,
épuisé, se rejeta sur son lit et tomba dessus en travers
comme une masse pantelante. Cercueillet balbutia : « Il
n'est guère aimable à l'agonie. » Boridan certifia : « Il ne
faut pas lui tenir rigueur. Le bulbe est sûrement envahi. »

23.

Les trois docteurs sortirent. Gigade ricanait en refermant la porte : « Ce Wabanheim se croyait éternel... Bah, de toutes façons, couic! Fichu ! » Je recouchai mon maître. Il m'implorait : « Mon bon Canelon, Félix..., va chercher quelqu'un d'autre..., Cortirac qui m'a vaincu... » Je lui obéis en hâte. Dans l'escalier je croisai Banarrita : « Quelles nouvelles? — Je le crois perdu. » Ses lunettes tombèrent. Le pharmacien les ramassa, gémissant : « Voilà une aventure ! Qu'ont diagnostiqué ces messieurs? Ma maison est compromise. Qu'il essaye donc de notre Banarritine. Peut-être est-ce bon, après tout. Que vais-je devenir, moi? Il faut que je me concilie Cortirac... » Je ne l'écoutais plus. J'enjambais les marches. Je me précipitai chez Bradilin. Il était sorti... Mouste n'était pas visible. Canille avait consultation et me fit répondre par son domestique : « Mon patron ne peut pas se déranger. Sa journée de demain est prise. Votre vieux a le temps de claquer. » Charmide et Dabaisse, depuis l'affaire de l'Académie, étaient partis en exil. Tabard mangeait des excréments en famille. Clapier et Avigdeuse *avaient des dames*. Enfin, Boustibras, mon dernier espoir, me congédia lui-même avec son petit accent bizarre : *Je m'édonne que mossié Wabanheim me fasse témanter. Il a été toujours un maufais collèque pour moi. Ce serait de la vaiblesse de ma bart. Dites que c'est moi qui fiens te fu le tire.* Je passai par l'hôpital Typhus. Jaury consentit à me suivre. En chemin il répétait : « Ah ! le vieux farceur ! Il y passe donc à son tour. Ne vous désolez pas trop, Canelon. Si les rôles étaient renversés, il vous verrait mourir, je vous assure, avec plus de sérénité. » Mais je ne pensais plus à la dureté de Wabanheim et je m'étonnais qu'on la rappelât. J'avais oublié le juif ambitieux et rapace. Je ne songeais qu'à ce môle de chair vive que tout le monde abandonnait.

A notre retour, Mⁱˡᵉ Hélène, qui gardait Wabanheim pendant mon absence, s'évada discrètement. Mon maître, étendu, se plaignait d'une manière lamentable. Il fallut

encore le redresser, et le soutenir, tandis que Jaury appliquait les ventouses. Il les scarifia. Il sortit un sang presque
noir. Cela parut soulager le vieillard. Il remercia Jaury
avec des transports étouffés. Celui-ci, son devoir rempli,
ne s'attarda guère et partit en promettant de revenir le
lendemain. La nuit tombait. J'allumai une lampe dont la
lueur éclairait en plein relief le visage creusé de l'agonisant. Je crus qu'il allait s'assoupir. Nullement. Il réclamait
sa femme. Je frappai à la porte de Mme Sarah. Mlle Hélène
lui essayait une robe de chambre noire ruisselante de dentelles blanches. Comme j'entrai, elle disait ceci : « Même
en cas d'accident, je pourrais la porter. Échancrez légèrement le col. » Son visage régulier gardait un pli féroce,
un pli de fermeture : « Monsieur demande madame. Il est
bien bas. Les médecins l'ont condamné, et il s'est mis
en fureur contre eux. Madame devrait venir. — C'est
bien : j'irai tout à l'heure. » Je consolai mon maître :
« Elle va venir, monsieur. » Il me fit signe qu'il voulait
ma main et la serra à la briser. Je fus près de pleurer
moi-même. Je compris en un éclair que toute la méchanceté des Morticoles repose sur un immense malentendu.
Ils sont pareils à ces sauvages que des racines vénéneuses
rendent à jamais féroces et sanguinaires. Leur racine, à
eux, c'est la science.

Mme Sarah entra et considéra le moribond avec mépris
et dégoût. Il réunit sa dernière énergie en quelques mots
appuyés, solennels : « Il y a trop de choses entre nous...
pour que tu puisses t'attendrir... D'ailleurs... tu es...
cruelle... » Elle l'interrompit : « Si tu comptais me faire
des phrases, tu aurais pu ne pas me déranger. Ne l'étais-
tu pas, toi, cruel? Quand donc avais-tu pitié de quelqu'un?
Tu n'aimais que l'argent. » Les grandes joues de Wabanheim frémissaient comme des voiles, et il tendit ses bras
tremblants vers elle. Elle murmura : « Il est gâteux, » et
laissa vides les pauvres tentacules allongés qui se rabat-
tirent avec désespoir. Elle froissa sa robe de chambre

d'une main nerveuse et disparut. Wabanheim redevint immobile et silencieux. Je m'assis près du lit sur une chaise.

Je croyais qu'il avait pris son parti de la mort. Mais je fus détrompé par un renouveau de cris et de tumulte : « Je ne veux pas mourir... Je ne veux pas... Au secours ! Au secours ! » Il n'avait plus la force de surgir, mais il se tournait et retournait sur sa couche étroite, coupant de rudes prises d'air ses appels sans écho à la vie. Subitement, sa voix reprit son ampleur et sa dureté. Il s'accrocha aux fers du lit et se remonta jusqu'à mi-corps, puis, montrant du doigt un angle obscur de la pièce : « La voilà ! La mort !... Elle est là et sourit ! J'ai toujours vécu près d'elle... Mais elle ne voulait que des autres... Aujourd'hui, c'est moi qu'elle veut.. Je te vois... Coquine..., tu me guettes... Je te hais... Non ! non ! Pardon ! Mort, je ne te hais pas ! Tu viendras plus tard. Je t'en donnerai d'autres..., beaucoup de jeunes, très jeunes... Quel plaisir de prendre un vieillard ?... Aie pitié de moi... Pitié ! pitié ! — Suivait une kyrielle de mots hébreux. — Canelon ! Canelon ! Elle s'approche... Au secours ! Chasse-la... Elle est tout contre moi... Ah ! » Il se cacha le visage et sanglota. Ses cheveux blancs étaient hérissés et tordus... Après une vague de bruit, d'autres vagues de hoquets, des murmures... et finalement il y eut un grand et majestueux silence sur lequel vacillait la lueur incertaine de la lampe.

Je m'assoupis à mon tour. Dans mon sommeil j'entendis des clameurs. Quelqu'un *ne voulait pas mourir*. Le froid me réveilla. La lampe fumait et l'odeur infecte de la mèche emplissait la chambre. J'avais les articulations cassées. Combien de temps avais-je dormi ? Wabanheim ne bougeait plus, ne respirait plus. Ses mains étaient allongées contre sa poitrine. Sa figure était calme, blême et détendue. Je crus à plusieurs reprises apercevoir son thorax se soulever, ses lèvres s'entr'ouvrir. Mon oreille, appliquée au cœur muet, me démontra mon illusion, et je compris qu'il était mort.

. . . .

On lui fit des funérailles magnifiques. Sur sa tombe Boridan prononça un grand discours. Il raconta qu'*il avait veillé son excellent maître, recueilli ses dernières paroles auprès de sa veuve inconsolable.* Rappelant la carrière de savant de Wabanheim, *si intègre, si au-dessus de tout soupçon,* il le proposa en exemple à la jeunesse morticole : « Quant à nous, ajouta-t-il d'une voix étranglée par l'émotion, nous nous rappellerons toujours les enseignements admirables de ce sage. La statue, qui se dressera bientôt sur une de nos plus belles places, préservera sa mémoire de l'oubli, enseignera son respect aux générations futures. » On admira généralement le tact avec lequel l'orateur avait évité toute allusion à l'Académie et aux attaques de Cloaquol.

CHAPITRE II

Mme Sarah me donna congé. Je descendis chez Banarrita,
mais le pharmacien était tout occupé à se lamenter sur
son propre sort. Il me fallait pourtant trouver une place,
sous peine de tomber aussitôt dans la classe des malades
pauvres. Mlle Hélène me vint en aide. Elle avait entendu
dire qu'un certain Sorniude, chirurgien, avait besoin d'un
domestique. J'y courus sans retard. Le nom de Sorniude
ne m'était pas inconnu. J'évoquai les silhouettes effacées
de Serpette et de Louise, et je me rappelai ces paroles :
*Un petit homme à l'air méchant, et sec, sec comme un
couteau.*

Ce praticien habitait, non loin des égouts, une maison
de superbe apparence. Dès l'entrée, son ancien valet de
chambre me dévisagea et me dit : « Ah, c'est vous qui me
remplacez? Vous en verrez de drôles. » L'appartement
était tapissé de cretonnes et peluches fades, roses, jaune
tendre et crème, de sorte qu'il semblait qu'on pénétrât
dans un gâteau. Mais ceci apportait à l'œil une impression
de gaieté, laquelle se dissipa vite quand je fus en présence
de mon nouveau maître. Tout en lui était cruel. Il avait
le visage losangique, terminé par un menton pointu, peu
de cheveux, les lèvres minces, décolorées, le regard vert
et perçant, le corps étroit. Sa démarche était sèche, son
geste sec, son langage bref : « Service dur, mais forts
gages... Tant pour la nourriture... Tant pour le linge. »

Pendant qu'il me parlait, je l'observais, très élégant dans son cabinet de travail aux nuances esthétiques, plein de bibelots et de portraits de femmes demi-nues. Il insista beaucoup sur la discrétion : « Au premier bavardage, je vous chasse. » Je fis la bête; cela lui plut. J'entrai le lendemain en fonction.

Le service était fatigant, car j'étais seul. Je bénissais mon éducation de vannier qui m'avait rendu adroit de mes mains et apte à toutes les besognes. J'obéissais ponctuellement. Mon maître m'apprit à tremper de longues aiguilles flexibles dans un acide bleu et à les essuyer sans les casser. Puis il me commanda un déjeuner excellent pour quatre personnes. Les convives étaient : le blond Tismet, alerte, parfumé, prétentieux, tel qu'à l'hôpital Typhus, le sinistre Bradilin et une troisième larve répugnante, glabre, grasse et goulue, que l'on appelait Cordre. Pendant tout le repas, ces messieurs ne parlèrent que de femmes, qu'ils désignaient familièrement par leurs prénoms : Marie, Dorothée, Lucie, Fanny, et de procédés opératoires, le tout entremêlé de rires et de termes qui se confondaient dans mon esprit, mais que reliait le souvenir dès aveux de Louise et de Serpette : *Dépopulation ; Désovarisation; Stérilité.* Bradilin et Sorniude paraissaient coulés dans le même moule, mince et géométrique. Leur joie se manifestait par une série de grincements et de jappements, tel un chien pris dans une porte. La méchanceté luisait sur leurs pommettes saillantes, que le vin empourprait. Tismet de l'Ancre, lui, ne s'esclaffait pas et souriait discrètement, de peur sans doute de déranger sa belle cravate et son plastron; mais la palme de la hideur appartenait à Cordre, insufflé de venin : « Mon vieux, lui dit mon maître, j'aurai bientôt besoin de toi. Il va venir une petite femme qui promet d'être une de nos plus charmantes *infécondes :* une rousse de trente ans, Mme de Sigoin, un peu peinte, un peu teinte, pas très riche; craint les enfants comme la foudre; est absolument décidée à

tromper sans cesse son époux, bonne bête joviale. J'ai fait
sa connaissance par intermédiaire... Tu me regardes avec
des yeux effarés, Tismet. Mon garçon, ce n'est pas ton
tour. Cordre tire la langue depuis longtemps... Je mènerai
les préambules en douceur. Je prendrai le mari à part :
*Votre femme est pâle ; elle se plaint beaucoup. — Oh oui,
elle me rend la vie impossible, mon cher docteur. — Je
sais ce qu'elle a. — Vraiment ! — Cela peut s'enlever en
un tour de main ; mais, si ça reste, c'est la mort.* Je
n'ajouterai pas, bien entendu, que ce qui s'enlève en un
tour de main c'est l'inquiétude de la progéniture. Nous
avons convenu de prendre date. La dame viendra se faire
examiner ici. » Au mot *examiner*, les quatre rires recommencèrent à la fois. Ainsi sonne l'heure marquée à l'horloge de la scélératesse. Ils causèrent encore de choses et
d'autres, de nouveaux instruments, *d'une eau qui empé-
chait les gosses de pousser*, de la finesse et de la mollesse
des aiguilles, et moi, comprenant peu à peu, je frémissais
d'horreur de les voir criminels si calmes, si endurcis.
Ensuite, on raconta quelques histoires obscures, on plai-
santa la mort de Wabanheim, et un traité récent de l'*honorabilité* professionnelle, par Crudanet, à propos duquel
les convives se répandirent en anecdotes scandaleuses :
« Nous avons tort de le *bêcher*, insinua Tismet. Il pourrait
nous juger un jour. — Jugé par Crudanet, jugé par
le larron, souligna Bradilin sentencieusement. — Bah,
s'écria Sorniude, avec un geste court de sa petite main
osseuse ; on a les moyens de l'attendrir. — Il fit le simu-
lacre de compter de l'argent. — Les ennuis ne viennent
que d'indiscrétions conjugales. Or le Sigoin n'y verra que
du feu. Il vaut quarante mille francs. » On était au dessert.
Les attitudes devinrent plus libres. Sorniude et Bradilin
balançaient leurs pieds minuscules. Mon maître se leva :
« L'heure est venue de régler nos comptes. » Il alla chercher dans sa chambre un gros livre, un portefeuille qu'il
sortit d'un meuble en bois de rose, plus un sac rempli de

monnaie. Il jeta le tout sur la table. Moi, je servais le café et les liqueurs, écoutant de toutes mes oreilles.

« Tout cela est très net, affirma Sorniude. Nous avons opéré le 12, le 20 et le 26 du mois. Ces trois fois-là, nous étions quatre. Le 12, cette grande prostituée riche, Albertine, qui avait si peur quand Bradilin approchait le chloroforme. Elle a payé de suite : cinquante-cinq mille francs. J'en garde vingt mille, puisque c'est moi qui l'ai procurée. Partagez le reste entre vous. » Sorniude tira un paquet de billets et fit rouler hors du sac, vers ses trois collègues qui souriaient, un flot de pièces d'or tintantes. Le partage s'accomplit comme au jeu, rapide, silencieux, sans erreur, chacun calculant le calcul d'autrui. Tismet mit sa part dans un magnifique carnet à son chiffre, surmonté d'une couronne de diamants. Bradilin la rangea dans son porte-monnaie, et Cordre poussa la masse dans la poche de son pantalon.

« Je me trompais, poursuivit Sorniude ; le *vingt*, je suis seul avec Bradilin, mais il m'a fourni la cliente, une bourgeoise, Mme Gomberchon : trente mille francs. Je dichotomise : tiens, Bradilin, voilà ton chèque. Autant, pour le *vingt-deux*, à Tismet, la vieille toquée qui se fait enlever les ovaires à cinquante ans. Quant au *vingt-six*, la petite Quibot, on ne nous a pas encore réglés. J'enverrai aujourd'hui ce brave garçon. » C'était moi le brave garçon. « Nous parlons librement devant toi, mon ami, ajouta Sorniude. Mais je ne te conseille pas d'avoir la langue trop longue. Gare aux cabanons de Ligottin, refuge des indiscrets. Tu auras ta tranche du gâteau Quibot. » Je balbutiai quelques dénégations confuses.

Ces messieurs fumaient d'énormes cigares. Tismet de l'Ancre s'étirait cyniquement : « Ah ! le bon métier, le bon métier. Et jamais une dispute. Sorniude, tu es l'honneur même ! Je parle souvent de toi à Malasvon. Eh, eh, je le soupçonne de nous imiter, Malasvon, mais il est moins franc. Quand je lui cite nos superbes résultats, nos statis-

24

tiques irréprochables, il détourne la conversation. C'est
un malin, sous son masque de boucher de campagne. —
S'il nous arrivait malheur, ce serait de ce côté, murmura
Sorniude. Malasvon craint la concurrence. Il rencontre
une coureuse de profession, ou bien un de ces honnêtes
ménages qui lui paraissent une proie facile. Il se frotte
déjà les pattes : *bonne affaire !* Bah ! plus rien à racler !
Tout est propre et vide comme une casserole ! L'ami Sorniude a passé par là.

— En avons-nous gaulé des noix ! disait Cordre attendri, les mains croisées sur son ventre colossal. En avons-
nous abattu de ces ovaires ! La femme, la femme, c'est la
poule aux œufs d'or. Certes, Sorniude, tu es un fameux
Fléau des Gosses. A quoi ça sert-il, les enfants ? A la misère
de vivre et de propager la vie. Ne pas naître, c'est meilleur
que de crever. — Chansons ! conclut Bradilin. Mon laboratoire m'appelle. J'expérimente. — Au revoir, repartit
Sorniude. Quant à de Sigoin, dès l'affaire engagée, je
vous avertis. Au revoir, Cordre. Adieu Tismet. Bradilin,
surveille le chloroforme. A la dernière séance, j'ai eu peur.
— Sois tranquille. » Resté seul, mon maître tira encore
quelques bouffées de cigare, puis : « Félix, vous mettrez
au salon la dame qui va venir. Allumez un grand feu dans
mon cabinet. » Je n'osais point remuer dans les chambres.
J'avais peur de salir un meuble de satin rose, ou de ren-
verser une porcelaine précieuse. Mais je regardais avec
plaisir les portraits de femmes. Il y en avait d'exquises,
les épaules, les bras, d'une blancheur idéale, et tous portaient une dédicace amicale : *A mon cher Sorniude, sa
reconnaissante Marie.— A mon libérateur, Diane de G.
— A So-Sor, à Niu-Niude, sa petite sans ovaires, Élise.*
Je remarquai aussi plusieurs invitations à un banquet,
nouées d'une faveur rose, et portant comme devise un
œuf, au-dessous duquel cet avertissement : *Il est vide.*
J'entendis la voix de mon maître : « J'oubliais de vous prévenir que je ne reçois jamais les hommes. Si, par hasard,

un homme s'égare à ma consultation, *je n'y suis pas*. S'il insiste, flanquez-le dehors. Les seuls habitués sont ces messieurs de tout à l'heure. » Là-dessus il s'enferma dans sa bonbonnière.

Bientôt l'on sonna, et j'ouvris à une élégante jeune femme, longue, mince et rousse, qui semblait intimidée. Je la conduisis au salon. Elle s'assit dans un fauteuil de velours vert d'eau, agitant son pied en signe d'impatience. De là je l'introduisis dans le cabinet de consultation. Par un hasard singulier, qui m'étonna chez un gaillard si méfiant et si précautionneux, d'un étroit corridor longeant la caverne de Sorniude, on entendait tout ce qui s'y passait, tant la cloison était mince. J'en fis mon poste d'observation. Je collai mon oreille au mur. La conversation était déjà engagée. J'avais manqué les préliminaires. Je perçus seulement : « Étendez-vous là, comme ceci... Pas le corset ; ce n'est pas la peine... Oh, la jolie taille ! » — Un craquement de meuble, un silence, puis la voix flûtée de Sorniude : « Je vous affirme, madame, que, dans ces conditions, tout se passera de la façon la plus simple, mais il ne faut pas éveiller les soupçons de votre mari. Je vais vous donner quelques grammes d'une poudre qui vous fera vomir, pâlir et maigrir. Vous la prendrez le matin en cachette. Ne craignez point quelques crises de nerfs. J'écrirai d'abord à M. de Sigoin. Puis j'irai le voir. Je lui exposerai la gravité du cas, la nécessité, l'urgence de l'opération. Me croira-t-il ? — Oh, c'est un naïf, vous n'avez rien à redouter ! répondit la voix de la dame, douce et chantante comme une musique. — Parfait ! c'est que, quelquefois, nous avons du fil à retordre. Le mari se pend à notre habit, nous supplie d'épargner sa femme, se lamente, et fait un tapage à ameuter les voisins. Donc, je vous opère avec l'aide de deux de mes amis. Huit jours après, il n'y paraît plus. C'est facile et sans danger. » Nouveau silence... Est-ce convenu ? — Oui, docteur, et quelle reconnaissance ! Quel bonheur que

mon amie m'ait renseignée! — Mᵐᵉ Quibot? Je l'ai opérée le 26. Elle va bien ? — Très bien, docteur. Elle
avait un amant. Son mari est colère comme le mien. Il
fallait tout craindre d'une surprise. Elle m'a raconté
combien vous avez été bon pour elle, et qu'elle n'avait
même rien senti. Donc, je me suis demandé pourquoi
je n'essayerais pas à mon tour. » Ici un rire perlé de
petite folle. « Ah! docteur, vous me trouvez bavarde!
— Le médecin remplace le prêtre de nos aïeux, madame,
répliqua sérieusement Sorniude. Il est le tombeau des
secrets. A votre tour, je vous mets en garde contre votre
péché mignon. Notre besogne est noble et utile; mais on
pourrait la prendre en mauvaise part. Le monde est si méchant. » Bruits de pas vers la porte, puis un arrêt : « Où
demeurez-vous ? — 10, rue Laurantiès, presque en face
du Parlement. — Ah! ah! C'est très luxueux, de ce côté-
là. Au premier étage? — Oui, docteur. — Avez-vous de
fortes rentes? Car, voici mon habitude. Je demande, pour
cette opération, une année du revenu, payable en deux
parties, moitié avant, moitié après. — Très bien, docteur, je préviendrai mon mari. Tout ce que vous voudrez. » Ici la serrure grinça; je courus faire mon devoir,
et j'ouvris la porte à la dame que Sorniude raccompagna
jusque sur le palier.

Il m'envoya porter une lettre chez les Quibot : « Vous
attendrez la réponse. Elle contiendra de l'argent. Je vous
sais honnête, quoique étranger, et vous voyez, Félix, que
j'ai confiance en vous. »... Le grisonnant M. Quibot faillit
m'embrasser, bien que je ne fusse que le domestique :
« De la part du docteur Sorniude, du cher docteur Sorniude! Dites-lui qu'il a sauvé ma femme, qu'il est un
homme admirable, que je me jette à ses genoux! C'est
une résurrection! » Le contenu de la lettre ne modéra
pas son allégresse. Il me compta la somme avec enthousiasme. J'éprouvais une pitié profonde pour cet imbécile,
si commode à duper. Du haut des marches il me criait

encore : « Remerciez le docteur ! Reconnaissance éternelle ! » Je rapportai le pli et ces transports à mon maître,
dont les lèvres se plissèrent dans un fin sourire. Il me
remit un billet de cent francs : « Votre zèle muet vous en
vaudra bien davantage. »

Une multitude de dames défilaient chez Sorniude. Les
consultations étaient longues et intimes. Les fragments
que j'en surprenais à travers la cloison m'éclairaient la
morale des riches Morticoles. Pas une de ces malheureuses
qui ne révélât les tares de son ménage. Ces détraquées
mêlaient l'intérêt à l'amour, le goût de la débauche au
besoin d'argent. Quelques-unes demandaient à l'amant la
somme nécessaire à cette opération qui les délivrerait de
tant de terreurs. D'autres empruntaient à des usuriers. Et
toutes tenaient leurs renseignements d'une amie; toutes
venaient trouver Sorniude de la part d'une ancienne
opérée : « Comment, ma chère, vous avez encore vos
ovaires! Mais c'est fou! Allez chez tel docteur, telle rue,
tel numéro. » Les reconnaissantes, à la mode de
Mme Quibot, offraient leurs photographies à mon maître.
Elles lui parlaient du dîner des *Infécondes* qu'il avait
promis de présider. J'entrevoyais des abîmes de perversité.
La science se mariait au vice dans des draps de satin
brodés. Le bistouri côtoyait le baiser. Dans ce cabinet,
elles dévêtaient tout; elles avouaient tout. Là seulement
elles ôtaient ces légers masques d'hypocrisie qui rehaussent,
dans les salons, l'attrait de leurs figures. Elles étalaient
des passions infâmes.

Le sybarite Sorniude, berger de ce gracieux troupeau, y
choisissait chaque jour sa maîtresse. Il la gardait souvent
à dîner avec le parasite Cordre. Bradilin et Tismet étaient
plus rares. Ils cimentaient la respectabilité par leurs décorations et leurs titres. De temps à autre, l'intrépide
Avigdeuse amenait à l'abattoir un mouton de sa clientèle
privée, et les deux hommes fascinaient la femme trop
craintive, la brutalisaient presque, la décidaient. Après son

24.

départ, j'entendais la voix brève et saccadée d'Avigdeuse discuter le prix du sang, réclamer plus que n'accorde la *dichotomie*, en raison des risques et de sa haute situation médicale. Quant à Cordre, c'était un déplaisant bouffon. Je n'oublierai jamais sa tête plate gonflée de vice, son corps bedonnant, sa gloutonnerie. Il avait suivi Sorniude depuis les débuts, assisté à l'éclosion de sa vocation : « Nous nous sommes fait la main longtemps, hein, mon vieux, et sur de la viande à bon marché ! Tu n'avais pas un si beau local, à l'époque, ni d'aussi bon kummel. » A eux deux, ils épluchaient leurs complices, Bradilin et Tismet, les couvraient de ridicule : « C'est un sot, ce Bradilin, et un scélérat, affirmait Sorniude... Quant à l'autre, au petit poseur, uniquement préoccupé de sa personne, je le défie bien de me lâcher jamais. J'ai sur lui des dossiers trop compromettants. »

J'assistai à une scène violente que mon maître fit à Tismet au sujet de Mme de Sigoin, à l'opération de laquelle le second voulait participer : « Mais je vous répète qu'au dernier moment un scrupule l'a prise, qu'elle hésite encore, que je ne puis vous associer à un bénéfice problématique. Et puis je suis las, mon cher, de vos façons impertinentes. Je consens à travailler avec vous; et sans moi, sans la curée des ovaires, il vous serait impossible de porter ces splendides gilets et ces cravates aussi brillantes que votre intelligence l'est peu. Vous ne voyez dans la clientèle que la maîtresse. Vous jouez les don Juan. Vous gâtez le métier, pour soutenir votre réputation de mâle et de joli cœur. Si vous n'êtes pas content, brisons là. Vous me compromettez. » Pendant cette sortie, Tismet de l'Ancre inclinait vers la nappe sa tête blonde, décidé à tout subir, car il respirait intérieurement l'émanation des nombreux cadavres qui le liaient à Sorniude; Bradilin épiait en dessous les deux interlocuteurs, et Cordre, renversé en arrière, le ventre proéminent, ricanait.

De fait, Mme de Sigoin ne pouvait se décider. Elle venait

chaque jour, et c'étaient des cris, des larmes, des protestations coupées de longs silences. Sorniude grommelait :
« Celle-là me donne plus de mal que dix de ses compagnes.
Oh, ces femelles, ces femelles !... » J'étais devenu vicieux peu
à peu et je ramassais les miettes de mon maître. Je
recueillis bien des confidences sur sa douceur adroite,
mêlée de ces irrésistibles brutalités qu'adorent les femmes
morticoles. Je m'initiai aux mystères de son action et de sa
puissance occulte. Les dames riches raffolent de leur
médecin. Celui-ci comble les vides de ces existences
désœuvrées que le luxe ne remplit pas, les habitue aux
dangereux poisons que l'on débarque par tonneaux sur les
quais de la ville. Il les imbibe et les amollit avec l'éther, la
cocaïne et la morphine. Il les balance dans ces hamacs
tissés de fils mortels, où s'engourdissent la sagesse et
l'honnêteté. La malade se livre sans méfiance, confie son
corps et son âme aux mains expertes du docteur. Désormais, celui-ci la tient. Il peut la déshonorer à son gré. Il
est inattaquable, couvert par ce *secret professionnel* qu'il
viole à chaque instant, ôte et remet comme une veste.
Cloaquol, tenté par l'appât du scandale, avait voulu révéler
les drames qui se jouaient dans les mousselines et les
cretonnes *beiges* et *fraise écrasée* de Sorniude. Or la
série, à peine commencée, cessait brusquement. En trois
jours, mon maître avait entre les mains, et par l'intermédiaire des femmes, de quoi envoyer Cloaquol à la machine
électrique.

Enfin, après bien des alternatives, Mme de Sigoin avait
pris son parti. Elle se livrait au couteau impeccable de
Sorniude. Le lendemain, les trois opérateurs, Bradilin,
tout imprégné de chloroforme, Cordre bouffonnant, et
mon maître très animé, déjeunaient tranquillement,
quand un coup de sonnette violent, impérieux, retentit.
Ce n'était pas une main de femme. On se regarda avec
stupeur. Sorniude articula d'une voix blanche : « Ce ne
peut être Tismet ; il est à une ville d'eaux. » La son-

nette vibrait encore de la secousse. La terreur circula
dans la salle à manger, attrista les dressoirs, les cristaux,
les verres de Venise. J'allai ouvrir avec précaution, et fus
bousculé en une seconde par une sorte de buffle armé d'une
énorme canne et soufflant. Je criai : « M. le docteur
n'est pas là ! » Déjà le colosse avait secoué deux ou trois
portes, et finalement trouvé la bonne. Je ne pus lui barrer
le passage. Il se précipita. Les trois convives se dressèrent
dans des attitudes demi-lâches, demi-défensives. L'intrus
s'arrêta net et vociféra : « Ah ! ah ! Vous avez peur ! Misérables ! Je suis M. de Sigoin. Ma femme m'a tout raconté. »
D'un moulinet de son terrible gourdin, il fit voler trois verres
de Venise en mille miettes, renversa deux bouteilles de
vin sur les guipures de la nappe et le tapis d'Orient. Un
coup de pied fracassa une chaise. » Oui, je sais qu'elle
était la..., qu'elle... qu'elle me trompait avec le docteur
Tismet de l'Ancre, et vous..., vous l'avez opérée sans
besoin. Lequel est Sorniude de vous, hein ?... Elle m'a
avoué ça ce matin en pleurant... Vous l'avez inutilement
charcutée... Sales gredins que vous êtes...; bouchers
puants..., ordures ! » La canne surgissait dans la direction
de Cordre pétrifié, ainsi que Sorniude et Bradilin. Elle
était tenue et manœuvrée par cet homme robuste, aux
joues tremblantes, aux yeux ronds comme des billes, à la
bouche décrochée de fureur, au poil hérissé. C'était cela le
mari naïf dont il n'y avait rien à craindre. L'algarade
ne semblait pas ravir les déjeuneurs, hagards et épouvantés ; ils se rapprochaient insensiblement de la porte du
salon, protégés par l'intervalle de la table. Je sentais que,
si je faisais un mouvement, je m'exposais à avoir les os
rompus, et je préférais voir dans cet état ceux de Cordre et
de Bradilin. Le buffle n'était pas calmé. Il reprit haleine
et son souffle rauque rappelait sa vigueur. Sorniude essaya
de placer un timide *Permettez, monsieur* et fut interrompu par un rugissement : « Je ne permets rien, coquin.
Est-ce vous, Sorniude ? Si vous répondez oui, je vous tue !

Vous faites un joli métier. Mais patience! La justice va
s'occuper de vous. Je dépose une plainte et je vous
briserai comme ceci. » Une nouvelle volte du redoutable
bâton s'abattit sur la table avec un bruit éclatant et le
réchaud d'argent fut aplati comme une casquette. Profitant
de ce brouhaha et du désordre, Sorniude, Cordre et
Bradilin s'esquivèrent et fermèrent la porte à clef. Alors
de Sigoin poussa des imprécations : « Les lâches, les
scélérats, les lâches ! » accompagnées de bris de verreries
et de vaisselle et d'un moulinet qui, en quelques minutes,
fit de la pièce un vaste carnage. Quand ce frénétique eut
passé sa colère, éparpillé une boîte de cigares, éventré
deux ou trois tableaux représentant des Amours malades,
il reprit le chemin de l'antichambre, du pas régulier
d'un homme soulagé : « Je vais aux tribunaux. Quant
à toi, mon garçon, tu as eu raison de ne pas m'arrêter.
Sans ton calme, tu ne serais plus actuellement qu'une
bouillie. »

Débarrassé de ce tumultueux personnage, je trouvai
Sorniude, Cordre et Bradilin plongés dans l'anéantissement : « Voilà l'esclandre, gémissait mon maître. Il faut
sortir de cette impasse. La canaille de Tismet ! Je comprends pourquoi il voulait se mêler de l'opération. Il était
l'amant de la petite Sigoin. — En justice ! répétait Cordre
désespéré. — Oui, en justice, poltron ! Mais si nous res-
tons là, les bras croisés, nous serons sûrement condamnés.
En avant les grands moyens ! » Reprenant courage, Sorniude renvoya ses deux compères, trop accablés pour le
servir, réfléchit quelques minutes, debout, froissant de sa
main fine son menton pointu et sortit, après m'avoir lancé
ces mots : « Je ne rentrerai pas de la journée ! »

Elle fut longue à passer, cette journée. A toutes les
clientes j'étais forcé de répondre : « M. le docteur ne
reçoit pas. » D'où étonnements, crispations, réclamations auxquelles j'opposais une moue signifiant : « Qu'y
puis-je ? » La concierge monta, terrifiée par le vacarme et

la salle à manger dévastée. Je me piquai le doigt en ra-
massant du verre.

Pendant huit jours ce furent, chez mon maître, des conciliabules répétés avec Bradilin, Cordre et Tismet. De Sigoin avait tenu parole et déposé une plainte aux tribunaux,
Crudanet était président de la Cour où devait venir l'affaire.
J'assistai au défilé d'une foule de personnages louches,
porteurs de grosses serviettes et de favoris. Jamais le
douillet tapis n'avait été foulé par tant de pieds grossiers.
Sorniude était inquiet. Sa situation le préservait et ses
dossiers lui étaient une sauvegarde; mais il ne faisait
partie d'aucune Académie. Cordre et Bradilin ne cher-
chaient qu'à le lâcher et souhaitaient sa perte, car sa
condamnation devenait sa ruine. Quel fut mon étonnement,
un matin, d'introduire Crudanet lui-même! Le délégué chef
sanitaire me lança un de ces regards en dessous qui vous
déshabillaient l'âme, et se jeta vite dans le cabinet de
mon maître. Je pris mon poste d'observation. Crudanet
parlait bas. Je ne percevais que des phrases hachées, de
la voix papelarde et blême : « Affaire grave... Opinion révoltée... Dépopulation... Avocat nécessaire. » Puis, Sorniude cauteleux et précis : *N'y aurait-il pas moyen
de s'arranger, mon cher maître? Je serais disposé
aux plus grands sacrifices.* Ici un chiffre, plus chu-
choté que parlé, *cinquante mille* (il sortait évidemment
de la bouche de Crudanet) .. Le cliquetis d'une serrure
de coffre-fort; mon maître cherchait de l'argent. Un froissement de billets; un *C'est bien, comptez sur moi* imperceptible, prononcé comme par une mouche, et je courus
ouvrir la porte au grand, à l'intègre président morticole.

J'étais rassuré sur le sort de Sorniude. Il venait d'acheter Crudanet. Il n'en souffla pas mot à Bradilin ni à Cordre,
mais il leur déclara qu'après avoir pensé à divers avocats,
son choix s'était définitivement fixé sur le fameux Méderbe, le plus cher de tous. « J'enrage, s'écriait-il, de
faire ces sacrifices à l'envie de mes collègues. Car enfin là

est le péril. L'argent ! Il n'y a que lui qu'on jalouse. Je ne
suis pas un chirurgien savant, moi, un Malasvon, ni un
Tartègre. Mais je gagne de l'argent. Si j'étais un pauvre
hère, comme jadis, on eût forcé Sigoin à retirer sa plainte.
Je me fiche des honneurs. Je n'aime que deux choses, la
femme et l'or ; je n'en hais qu'une, l'enfant, et c'est une
haine professionnelle, puisque je suis le Fléau des Gosses. »

Je reçus une citation à comparaître sur papier rouge à
tête de mort. Mon maître me donna le conseil de répondre
évasivement à toutes les questions qui me seraient posées.
Lui-même eut, la veille de l'audience, une longue et importante consultation avec ses complices et l'avocat Méderbe.
Celui-ci était un personnage bizarre, grand, mince, au
corps assez élégant, surmonté d'une tête de poisson mort,
avec des yeux verts impénétrables, des cheveux collés et
plats, et, dans tout son individu, quelque chose de glacé, de
rigide. Sa voix était précise et monotone, mais elle suivait
les méandres de l'affaire la plus embrouillée, grâce à une
lucidité d'esprit merveilleuse. Il flairait le péril principal,
c'est-à-dire la propagation de l'aventure dans les ménages
et les aveux successifs des femmes : « Nos Morticoles
sont si impressionnables ! insistait-il, sans que bougeât un
seul muscle de son morose visage. Je redoute toujours
l'imitation. » Ce Méderbe avait été médecin raté, membre
influent du Parlement et du gouvernement, puis il avait
choisi la profession d'avocat, comme plus propre à satisfaire ses besoins d'argent et ceux de sa femme, créature
anguleuse à cheveux jaunes, aussi méchante que son mari,
dont les perfidies et les excentricités étaient célèbres par
la ville. Il plaidait surtout les affaires financières, pour
leur gros profit et les secrets qu'elles lui livraient, et on
les lui confiait en prévision de ses relations demi-poli-
tiques, demi-judiciaires, qui lui assuraient toujours gain
de cause. Il réclamait des honoraires fabuleux. Ce qu'on
lui payait, c'était l'acquittement sûr. Cet homme disposait
donc d'un énorme pouvoir. Appuyé sur le Code compliqué

et labyrinthique des Morticoles, en connaissant toutes les ruses, il donnait l'impression d'un bandit armé pour la vie sociale, certain de l'impunité, puisqu'il buvait à l'auge du châtiment et de la récompense. J'admirais cet animal de proie, tandis qu'il exposait ses moyens de plaidoirie. En terminant, il demanda cent mille francs, son chiffre habituel, pour faire acquitter Sorniude.

. . . .

Quand j'entrai dans la salle d'audience, je crus qu'il s'agissait encore d'un Lèchement de pieds. Les juges étaient au nombre de trois, en robe et toque rouge, assis derrière une longue table surexhaussée. Au-dessous d'eux, siégeaient d'autres pantins en robe et toque noire. Crudanet présidait, flanqué de deux trognes sinistres. Derrière moi s'étageait une série de bancs, pour les témoins, la presse, le public. Devant étaient les accusés, Sorniude, Bradilin et Cordre, et les plaignants, M. et Mme de Sigoin. A droite du tribunal, Méderbe ; à gauche, Foutange et Boustibras. Je retrouvais l'éternelle disposition des locaux morticoles, qui convient aux Académies, Facultés, Parlements comme à la Justice, et surtout au Mensonge. Ces juges n'ont-ils pas les mêmes passions que les autres, les mêmes vices, les mêmes crimes, les mêmes pieds de derrière repliés sous la table, tandis que les pieds de devant gesticulent ? Le mensonge est partout. Il est le repas invisible que l'on mange à ces tables vertes ou vernies, où s'asseyent des hommes rouges ou noirs. Elle symbolise, cette table, toute l'organisation sociale, sa tyrannie, son imbécillité. Au-dessus de la tête de Crudanet, j'aperçus un crucifix ; un crucifix, chez ce peuple athée par principe ! Comment est-il resté là, vide d'un Dieu qui ne supporterait pas semblable comédie ? Sans doute pour exprimer que, de toutes ces assemblées, celle où l'on rend la justice est encore la plus mensongère.

En me retournant vers l'auditoire, je distinguai la bonne figure de Trub, illuminée par une étincelante cravate

jaune. L'interrogatoire commençait. De Sigoin se leva ;
il fut violent, éloquent et raconta « comment sa femme,
corrompue par de mauvais contacts, avait demandé à
Sorniude de l'opérer de ses ovaires ; comment elle avait
suivi les conseils de ce dernier et simulé une maladie à
l'aide de drogues ; comment, prise de remords, elle avait
tout avoué à son mari, et comment lui, de Sigoin, était
bien persuadé que Sorniude n'en était pas à son coup
d'essai. » Il se rassit sur cette insinuation. Crudanet l'avait
interrogé brutalement, en s'efforçant de brouiller son
discours. Le délégué chef tenait sa parole. Quant à Mme de
Sigoin, pâlie, les yeux rapetissés et les joues bouffies par
les larmes, elle eut une attitude lamentable, et ne put que
sangloter debout, longue silhouette courbe, s'appuyant à la
barre d'une main gantée de noir. Crudanet fut paternel,
indulgent, ce qui lui permit de glisser sur les points
délicats, *afin de ne pas fatiguer une malheureuse femme,
déjà si cruellement éprouvée:* « Je regrette, messieurs,
ajouta le Tartufe s'adressant à l'assistance, je regrette
souvent que les maris ne pratiquent point le secret professionnel. Nous n'en serions point réduits à écouter de
pareils aveux. » Mme de Sigoin s'affaissa sur son banc, et
longtemps encore on entendit les pénibles hoquets qui
avaient secoué toutes ses réponses. Elle n'avait eu qu'une
préoccupation : ne pas compromettre Tismet.

C'était le tour de Sorniude et de ses complices. Au ton
aimable et patelin de Crudanet, on eût cru que ceux-ci
étaient les accusateurs. Les acolytes du président somnolaient près de leurs toques, la joue appuyée sur la main
qui émergeait de la large manche rabattue. Au début,
Sorniude tremblait : graduellement il se rassura, attesta
sa droiture, sa bonne foi, sa science, l'opération nécessaire, et narra la scène de Sigoin. L'interrogatoire de
Sorniude achevé, Bradilin et Cordre répondirent sans trop
de contradictions. Quand arriva mon témoignage, je fus
ambigu et je jouai la bête au naturel. Crudanet, se méfiant

25

de ma maladresse, rappela, dès le début, que j'étais un
étranger. Ensuite cinq dames citées et trois collègues cer-
tifièrent la parfaite honorabilité de Sorniude. Quibot était
venu secourir lui-même le fendeur des ovaires de sa
femme et il obtint un grand succès quand il déclara que,
ancien ami des Sigoin, il les abandonnait publiquement,
tenant à honneur d'affirmer que le docteur Sorniude avait
sauvé la vie de Mme Quibot. Celle-ci était présente : une
tête fanée, livide, tissée de rides, éclairée par deux
regards de vice qui luisaient, fleurs vénéneuses, au-dessus
de la bouche molle et rouge.

Surgirent les deux avocats du ménage Sigoin : Foutange
pour le mari et Boustibras pour la femme. Le premier
avait la même attitude satisfaite qu'à la séance de Rosalie,
son nez de perroquet retombant avec orgueil bien au
milieu de ses favoris blonds. Toutefois, il avait dû remplacer par une toge son claquant manteau de caoutchouc.
Le second, petit, nerveux, trépidant, boursouflé par sa
robe, semblait un visage de diable issu d'un ballon noir.
Ces deux éternels adversaires se trouvaient combattre
côte à côte et défendre une cause parallèle.

Mme de Sigoin, repliée comme une liane brisée, échap-
pait ainsi aux outrages qui voltigeaient dans l'air épais de
l'audience. Foutange soutenait cette thèse qu'elle avait
été hynoptisée par Sorniude, car tout son passé, toutes les
traditions de sa famille témoignaient en sa faveur. A
chaque geste de Foutange, ample, arrondi, décisif, l'air
s'engouffrait dans ses vastes manches, et il naviguait à
pleines voiles sur l'océan de l'éloquence. Il traça un
tableau touchant de ce ménage si uni, où Sorniude était
venu, grâce à la suggestion, porter le déshonneur. Jusque-
là tout allait bien, quand Boustibras saccagea l'édifice de
phrases péniblement construit par son rival. Il tenait à
affirmer, le nasillard Boustibras, l'excellence de sa théorie
hypernerveuse. Foutange, piqué au jeu, répliqua ; l'audience dégénéra en un débat de clinique, chacun des deux

professeurs apportant des preuves, citant des auteurs,
oubliant totalement l'affaire. Par intervalles éclatait,
comme un coup de trompette, la phrase préférée de Boustibras : *Mais c'est moi qui fiens te fu le dire,* suivie
d'une tirade grandiloquente et fade de Foutange. Nous
serions encore au tribunal, si Crudanet n'avait interrompu
net les trop diserts orateurs.

Je guettais Méderbe. Quand il se dressa, comme un
couteau, déployant sa taille droite et ferme que surmon-
tait sa tête de brochet aux yeux gelés, un frisson de curiosité
parcourut l'auditoire ; le tribunal et les greffiers devinrent
des statues d'attentive bienveillance et, le robinet de la
bouche mince étant ouvert, les paroles commencèrent de
couler. C'était un filet d'une grosseur uniforme, sans plis-
sements, ni jaillissements, ni écarts, tiède et mou d'abord,
mais fort et pénétrant par sa continuité. Méderbe exposa
le cas de Sorniude qui devint peu à peu un bienfaiteur
de l'humanité, *un de ces admirables flambeaux auxquels
s'acharne le souffle empesté de la calomnie et se brûlent
les papillons de la haine, et qui éclaire les parois de la
grotte scientifique.* L'orateur se promenait d'un pas
méthodique et sûr dans le jardin de ses métaphores, détachant les épithètes d'un coup de sécateur et chassant du
pied tout gravier importun. A mesure qu'il parlait, de son
ton froid, méprisant, cynique, se développaient, poussaient
hors de lui la haute idée qu'il avait de lui-même, l'importance de ses relations, sa connaissance dure et marbrée
du Code, et aussi se constituait une atmosphère de confiance, dans laquelle Sorniude semblait préservé, sauve-
gardé, aimé des dieux et des juges. Je n'ai jamais vu
mentir comme Méderbe, superbement, effrontément, de
poitrine et de dos. En cet homme admirable, les rapports
du vrai et du faux paraissaient renversés. Il vantait le
noble désintéressement de son client, sa bonté toujours
prête, son audace opératoire qui lui valait tant d'ennemis.
Cependant les juges dodelinaient de la tête en cadence ;

Foutange et Boustibras buvaient les paroles de leur adversaire. Le filet d'eau coulait, coulait toujours, rongeant peu à peu la pierre du crime et de l'accusation, interrompu par de petits gestes étroits et rares qui découpaient dans l'espace des figures géométriques.

Quand Méderbe arriva au ménage de Sigoin, sa voix devint plus basse, voilée de tristesse. *Il est de ces hontes qu'il est pénible d'étaler, auxquelles on voudrait ne pas croire; mais l'évidence est là, et il faut quelquefois sacrifier l'honneur d'une femme pour sauver celui d'un homme.* Suivit le portrait de Mme de Sigoin, perverse, débauchée et malsaine, quittant et reprenant ses amants, puis éperdue, découverte, cherchant à entraîner dans sa chute son bon, son innocent docteur. J'observais la malheureuse victime. Elle s'était remise à sangloter, en proie à ces alternatives cruelles. Chaque phrase de son bourreau la courbait davantage. Bientôt Méderbe plaidait pour elle les circonstances atténuantes : « Si criminelle que soit cette femme, je n'oublierai pas, messieurs, qu'elle est une victime de l'hérédité. Les magnifiques travaux du grand juge qui préside ces débats — ici sourire flatté de Crudanet — nous ont appris que la prostitution se transmet dans la classe des malades riches comme dans celle des malades pauvres. Or, Mme de Sigoin mère était une dévergondée fameuse, si j'en crois les récits des vieillards. Son père était un fou qui passait deux mois par an dans la maison de santé du docteur Ligottin. » Quant à de Sigoin, Méderbe le traîna dans la boue. Il le montra exploitant la mauvaise conduite de sa femme et en tirant ses moyens d'existence, alcoolique, violent jusqu'à la furie, menaçant de sa canne Sorniude, ses dévoués auxiliaires et *un innocent domestique étranger*, démantibulant la pauvre vaisselle, l'humble salle à manger du savant. Bref, de plaignant, Sigoin devenait accusé; il paraissait à tous infâme. Il crispait les poings, l'infortuné ; des larmes de rage honteuse lui glissaient sur les joues;

sa face était rouge comme une pivoine, et j'avais peur
qu'il n'éclatât. A deux ou trois reprises il voulut protester, mais Crudanet le fit taire sévèrement. Chaque fois que
Méderbe interpellait un nouveau personnage, il dirigeait
vers lui un œil sur lequel la paupière se soulevait à demi,
ou bien le désignait d'un de ses doigts blêmes. Je me
rappelais, tandis qu'il développait ses ressources et ses
roueries, les récits qu'on m'avait faits sur son compte, ses
concussions comme parlementaire, sa bassesse comme
homme privé, ses relations avec des coquins célèbres ;
et cet avocat, pour de l'argent, pour beaucoup d'argent, déshonorait tant qu'il voulait, drapé dans sa robe,
protégé par les gros livres morticoles, la police, le gouvernement, par la lâcheté universelle. Il pouvait suer
l'infamie, saliver la haine et pisser la couardise, on lais-
serait son éloquence nager sur ces affreux liquides, sa
réputation grandirait. Tels sont les produits d'une haute,
d'une sublime civilisation !

Méderbe se rassit, salué par un long murmure approba-
teur, et chacun convenait que c'était là une de ses plus
belles plaidoiries. On la rapprochait d'une autre, de sens
contraire, qu'il avait prononcée la semaine précédente, et
l'on s'accordait à reconnaître en lui un homme très fort,
très impeccable, très sage, très éloquent, une des futures
statues morticoles. Cependant le tribunal délibérait. La
délibération ne fut pas longue. Crudanet ouvrit un bouquin,
le referma, consulta à droite et à gauche chacune des
trognes à favoris qui s'inclinèrent affirmativement ; alors
il se leva, la tête un peu penchée, il déclara Sorniude
acquitté, renvoyé des fins de la plainte et les de Sigoin
condamnés aux dépens, avec des *considérants* qui les
salissaient...

Le soir, c'était fête chez Sorniude. On remarquait une
nuée de petites dames fringantes, les fondatrices du *dîner
des Sans-Ovaires*, Bradilin, Cordre et Méderbe. On but à la
santé de celui-ci et il fut le héros de la soirée. On plai-

25.

santa l'abser ce et la peur de Tismet. On me félicita de mon
ahurissement. Au milieu du repas, un reporter du
Tibia brisé vint, au nom de Cloaquol, interroger l'illustre
acquitté. Tout le monde parti, Méderbe resta seul avec son
client et une jolie fille décolletée et caressante que celui-ci
gardait amoureusement sur ses genoux. Le luxueux salon,
éclairé par cinquante bougies, brillait comme une escar-
boucle, et les claires étoffes, les fouillis de dentelles, les
tableaux demi-licencieux resplendissaient, animés par des
réflecteurs. Méderbe avait beaucoup trinqué, mais la boisson ne faisait que le glacer davantage. Il se planta devant
mon maître et lui dit : « Avouez que vous n'avez pas payé
trop cher le plaisir de respirer cette fleur parfumée. » Il
montrait la jeune femme et les roses épaules frémissantes,
sur lesquelles s'appuyait le menton pointu du voluptueux
Sorniude : « Pensez qu'en ce moment, vous pourriez occuper une cellule de l'hôpital-prison. Rien ne gênera désormais vos aspirations. Les soupçons dissipés ne reviennent
plus. Vous avez une légende d'incorruptible. C'est à cela
que servent les tribunaux. »

Ma conscience avait des retours brusques. La nausée
me prit soudain. Puis Sorniude me faisait peur. On
racontait que certains de ses domestiques, mêlés à trop
d'aventures, avaient disparu mystérieusement. Je redoutais
ce sort, et, bien que mon maître fût charmant pour moi
depuis son acquittement et me comblât de gratifications,
je résolus de l'abandonner.

CHAPITRE III

Je revis Trub. Il me confia qu'il allait décidément quitter le service de Dabaisse et devenir valet de chambre d'Avigdeuse. Notre espoir à tous deux était de gagner assez d'argent pour fréter une galère et nous enfuir. Trub me dit : « Ton ancienne passion, qui t'apportait salle Vélàqui ton ragoût et des gâteaux, la petite Marie, est aujourd'hui cuisinière chez le spécialiste Purin-Calcaret, et celui-ci cherche un valet de chambre. Présente-toi. »

Tout se passa fort bien. Je retrouvai ma bonne amie, qui se montra un peu froide, mais très complaisante. Son maître était garçon. En outre, il avait une forte corpulence, l'air réjoui et habitait une avenue aérée qui conduisait au port. Il m'accepta d'emblée. Je quittai Sorniude à l'improviste, et m'installai aussitôt chez mon nouveau patron.

Purin-Calcaret, grisonnant, bedonnant, figure ouverte agrémentée d'un court collier de barbe, mangeait de bon appétit, buvait comme un trou et trempait les doigts dans son nez avec acharnement. Son deuxième défaut était l'*ingratitude*. Je ne vois pas trop comment il différait par là de la plupart de ses concitoyens, lesquels oublient de suite les services rendus. Toujours est-il qu'on l'appelait couramment l'*Ingrat*. Il était spécialiste pour les maladies du cuir chevelu et du nombril, et son cabinet de travail, une pièce sobre, sévère, large, carrée, où il ne tolérait pas un grain de poussière, était garni de bocaux dégoûtants. Dans

un liquide rouge pourrissaient des tignasses et des morceaux de chair. Mon maître renouvelait lui-même tous les
huit jours cette eau sanglante. Tout dans sa vie était méthodique et prévu. La petite Marie passait chaque soir dans
sa chambre. Sur sa table, une trentaine de loupes de
taille différente étaient rangées par familles. Un creux en
demi-cercle recevait la convexité de son abdomen. A côté
de lui, se dressait un guéridon, couvert d'instruments
bizarres. Il recevait beaucoup de malades, qui tenaient
leurs mains sur leurs ventres, et marchaient pliés en deux,
ou avaient la tête enveloppée de linges.

Dès le lendemain de mon entrée en fonction, je vis
arriver l'infortuné Burnone, qui semblait la caricature de
Purin-Calcaret. Il me reconnut, me salua avec effusion,
me supplia de le faire recevoir *vite, vite* par le docteur. Le
traitement de Wabanheim n'avait fait qu'aggraver son
mal. La *Banarritine* lui enflammait la peau du crâne.
Soulevant sa calotte de soie noire, il me montra un
mélange de pommade, de perruque et d'huile rance qui
me donna la nausée : « On m'a affirmé, ajouta l'hypocondriaque, on m'a promis que Purin-Calcaret me guérirait.
C'est le seul, n'est-ce pas, le seul qui connaisse parfaitement ces *dermatoses*-là ? J'ai pleine confiance en son
diagnostic. Mais le temps passe. Ah, mon ami, que je
n'attende pas ! » Quand il sortit du cabinet, il examinait
une longue et méticuleuse ordonnance dont la lecture le
remplissait de joie : « Voilà un homme, ce Purin ! Du
premier coup, il a vu juste. Je reviendrai demain. »

L'*Ingrat* n'était lié qu'avec des spécialistes. Tous
avaient un air de famille, une certaine bonhomie sinistre,
car ils tuaient avec lenteur et une sérénité théorique. Je
fis la connaissance d'un célèbre dentiste qui ne soigne que
les grosses molaires, les étudie chez tous les animaux, et
a eu, à cette occasion, trois doigts emportés par un tigre.
Cette passion l'a conduit aux plus grands honneurs, car
les personnages importants souffrent de fluxions fréquentes

causées par la température. Cet habile praticien eût pu
atteindre plus haut encore, sans son détestable caractère
et la jouissance infinie qu'il éprouve à torturer ses clients.
Il leur enfonce de fines aiguilles rougies, par la mâchoire,
jusqu'au crâne. Parfois, il en oublie une, et la retire un
an après, tout encroûtée de carie. Parfois aussi, il se
trompe, arrache sans nécessité douze dents saines, des
fragments de gencives et laisse le mauvais chicot. Ces brutalités et ces méprises occasionnent des batailles fréquentes
entre Poulquier, c'est le nom du redoutable personnage, et
ses malades, batailles dont il sort avec des bosses et l'œil
noirci. Mais ce sont pour lui des blessures glorieuses, des
chevrons. Et je n'ai jamais vu râtelier plus affreux que le
sien, plus comparable à un arc-en-ciel où chaque nuance
est déterminée par un degré plus avancé de pourriture. On
cite le cas de *molairiens* devenus enragés après trois
séances chez cet énergumène, et mordant les passants dans
la rue. A part cela, c'est un bon garçon et j'aimais qu'il
dînât chez Purin pour la finesse de ses saillies.

Autre familier de la maison : le directeur des Muséums
morticoles, un nain roux surnommé Qui-Qui. Un jour, il
mena mon maître visiter son établissement, et je les
accompagnai. La triste promenade ! Dans un grand cirque
glacial, proche de la banlieue, se dressait une suite de
bâtiments. L'un abritait les singes, grelottants, toussants
et maussades. Bradilin venait là s'approvisionner de victimes. Plusieurs, les pattes coupées, se balançaient auto-
matiquement, lamentablement, à l'aide de leurs moignons.
Dans un coin, une guenon affamée montrait ses gencives
suppliantes. Je remarquai aussi des serpents, engourdis
sur leurs excréments, préservés du froid et de la pluie par
des couvertures élimées, des hyènes phtisiques, des
léopards scrofuleux, des lions plaintifs auxquels Poulquier
avait arraché les molaires et les griffes, un éléphant sans
trompe ni oreilles, une girafe paralysée, des oiseaux à
l'état de squelettes. Qui-Qui nous expliquait ces merveilles,

insistant sur les étiquettes qui décoraient les cages des animaux. Dans un bassin d'eau saumâtre, des crocodiles flottaient, le ventre en l'air. C'était aussi le sort des poissons, gélatineux habitants d'un aquarium où les cailloux eux-mêmes semblaient malsains. On nous montra une chèvre récemment arrivée de l'étranger. Ses beaux yeux graves reconnurent un ami au milieu de tant d'adversaires, et elle vint frotter doucement son petit museau rugueux contre ma main. En quittant ce charnier lugubre, nous passâmes par une serre de plantes lourdes de parfums, agonisant dans des attitudes voluptueuses. La fleur sait mourir avec beauté.

Purin-Calcaret recevait souvent Pridonge, le médecin des maladies honteuses, bavard, grand, au visage glabre et sévère qui s'illumine dans la conversation. Après son départ, mon maître ordonnait à Marie de rincer soigneusement l'argenterie et les verres. Du reste ils étaient camarades et pleins de sympathie l'un pour l'autre : « J'ai pour vous, mon cher Purin, s'écriait Pridonge, un splendide nombril tertiaire. Je parie qu'il manque à votre collection. » Les yeux des deux compères s'allumaient, comme s'ils contemplaient déjà ce bijou. Un autre docteur s'occupait exclusivement des maladies de l'omoplate gauche. Il n'avait guère qu'un client par mois, mais il ne le laissait pas s'égarer. Un autre s'était dévoué aux ongles. Il en possédait une collection de cinquante-cinq mille, de toutes formes, de toutes provenances, de toutes lésions, de toutes couleurs, et ses regards ne quittaient pas les mains de ses interlocuteurs. Je contemplai celui qui consacre sa vie aux affections des cils, petit vieillard qui n'en a plus, à force d'avoir examiné ceux des autres. Enfin le spécialiste du gros orteil jouissait d'une autorité particulière, car il préparait aux Lèchements. Quand ces messieurs se réunissaient, c'était une vraie Babel anatomique. Ils méprisaient violemment les faiseurs d'hypothèses, les Cortirac et les Tartègre, et j'entends la voix de Purin-Calcaret, frappant la table de sa paume robuste : « Le fait, messieurs, le petit fait bien observé vaut plus que cent théories. Quand j'ai classé un nombril, un vrai nombril, un nombril spécial, cela ne m'échappera pas, cela restera dans la science, décrit minutieusement, une fois pour toutes. Il n'y a pas à raconter d'histoires. » Tous approuvaient, s'enorgueillissaient d'avoir chacun, dans leur musée, de belles molaires, de beaux orteils, de beaux cils, de beaux ongles et de belles omoplates.

Je me trouvais d'autant mieux chez l'Ingrat que j'étais rentré dans les bonnes grâces de la petite Marie. Malheureusement, notre maître fut nommé médecin en chef d'une ville d'eaux importante. Je ne pouvais le suivre, car l'État fournissait son personnel. Il quitta définitivement la cité, n'emportant que ses meubles et sa collection. Mais, avant de partir, il eut la bonté de me recommander à son ami Pridonge. Le même jour Trub entrait chez Avigdeuse.

Pridonge me prit par surcroît, car il avait déjà un nombreux domestique. A la table de l'office, nous étions cinq hommes et deux femmes. Mon maître habitait un superbe hôtel au centre de la ville. Sur la porte était sculpté un docteur emblématique, retirant une flèche du pied de Cupidon. On lisait au-dessous, en caractères flamboyants, cette devise : « Il panse les blessures de l'Amour. » Le premier étage comprenait le cabinet de consultations et les salons d'attente, décorés de tentures noires et argent. Le second était destiné aux appartements particuliers et aux bibliothèques. Partout de hideuses planches coloriées; deci, delà, une petite image allégorique, représentant un médecin en robe rouge, un doigt sur sa bouche, d'où part l'inscription : *Silence et Mystère;* car on insistait, dans les cours de la Faculté, sur ce fait que le secret professionnel est la garantie du pouvoir doctoral.

L'arrivée des malades dans ce royaume était muette, silencieuse et honteuse. Les femmes, dissimulées sous d'épaisses voilettes, attendaient dans des pièces séparées.

Les hommes se tournaient le dos et feuilletaient très attentivement des journaux et des revues qui, la plupart, avaient trait à leur mal. Pridonge raccompagnait ses clients avec de gros rires et des éclats de voix : «.Au revoir, vieux sale! — Vieux paillard! — Ah, le satané rigolo! » La syphilis, sous toutes ses formes, lui procurait une allégresse toujours fraîche, toujours nouvelle.

Quelque temps après mon entrée dans la maison, il y eut un important dîner auquel furent conviés les plus fameux Morticoles, entre autres Vomédon, l'éternel parasite, Crudanet, Cloaquol, Gigade, Cortirac, Fête, Canille, Poulquier, l'auteur dramatique Loupugan, plusieurs élèves, plusieurs riches dont Burnone, beaucoup de dames et de demoiselles en grande toilette. La table était odorante de fleurs, lucide de cristaux, brillamment servie dans l'immense salle à manger. Tout autour, souriaient les portraits des ancêtres de Pridonge, médecins de père en fils et dévoués à la même spécialité. Mon maître portait toutes ses décorations; sa robuste poitrine resplendissait de pierreries et de rubans de couleur. Nous autres, les domestiques, en livrée marron et culottes courtes, nous activions autour des quarante convives. Le repas fut luxueux et cordial. Pridonge était en verve. Son *creux* intarissable guidait, dominait la conversation. On causa d'abord de Banarrita, lequel venait d'empoisonner, par erreur, toute une famille: « La mort de Wabanheim lui a fait perdre la tête, » dit gravement Cortirac, le vainqueur, qui rayonnait derrière ses lunettes d'or et savourait, avec le délicieux potage et les hors-d'œuvre bien assortis, le bonheur de son titre neuf. « Ce n'est pas la première fois que cela lui arrive, s'écria Fête! Banarrita a déjà causé la mort d'une cinquantaine d'individus, et il passe pour le premier pharmacien morticole. Cela ne se produirait pas, si l'on se soignait par mon système.

— Mais c'est l'eau pure, votre système, » riposta Pridonge, et il continua sans transition, se frappant le thorax

d'un geste jovial, et faisant sauter ses décorations scintil-
lantes : « Croyez-vous que je porterais toute cette ferblanterie,
si je donnais à mes malades — et son regard parcourut l'assistance, — des boulettes microscopiques comme les vôtres?
Ils ne guériraient jamais. Ils tomberaient vite en pourriture.
Je suis le gardien de la Débauche. N'est-ce pas, Burnone? »
Le vieillard tressaillit et bredouilla, avec un sourire forcé,
quelques paroles incompréhensibles. Je remarquai qu'il
n'avait plus sa calotte noire et que sa perruque avait disparu. « Regardez notre ami Burnone, poursuivit l'amphitryon plein de bonne humeur. Il avait consulté Tartègre,
Wabanheim, que sais-je, des spécialistes comme Purin-
Calcaret, et tous n'y avaient vu que du feu. Ce qu'il avait,
vous le devinez bien, messieurs, mesdames et mesdemoi-
selles! Notre Burnone était poivré! » La table se hérissa
de rires aigus ou graves, et toutes les dames, un peu rouges,
se renversaient en arrière, agitaient leurs éventails, et tous
les yeux larmoyants de joie se tournaient vers cet hilarant
Burnone, qui se mit lui-même à l'unisson. Les domestiques
riaient, à l'idée de ce mal si comique, et les portraits des
ancêtres, le vin dans les carafes, les cristaux, l'argenterie
semblaient s'amuser prodigieusement : « Certes, gloussait
mon maître, que le détail délectait, vous étiez dans un
triste état, maître Burnone, quand vous êtes venu me
trouver : une bouillie. Vous voilà frais et gaillard. Mais,
prenez garde, polisson; je ne réponds pas de l'avenir! »
Pridonge saisit un compotier : « De toutes les spécialités,
la mienne est la meilleure. Devinez qui me procure ces
fruits magnifiques? Le trop généreux Loupugan, l'illustre
Loupugan, ici présent. » L'interpellé fit la grimace :
« Rassurez-vous, grand homme, je ne dévoilerai rien.
D'ailleurs, c'est le passé. Aujourd'hui, mesdames et admi-
ratrices, Loupugan se porte comme un médecin. On n'a
rien à craindre avec lui. » Le dramaturge morticole, qui
passait pour spirituel et forgeron de réparties acides, avait
baissé le nez dans son assiette et pris une attitude bou-

26

genue. Afin de le sortir d'embarras, mon maître se lança dans une tirade : « Tout ce qu'il y a ici me vient de largesses de mes malades. Quand je leur ai rendu cette forme de santé sans laquelle le bonheur est impossible, ils se ruineraient pour moi. Ah! la reconnaissance n'est pas un vain mot! Toute la journée arrivent des caisses de fleurs, de légumes, de tableaux, d'objets d'art, de livres rares. Et l'étranger donc! Je suis l'homme qui a le plus de cartes d'Altesses régnantes. Vous les trouverez à l'antichambre, pêle-mêle dans une grande coupe d'or. Ne suis-je pas un souverain, le plus puissant de tous, l'Empereur de l'Amour? Sans moi, le petit dieu suspect lance des flèches empoisonnées. Mais je surviens, j'examine le carquois et je dis : Vous pouvez combattre. »

A ce moment parut un gigantesque poisson, couvert d'une gelée qui dessinait cette apostrophe symbolique : HONNEUR ET GRATITUDE. « C'est, murmura mystérieusement mon maître, un cadeau du prince de Hennin, que j'ai dernièrement tiré d'affaire. — Puis, très haut : — Retenez ceci, messieurs, et soyez chastes : depuis vingt ans que j'exerce, j'ai vingt-cinq mille *observations* de clientes riches. Étonnez-vous, après cela, des vilains enfants qui sont dans les familles. » Il y eut des exclamations ironiques : « C'est ignoble! Tu ne vas pas nous faire un cours, hurla Cloaquol de l'autre bout de la table. Tais-toi ou je prends des notes. — Instruis-toi, journaliste, insista l'orateur très animé par son succès et la boisson et perdant la tête. Voici un problème moral délicat : un jeune homme, le fils d'un financier, je peux dire son nom, nous sommes entre nous, le jeune Lebide, a demandé la main d'une jeune fille que vous connaissez tous, Mlle Grominge. Or le garçon est de mes clients, et les parents de la fiancée, des amis à moi, m'ont annoncé le mariage. Que dois-je faire? Les avertir ou les abandonner à leur malheureux sort? Cela me tourmente. J'en rêve. Crudanet, sortez votre avis. Tirez-moi du doute. Je suis pris entre le secret professionnel et le de-

voir. Faut-il que j'aille trouver les parents de Mlle Grominge et que je leur dise : Flanquez Lebide à la porte. Votre
fille accoucherait d'un veau à deux têtes ou d'un os carié ?
Ou faut-il me taire ? — Mais, riposta Cloaquol, tandis
que Crudanet esquissait hypocritement un geste évasif, il
me semble que tu as déjà trop parlé. Nous sommes ici
quarante ou cinquante, et tu résous le problème en le posant. — Bah, ne fais donc pas la bête avec papa Pridonge, Cloaquol. Je suis fixé sur ton compte, mon bonhomme. Ah, ah, monsieur est dégoûté ! Hi, hi, monsieur
n'aime que les sujets chastes ! Je t'ai vu moins fier, noble
directeur, il y a deux ans. Tu passais tes fredaines en sourdine, mon vieux, et elles ne te réussissaient guère. » Cloaquol était vert de rage. J'étais près de lui. Je l'entendis
grincer : « Tu me la payeras cher. » Il jeta : « Quel goujat
que ce Pridonge ! » Celui-ci avait sa crise, nul n'aurait pu
l'arrêter : « D'ailleurs, vous tous, mes convives du sexe
mâle, pourquoi jouer à l'innocence ? Ignorez-vous de quoi
il retourne ? Je vous ai tenus dans mon cabinet, bien
humbles, bien inquiets, bien obéissants. Ah, si je vidais mon
sac d'histoires ! Si je le vidais pourtant ! J'aime la gaieté,
moi, je l'adore. » Il secoua sa fourchette et son couteau
au-dessus d'un paon dressé dans son plumage au milieu
d'une citadelle de foie gras : « Envoi du duc de Séneste !
Saluez ! »

Après cette sortie, il y eut une gêne atroce. Les femmes
et les jeunes filles étaient manifestement très mal à leur
aise. Un fleuve de boue avait traversé la salle, éclabous-
sant les claires toilettes, la nappe irréprochable, et jaillissait jusque sur les visages. Un lourd silence s'abattit, où
chacun ruminait sa colère et sa honte, et Pridonge, qui
ricanait encore, mais sans parler, et nous faisait signe de
hâter le service, m'apparut tout à coup comme le porte-
fouet de cette société méprisable : « C'est toujours la
même scie, me glissa dans l'oreille un des larbins ; il n'in-
vite que pour insulter. Mais il est si amusant ! » La voix

de notre maître reprit, mordante et dure : « Qu'est-ce qu'il y a ? J'ai été trop loin ? Est-ce de ma faute si je suis bien portant et joyeux ? Je le répète sans cesse aux idiots qui viennent me consulter avec des mines déconfites et pudiques : *Voulez-vous lever le masque? Vous n'êtes pas le premier que j'examine.* Et quand ils me brodent des mensonges, il faut voir comme je rétablis l'axe et vite : *Qu'est-ce que vous me chantez? Ça vous est venu en montant en bateau, n'est-ce pas, ou en tombant à califourchon, ou un jour de pluie, ou en vous mouchant, ou avec une pipe?* Oh, la pipe, en voilà un ustensile qui sert d'excuse !... aux sénateurs surtout. J'en demande pardon à Vomédon, mais ses vénérables collègues sont d'une obscénité qui n'a d'égale que leur hypocrisie. S'ils président des Ligues de pudeur, ils sont le fléau des petites filles et le désespoir de mon existence. Outre qu'ils ne me payent pas, les vieux drôles : *Entre gens de notre condition, mon cher docteur...* L'ai-je assez entendue, cette phrase-là ! Chaque fois, elle me coûtait cinq louis... Mais moi — et l'index de Pridonge raya l'espace — on ne me trompe pas. On ne peut pas me tromper. »

Le dîner s'acheva dans une contrainte morne et glacée. On nous refusait tous les plats, les gosiers s'étant resserrés. J'éprouvais l'angoisse de cette atmosphère maladive. J'avais envie de me cacher. Je regardais machinalement les portraits des ancêtres. Ils avaient tous la figure cynique, la bouche écarquillée, et des yeux brillants de malice. Pridonge dévisageait ses hôtes en gardant un air épanoui.

On passa dans les salons pour le bal. Les invités affluèrent et les deux étages furent remplis d'une foule bruyante et bigarrée. On attendait des chanteurs, aussi célèbres que gratuits, car cette race sonore est très éprouvée. Cloaquol partit de bonne heure. A chaque instant, de superbes voitures s'arrêtaient devant l'hôtel et déposaient une famille de malades. Les pères amenaient là leurs femmes et leurs filles par crainte des indiscrétions de Pridonge, lequel exerçait dans la ville une dictature occulte. On connaissait son terrible bavardage et on espérait l'enrayer par des prévenances et des visites. Peine perdue, d'ailleurs. L'obséquiosité ne faisait qu'exalter son orgueil. J'observai le trouble et l'ennui des riches qui se retrouvaient dans ces salons. Dans la façon gauche dont ils se saluaient ou s'abordaient, je lisais ce pacte tacite : *Si j'y suis, vous y êtes aussi. Nous y sommes.* Le maître de la maison, très déluré, tonitruant, organisait des quadrilles. On dansait en bas, dans le hall noir et argent. On dansait en haut, dans les bibliothèques. Je vis là de belles jeunes filles tourbillonner naïvement au-dessous d'images obscènes, et, quand elles se reposaient, se promenant au bras de leurs cavaliers, elles passaient et repassaient devant des rangées de volumes aux titres infamants et colossaux : LE BUBON ; — DU CHANCRE ; — LA V.....SECONDAIRE. Que devenaient ici le respect, la pudeur ? Tout était souillé, sali, malsain. Les propos de mon maître, qu'il roulait bruyamment de groupe en groupe, n'étaient qu'un amas d'ordures, de révélations scandaleuses. La fange de son gros rire ruisselait. A chaque arrivant, il exposait le cas du jeune Lebide et de Mlle Grominge et je plaignais les infortunés dont il détruisait à jamais le bonheur. Des docteurs, mis en verve, désignaient du doigt tel danseur, telle danseuse, les étiquetaient d'un récit dégradant. Ces messieurs se divertissaient, heureux de leur supériorité scientifique, trônant sur ces esclaves parés dont ils révélaient toutes les tares. Au cotillon, on offrit des statuettes du dieu Mercure.

. . . .

Le lendemain, au déjeuner, Pridonge paraissait soucieux. Il lisait un journal qu'il oublia mélancoliquement sur sa chaise. C'était le *Tibia brisé*. En première page, je remarquai, soulignée au crayon bleu, la note suivante, vengeance de Cloaquol : *Grand dîner hier soir chez le professeur Pridonge. Le maître de la maison a fort diverti ses invités en leur racontant les fiançailles impos-*

26.

sibles du jeune Lebide, fils du financier, son client, et de Mlle *Gröminge. Une longue discussion s'est engagée à ce sujet sur le secret professionnel. Le professeur Pridonge a émis l'avis qu'il pouvait être levé dans certains cas graves, tels que celui auquel il faisait allusion. Quoi qu'il en soit, voilà une union fort compromise.*

C'était jour de consultation. Le défilé des clients commençait à deux heures; le patron, d'ordinaire, rentrait à trois. Or, à cinq heures, il n'était pas encore là. A chaque instant, un malade impatienté venait m'adresser des réclamations auxquelles je ne pouvais répondre, très surpris moi-même de cet incompréhensible retard. Beaucoup partirent. Il ne resta que quelques obstinés qui me harcelaient de questions et dont je finis par me débarrasser. A six heures enfin, la sonnette retentit. La porte cochère de l'hôtel laissa passer, en criant sur ses gonds, un brancard aux armes des Morticoles. Plusieurs agents de police suivaient. Dans l'antichambre, ils découvrirent leur fardeau, et j'aperçus le corps de mon maître. Il ne riait plus. Sa figure dégouttait de sang. Comme il sortait de la Faculté, il avait été abordé par un jeune homme qui, sans proférer un mot, lui avait déchargé en plein front trois balles de revolver. Pridonge était tombé comme une masse. On l'avait transporté dans un amphithéâtre, et l'on avait procédé sur-le-champ à l'interrogatoire de l'assassin qui n'avait pas cherché à s'enfuir et, très pâle, considérait son forfait, le revolver fumant à la main. Il avait déclaré s'appeler Lebide et avoir tué le docteur par vengeance. L'agent, qui me faisait ce récit, était heureux d'avoir assisté au drame, d'en avoir retenu les détails, tout palpitant d'orgueil, et il soumettait à sa grossière syntaxe les déclarations de Lebide : « Ah, qu'il avait l'air furieux, ce jeune homme! Sûr, il doit être fou. C'est un client pour M. le docteur Ligottin. Il a tiré de sa poche un numéro du *Tibia brisé* et il a lu, en tremblant, quelque chose que j'ai pas compris, ni mes camarades. Mais le juge remuait la tête. *J'ai bien fait*, qu'il a dit en finissant. *Je ne regrette rien.* »

Tous partirent. Les domestiques poussaient des lamentations hypocrites. Puis accoururent les parents, qui se mirent à débattre des questions d'argent autour du cadavre à peine refroidi et à inventorier l'hôtel. J'étais voué aux catastrophes desséchées…

Je restai une semaine sur le pavé, cherchant une place de côté et d'autre. Trub, valet de chambre d'Avigdeuse, ne pouvait m'aider. Ce fut encore Jaury qui me tira d'affaire. Il me trouva un emploi intermédiaire, semblable à celui que j'occupais auprès de Wabanheim, chez le fameux Clapier, docteur aussi recherché de ses clientes qu'il est jalousé de ses collègues. J'entrais là dans une maison confortable, dont le propriétaire gagnait de deux cents à deux cent cinquante mille francs par an. Clapier était un bel homme à favoris blancs, aux manières affables et obséquieuses ; mais sa bouche impérieuse et plissée, son regard de côté, et certain geste par lequel il passait et repassait ses mains soignées dans sa chevelure décelaient la dureté morticole. Il était couvert de parfums, portait des mouchoirs brodés, des redingotes magnifiques et des portefeuilles à coins de diamant. Ses salons d'attente respiraient une sorte d'austérité capiteuse ; son cabinet de consultation renfermait deux canapés-lits et un paravent, à l'usage de ses jolies clientes. Il avait épousé une ancienne cuisinière, grosse femme simple et naïve ; mais il en était honteux et la tenait à l'écart, dans une domination terrifiée.

Quand je me présentai devant lui, il me demanda mes états de service : « Wabanheim, Sorninde, Pridougel, Sapristi, vous collectionnez les drames, mon garçon ! J'espère qu'ici vous aurez la vie plus calme. Ce que je vous recommande tout d'abord, c'est la discrétion. — Cette formule me devenait familière. — J'ai dû congédier vos prédécesseurs parce qu'ils avaient la langue trop longue. » Il m'indiqua sur-le-champ les services qu'il attendait de

moi : « Vous serez domestique, certainement, mais, de
plus, je mettrai à profit vos connaissances particulières. »
Pour commencer, il me donna à recopier une vingtaine de
fois l'ordonnance suivante que je transcris intégralement :

*Ordonnance pour la maladie d'estomac par flatulence
lymphatico-nerveuse, dite Mal de Clapier :*

1° *Prendre tous les matins, au saut du lit, une attitude inclinée, les mains sur les genoux, pendant laquelle
on se fera administrer, par un vieillard, le lavement
suivant :*

> ℞ *Persil de l'année précédente.* . .   **20** *grammes.*
> *Eau tiède stérilisée.* . . . .   **100** *grammes.*

2° *Immédiatement après, faire au pas de course, pendant un quart d'heure, le tour d'un tas de fumier.*

3° *Se moucher, avant le repas, dans de la batiste verte,
et respirer aussitôt quelques pincées de Vanica rubicans
de Bouze préparée par Banarrita.*

4° *Déjeuner composé de :*

> α *Croûte de pain avec un peu de beurre et de char-
>   bon très fin.*
> β *Un œuf dans un grand verre de limonade purga-
>   tive Clapier.*

5° *A deux heures de l'après-midi, un biscuit Clapier
dans un demi-verre de limonade purgative Clapier.*

6° *A quatre heures, rester assis environ dix minutes
sur une table d'acajou, les mains sur les genoux, les
yeux fixés sur la pendule.*

7° *A cinq heures, sauter à pieds joints trois fois autour de la table, en grignotant un biscuit Clapier.*

8° *A sept heures, repas composé d'une endive trempée
dans un œuf demi-cuit, d'un verre de limonade Clapier
et de deux rondelles de papier buvard dans de la cendre*

de cigare, de telle sorte que cette cendre forme une fine poussière.

9° *Avant de se coucher, prendre une attitude inclinée, les mains sur les genoux, pendant laquelle on se fera administrer, par un vieillard différent de celui du matin, le lavement suivant :*

> ♃ Queues de rat . . . . . assez pour la solution.
> Eau tiède stérilisée. . . . . 100 grammes.

10° *Dormir les jambes très écartées, les bras repliés en arrière, la tête légèrement inclinée à gauche, la langue dépassant les lèvres.*

N. B. — *S'abstenir rigoureusement de promenades à pied, en voiture, à cheval; vin, bière, lait, café, liqueurs; salaisons, viande de boucherie, volailles, gibier, légumes non verts, charcuterie, pain; rapports sexuels, conversations trop animées, éternuements, éructations, crépitations, hoquets.*

** *Porter, en toutes saisons, un vêtement de cheviote souple Clapier, doublé de taffetas gommé, et un chapeau de feutre gris dit coiffure Clapier.*

> Signé : *Professeur CLAPIER,*
> *membre de l'Académie de Médecine.*

> Le . . . . . .

Quand j'eus achevé mon travail et que je portai à Clapier ces insanités moulées de ma plus belle écriture, il esquissa un sourire fat, et s'écria avec ravissement : « Voilà qui va déconcerter Avigdeuse ! »

Car Avigdeuse était son grand rival. Tous deux, en effet, s'adressaient à la même clientèle de femmes riches et désœuvrées, qu'ils inondaient de drogues, qu'ils confessaient, caressaient, consolaient, qui leur servaient d'inter médecins auprès du Parlement, des Académies, de la Presse et dont ils obtenaient tout, y compris leurs faveurs. Tous deux soignaient des hommes nerveux, impressionnables, hypocondriaques, des Burnone qu'ils terrifiaient et couvraient d'ordonnances coûteuses. Tous deux avaient, pour leurs traitements, des formules de mystère, un arsenal de remèdes secrets et précis, dont les faibles d'esprit se trouvaient bien, dont les autres n'osaient pas avouer l'inefficacité absolue. Tous deux avaient organisé, avec les petits médecins de villes d'eaux et leurs moindres collègues, un système de canalisation compliqué, réglé par la *dichotomie*, grâce auquel ils alimentaient, outre leur bourse, la chirurgie de Malasvon, l'insatiable divinité contondante. Ils se disputaient les belles tumeurs mal situées, que ce boucher extirpe avec la fortune et la vie. Ils se disputaient les os tuberculeux, les intestins irrémédiablement bouchés, les fistules, les abcès chroniques, et jusqu'aux accidents de la rue qui, dans des mains habiles, deviennent fructueusement mortels. Leur activité s'opposait sans cesse. Souvent leurs émissaires se rencontraient au chevet d'un malade. Eux-mêmes affectaient en ce cas une politesse excessive, ayant les mêmes cadavres, forcés de s'épargner par un contrat tacite. En arrière, ils combinaient des plans de campagne implacables; ils se calomniaient réciproquement auprès de Malasvon, qui riait sous cape, se réjouissait de leur utilité double, de leur zèle furieux et jumeau. Un seul point les distinguait. Clapier s'était toujours méfié de l'extirpation des ovaires, car il avait une peur extrême de la justice, au lieu qu'Avigdeuse avait eu la faiblesse de passer quelques traités avec Sorniude. En revanche, Clapier avait sur la conscience maintes aventures conjugales qui avaient failli tourner au tragique. Bref, c'étaient tous deux de fieffés coquins sans scrupules.

La clientèle de Clapier était infinie. Les malades faisaient la queue, imploraient les rendez-vous quinze jours

à l'avance. On ne savait pas où les mettre. Survint l'inévitable Burnone, amaigri, le teint terreux et la voix faible ;
il me supplia : « Votre maître est mon dernier espoir. Je
ne dors plus, je ne vis plus, je ne mange plus. Je ne vais
aux cabinets que tous les trois jours, et avec quelles difficultés! Quant à mes urines, n'en parlons pas. Elles
changent de couleur comme des caméléons, tantôt mousseuses et blondes comme de la bière, tantôt noires comme
de la réglisse, tantôt vertes et crasseuses, en si faible quantité qu'on les croirait d'un moineau. Et ma langue, voyez-la. »
Il me sortit un petit morceau de guimauve blanche. J'eus
pitié de lui : « Rentrez donc chez vous, monsieur Burnone,
et mangez à votre guise ; ce sont les remèdes qui vous
tuent. » Il secoua mélancoliquement la tête : « Vous êtes
un étranger; vous n'y entendez rien. Il faut nous soigner,
puisque nous sommes des malades riches. Je remplis en
conscience mes devoirs de citoyen. J'ai déjà consulté cent
vingt docteurs, et dépensé plus de deux cent mille francs
de pharmacie. On m'a parlé d'une ordonnance nouvelle de
Clapier, qui vient à bout des maux d'estomac les plus
rebelles. Obtenez, mon bon monsieur, obtenez que je
consulte cet homme admirable, mon sauveur ! »

Mon maître était un charlatan de génie. Les jours de
consultation, il prenait une physionomie particulière, et
son front se plissait pour indiquer la profondeur du travail
intime : « J'ai tellement d'idéation que ma tête éclate ! »
Son cabinet avait deux grandes fenêtres sur une rue fré-
quentée. Il laissait sa lampe allumée toute la nuit, et
chaque passant songeait : « Voilà le docteur Clapier qui
travaille. » Sa femme même, qu'il traitait comme un chien,
et à qui il donnait à tout propos des noms d'animaux va-
riés, le regardait avec une admiration profonde et lui disait, les larmes aux yeux : « Ne pense pas tant ; tu te tueras. »
Ses domestiques le considéraient comme un sorcier, un
être supérieur et énigmatique, dont ils avaient une crainte
superstitieuse. Ce qui me désolait, c'était de ne pouvoir

rien entendre de ce qui se passait dans son antre, sur ces
canapés-lits, autour de cette table chargée de fioles et de
paperasses. Les dames entraient là. Elles y restaient longtemps, et en ressortaient le teint animé, ou avec une délicieuse langueur. Certaines revenaient dès le lendemain
et se désespéraient de ne point obtenir un rendez-vous
immédiat. Quelquefois c'étaient des scènes, des crises de
nerfs, que mon maître venait calmer lui-même, tapotant
les mains et le front des récalcitrantes, délaçant leurs corsages. Puis il les quittait, et je restais là, devant une jolie
créature demi-nue, dont la poitrine battait avec un rythme
de déesse. Quant aux hommes, il les bousculait, les expé-
diait, leur distribuait les ordonnances copiées de ma main
et au sujet desquelles les infortunés, ahuris, stupéfaits
d'avoir payé ce chiffon trois cents francs, me demandaient
des explications confuses. Quand le mari et la femme se
présentaient ensemble, on les faisait passer séparément,
et j'ai vu madame regarder son maître, à la sortie, d'un
petit air ironique et mutin. Enfin ma curiosité fut si fortement éveillée que je résolus d'avoir à tout prix le spectacle
d'une consultation. Je prétextai un malaise; je me fis remplacer, et, pendant le repas, je courus me cacher avec soin
dans le cabinet, derrière un paravent; je restai là toute la
journée, attentif à ma respiration et terrifié par le moindre
craquement des meubles... Mon maître dépassait, en obscénité et en verdeur, tout ce que je pouvais supposer. Sa riche
imagination variait à l'infini les nuances de ses plaisirs.
J'admirai son audace, son habileté à se composer un visage.
Revenu à la raison, il était le *docteur*, celui qu'on écoute
et qu'on redoute. Je m'émerveillai de la façon subtile dont
il conduisait l'interrogatoire de ses délicates victimes.
Pour entrée en matière, il réclamait des détails circonstanciés sur la vie intime du ménage. De là, sans transition,
il passait à l'alcôve. Sa fantaisie épuisée, il en arrivait aux
conseils. Oh, l'onction de Clapier, quand il avait dépouillé
le satyre, l'effusion avec laquelle il serrait les petites mains :

« Rentrez chez vous, mon enfant. Demandez pardon à votre
mari. Soyez une compagne douce et soumise. — Oui, docteur. — Voici votre devoir strict. Voilà où il s'arrête. Me
comprenez-vous bien ? — Oui, docteur. — Quant à ce qui
vous préoccupe, n'ayez aucune crainte et suivez mes conseils. N'écoutez point vos amies. N'allez point chez Sorniude, qui vous tuerait, ni chez Avigdeuse, qui vous perdrait.
— Bien, docteur. — Les petites règles que voici vous tiendront à l'abri de toute mésaventure. Ne les laissez point
traîner. » Ici quelques caresses posthumes, puis : « Revenez
me voir quand vous serez embarrassée. Nous avons réponse
à tout. Comme je vous plains de vivre incomprise ! Il serait
si facile de vous adorer, intelligente, belle et bonne comme
vous êtes. » Ce diable d'homme usait de tous les moyens,
la terreur, la timidité, la tendresse, la suggestion. Au milieu du plus charmant désordre, il posait des questions
nettes; un ton brutal et dominateur remplaçait sa voix in-
sinuante : « C'est bien, je vous abandonne. Non, non, madame; j'exige, avant tout, une confiance absolue. » Quand
je sortis de mon paravent, à la nuit close, Clapier disparu,
la lampe éteinte, mon expérience avait fait un grand pas.
J'avais vu à l'œuvre un des monstres qui désorganisent les
familles. J'avais assisté à l'origine de tant de désordres,
de tant de drames secrets. A certaines clientes, il avait remis, avec toutes sortes de recommandations, un petit livre
qu'il prenait à une place précise de sa bibliothèque, derrière de gros dictionnaires. Là, je fis une fouille. Je découvris une collection de brochures obscènes, merveilleuse-
ment illustrées et reliées, et pourvues de titres menteurs tels
que : *le Devoir de la bonne mère;* — *les Soins du premier âge;* — *les Progrès de la dentition.* Je ne savais qui
je détestais davantage, d'un criminel avéré comme Sorniude, ou d'un empoisonneur moral, comme Clapier, et,
tout en servant le dîner, je considérais avec terreur ce visage, pâle et respectable, encadré de favoris blancs.

Le premier dimanche où j'eus congé, je pris rendez-vous

27

avec Trub. Nous retournâmes dans ce restaurant où nous avions un soir, il y avait longtemps déjà, sauvé de la faim la pauvre petite Louise et son amie Serpette. Je racontai à mon camarade les aventures de Clapier. Quand j'eus achevé mon récit, nous sortîmes, et nous suivions le fleuve jusqu'au delà de la ville, dans ces quartiers désolés où ne poussent que des herbes malsaines, où rôdent des animaux venimeux, où la fumée des usines saccage l'atmosphère. C'est là que j'entendis, sur le bel Avigdeuse et sa façon de *morticoliser*, des histoires qui me glacèrent d'effroi, et que ne parvenait pas à égayer la verve pittoresque de mon cher *pays* :

« Ton Clapier, Félix, est l'image affaiblie de mon maître. Tu connais Avigdeuse, son excessive prétention, sa manière de darder un œil noir, de caresser sa barbe fine, de parler haut et bref en scandant les syllabes. Voici sa biographie : Il vécut aux crochets d'un certain nombre de femmes, notamment d'une vieille qui le maria. Mme Avigdeuse était une petite créature frêle et blonde. Elle commença par admirer et adorer son mari. Elle en eut un fils. Mais mon maître remarqua bientôt le trouble que ce regard naïf apportait dans sa vie. Son Don Juanisme est de moitié dans ses gains et les succès de vanité dont il est si friand. Plat comme un crabe avec cela, il l'a toujours emporté de haute langue dans les Lèchements, et il avait pour cet exercice une passion telle, qu'il léchait sans nécessité, par plaisir, et dans l'intervalle des compétitions académiques. Quant à sa science, elle est nulle. Donc il s'aperçut vite qu'un spectateur inoffensif, mais quotidien, gênerait ses entreprises et ses combinaisons. D'autre part, étant fort recherché des dames, il doit souvent payer de sa personne. On raconte qu'un jour, la jeune Mme Avigdeuse, étant entrée à l'improviste, eut une surprise, une crise de nerfs et perdit la parole. Comme la plupart des cyniques, Avigdeuse est un lâche. Il craint par-dessus tout un scandale, qui serait l'écroulement de ses titres et de sa situation. Il s'avisa donc un beau matin que son mariage avait été une sottise, et, comme il est pratique, il n'eut plus qu'une idée : se débarrasser de la femme et garder l'argent. »

L'endroit où nous nous trouvions convenait à ce récit. C'était au revers d'un talus, devant un paysage plat, sous un ciel morne. Trub s'arrêta un instant. Je poussai une exclamation qui le fit sourire : «Cela t'étonne? Mais tu sais bien que, sous leurs inertes apparences, ces Morticoles sont des tragiques. Avigdeuse calcula qu'il est des poisons d'un maniement simple et il choisit un toxique à longue échéance, qui n'éveillât pas les soupçons. Le malheur fut que, par forfanterie, il s'ouvrit de ce complot à sa vieille maîtresse. Celle-ci, après le mariage qu'elle-même organisa, avait été saisie d'une jalousie féroce. Par un raffinement de vengeance, elle imagina de prévenir la jeune femme du crime que méditait son mari. La pauvre commençait à souffrir de maux inexplicables, et elle dépérissait rapidement. Elle faillit mourir de cette révélation; puis elle pensa à son enfant, se jura de vivre et de lutter. Et elle lutte. Elle sait exactement les heures où le monstre lui verse quelques gouttes néfastes, et elle évite de boire, ou absorbe aussitôt un contrepoison. Cependant Avigdeuse ne comprend rien à cette persistance de l'être et enrage.

«Ah! si tu la voyais, Félix, ma maîtresse, quelle pitié emplirait ton cœur! Elle passe ses journées dans sa chambre, muette, étendue sur une chaise longue, et son âme brisée ne s'exhale plus que vers son petit garçon, qu'elle caresse d'une main chaque jour plus pâle et plus mince. Son mari ne la ménage plus. Il la tient enfermée comme une prisonnière. Las des fioles trop lentes, il cherche le prétexte de la livrer comme folle aux cellules de Ligottin. Mais elle se méfie et déjoue tous ses pièges. Parfois la vieille maîtresse vient. Ils dînent tous les trois ensemble, et c'est moi qui les sers. Voilà, mon cher, six beaux regards à regarder! Dans la manière dont ils se croisent, s'évitent ou se recherchent, on devine les pires passions... Aux premiers

temps de son mariage, cette petite femme était assez férue
de son beau médecin pour aller le réclamer chez la vieille.
Elle sonnait, sonnait de toutes ses forces, et on ne lui
ouvrait pas ; ou bien Avigdeuse la chassait brutalement
lui-même. »

Trub me décrivit les mœurs d'Avigdeuse, jumelles de
celles de Clapier : ces deux Tartufes sont présidents de
sociétés similaires, qui donnent aux Morticoles l'apparence
de la vertu, telles que *l'Éloge conjugal,* — *la Femme
préservée,* — *la Pudeur laïque,* et vingt autres établissements, crèches, maisons de refuge et de retraite pour les
jeunes filles, les jeunes femmes, les veuves, sortes de ha-
rems qu'entretiennent ces docteurs, et où ils trouvent de
la chair fraîche, de l'argent, des décorations. C'est ainsi
que l'avocat Méderbe est membre-conseil de la *Recherche
du vrai,* vaste association de chantage qui accapare les
secrets des familles sous couleur de sauvegarder la morale.
Dans cette démocratie matérialiste, la charité et l'hypocrisie s'associent, comme des voleurs de grand chemin,
pour détrousser la vertu et le vice, et tous ces masques de
cannibale ont le pli de l'attendrissement... Avigdeuse comblait également ses clientes d'ordonnances extraordinaires,
où les *galettes nutritives Avidgeuse,* le *pantalon hygiénique* et la *ceinture Avigdeuse* remplaçaient le biscuit et
le chapeau de feutre Clapier.

Trub me faisait le tableau de son maître au saut du lit,
en caleçon, la barbe pas faite, avec le teint cireux du
réveil : « A cette heure-là, tous ses vices lui ressortent. Il
est hideux ! Ah ! si les belles dames le voyaient, elles
seraient singulièrement dégoûtées. Mais c'est en soirée
que je l'admire, entretenant de ses découvertes les femmes
frissonnantes, leur vantant son ami Sorniude ou le maître
Malasvon, les embrassant, leur tapotant les mains, leur
donnant de bons conseils, tout cela sous l'œil des maris
confiants. Ceux-ci, le charlatan les prend à part. Il leur
recommande le *tempérament de leurs petites épouses,*

exceptionnellement sensibles et nerveuses. Les imbéciles se frottent les paumes : *Soignez-la bien, docteur,* et se répètent de l'un à l'autre : *Elle se mourait d'un mal étrange. Aucun médecin n'y pouvait rien. Avigdeuse l'a guérie. Ah! c'est un rude homme! Nous l'aimons tant à la maison!* Cependant la dame minaude dans un coin : *Mon docteur, c'est ma folie. Il est parfait. Si, si, je le crierai sur les toits. Sans vous, j'étais perdue, et vous m'avez sauvé la vie.* Avigdeuse sourit dans sa barbe noire, plisse ses lèvres rouges, assujettit son lorgnon et verse sur sa cliente un de ces longs regards, demi-sévères, demi-prometteurs, qui ont fait sa fortune. »

Nous constations, Trub et moi, que les malades riches prenaient parti soit pour Clapier, soit pour Avigdeuse. Cela faisait deux camps dans la société, et un noble motif d'émulation. Cet énorme succès tenait à la simple connaissance de la femme morticole qui, de vingt à trente ans, a de la vanité ; de trente à quarante, des sens ; de quarante à cinquante, de l'ambition et de l'esprit d'intrigue ; de cinquante à soixante, un tempérament d'entremetteuse.

. . . .

. . . .

Clapier donna, comme tous les mois, une soirée. Le *Tibia brisé* rendait compte de ces cérémonies, où de célèbres artistes consentaient à chanter gratis, pour remercier mon maître de ses soins. A ces occasions, la pauvre Mme Clapier, que maintenait l'œil froid et dur de son mari, s'efforçait, par une politesse exagérée, de faire pardonner ses humbles origines. L'amphitryon se prodiguait. Dans les salons aux boiseries somptueuses, se pressait une foule élégante, plus libre que chez Pridonge. On n'entendait que ces mots, articulés par de jolies bouches : « Cher docteur... Oui, docteur... Certainement, docteur. » Tandis que je passais les glaces et les rafraîchissements, je surprenais des bribes de dialogue : « Comment ça va-t-il?... Et l'estomac?... Encore un peu de toux?... Cette

27.

fièvre?... Deux cachets, une demi-heure avant... » Les hommes étaient encore plus inquiets, plus hypocondriaques que les femmes, et accablaient de questions leurs médecins respectifs qu'ils reconnaissaient avec joie dans la cohue. Clapier n'était pas d'excellente humeur. Le *Tibia brisé* avait, le matin même, consacré sa première page à un portrait et à une longue biographie d'Avigdeuse. De tous côtés grondait cette injure, *charlatanisme,* que tous les Morticoles méritent, et que tous se jettent à la tête.

Des *chut* retentirent. Une jeune personne, à figure de fourmi, récita, en l'honneur du maître de maison, une poésie dont je ne me rappelle que le premier vers :

> Toi, pour qui notre sexe est sans secret, *grand homme.*

Ensuite se montrèrent Cudane, son aide et sa machine. Depuis longtemps je n'avais été écœuré par cet affreux trio dogmatique et cruel. Cudane s'avança, proféra une espèce de boniment; une demi-obscurité tomba dans les salons. Des étincelles bleues et rouges grésillèrent. La lumière revenue, l'électricien déclara que ceux ou celles qui voudraient se faire passer des courants au travers du corps devaient s'approcher. J'aperçus un visage livide, Mme Quibot, l'amie des docteurs. La bouche, comme une plaie rouge, s'ouvrait dans sa face de Pierrot où la poudre de riz ne comblait plus les rides, et ses yeux noirs luisaient sous ses paupières avachies. Elle se soumit à l'expérience avec de petits cris aigus qui mirent en joie l'assistance... Mon regard devenait plus clair, se faisait à la multitude. J'aperçus la tête froide, gelée, maquillée du poisson mort Méderbe. Il donnait le bras à sa femme, jaune, noire et sifflante, telle une vipère. Ils étaient accompagnés de leur ami intime, parlementaire célèbre par ses escroqueries. On s'empressait autour d'eux. Méderbe marchait, conscient de sa force, distribuant des poignées de main, et le fripon suivait son sillage.

Les demoiselles Malamalle étaient charmantes dans leurs toilettes roses. Malamalle lui-même entretenait un garçon à l'air sinistre. Un peu plus loin, Torla flattait Cloaquol. Mon ancien directeur me reconnut et me fit un signe amical. Je m'approchai : « Vous voyez, monsieur le chef, s'écria Cloaquol avec sa brutale aisance, le jeune homme que je vous avais envoyé. Il est maintenant domestique, mais non muet. » Torla répondit très bas : « Je vous en supplie, ne me perdez point. Nous nous arrangerons. » Le directeur du *Tibia* sourit et m'indiquant une bougie d'un des lustres inclinée : « Ceci risque de mettre le feu... » Comme je m'écartais, je butai presque contre Crudanet, escorté de plusieurs jeunes gens. Derrière lui, Boustibras gesticulait entre le pontifiant Canille et Ligottin, géant barbu. Cortirac, très circonvenu, éludait flegmatiquement l'obséquieux Tismet de l'Ancre, le cavalier de Mme de Sigoin, toujours nonchalante et fatale... Vomédon apparut avec sa nombreuse famille. Il trottinait d'une allure menue et rapide, tout voûté, ses petits yeux clignotants sous son énorme front, et le rapide regard qu'il lançait à droite et à gauche murmurait : « Qu'est-ce que je pourrais bien racler ici, comme honneur, sinécure ou argent? » Mme Clapier tournait, pleine de trouble, autour de Mme Vomédon.

On nous avait ordonné d'aligner des chaises dorées sur plusieurs rangs devant une estrade. Nous étions aidés par quelques jeunes gens, heureux de prouver leur zèle. A leur tête était Gigade, qui faisait mille plaisanteries. Quelqu'un ayant prononcé le nom de Wabanheim, il interrompit une gambade et un calembour pour répondre d'un ton pénétré : « Le pauvre homme ! Ah ! je l'ai joliment pleuré ! » Lors, son interlocuteur : « Rien n'est tel qu'un sceptique pour avoir le cœur bien placé. »

Clapier, nous bousculant, se précipitait vers la porte. On annonçait Malasvon. Sa haute stature était à peine visible, que déjà l'on entendait sa basse profonde : « Bon-

soâr, mâdâme. Bonsoâr, mon châr âmi. Bonsoâr. » De
tous côtés il tendait sa large main, et son épais visage,
dans ses épais favoris, daignait s'éclairer d'un sourire qui
dilatait son nez épaté. Dans son ombre, et masqués par sa
gloire, s'avançaient Boridan, Bradilin, le stupide Ger-
cueillet, Mouste et Tabard. Il entrait donc, le grand
dispensateur de l'or, celui par qui la fortune des malades riches, qui formaient un des côtés de la haie triom-
phale, tombait de leurs poches dans celles des docteurs
en face d'eux. Il marchait d'un pas ferme, pesant et certain, le terrible Fléau des ovaires et des ventres, et les
femmes s'inclinaient devant leur maître, et leurs épaules
rondes frémissaient, et leurs seins charmants se gonflaient
à la vue du Bistouri géant qui fendait, déchiquetait, mas-
sacrait leur peau délicate. J'eus une hallucination. J'évoquai les lits de l'hôpital Typhus à travers ces salons lumineux et gais, ces lustres, ces Amours peints sur les
corniches, ces toilettes étincelantes, roses, vertes, bleues,
couleur de lune. J'associai le sang, la sanie, les hurlements des pauvres, les vêtements crasseux, les chemises
noires, aux parfaites dentelles, aux fourrures rares, aux
petites mules de nuance assortie. Je me figurai Malasvon,
armé de son grand couteau, taillant à tort et à travers
dans ces chairs ambrées, parfumées, réclamant une *pince,
bistouri, éponge*, identique à lui-même ici et là, en habit,
gilet blanc, cravate blanche, ses épaules carrées, son cou
de taureau, si haut et si fort que Ligottin seul le dominait.
Il s'arrêta et s'assit sur trois chaises, au premier rang, le
Dieu de la Dichotomie, l'Empereur de la chirurgie morticole, et il considérait son royaume avec complaisance,
évaluant en un clin d'œil combien tous ces malades,
exploités par tous ces médecins, pourraient lui verser de
ce métal jaune comme les cheveux de Mme Méderbe,
froid et luisant comme le masque de son mari. Il était
heureux, et son sourire devenait un rire, un bon, un
honnête, un franc rire, qui dilatait autour de lui les visages

des jeunes et des vieux, et chacun vint brûler de l'encens devant la puissante Idole qui se nourrit de viande humaine.

Quand le héros de la soirée fut assis, Clapier, fébrile, tout en sueur, et un peu moins digne qu'à l'ordinaire, prit la parole pour une petite annonce : « Messieurs, le célèbre professeur Foutange a la bonté de nous donner une séance de son remarquable sujet, Mlle Rosalie. » On applaudit à outrance. Les domestiques et les valets, désertant l'antichambre et poussés par la curiosité, se hasardaient vers la baie des salons. Je distinguais les dos des notabilités, les crânes dénudés ou garnis, les ravissantes coiffures des femmes; les rousses, mousseuses et vaporeuses; les brunes, lisses et formant, au-dessus des nuques irréprochables, de mignons casques noirs; les blondes enfin, tramées d'or, ondulées, capricieuses. C'était une joie pour la belle lumière de faire valoir ces amples cheveux, de descendre à l'orée des corsages, de multiplier les feux des bijoux et d'étioler les fleurs piquées au hasard de toutes ces parures. Puis venait un cordon de personnages debout, plus jeunes ou plus timides, des élèves à tête débonnaire et des petits docteurs de quartier. Foutange et Rosalie commençaient leurs tours d'escamotage, quand un nain véhément se dressa : *Mais c'est fous qui fenez te le lui tire!* C'était Boustibras qui voulait, au mépris des lois mondaines, rouvrir une inépuisable controverse. Foutange parut décontenancé. On éclata de rire. Clapier calma l'interrupteur. Rosalie eut une crise de nerfs. On se leva en tumulte.

Les plaisirs artificiels étant terminés, on passa aux plaisirs naturels. J'assistai aux débats de l'intérêt et du vice. Clapier n'admettait point qu'on lui subtilisât sa clientèle. Il surveillait donc du coin de l'œil le beau Tismet; il surveillait l'actif Vodémon, Cortirac et Malasvon lui-même. Les femmes se frôlaient à tous ces médecins avec une joie câline. Ils étaient leurs confesseurs et leurs maîtres. Ces mains rudes les avaient palpées,

étaient quelquefois entrées dans leur chair. Ces oreilles
avaient reçu leurs confidences. Ces yeux pénétraient leurs
yeux. Un vif courant de luxure courba ces âmes sentimen-
tales, fit bruisser l'arbre du désir : « J'irai vous voir, docteur ; j'irai vous voir demain, vous raconter mes misères.
— Venez, madame, nous causerons sérieusement. » Clapier lissait ses favoris d'un geste protecteur. Il ajoutait,
à l'oreille de sa proie future : « Méfiez-vous du jeune
Tismet. C'est un fat et un bavard, » et la dame s'éva-
dait sur un brusque coup d'éventail. Malasvon, entouré
de caquetages, comme un gros coq noir de petites
poules, faisait le récit d'une opération où il avait *retiré
d'une vessie une pierre monumentale qui pesait bien
six livres et demie :* « Elle me sert comme presse-pa-
pier ! »

Dans un autre salon, les maris jouaient aux cartes. Sur
leurs visages fiévreux, on pouvait lire, malgré la fatigue
et l'accablement, des marques d'intérêt sordide. Cette
figure, qui nous vient de Dieu, à travers les ébauches ani-
males, n'exprimait chez eux que l'amour de l'or. Ils l'exprimaient aussi, leurs doigts contractés sur les jetons, les
cartes et les enjeux. Je voyais là l'image du plus grand
des maux, du *mal de l'or,* qui n'épargne rien ni personne.
Ce métal est une des causes les plus profondes des
désastres morticoles. Brut, il est brillant et beau et caché
dans la terre comme un fruit du sol, plus éclatant que
ceux portés par l'arbre. Mais, aux mains d'hommes méchants, il devient l'infernal pouvoir. Alors, facile et
souple, il favorise l'intrigue, les marchés néfastes. Si
mêlé à la vie qu'il en devient vivant, il se fait le support
de tous les vices, de toutes les haines, de tous les parjures, de tous les crimes. Chacune des pièces qui roulaient, jouet terrible de ces chiens humains, me semblait
grosse d'iniquités, plus favorable au déshonneur que dix
entremetteuses et plus meurtrière qu'un couteau. Les
physionomies étaient des effigies cupides, la frappe et

l'empreinte sur la pâte charnelle du dur profil de l'égoïsme.

La soif de l'or altère. La faim de l'or remplace celle du pain. La digestion de l'or amène sur les peaux des tares ineffaçables, des eczémas rebelles, des plaques multicolores. A la lueur de ma raison enflammée, dans l'excitation de cette fin de bal, l'énigme de ce pays, la réponse du Sphinx morticole me fut révélée subitement. La conscience est remplie par la foi. Où la foi diminue et baisse, l'amour de l'or se précipite et crée les différences de classe, les fléaux du luxe et de l'oisiveté, l'alcoolisme, par le désir de colorer la triste vie avec le rêve. L'amour vénal produit la syphilis. Les maux des pauvres naissent de la misère; ceux des riches, de l'excès de biens qui deviennent mortels par l'abus. L'or aussi provoque le mensonge, l'injustice, l'envie, la haine, toutes les grandes maladies sociales. Ainsi, cette race morticole, du jour où la foi déclina, était destinée à se dégrader et à périr. Elle eut l'instinct sourd de son sort et chercha à combler le vide de sa conscience. Elle crut la science une sauvegarde. Mais la science elle-même fut bien vite absorbée par l'or. De là sortirent l'industrie farouche et tous les trafics financiers. La science est devenue menaçante. Elle s'est redressée de tout son corps débile, s'est acharnée à cette foi dont elle redoutait le fantôme. Ceci explique le culte de la Matière et les cérémonies religieuses détournées de leur sens.

Mes réflexions prenaient un tour prophétique, et je restais accoté à une porte, oublieux de ma condition, quand un brouhaha confus me fit comprendre que la soirée touchait à sa fin. Les joueurs quittaient leurs tables; les dames saluaient les docteurs, et ceux-ci inscrivaient soigneusement sur de petits carnets les rendez-vous obtenus. Mon maître rayonnait. Il tenait par le bras Malasvon qui le remerciait. A chacun et à chacune il adressait un bonsoir amical.

Après avoir traversé les salons, on arrivait aux vastes antichambres, qui donnaient elles-mêmes sur l'escalier garni de torchères. Du haut en bas, le long des marches, se tenaient les domestiques en livrée portant paletots et fourrures. Au dehors, sous la voûte, roulaient les équipages. Comment cela commença-t-il? La chose prit-elle naissance dans une querelle de larbins, dans des boissons d'attente, ou sortit-elle naturellement de cette atmosphère énervée? Toujours est-il qu'en une seconde, un vacarme effroyable éclata. Des cris retentirent dans l'escalier, accompagnés d'injures, de coups sourds et de refrains immondes. Les invités reculaient ébahis. Quelques-uns, qui déjà s'étaient aventurés sur les marches, remontèrent en grande hâte, comme devant une atroce irruption. Quelle fut ma stupeur de voir l'immense cocher à galon d'or de Malasvon qui, le fouet à la main, dressé de toute sa taille, hurlait à tue-tête : « Eh, là-haut! Est-ce qu'il va pas venir, mon patron, l'arracheur d'ovaires? « Puis éclatant de rire : » Descends donc, grand singe, grand sanglant. »

Un vent de folie et de haine se déchaînait brusquement sur l'assemblée des domestiques. Pleins d'épouvante, leurs maîtres croyaient rêver. Les dames, terrifiées, se bouchaient les oreilles de leurs dentelles, ou, furieuses, brisaient leurs éventails. Toute convention cessait. Les pôles de la vie semblaient perdus. Avec clameurs, contorsions et grimaces, leurs chapeaux à cocarde de travers ou roulés à terre, dans leurs livrées bleues, vertes ou rouges, les impudents laquais vociféraient les stupres de chacun. C'était une hideuse et spontanée ouverture d'égout, sur les toilettes, les fleurs, les tapis, un vomissement universel sur ces chairs de femmes riches, avilies, méprisées, traitées comme des filles devant leurs impuissants maris, que ces révélations gueulées ou chantées brisaient et désespéraient au delà même de la fureur :

« C'est Vomédon, Laridon, qui prend les places à la ronde! Chantons et célébrons Vomédon le fripon! » Ainsi un frénétique groom à casquette saluait l'arrivée du président de l'Académie morticole, du *grand-croix de la Légion morbide* : « Un ban pour *Vomédon !* » Et en mesure, avec une violence qui faisait trembler les rampes et les balustrades, une armée de bottes martelèrent la cadence, trente bouches aboyèrent : « C'est Vomédon, Laridon! Célébrons le fripon! — Eh, dis donc, larbin à Sigoin, la v'là, ta maîtresse, avec le beau Tismet! Ohé, Tismet le maquereau, Tismet la canaille blonde, Tismet l'avorteur! Ohé, ohé, Tismet! » Et de palier en palier, d'étage en étage jaillissait l'écho des flagellantes syllabes. A travers cette cohue scandaleuse, je ne distinguais point les visages. La confusion dépassait tout. La haute Mme de Sigoin me fut un signal, et j'aperçus Tismet livide, bouleversé, foudroyé de ridicule et de rage. Ainsi que, par une grande 'pluie, on se réfugie sous les porches, ainsi, courbés par l'averse d'outrages, et pour fuir ces torrents d'immondices, les riches se serraient les uns contre les autres. Une allée libre se forma, où les valets bondissaient, gambadaient, parmi les rires, les refrains, les appels, continuaient leur furieuse et retentissante besogne d'imprécations. Des voix orageuses leur répondaient d'en bas, fusaient en avalanches, roulaient en cataractes, doublaient le tumulte et l'angoisse.

Ce moment d'effroi, tel qu'un tremblement de terre ou quelque catastrophe, fut sans doute rapide, mais il me parut infini. Un crieur improvisé glapissait : « Demandez les scandales de Cloaquol, les trafics avec Torla!... Demandez, les crimes de Ligottin, la liste officielle et complète, deux sous!!... » Devant moi surgit une face follement blême, tandis que deux bras s'agitaient comme des ailes, et que des sons issus d'un gosier dilaté s'efforçaient de dominer l'ouragan : « Demandez, la dernière infamie de Crudanet..., les juges payés... Demandez!!... » Il y eut un remous. C'était Clapier qui, pris d'un accès de délire, secouait ses invités par les épaules, cherchait à

28

se frayer une route. Aussitôt une ronde s'organisa, et mes camarades, ses propres domestiques, le poursuivaient en chantant : « C'est Clapier, qui guérit tout' ces dames! C'est Clapier, qui fait tous les métiers. » Un gâte-sauce de la cuisine, sautant au milieu des danseurs, tout autour de mon maître éperdu, devint le gnôme de cette fantastique bacchanale. Mme Clapier sanglotait. Un groupe de demoiselles jetaient des cris perçants. Un sommelier me heurta, essoufflé, secouant sur les têtes un parapluie en lambeaux : « Et toi, tu ne chahutes donc pas? » Il ajouta près de mon oreille : « C'est Avigdeuse qui régale. » Alors je saisis la cause de tant d'affronts.

Soudain, et comme à un mot d'ordre, le tumulte cessa : l'escalier fut vide de livrées et de bruit. Le terrible silence! Hommes et femmes évitaient de se communiquer leurs impressions trop confuses, puis, toutes les hontes étant divulguées, toutes les alcôves saccagées, nul n'osait regarder son voisin. Clapier rugissait : « Les misérables, les canailles... Ah! ils verront! » Mais on l'abandonna à ses transports, et les invités hagards, trébuchant, comme à tâtons malgré les lumières, retrouvèrent leurs voitures, leurs valets tranquilles et solennels à côté de la portière, qu'ils ouvraient toute grande à *madame* et refermaient soigneusement sur *monsieur*. Fouette, cocher, calme et grave, la gueule encore tordue d'injures. Le roulement d'un carrosse gronde sous la voûte... Puis un autre s'avance, un autre..., un autre... et, le rouge au front, écorchés vifs, se cachant derrière leurs femmes indignées, malades et médecins, anéantis, quittent la maison maudite de Clapier...

A l'entrée des salons, une énorme dame s'était évanouie, et son mari, à tête de rat blanc, ne valait guère mieux. C'étaient les Warmfried, les rois de la finance morticole. Ce petit vieillard abruti et désolé tenait, dans ses mains étroites, toute la fortune de tant de riches, et pourtant, secoué de hoquets, il ne répondait point aux questions

embrouillées de Mme Clapier. Il possédait, le prince
Warmfried, une livrée célèbre, blanche et noire à boutons
rouges, symbole des deuils que déchaînaient ses atroces
combinaisons d'agio. Mais, en ce moment, cette livrée
opprimait son esprit d'images funestes. Sa commère était
écroulée sur le tapis, dans sa jupe de brocart, dépoitraillée,
ses faux cheveux gisant à côté d'elle, plus vaste que si elle
avait eu douze ventres, le cou et les épaules couverts de
boutons aussi gros et nombreux que ses diamants, dont
chacun représentait un crime, un suicide, une folie. Elle
haletait, trempée de larmes et de sueur. On leur avait jeté
au visage leurs tares secrètes, les sources empoisonnées
de leur fortune, le détail de leurs vols et de leurs pirateries.
Les yeux de Warmfried reprenant connaissance devenaient
peu à peu froïds et vindicatifs. Ce tigre-là sortait de la peur
par la haine. Cependant Clapier, qui jusque-là était resté
debout contre la rampe à faire de grands gestes et à se
lamenter, se retourna, aperçut le richissime banquier,
flaira une compensation, et se rapprochant : « Prince,
toutes mes excuses... Désolé... Cabale indigne. » L'autre
fit une moue inexprimable. Mon maître agitait un flacon de
sels au-dessous du nez crochu : « Princesse, il est trop
tard pour prévenir votre médecin, mon collègue Avigdeuse.
Il serait imprudent de sortir. Voulez-vous que ma femme
vous déshabille et vous couche dans son propre lit ? » La
colossale figure rouge acquiesça en geignant et les paupières
se soulevèrent sur un regard d'angoisse. Warmfried céda
aux instances réitérées de Clapier. On souleva ce paquet
de graisse et de bijoux, et voilà comment Avigdeuse, ayant
comploté la ruine de son rival, se trouva perdre son
principal client, le plus scélérat, le plus subtil, le plus
hypocondriaque aussi des financiers morticoles.

CHAPITRE IV

Le lendemain, Clapier renvoyait tous ses domestiques, dont moi. Trub rit aux larmes de l'aventure. Il avait eu des soupçons en voyant la gaieté d'Avigdeuse, et il s'était dit : « Cela présage quelque bon tour joué à son rival. » La lecture du *Tibia brisé*, des distributions d'argent à des personnages louches avaient achevé de l'édifier. A force de me remuer, et grâce aux anciennes relations de l'hôpital Typhus, je finis par dénicher une place de *garçon aide-camisole* chez Ligottin, médecin des fous.

Je n'éprouvais nulle appréhension en me rendant à mon nouveau domicile. Les fous ont quelque chose de sacré. Parfois, dans notre pays, des commerçants, après des voyages malheureux, s'imaginent qu'on leur veut du mal et que leur infortune est de cause humaine. Parfois des poètes, qui passent leur journée à chanter et à conter des histoires, se prennent peu à peu pour les héros de ces légendes, parcourent les sentiers d'un pas plus vif, les yeux au ciel et déclamant. On respecte les uns et les autres. On les soulage, on les contente, on va dans le sens de leur rêverie. Les commères empêchent les enfants, race impitoyable, de les tourmenter. Partout ils ont droit au gîte, au coucher, aux égards. J'arrivai donc chez Ligottin. Dans une pièce élégante, ornée de vieilles armures, ce colosse, à l'épaule duquel je n'atteignais pas, à la longue barbe noire, aux yeux étincelants et aux mains énormes, fixa les

conditions de mon engagement. Puis il me montra, par la
fenêtre, une triste bâtisse d'une inquiétante régularité :
« C'est *ma* maison de ville, dit-il de sa voix cassante ; là
j'enferme *mes* pensionnaires et je les soigne par *mon*
système. Quelques-uns sont dangereux. » Tandis qu'il
me parlait, tout en lui respirait la force et l'assurance :
ses muscles saillaient et bondissaient, au hasard de ses
gestes, dans ses vêtements étroits et sanglés ; ses regards
semblaient des mèches allumées ; ses doigts noueux, des
treuils couverts de cordes ; sa poitrine bombée, une enclume ; son menton, qu'il levait et baissait alternativement,
un marteau. Il observait mon attitude avec une attention
soutenue, comme prêt à se jeter sur moi au moindre mouvement insolite. Il insista : « Oui, les fous sont très dangereux. On doit se méfier d'eux. Ils vous dévident des
oraisons, des prières, des balivernes, mais ils vous guettent,
et, crac, ils vous tombent sur le poil à l'improviste. Une
jambe est vite cassée ! D'ailleurs je prends mes précautions. Toutefois, ma maison de ville ne vaut point ma maison de campagne. Ici les camisoles sont moins serrées.
— Il marcha vers la fenêtre et se retourna brusquement. —
Vous êtes intelligent ; vous avez commencé vos études. Il
faut que je vous donne quelques notions préliminaires et
générales :

« Voilà de quoi il s'agit ; c'est très simple. Chacun est
un peu fou. On a des idées bizarres. Mais asseyez-vous, je
vous prie. — D'une poigne robuste, il plia mes épaules, et
je me trouvai, au plein jour, dans une chaise où mon
interlocuteur m'examinait. — Moi-même j'ai des fantaisies
passagères. Je ne vois plus les choses nettes et régulières,
comme elles sont. Oh ! la régularité ! Si on la possédait
complètement, on éviterait toute tendance à l'aliénation.
Mais on la pousse trop loin. Elle tourne à la manie. Habituez-vous à voir net et régulier, à voir *objectif*, comme
je dis, à bien croire à l'existence réelle de ce qui gît sous
vos yeux. Tenez. — Il me désigna, d'un index fort et lui-

28.

sant comme un boudin d'acier, la construction d'en face, laide et sombre, aux persiennes demi-closes, sur laquelle tombait lentement un jour livide. — Ceci est *ma* maison de ville. Elle est géométrique, bâtie suivant *mes* plans. Les fenêtres sont à égale distance, et, à l'intérieur, toutes les cellules sont organisées conformément à un *schéma*, à une méthode. La Mé-tho-de, monsieur Félix Canelon. — Il détachait les syllabes de ce mot rigoureux. — La Mé-tho-de. Tout est là. Rien que l'aspect de ce vaste cube est une sécurité pour l'esprit.

« Le malheur est qu'en dehors des idées ordinaires de la vie, des bonnes, des saines, des sages idées tirées du besoin, manger, dormir, etc., on a des idées accessoires, les mauvaises herbes du cerveau, celles que messieurs les poètes — son regard prit une expression de mépris — appellent de la rêverie, de l'inspiration, de la Muse. Or, c'est cela l'ennemi. L'homme sain, moi par exemple, s'efforce de chasser ces hallucinations, ces vapeurs, qui lui font faire des comparaisons, des métaphores compliquées. Pourquoi comparer un objet à un autre ? Les objets ne se ressemblent jamais. Il suffit que la parole soit logique, claire, régulière, exprime de solides raisonnements, des jugements inébranlables.

« La folie est contagieuse. Ma pauvre femme, Mme Ligottin, est devenue folle par le fait de lectures malsaines. Son tempérament bilieux tourna peu à peu au nerveux : vingt-cinq ans, bien réglée, mère intacte, père docteur. Elle était une demoiselle Vabrague, fille de Vabrague, qui a sa statue devant les égouts, l'inventeur de l'*œil artificiel*. D'abord je fus content d'elle. Elle s'occupait volontiers de nos pensionnaires. Un beau jour, elle eut du vague à l'âme. Je l'imprégnai de bromure. Je la fis électriser par Cudane. Rien ne lui réussit. Elle désirait me quitter. *Je veux partir*, répétait-elle de ce ton morne que je connais bien. J'essayai de la douche n° 1, le gros jet. Elle devint furieuse. Je dus l'enfermer dans une cellule et la nourrir à la

sonde. Elle mourut. Je ne trouvai rien à l'autopsie qu'un
début de dégénérescence graisseuse du cervelet. Je l'ai là,
ce cervelet. Je vous le montrerai. Eh bien, ce sont ces sales
poètes qui l'ont corrompue et perdue, Mme Ligottin! Je
lui avais composé une bibliothèque très sage. Elle aurait appris les *fonctions du cerveau* en quelques mois. Je
lui avais dressé le plan de ses études. Et devinez ce
qu'elle lisait, la malheureuse enfant, dès que j'avais le
dos tourné? Des volumes de vers, de ces bêtises sur le soleil, la lune, les étoiles et l'amour, indices d'une néfaste
démence. J'ai découvert ces poisons dans des armoires, des
cachettes invraisemblables, et jusque sous son oreiller. Les
poètes, je les déteste! Ils pervertissent l'humanité. J'ai
déjà réussi à en supprimer la plupart, mais j'obtiendrai
une loi de haute surveillance contre quiconque aligne des
phrases irrégulières et terminées par une sonorité en écho,
besoin maladif de l'oreille. »

Ligottin s'échauffait à ces tristes souvenirs. Je faisais
malgré moi la grimace. Il poursuivit : « Vous me paraissez sain, vous. Pourtant, à l'angle de votre lèvre, à gauche,
je remarque un petit tic qui ne présage rien de bon. Je
vous apprendrai à le doucher partiellement. C'est en laissant s'aggraver ces bobos-là qu'on aboutit au gâtisme.
Vous êtes étranger ; tous les étrangers sont un peu fous...
De la méthode, jeune homme, et faites-vous un *plan* sur
toutes ces questions. Le plan, c'est la prière laïque. Quand
je me couche, je fais le plan de ma journée du lendemain. Je ne l'écris pas, bien entendu ; je l'organise tout
entier dans ma tête. Et au réveil, j'y vois clair, morbleu,
j'y vois net, j'échappe à la dangereuse, à la paralysante
manie de l'hésitation. Habituez-vous à classer, non seulement votre besogne, mais encore vos pensées ; ordonnez
vos réflexions. C'est une excellente gymnastique. Et maintenant que vous êtes au courant des premiers principes,
nous allons visiter ma maison de ville. »

Nous traversâmes une longue galerie, tapissée de livres

du haut en bas, et divisée en deux par une sorte de barrière grillagée. Du plafond pendaient une foule de sonnettes, telles de bizarres satalactites : « Voilà, affirma
Ligottin, *mon* cabinet de consultation pour *mes* malades
du dehors, ceux dont je n'ai pas décidé l'internement immédiat. Ils viennent accompagnés. Je les fais rester derrière cette balustrade pour éviter tout accident. Comme
garçon de camisole, vous serez appelé à suivre ma consultation et à maintenir les *persécutés*. Ces sonnettes aver-
tissent mes gardiens en cas d'alarme. Elles datent du jour
où un aliéné, que je croyais inoffensif, s'est rué sur moi
subitement. Je fus contraint de l'assommer net, pour prévenir un mauvais coup. »

Nous descendîmes dans un ascenseur capitonné et
garni de chaînes. Mon nouveau maître caressait la paroi
de cette boîte et les anneaux de fer : « On y place les *fu-*
rieux ; on les attache solidement. Tout ceci est le fruit de
l'expérience, de la méthode. Jadis, un d'entre eux se précipita dans le vide, et souilla de sang mon tapis. »

Ligottin tira de sa poche un trousseau d'immenses clefs,
luisantes et bruissantes comme une bataille. Il les secouait
avec orgueil : « Elles sont rangées par ordre d'importance.
Leur grandeur correspond à la série des cellules et à
l'ordre de ma visite. Cette visite elle-même, je l'accomplis
suivant une routine invariable. » Une première clef,
grosse comme une citadelle, fit tourner une première porte,
derrière laquelle surgit une hure rébarbative : « C'est
moi, surveillant Lambert; je vous présente Canelon, votre
nouveau collègue. » Deuxième clef, deuxième porte,
deuxième groin grognant et tendu : « C'est moi, surveillant Fauve. Remarquez, Canelon, la belle organisation de
l'escalier, et cette cage circulaire. Autour de chaque
palier sont rangés les cabanons. A l'entresol, la salle de
douches. Je n'entends pas le bruit de l'eau. Il n'y a donc personne. Vous la connaîtrez plus tard ; montons ensemble. »

Arrivés au premier étage : « Ici, me dit Ligottin, sont

les *rêveurs* et les *mélancoliques*. Les furieux sont en observation à ma maison de campagne. Voici, dans la section des *rêveurs politiques*, un très beau cas, le numéro 4. » Il ouvrit un guichet, assez large pour que, dans la baie, pussent tenir nos deux têtes : « Par là, m'expliquait-il, on leur passe à manger et à boire. Leur viande n'a jamais d'os. Leurs cellules sont entièrement capitonnées, et tous les objets dont ils se servent sont en caoutchouc. Quant à leur lucarne, elle est trop étroite pour qu'un corps humain, même très amaigri, s'y faufile, et sans espagnolette, par crainte de la strangulation. Enfin, l'on fixe aux lits les matelas et les draps. »

Je regardai ce cachot mal éclairé, ses murs bombés et grisâtres. La toilette de caoutchouc supportait une cuvette de même substance. Sur le lit, incurvé comme une barque, était assis un homme mince, au visage glabre et farouche : « Or çà, maître Tapirre, réformons-nous toujours la société ? s'écria d'un ton badin l'aliéniste, glissant avec précaution sa tête par le guichet. — Je ne vous répondrai pas. Vous m'avez fait doucher trois fois hier, et vous savez bien que je ne suis pas méchant. — Vous vouliez tuer Fauve et tous les gardiens, et vous appelez ça *pas méchant*. Il trouve, continua Ligottin avec un sourire, que notre société est mauvaise, et il a la prétention de la modifier. Tapirre, expliquez à monsieur, qui est étranger, vos idées sur les Morticoles. — A quoi bon ? riposta l'homme, fixant le sol avec indifférence. Si monsieur est intelligent, il sait à quoi s'en tenir. Ah, malheur ! Vivre dans un pays où les pauvres crèvent de faim, où il y a des devises menteuses sur tous les murs, où les médecins tourmentent les malades ! » Ligottin me poussa le coude pour souligner la folie du propos. « Monsieur (le prisonnier leva sa pâle figure), on vous affirme que je suis fou ; n'en croyez rien. J'ai toute ma caboche. Savez-vous mon crime ? J'ai publié une petite brochure : *la Tyrannie industrielle*. Mes camarades la lisaient et la comprenaient, bien qu'ils ne soient guère forts, les camarades, et qu'ils admirent surtout ce qui vient de leurs tyrans. — Considérez l'*orgueil*, murmura Ligottin, le chemin singulier qu'il prend dans cet esprit fruste. — C'est vrai, j'ai pas fait d'études, soupira Tapirre, en roulant une cigarette, et battant des jambes contre son lit, comme s'il marchait dans le vide. Mais j'ai tout de même là — il montrait son front (*Geste indicatif caractéristique*, insinua mon maître), — j'ai tout de même là ma jugeotte. Qu'est-ce que je demande? Qu'on ait du pain et qu'on n'exploite plus tant l'ouvrier. Nous autres les pauvres, nous sommes crevés. Bientôt il n'y aura plus rien à faire de nous, parce que nos muscles seront si minces, si minces qu'on ne pourra même plus soulever une allumette. — La voilà, la comparaison outrancière, interrompit victorieusement Ligottin. C'est merveilleux! Je lis dans cette imagination de révolté comme dans un de mes ouvrages. J'ai décrit tout cela. »

Tapirre s'était levé. Il arpentait la pièce à grands pas. Le bondissant plancher de caoutchouc lui donnait l'aspect d'un ballon logique : « Attention, attention, le stade change, me chuchota mon maître à l'oreille. — Et parce que j'ai écrit ça, parce que j'ai mangé toutes mes économies, M. Crudanet me fait saisir par la police et m'envoie ici. Mais je ne suis pas fou, docteur, c'est une infamie ! C'est une infamie ! » Là-dessus il s'écroula sur une chaise élastique qui vibra par petites oscillations sèches, sanglota, la tête dans ses mains. « La dépression après l'excitation, — et Ligottin ferma le guichet. — C'est classique, tout à fait classique. Dans quelques minutes, il aura repris l'attitude mélancolique et continuera d'ébaucher le plan de sa société idéale. Ce dangereux malade a la parole facile. Les ouvriers l'écoutaient volontiers. Il avait organisé des conférences. C'est une forme fréquente du délire des pauvres. L'étonnant, c'est que celui-ci n'est pas un alcoolique. Il n'a jamais bu que de l'eau claire.

— Et, demandai-je, comment est-il entré ici ? — Comment ? Mais c'est fort aisé. Crudanet met sa signature au bas d'un bulletin d'admission. Je joins la mienne à côté, car il faut deux médecins, deux témoignages professoraux. Cela rassure ; c'est une sauvegarde. Après quoi, un commissaire de police appose son paraphe au-dessous des nôtres, un peu à droite. Ajoutez deux gros cachets noirs, avec la tête de mort sur champ d'os, et c'est fait. Mon bonhomme est bouclé. Il est mon hôte. — Ainsi, vous disposez en maître absolu de la vie et de la liberté de tous les Morticoles ? — Heureusement ; qu'adviendrait-il si les gens sensés ne domptaient pas les fous ? — Par quelle méthode traitez-vous ce Tapirre ? — Trois douches par jour. Ça lui rafraîchit les idées. Il trouve la société mieux faite au bout d'un mois. Il comprend la nécessité de l'industrie et de la science. Il devient un homme raisonnable. Alors je l'emploie à la campagne, à mes jardins, ou bien je lui accorde une liberté temporaire. S'il récidive, c'est la prison sanitaire, et, s'il fait le méchant, on le livre aux expériences de Bradilin, pas celles qui tuent, les moyennes, celles qui font languir. Assez bavardé. Vous allez voir un autre genre d'utopiste, le rêveur d'inventions. »

Cet aliéné habitait la cellule numéro 8. Par un guichet analogue au numéro 4, j'aperçus, dans un décor semblable, un être malingre, de la taille de Trub, courbé sur un papier qu'il couvrait de signes algébriques. C'est à peine s'il tourna la tête au bruit, montrant d'énormes lunettes et un visage ratatiné : « Avez-vous enfin trouvé ? questionna ironiquement mon maître. — « Pas encore, monsieur le docteur, mais je serais mieux pour travailler hors de chez vous. — Bah ! bah ! Vous avez une bonne installation, du papier, de l'encre. Développez-nous cette merveilleuse découverte. » Le bonhomme ôta ses lunettes et passa ses doigts sur ses yeux fatigués : « Non. Vous seriez trop content si je m'exaltais. Je ne suis pas fou, pas fou du

tout. — Remarquez ceci — Ligottin devint grave. — C'est
l'aveu même de la folie, la *dénégation révélatrice.*
— Si je suis fou, continua le personnage, c'est à la manière de tous les inventeurs, de tous les précurseurs. Messieurs, — il frappa sur sa table et fit sauter les paperasses
— il y a là le germe d'un formidable événement scientifique. Je suis enfermé ici par la haine jalouse des Académiciens. Ils ont ouvert mes plis cachetés et volé mes idées !
— Puisque vous ne voulez pas parler, je vous quitte et
clos votre guichet. » Et, m'entraînant, Ligottin ajouta :
« Il y a quelquefois dans ces crânes-là des inventions
cocasses, des bribes qu'on pourrait utiliser. Mais c'est un
gâchis, un chaos.

    « Ah ! ah ! — Mon guide frotta l'une contre l'autre ses
énormes palettes rugueuses. — Nous allons maintenant
examiner des carcasses que je vous recommande, des
dangereux, des furieux. A ceux-là ne ménagez, je vous
prie, ni les cordes, ni la camisole. Point de pitié pour eux.
Dans une société bien organisée, on devrait les pendre,
dès qu'ils se manifestent! Mieux que cela, on devrait prévoir dès le berceau leurs dispositions néfastes, les noyer
comme des portées de petits chats. » D'un geste hardi et
tumultueux, il agita son trousseau de clefs. Nous gravîmes
un étage. Une autre section apparut. Ligottin prit une
figure terrible : « Je parle des artistes, musiciens, sculp-
teurs, peintres, architectes, surtout des écrivains, des
romanciers, des POÈTES, ces graphomanes grotesques qui
imaginent des événements impossibles, portent le trouble
dans les esprits. Quand je songe à eux, la colère me prend,
je perds la sérénité scientifique. Écoutez-le braire,
celui-là ! » Je perçus une délicieuse mélodie. Aérienne et
légère, elle semblait une âme du Paradis perdue dans les
cercles infernaux, exhalant sa plainte et ses souvenirs par
la bouche adorable des sons. Mon maître ouvrit le guichet :
« Allez-vous vous taire, canaille! Gare à la douche ! » Un
beau jeune homme aux cheveux blonds, au fin visage

imprégné d'une douceur que je n'avais point encore rencontrée chez les Morticoles, cessa brusquement de chanter
et répliqua : « Je me tais, canaille! — L'insolent, hurla
Ligottin, rouge de fureur. Notez. Notez-le! On le passera à Bradilin, qui le lui tordra, son larynx! »

Nous nous trouvions au centre d'une rotonde entourée
de petites portes : « Soyez attentif, me dit l'aliéniste, et
faites-vous un bon plan topographique de ces scélérats, car
vous aurez souvent à vous occuper d'eux. Ils nous causent
plus d'ennuis, à eux seuls, que tous les autres pensionnaires. A gauche, les musiciens, dont ce maniaque est
un spécimen. Nous en possédons actuellement trois. L'un
d'entre eux a du délire des grandeurs. Il a composé six
opéras qui, dans son esprit, forment une série ; il y fait
parler des héros, des demi-dieux, tous ces personnages
idiots de la fable auxquels ne croient plus les petits enfants. C'est un gâteux fieffé. L'idée de juxtaposer des sons
indique à elle seule un cerveau débile. Qu'est-ce que le
son? Je ne connais que le bruit, moi. Quand un objet
tombe, il fait un bruit. Le son n'existe pas. Le son est un
artifice qui excite le système nerveux, cause un profond
désordre organique. Sans critiquer le moins du monde
notre admirable gouvernement, je trouve qu'il a tort d'au-
toriser les marches funèbres et les drames de Loupugan.
Je sais bien que les premières servent aux enterrements.
Mais pourquoi embellir la mort? La mort, n'est-ce pas,
c'est la mort. Quant aux seconds, leur seul mérite est
d'être basés sur la médecine et de traiter des sujets sérieux,
tels que l'hérédité, la vaccination, les épidémies ; mais
même cela, oui même cela n'est pas sain pour la masse.
Oh! l'art, l'art, quel fléau! »

La conversation avec Ligottin avait ceci de spécial qu'il
la menait à lui tout seul avec une volubilité infatigable, et
je m'amusais à ranger mentalement ce bavardage parmi
les signes de dégénérescence qu'il distribuait si complaisamment. Dès que je remuais les lèvres, il m'interrompait

29

tyranniquement et renouait aussitôt le fil de ses fortes cer-
titudes. Comme j'allais, imprudemment, prendre la défense
de la musique, il poursuivit avec feu : « Plus loin nous
avons un sculpteur, un *statuomane*, comme je *les* appelle.
Au lieu de limiter sa profession à ce qu'elle a de tolérable,
au lieu de perpétuer, sur l'ordre des ministres, les effigies
des hauts et célèbres personnages décorés qui ont tant
contribué au progrès, qui nous ont faits ce que nous sommes,
voilà que ce pauvre abruti s'est imaginé de laisser
vagabonder sa chimère et d'exciter à la débauche, par des
représentations d'hommes et de femmes dévêtus dans des
attitudes obscènes. J'ai fait casser la plupart de ses
groupes. Les plus libidineux, je les ai saisis comme pièces
à conviction. Ils sont d'une érotomanie certaine, nus,
complètement nus, avec les organes sexuels apparents !

« Là-bas grouillent les peintres, j'en ai une douzaine
au moins. Quelle engeance ! Mon sculpteur crie pour qu'on
lui laisse de la terre et un ébauchoir. Eux demandent à
genoux toiles, couleurs et pinceaux. Excitation du
deuxième degré. Propension à la *fureur picturale*. Je
leur réponds par des douches, du massage, des applications
de camisole. Un de ces insensés peignait des arbres
violets, des prairies roses, des chiens rouges. Il oubliait
l'ombre et la perspective. Ah ! ah ! conçoit-on cela?... La
peinture est aussi inutile que la musique. Pour représenter
la nature, nous avons la saine, la loyale photographie. Je
passe à grand'peine sur les toiles allégoriques de la
Faculté et des Académies. Au moins elles exaltent le respect de l'autorité, de la hiérarchie, de la discipline, tous
les beaux sentiments. Mais les lamentables crétins que je
soigne n'ont jamais voulu se soumettre à la règle. J'ai
conservé les divagations de l'un d'eux, comme exemple.
Il place tout dans une espèce de fumée grise. Où a-t-il vu
cette buée-là ? Il n'y a pas de brouillard perpétuel, et
l'idiot veut en fourrer partout du brouillard, oui, même
dans les appartements, dans les cheveux, sur les nez ! En

outre il ne compose pas. Il ne traite jamais un sujet méthodique, suivant un plan. Il laisse courir sa fantaisie. Je
te la calmerai, moi, ta fantaisie ! Le plus drôle de tous
peignait avec des couleurs monstrueuses, criardes, flam-
boyantes, qu'il entassait sur sa palette. Chacun de ses
tableaux avait l'air d'un feu d'artifice. Il y avait de l'or, de
l'argent, du vermillon, tout ça pêle-mêle, à tort et à
travers, l'un sur l'autre. Ça dégoulinait. Comme je disais
à mes élèves : *il transcrit fidèlement son désordre céré-
bral sur sa toile.* D'ailleurs celui-là va beaucoup mieux.
Il m'a promis de faire un portrait ressemblant et raisonnable de *moi à son guichet,* tel que je suis, brun et en
redingote marron ; moyennant quoi, on lui supprimera sa
camisole. »

A ce moment, partant d'un corridor voisin, un gémissement profond retentit, suivi de lamentations qui se super-
posèrent, discordantes et sinistres. Le visage de mon
maître s'éclaira d'une joie farouche. Il tendit l'index en
avant : « Les entendez-vous ? les entendez-vous ? Tous,
comme des chiens, jappent à la lune. Ah ! mes gaillards,
je vous tiens. Ils sont là, empilés dans ce corridor, une
vingtaine, les écrivains, les écrivassiers, les poètes, les
gredins ! » Et il vociférait, pour dominer le tumulte qui
bientôt s'apaisa par degrés, cédant à de désastreux soupirs :
« Nous avons un pamphlétaire, un furieux, qui déblatérait
contre les autorités. Ça n'a pas traîné ! Signature de moi
et de Crudanet. Signature du commissaire ; les deux cachets, et en avant ! A la douche ! Gueule maintenant, mon
garçon, gueule ! Nous avons de bons capitons, des serrures
solides, des cordages résistants. Ne vous aventurez pas
seul chez lui. Il est fort comme une enclume et vous écra-
serait. Nous avons quatre poètes, des érotomanes eux
aussi, des débauchés satiriques, atteints d'écholalie, qui
dépravaient la jeunesse avec des vers incompréhensibles
où ils comparaient le soleil et la lune aux deux plateaux
d'une balance, une femme à un serpent, un violon à un

cœur affligé, des cheveux à un océan, est-ce que je sais !
Ils menaient une vie de vagabondage et de débauches bien
en rapport avec leur gâtisme. Un autre, mais il est mort,
le drôle, prétendait que les lettres ont une couleur. Est-ce
joli ça, hein, comme forme d'insanité ! Nous avons aussi
des romanciers qui ne se repaissent que de mensonges,
qui inventent à plaisir des adultères, des crimes, des incestes. Ils se soulagent eux-mêmes, je l'affirme; ils se
soulagent en écrivant. J'en sais qui m'ont avoué n'avoir
pas de plus grand plaisir que d'accumuler ces horreurs sur
du papier. N'est-ce pas de la démence que de forger des
histoires ignobles et pas vraies, quand il y a tant de
progrès à réaliser dans l'industrie, la politique, la science,
la médecine ? Les lecteurs de ces pernicieux imbéciles se
figurent, par contagion, que ce qu'on leur raconte est arrivé. Telle est l'origine des crimes, des adultères et des
incestes. Je ne l'ai pas caché dans mon rapport à l'Académie : *Là est le danger, messieurs et chers collègues,
le danger capital. Si vous laissez en circulation ces
métaphoromanes, ces érotomanes, ces écholaliques, si
vous leur permettez d'agir sur l'esprit de leurs concitoyens, il y aura bientôt, par leur faute et par votre
faiblesse, cinquante pour cent de fous dans l'État. Ces
artistes sont tous des délirants de grandeur ou de persécution, des indépendants pernicieux, des solitaires.
Ils menacent de saper les bases de la société, d'arrêter
le progrès, de favoriser les révoltes, de ressusciter les
croyances crevées. Tel dramaturge glorifie les dieux et
les idoles, nous ramène à la barbarie. Son cerveau malade fait parler les arbres, les animaux, jusqu'aux
pierres de la route. Tel poète complique de luxure l'acte
sain et propagateur de l'espèce, le coït. Tel publiciste
prêche cyniquement la lutte des classes. Si vous ne nous
accordez pas les lois que nous vous demandons, l'inter-
diction et la mise au pilori de ces condamnables insanités, le supplice et la réclusion de leurs auteurs, c'en*

*est fait de la Liberté, de l'Égalité, de la Fraternité, de
la Matière, de toutes ces nobles réalités pour lesquelles
ont souffert et sont morts nos aïeux !* Je vous promets
que j'ai eu un succès ce jour-là. Et au Parlement donc,
où je parlais en qualité de commissaire du gouvernement!
Ils étaient tous debout. Ils interrompaient chaque phrase
par des bravos frénétiques. J'ai cru que je ne pourrais
achever. C'est la préface de mon grand ouvrage. »

Ligottin discourait d'un air inspiré, reproduisant son
attitude à la tribune, faisant des gestes de la main droite,
agitant de la gauche le vaste trousseau de clefs cliquetantes.
Je profitai d'un court répit : « Quel sera, maître, ce grand
ouvrage? — Un résumé méthodique du plan que je vous
ai tracé. J'admets la médecine et je l'inscris en tête.
J'autorise les sciences accessoires, la politique, l'industrie
et la finance. Tout cela glorifie la Matière, l'ordre et le
progrès. Quant à l'art, aux graphomanes, aux fous de
l'idéal, je les enferme, dans des cadres, d'abord, dans des
cages, ensuite. Je les classe, je les groupe et je les douche.
Montons aux *maniaques raisonnants.* » Comme nous
escaladions les marches conduisant à la troisième rotonde,
il ajouta : « L'organisation est simple. Quant à votre service,
il est simple aussi. Vos collègues vous initieront aux difficultés du début. Nos pensionnaires, à l'arrivée, sont généralement calmes. Les premières douches les rendent
furieux. Ensuite ils s'apaisent peu à peu et tombent dans
un gâtisme progressif. D'où trois catégories : *Dégénérés,
Furieux, Gâteux.* Le reste est du détail administratif...
Dans cette cellule 53 se trouve un numéro exception-
nel, que j'ai étiqueté sous la rubrique *Délirant altruiste.*
C'était un malade riche, d'une grande famille, les Bavène,
qui ont fait des legs à toutes les Académies. Il était lié
avec les principaux docteurs. Il avait tout pour être heureux, quand, vers la soixantaine, il s'est mis à prêcher la
pauvreté. Il distribuait de l'argent dans les quartiers
misérables, dans ces repaires puants, soignait les gens à

29.

domicile, sans diplôme, se ruinait en aumônes excessives. Sa famille s'est émue, à cause de la fortune qu'il dissipait. Puis, il occasionnait du désordre. Nous lui avons signé sa feuille d'internement. Quand on l'a arrêté, on l'a trouvé dans un taudis, sans feu, en train de tricoter des chaussettes. Depuis qu'il est ici, c'est un de mes *pleurards*. J'appelle ainsi les non-résistants, ceux qui geignent silencieux dans leur case de caoutchouc. » Il leva le guichet ; j'aperçus un pâle vieillard aux longs cheveux blancs, à la barbe blanche : « Ça va toujours, papa Bavène ? — La mort est proche, la terre m'appelle. Mon supplice finira bientôt, répondit le vieux gravement. Pardonnez-leur, mon Dieu, ils ne savent pas ce qu'ils font. — Il répète les phrases de Jésus-Christ, cet autre insensé, père de tant de superstitions néfastes, s'écria Ligottin. En voilà un que je regrette de n'avoir pu enfermer ! Ces êtres-là, avec leurs airs résignés, sont les plus dangereux. On a vu des révolutions sortir de ces barbes blanches.

— Et là ? — J'indiquais le corridor.

— Ce sont les *délirants raisonnables*, des individus comme vous et moi, qui mangent, dorment, boivent, ne font pas de vers, ni de tableaux, ni de chansons. Seulement, dans leur vie hypocrite, une tare imperceptible, une toute petite tare est dissimulée, et alors nous considérons leur raison apparente comme un masque qu'ils prennent, comme un piège qu'ils nous tendent pour dissimuler leur folie. C'est une rubrique trop générale. Le plan n'est pas fait. » Ligottin était embarrassé ; il continua : « L'un d'entre eux est un parent de Crudanet. Il a eu des différends avec le grand Chef sanitaire. Il l'a menacé. C'est le type de ces hybrides-là. Crudanet lui a signé son internement, et il a eu raison. D'ailleurs cette section est spéciale. Il y a là des secrets d'État et de famille très graves, des histoires ennuyeuses ; vous n'aurez pas à vous en mêler. Cela regarde Lambert, qui est discret comme la tombe. Ne mettez pas le nez là dedans, si vous voulez rester ici, ou plutôt n'y pas trop rester. » Et Ligottin appliqua sur moi un profond, un sinistre regard. Nous redescendîmes un peu gênés.

Il y eut du tumulte. Quatre infirmiers, conduits par Fauve, tenaient par les pieds et les mains un corps qui se débattait. Leur maître les arrêta : « Qui est-ce ? Ah, l'hypocondriaque. Parfait. Serrez ferme! » Je reconnus Burnone dans ce paquet hurlant. Il était horriblement maigre; les yeux lui sortaient des orbites. Sa bouche tordue écumait, et, malgré les efforts des gas vigoureux, il avait des détentes formidables. Ligottin me renseigna négligemment : « C'est une banalité, un de ces neurasthéniques qui courent de docteur en docteur et cherchent à se guérir d'un mal imaginaire. Celui-ci s'est ruiné en consultations et en pharmacie. Il obsédait tous mes confrères. En dernier lieu, Clapier m'a prié de l'en débarrasser. C'est une épave, un détritus. » . . . .

. . . .

Je commençai mon service le lendemain. J'eus l'occasion de voir de près quelques-uns de mes pensionnaires. Certains étaient entrés là jouissant de toute leur raison, et étaient devenus fous à l'épreuve du traitement. Ils bondissaient de fureur dès qu'on pénétrait dans leurs cellules. Leur mobilier de caoutchouc ne s'apaisait, comme eux, que par saccades.

Mes acolytes, Fauve, Lambert, Crochard et Garuche, martyrisaient les malades avec joie. Ils savaient que nul d'entre eux ne pouvait se plaindre, qu'on n'écouterait point leurs lamentations. Ma plume tressaille de colère au souvenir de ces ignominies. Le jour même qui suivit ma première visite à l'antre de Ligottin, je trouvai le père Bavêne étendu sans connaissance dans sa chambre, le visage barbouillé d'excréments. Crochard l'avait mis dans cet état parce que le vieillard tardait trop à faire ses besoins. Un des peintres s'étrangla en enfonçant sa main aussi loin que possible dans sa gorge. Deux de ses doigts étaient démesurément gonflés par son effort pour avaler cette atroce bouchée

de lui-même. Le cadavre était figé dans une attitude de
fureur et de résolution. Ligottin, prévenu en hâte, hochait
la tête : « Voilà tout de même un suicide qu'on ne peut ni
empêcher, ni prévoir. » En déshabillant le corps, Fauve,
auquel il appartenait, eut un moment de trouble. La peau
était marbrée de contusions dont chacune rappelait au
bourreau quelque lâche torture. Le maître murmura simplement : « Pourvu que ceci reste entre nous, et qu'on n'en
saisisse pas l'opinion, je ferme les yeux. Mais je regrette
que ça ne soit pas un artiste. »

Ces poètes, qu'il détestait tant, étaient de mon ressort.
Garuche me dit : « Je vas t'apprendre à les doucher et à
leur passer la camisole. Suis-moi. » Il se rua dans une
cellule où végétait un homme au grand front, à tête dénu-
dée, à la bouche mince, aux yeux brillants, qui tressaillit
en voyant l'ignoble face de la brute. Nous étions accompagnés de quelques valets qui s'efforçaient d'atteindre à l'infamie du haut personnel : « A la douche, salaud, ou on te
passe la casaque ! » Telles furent les premières paroles de
Garuche. « C'est la seconde fois aujourd'hui, riposta le
malade. Vous voulez donc me faire mourir ? — Tu le
verras bien. La perte de ta carcasse ne serait pas un grand
malheur. Allons, houp ! » Les aides se précipitèrent sur
le poète qui jetait des cris aigus : ils lui passèrent autour
de la taille l'abominable tricot qui enserre les bras et les
mains, et empêche tout mouvement. Ainsi lié, ils le descendirent dans la grande salle d'hydrothérapie, retentissante, carrelée de mosaïque, où il y a une estrade pour
l'opérateur, et une barrière à laquelle s'accroche le patient.
« Déshabillez-le, grogna Garuche. Toi, Canelon, regarde.
Celui-là est un furieux. On lui sert le plus gros jet. »
Il monta sur son trône de bois, saisit un énorme tuyau.
Nous autres restions près de la porte ; et la victime nue,
tremblante de froid et de terreur, aggrava ses hurlements
et se cramponna d'avance à la balustrade : « Chante, mon
bonhomme, chante, ricana mon aimable collègue. Tu vas

faire connaissance avec *fifille* ; — et, tournant un robinet,
il expliqua : — *Fifille*, c'est ma lance. » Aussitôt se déchaîna
une cataracte bondissante, ruissellement barbare au travers duquel gambadait un déplorable pantin. Il sautait de
côté et d'autre, courait comme un cheval autour de la piste,
ruait en avant, en arrière, s'accroupissait, pivotait sous les
coups affreux du lourd bâton liquide, qui, par l'adresse
infernale de Garuche, devenait tout à coup un fouet aux
mille lanières cinglantes. Ses clameurs stridentes domi-
naient le rire de ses bourreaux et le tumulte bruissant de
l'eau qui claquait sur sa peau fripée, glissait, rapide écume,
sur les surfaces luisantes de mosaïque. A la fin, il tomba à
terre et se tordit comme un ver, tandis qu'impassible,
Garuche dirigeait sur lui, en balayant, le jet irrésistible
et brutal : « Tiens pour tes cuisses... Tiens pour ton dos...
Tiens pour tes pattes... Ça y est. Enlevez, garçons ! » Les
aides soulevèrent le corps pantelant et le criblèrent de coups
de poing, *histoire de le ranimer*. Il gémissait sourdement.
On le roula dans une couverture et on le remonta dans sa
cellule, tandis que Garuche criait : « Pas la peine de lui
mettre la camisole. Il a son compte. » Et s'adressant à
moi : « Tu vois ; ça n'est pas plus malin que ça. J'suis en
nage. Viens boire un verre. Allons à la douche de vin. »

Quand ils étaient bien ivres, les scélérats se distrayaient
à *doucher à mort*. On choisissait, de préférence, les pensionnaires de la section Lambert. Celui-ci, après quelques
bouteilles, me fournit de franches explications. Je le vois,
penchant sur moi sa lourde face d'ivrogne malicieux, et
remuant son gros doigt devant son œil : « Copain, j'vas
tout t'dire. Mais chut ! silence, mystère !... Le patron ne
blague pas là-dessus, et s'il savait que je cause... Enfin,
t'es un frère... Donc, les miens, les *raisonnants* qu'on les
appelle, ne sont pas plus fous que toi et moi. Mais il y a
tout avantage à les escoffier, vu qu'on les met ici pour
ça. — Je faisais la bête. — Tu comprends pas ? Suppose
que t'es un gros bonnet, un fameux docteur, un de l'Aca-

..., du Tribunal, du Sénat, du Parlement, du gouvernement... Bien... Suppose que t'as un parent qui t'embête, qui sait sur toi des choses malpropres, ou qu'a de l'argent qui te revient et qui ne meurt pas assez vite. Eh ben, avec une bonne petite feuille de papier, tu l'envoies à Ligottin et c'est le papa Lambert qui s'en charge. Et le papa Lambert sait bien qu'il a droit à une gratification quand il arrive malheur à un de sa rotonde. Tu saisis, fiston?... Vrai, t'es guère futé ! » J'aurais bien voulu pénétrer dans cette partie mystérieuse du service, mais Lambert refusa de m'accompagner et de me prêter les clefs : « Pas de ça, mon vieux. Si j'étais pigé, je sortirais pas vivant d'ici, ni toi non plus. C'est des mystères. Faut pas jouer avec les choses graves... » Un hoquet conclut cette sage réflexion.

Quant à moi, je faisais semblant de doucher mes artistes. En réalité, je dirigeais le jet d'eau contre le mur, tandis qu'eux, près de l'estrade, reconnaissants, me regardaient avec de bons yeux attendris. Ils m'expliquaient l'utilité sociale de Ligottin : l'*indépendance*, voilà ce que redoutent surtout les **Morticoles**. Pour lutter contre les esprits libres, ils ont imaginé les maisons de fous, bien préférables encore aux hôpitaux-prisons. Les quelques révoltés trouvent là un tombeau discret, un asile sûr. Grâce à une forte mensualité, Cloaquol ne fait jamais, dans ses journaux, la moindre allusion à ce petit trafic. Bien entendu, quelques vrais fous servent de paravent et d'excuse à cet abominable *in pace*, reconnaissables à leur tranquillité apparente et aux égards qu'on a pour eux. On ne les roue de coups que tous les trois jours. On leur permet de se promener dans un morne petit jardin, d'y épancher leurs gestes excessifs et le trop-plein de leur imagination. Ils marchent à grands pas, déclament, et lèvent les bras au ciel dans une attitude suppliante, ou bien, affalés sur un banc, les yeux caves, les membres flasques, ils suivent au dedans d'eux-mêmes quelque déplorable cortège. D'autres

m'arrêtaient par un bouton de mon uniforme, me tenaient des discours incohérents qu'il fallait écouter avec
patience, sous peine de les exaspérer.

Au bout du jardin, s'élevait un hangar où l'on reléguait
les animaux fous, car les bêtes subissent la pression sociale
et se détraquent comme leurs maîtres. Je vis là des chiens
qui avaient tenté de se suicider et qu'on devait nourrir
de force, des chats mélancoliques, aux regards remplis de
douleur, enfin un perroquet furieux, qui se précipitait
impétueusement sur les barreaux de sa cage et les mordait.
Il avait appartenu à une vieille gâteuse, enfermée dans
l'autre corps de bâtiment, section des femmes. Quelquefois
une falote tête grise apparaissait à une des fenêtres de ce
domaine où nous n'avions pas le droit de pénétrer et vociférait des imprécations. Alors on entendait, en écho, une
voix de fausset, nasillarde et troublante. C'était le perroquet qui reconnaissait l'accent de sa maîtresse et lui répondait dans son langage...

Un matin, le maître nous fit appeler, Lambert et moi.
Je retrouvai le cabinet de consultation tapissé de livres, la
barrière, les sonnettes suspendues au plafond. Ligottin me
demanda des nouvelles des *canailles* et des *idiots* confiés
à ma garde, et sa large figure s'illumina quand je lui répondis que je les douchais à fond et que je leur appliquais
continuellement la camisole : « Je suis perplexe ! s'écria-
t-il, en s'asseyant et en croisant ses longues jambes. On
va m'amener un malade riche qui m'est présenté par un
de mes collègues. Vous le confierai-je, Canelon, ou sera-
t-il pour vous, Lambert ? La chose est délicate. » Sur ce,
le domestique introduisit quatre personnes dans lesquelles je reconnus Tismet de l'Ancre, Avigdeuse, M. et
Mᵐᵉ de Sigoin. Leurs attitudes étaient caractéristiques :
Tismet, prêt pour la lutte et arrogant ; Avigdeuse, portant
beau, le lorgnon sur le nez, tripotant avec grâce sa fine
barbe noire ; de Sigoin plus hâve qu'au procès, les yeux
enfoncés, les joues boursouflées ; sa femme, telle que jadis,

longue, ondulante, énigmatique, jetait vers Tismet de per-
sistants regards. Le jeune chirurgien prit le premier la
parole, dépassant la barrière fatidique : « Maître, vous
vous rappelez l'accusation, à propos d'une ovariotomie, que
monsieur que voici porta contre le docteur Sorniude.
L'acquittement s'imposa. M. de Sigoin est mon client. Je
possède son tempérament à merveille. » Ligottin hocha
la tête. Sa puissante barbe se mit en branle. Il dévisageait
le couple mystérieux, *elle* à quelques pas de *lui*, tous deux
gênés et tremblants. Tismet insista : « M. de Sigoin est
un *circulaire*. Il a des alternatives d'érotomanie et de
persécution. C'est à vous, maître, que nous devons ces dé-
finitions admirables qui font aujourd'hui la clarté dans les
problèmes ardus de la pathologie cérébrale. Donc, mon
client avait été guidé par une idée fixe dans ses attaques
aussi violentes qu'injustifiées contre le docteur Sorniude.
Après le procès, il en convint d'ailleurs avec beaucoup de
sagesse. Mais il ne quitta ce délire que pour tomber en
proie à un autre plus grave, qui nécessite notre présence
ici, et au sujet duquel, par un scrupule que vous comprendrez, je passe la parole à mon honorable ami, le professeur Avigdeuse. »

Tismet avait été solennel, il avait été flatteur, et, satisfait de lui-même, il souriait dans sa moustache blonde. Il
recula de quelques pas. Avigdeuse, qui avait le sens des
hiérarchies, s'assit avec calme devant Ligottin : « Mon
cher confrère, le docteur Tismet de l'Ancre, en qui j'ai
une absolue confiance, est venu me trouver dernièrement
au sujet d'une affaire sérieuse. Il s'agissait d'un sien
client, M. de Sigoin, qui avait donné déjà des signes
de *persécution*, notamment lors d'un procès fameux,
sur lequel je ne reviens pas, et qui, à l'époque, présentait une autre forme de vésanie. Celle-ci se caracté-
risait par la persuasion que sa femme le trompait, et avec
qui ? Avec le propre médecin de la famille, mon confrère
Tismet. Il en résultait des scènes terribles, où la malheu-

reuse était menacée, battue de telle sorte que les voisins
entendaient les cris et les coups; bref, le malade
était dangereux et passait insensiblement à la fureur. »
Ligottin eut un mouvement de la main gauche, comme
quand il secouait ses clefs et qui signifiait : *Nous le dou-
cherons*. Avigdeuse poursuivit de sa voix la plus apitoyée,
la plus hypocrite : « M. de Sigoin a eu récemment
une hallucination. Sa manie a été jusque-là. Il a cru surprendre sa femme dans les bras de mon confrère Tismet.
A cette hallucination a succédé une crise atroce, qui a
duré huit jours. Je conclus à l'internement. Nous avons
le *certificat*. » L'orateur fouilla dans sa poche.

Ligottin tendait les griffes. Derrière la balustrade,
Mme de Sigoin s'était redressée de toute sa taille, d'un
air de défi cruel et exalté. Tandis qu'Avigdeuse présentait
la lettre de cachet, elle était tournée vers Tismet et, par
le croisement de ces regards passionnés et sauvages, je
compris la tragique comédie. A cet instant, son mari
s'élança et vint tomber à genoux au milieu du triangle
formé par les trois docteurs : « Grâce, messieurs, grâce!
je ne le ferai plus, — hurlait-il en se tordant les doigts.
— Je reconnais que j'ai été fou, que j'ai eu une hallucination... Que voulez-vous? J'adore ma femme. Lorsqu'il
s'agit d'elle, je n'y vois plus clair. Quant à Sorniude, c'est
elle qui m'avait avoué... Oui, j'ai eu une véritable hallucination... Vous savez..., la jalousie... Cela montait en moi
par bouffées. Je l'imaginais toujours dans les bras d'un
autre. — Il eut un horrible rire. — Maintenant, je comprends que c'était ridicule. Mon bon docteur Tismet, pardon, pardon ! J'ai cru que vous l'embrassiez à moitié nue,
dans notre salon, sur le canapé, près de la fenêtre. C'est
en ouvrant la porte, oh, je me rappelle, que j'ai vu cela !
Et j'ai tout cassé, comme chez Sorniude... Mais aujourd'hui,
je me repens. Oui..., de tout mon cœur. » Il se traînait vers
sa femme, qui le fixait avec un méprisant dégoût, pauvre
loque vautrée sur le tapis et dans la boue de l'adultère :

30

« Madeleine, pardonne-moi ! Je t'ai fait souffrir. J'étais
fou. C'est fini, je suis guéri. J'ai confiance en toi. Monsieur
Ligottin, monsieur Avigdeuse, pardon ! Je vous vénère,
secourez-moi ! Intercédez pour moi ! Oh, ne m'internez
pas ! Je mourrais sans la voir ! Madeleine, implore ma
grâce ! Ne me séparez pas d'elle. J'aime tous les docteurs !
J'ai peur de rester ici ! »

Il tournait sur lui-même, il bafouillait ; les mots s'em-
brouillaient dans sa bouche, et ses larmes coulaient à
grosses gouttes. Ligottin remua sa barbe et regarda Avigdeuse, qui, malicieusement, regardait Tismet et la femme
impassible : « L'idée de leur jouer un bon tour germe
sûrement dans sa tête, pensai-je, et peut-être cela va-t-il
sauver l'*autre*. » Je ne me trompais pas. Avigdeuse coupa
le déluge de supplications de sa voix brève, de sa *vraie*
voix : « En présence du repentir sincère de M. de Sigoin
et des témoignages qu'il nous offre, je ne crois pas,
mon cher Tismet, qu'il y ait lieu d'insister, et je remets
mon papier dans ma poche. Monsieur a eu une hallucination fâcheuse. Il le reconnaît. C'est un gros point. S'il
était un délirant stable, un solide candidat à l'aliénation,
il n'en conviendrait point. — Si, si, j'en conviens, »
certifia l'infortuné, se relevant avec de gros soupirs, et, à
la façon dont il scruta sa femme et Tismet, je compris bien
que, la terreur diminuant, la jalousie renaissait dans son
âme. « Seulement, ajouta Avigdeuse, attention ! » et, d'un
doigt amical, il menaça l'heureux époux. Mme de Sigoin,
furieuse, ricanait, accoudée à la barrière, le menton
dans ses mains gantées de noir. Lambert me poussa le
coude. Tismet était blême de rage. Il s'adressa à Ligottin :
« Il me paraît pourtant qu'il y a danger à laisser cette
jeune femme près d'un énergumène. Il l'a déjà menacée
de mort. Il est permis de supposer... » Mon maître, chez
qui la réflexion mettait du temps à circuler, à cause de sa
corpulence, sentit néanmoins que sa responsabilité n'était
plus couverte. Il répliqua : « J'étais moi-même si décidé,

monsieur Tismet, que j'avais fait venir mes deux meilleurs
garçons de camisole et que je comptais me saisir aussitôt
du délirant. Mais, devant les explications si nettes de
M. de Sigoin, ses excuses et son amende honorable, je
me range à l'opinion de mon savant confrère Avigdeuse.
Il peut rester personne civile. » Tismet vaincu eut un geste
d'amère résignation et rétrograda vers la barrière. De
Sigoin s'approchait humblement de sa femme, mais elle le
repoussa de son long bras flexible.

Ligottin ne voulut pas perdre l'occasion d'un petit discours, et, comme Sigoin se précipitait sur ses mains et
celles d'Avigdeuse, et les embrassait goulûment, il conclut :
« Vous avez raison de nous remercier, car les motifs
étaient puissants, avouez-le, de vous retenir et de vous
doucher à outrance ! Mazette ! Vous ne vous gênez pas !
Faire passer un docteur en jugement ! En accuser un
autre d'avoir séduit sa femme ! Se comporter comme si les
hallucinations étaient des réalités ! Mais j'ai ici des pensionnaires qui n'ont pas fait le quart de ces bêtises-là. Mon
cher, ayez dans la vie une méthode. Vous êtes un simple
dégénéré. — Son père épileptique, sa mère alcoolique,
siffla Mme de Sigoin... Comment, tu oserais dire que je
mens ?... Vous voyez, docteur, il recommence ! Sa mère,
mais c'était une mégère, une harpie ! Monsieur tient d'elle,
voilà tout ! » Ligottin continua : « Vous ne peignez pas ? —
Non, docteur. — Vous ne faites pas de musique ? — Non,
docteur. — Vous croyez à la Matière ? — Oui, docteur. —
Vous n'êtes pas poëte ni écrivain ? — Non, docteur. —
Alors, vous pouvez guérir. Adoptez un plan d'existence. Et
quand vous aurez une nouvelle hallucination érotique,
répétez-vous que vous êtes le jouet d'une chimère, d'un
songe-creux, ou bien comptez sur vos doigts, faites des
chiffres sur une vitre, jusqu'à ce que le phénomène ait
disparu. Ces moyens machinaux réussissent à merveille. »
L'aliéniste serra les mains de Tismet et d'Avigdeuse, salua
Mme de Sigoin, reconduisit jusqu'à la porte cette petite

troupe mélancolique; puis il rentra transporté d'allégresse :
« Voilà une observation que je retiens pour mon grand
ouvrage ! Elle est complète. »

. . . .

. . . .

Depuis que j'étais chez Ligottin je n'avais pas eu un
moment de congé, et je n'avais pu voir mon cher Trub,
dont l'absence m'accablait. Or, le jour même où je devais
être libre, mon maître me chargea d'une commission pour
sa maison de campagne. Je montai, en maugréant, dans
un chemin de fer suburbain, et je m'arrêtai à une première
station de ville d'eaux. Je m'informai. Un passant m'indiqua une massive construction située sur une hauteur. Je
me dirigeai là par un chemin boueux, car il tombait une
petite pluie fine. Plus je m'approchais, plus je reconnaissais la symétrie, la régularité si chères à Ligottin.
Quand je fus à cent mètres, j'entendis des gémissements :
« Les capitons sont moins épais, pensai-je. C'est d'une
simplicité rustique. » Derrière une grille hurlaient deux
ou trois visages, tandis qu'une quantité de grandes
silhouettes maigres, hérissées de gestes tragiques, arpen-
taient rapidement une cour sablée. J'arrivai à la porte
du gardien-chef, le frère de Lambert. Il me reçut amica-
lement, m'offrit un verre de vin et me proposa de faire le
tour de son établissement. J'acceptai.

Après maint circuit, je me trouvai devant une cage
énorme, remplie d'êtres sans nom vautrés au milieu de
leurs ordures, gambadants, grimaçants, singes du délire,
cauchemars de corps et d'âmes. Dès qu'ils nous aperçurent,
ils se livrèrent à une mimique tumultueuse et désordonnée.
Les uns faisaient des signes obscènes. D'autres se précipitaient sur les barreaux avec rage. D'autres, dans les
angles, grinçaient des dents, tandis que, sur le sol, un
tapis de mélancoliques suivaient ce spectacle avec une
morne indifférence : « Ce sont les *furieux*, me dit le
gardien. Ne vous approchez pas. Ils vous mordraient, vous

déchireraient. Je leur jette des trognons de choux qu'ils
se disputent, et des morceaux de pain qu'ils salissent. Ils
se battent toute la journée. C'est rigolo ! Le matin je les
asperge en masse et ça grouille, ça grouille ! En été c'est
une infection. Quand il en meurt un, je l'attire avec des
crochets et je l'enterre là-bas, derrière la colline. Quelquefois ils sont en épidémie. Alors, c'est un charnier plein
de mouches. En place d'eau, je douche du phénol. C'est
un rude métier. J'aimerais mieux la maison de ville. Sous
mon prédécesseur, c'est même ça qui l'a fait renvoyer, ils
avaient trouvé le truc de desceller les barreaux et ils
s'étaient sauvés dans la campagne. Ils ont vécu deux mois
dans la forêt. Le soir, quand on passait le long du bois,
c'étaient comme des miaulements de chattes en chaleur.
Et puis, nous avons mis le feu aux arbres, et ils ont tous
grillé. Ah, ah ! ça n'est pas commode, les furieux ! »

L'immonde fourmillement de la cage m'obsédait. Je
m'écartai : « Maintenant, murmura mystérieusement mon
guide, je vais vous montrer quelque chose de curieux :
un bonhomme que j'ai là depuis un an et demi, un étranger. On l'avait trouvé errant dans la campagne, et amené
ici. Il n'est pas méchant. Nul ne sait qu'il est là, sauf
M. Ligottin qui le tient en observation, parce qu'il fait des
prières et qu'il a de drôles d'idées sur tout. Il raconte
qu'il est d'un pays où il n'y a ni riches ni pauvres,
où personne n'est malade et où on n'étudie aucune
science. » Il me mena dans un pavillon séparé dont il
ouvrit la porte. Sur un grabat de paille jaune, seul rayon
de soleil de cette pièce poussiéreuse où le jour pénétrait
par une étroite lucarne, j'entrevis un grand corps couché.
Au bruit, il se redressa. J'eus un éblouissement : c'était
Sanot en personne, notre bon, notre cher capitaine, que nous
croyions mort et perdu à jamais, et qui, bien que n'ayant
plus son beau teint rouge et sa tête joviale, avait même nez
aplati, mêmes pommettes saillantes, même robuste collier
de barbe. Je le regardais, inondé de joie sans pouvoir ar-

30.

ticuler un seul mot, et lui me regardait aussi, il me reconnaissait, et ses yeux exprimaient l'indicible bonheur
de retrouver ce Canelon, moi, morceau ambulant de la terre
natale. De lui à moi, de moi à lui, couraient des flots la-
tents de tendresse. Nous eûmes la prudence de nous con-
tenir, et Lambert ne remarqua rien. Il intercala sa vilaine
voix réelle au milieu de notre rêve, et elle nous fut une sauvegarde : « Il vous étonne, hein, mon étranger? Essayez de
le faire causer. Il va vous en conter de cocasses. » Je pris un
accent hypocrite qui m'étonna moi-même : « Vous êtes ici
depuis longtemps? — Oh oui, très longtemps. — Vous
venez de loin? » continuai-je, éprouvant le besoin de jeter
des paroles sur notre émotion jumelle. Le gardien rit d'un
rire idiot. Il était bien l'*espace du mal*, celui qui éternel-
lement empêche les bras de s'étreindre, les cœurs de se
rejoindre, de se serrer l'un contre l'autre : «Oui, et je reviens de loin, répondit mon cher capitaine. — Alors vous
croyez en Dieu. — Je crois, j'espère, c'est mon salut. —
C'est cela, me souffla Lambert, voilà une des clefs de sa
folie, comme dit le père Ligottin. — Ce Dieu vous sauvera, n'est-ce pas? — Il *nous* sauvera. *J'ai un trésor*. Ce
sera l'effort suprême. » Et il appuya sur ces derniers
mots : « Ah! ah, ricana Lambert, Dieu est son trésor.
Quelle incohérence stupide! » Sanot répéta plus fortement : « J'ai un trésor. Allons le prendre. Serez-vous prêt
bientôt? — Peut-être tout à l'heure. Et vous? — Je serai
prêt. » Nous nous étions compris. Je dis au gardien d'un
ton indifférent : « Il est ramolli, mais fort curieux. Je suis
pressé. Il faut que je rentre. Au revoir.» Et je quittai la
cellule...

J'avais l'âme en feu. Je me fis une notion exacte, méticuleuse, de l'endroit où nous nous trouvions, du trajet
à parcourir, de la distance qui nous séparait de la grande
cage. Ma perspicacité fut extrême. Par cette phrase
persistante, *J'ai un trésor*, Sanot m'indiquait des moyens
de fuite. Lesquels? Je l'ignorais. Mais je le voulais libre

d'abord. Ensuite nous aviserions... L'esprit tendu vers le
but, droit et rigide comme une flèche, je repris le chemin
de fer et, à peine dans la cité, je courus à la maison d'Avigdeuse. Trub vint m'ouvrir, stupéfait de mon allure fébrile. Je l'attirai à l'écart : « Trub, suis-moi, immédiatement. J'ai retrouvé le capitaine Sanot. Il est captif à la
maison de campagne de Ligottin, mais bien portant. Il
m'a parlé d'un trésor. Il faut le libérer et fuir. C'est l'occasion unique de s'échapper de cette contrée maudite. —
Mais calme-toi un peu. Concertons-nous. Tu perds la tête.
— Non, non, non. Demain serait trop tard. La Providence
ne tend pas sa main deux fois. J'ai fait mon plan. Suis-
moi, Trub. Il le faut. Je t'en conjure. » Je devais dégager
une persuasion fluidique, car mon ami n'hésita plus.
« Attends-moi cinq minutes. Je réunis mon argent et mes
hardes. J'invente un prétexte et je pars. Tu me retrouveras
au café d'en face... »

C'était un bouge, hagard comme tout ce qui m'entourait.
Je demandai une tasse de café, et je me promis que si
le morceau de sucre que j'y jetais formait trois bulles,
nous serions sauvés. Les trois bulles apparurent. J'écrivis,
en imitant les caractères de Ligottin, un sauf-conduit au
titre de Sanot; puis je le déchirai et j'en recommençai un
au titre de l'*Étranger*, car le capitaine n'avait peut-être
pas dit son nom. Trub arriva. Je lui racontai tout en wagon.
Le jour tombait dans un brouillard humide quand je me
trouvai de nouveau devant la grille de la maison de campagne. Mon compagnon m'attendait à quelque distance.

Je présentai à Lambert l'ordre de me livrer l'Étranger.
Il fut surpris : « Comment, comment ?... — Oui, j'ai parlé
de ce malade au patron. Il veut l'avoir à sa maison de ville
pour l'étudier plus à loisir. — En voilà du nouveau, grommela le gardien, en examinant le papier sans nulle méfiance.
Moi, je m'attachais à ce particulier-là. Enfin, puisque c'est
l'ordre, obéissons. » Je revis la cellule. Quelques minutes
après, le capitaine m'était confié et Lambert me jetait de la

porte : « N'ayez pas peur. Il n'est pas furieux. » Nous étions libres !...

Quand Sanot, Trub et moi furent réunis, nous nous embrassâmes tous les trois frénétiquement. J'interrompis ces transports : « Il n'y a pas de temps à perdre. Nous jouons une partie définitive. Quel est ce trésor dont vous parliez? — C'est, répondit le capitaine, une forte somme, dix mille francs, que j'avais pu sauver de la pacotille en quittant le *Courrier*. Au sortir de *Typhus* et comme on nous repoussait d'hôpital en hôpital, j'avais pris un chemin de fer, j'étais descendu à la première station et j'avais enfoui cet argent près d'ici, à tous risques, pensant qu'il me servirait un jour. Au moment où je le recouvrais de la dernière couche de terre, les gardiens de Ligottin me surprirent. Il y a de cela un an et demi ! — Vous rappelez-vous la place? — Certes. — Courons-y. Pourvu qu'il y soit encore ! »

Nous vivions un rêve haletant. A l'entrée du petit bois, tandis que Trub faisait le guet, nous fouillâmes à l'endroit qu'indiqua le capitaine, au pied d'un gros arbre. L'émoi nous serrait la gorge. Si le trésor avait disparu! Mais, à peine trois pieds de terre enlevés, les pièces brillantes scintillèrent : « J'ai autour de mes reins, ajouta Sanot, la ceinture qui les renfermait et qui ne m'a jamais quitté; » et il les glissa une à une dans cette favorable cachette. En ce pays, où l'or peut tout, sa vue me causait une joie déli-cieuse. Son tintement signifiait délivrance.   .   .   .   .   .   .

.   .   .   .

De retour à la ville, nous sonnions chez Crudanet. Il était nuit et je demandai au domestique de nous mettre en présence du grand Chef sanitaire, *au nom du professeur Ligottin*. Nous entrâmes tous trois dans son cabinet de travail, immense et austère : « Maître, dis-je à ce louche personnage avec assurance, je serai franc. Nous sommes des étrangers qui, il y a longtemps déjà, débarquèrent ici après une pénible quarantaine. Nous voudrions revoir

notre patrie. » J'avais gravé dans ma mémoire les paroles
séductrices que, dans une circonstance solennelle, avait
prononcées Sorniude et je les répétai ponctuellement :
N'y aurait-il pas moyen de s'arranger, cher maître?
Nous serions disposés aux plus grands sacrifices. Pris
d'une subite inspiration, j'allai à la fenêtre, je soufflai
sur la vitre, et, sur la buée de mon haleine, j'écrivis :
dix mille francs, puis j'effaçai aussitôt. Crudanet, de son
œil en vrille, inspectait alternativement nos visages. Ils le
rassurèrent, car il baissa la voix : « C'est bien, je mets à
votre disposition une galère de l'État. Où est l'argent?
— Le voici, maître. » Sanot déposa, sur la table encombrée de livres savants, sa pesante ceinture. Que celle-ci
semblait lourde et dominatrice! Crudanet secoua les pièces
d'or, les compta, les rangea dans un tiroir le plus naturellement du monde, comme si elles étaient le prix de la
consultation. Je regrettai une minute de n'avoir pas tracé
Cinq mille, mais il était trop tard. Le grand maître des
Morticoles écrivait à sa table de sa petite écriture systé-
matique. J'aurais volontiers léché ses pieds. Il me tendit
le carré de papier, timbré du sinistre cachet : « Sur le
port..., tout de suite...; au maître de la navigation. Bon
voyage! » .   .   .   .

.   .   .   .
Deux heures après, nous quittions le quai tous les trois,
sur une grande galère pourvue de vivres pour deux semaines
et battant pavillon des Morticoles. Un vent frais nous
favorisait. Nous ne sentions point la pluie. Nos craintes
étaient dissipées. La forte cloche de l'Espoir et de la Liberté
tintait à gros bourdon dans nos poitrines. Quand nous
eûmes dépassé la jetée, et qu'un courant plus vif nous
annonça la pleine mer par un frémissement joyeux le long
des sabords, je me jetai à genoux et fis une fervente prière.
En me relevant, je vis la tête de mort blanche descendre
du grand mât, aussitôt remplacée par une croix bleue.
Trub hurlait, agitant sa casquette : « Qu'elle nous protège !

Qu'elle nous protège ! » Alors je me plaçai entre mes camarades, la main sur l'épaule de chacun d'eux, tourné vers l'horizon libérateur, et je m'écriai : « Mon Dieu, vous êtes la source de toute bonté, de tout amour. Sans vous, la conscience n'est qu'un mot, l'homme qu'un amas de boue et de sang. Que l'exemple des Morticoles, cité par nous, serve à tout le monde ! Les malheureux ont cru que la Matière suffisait à tout ; ils vous ont chassé de leurs âmes. Votre vengeance, 'est leur état de mensonge, de haine et de misère. Se croyant libres, ils sont esclaves ; se croyant immortels par la connaissance, ils sont les plus ignorants et les plus éphémères des hommes, car la haute vérité leur échappe, laquelle n'est qu'en vous et ne vient que de vous. Accablés de maux, aveugles et sourds, ils tâtonneront sans cesse dans une obscurité meurtrière, tandis que les simples d'esprit et de cœur verront clair, auront des émotions pures et la béatitude éternelle. Gloire à vous, seul glorieux ! Malheur, trois fois malheur à cette cité néfaste où votre nom est oublié ! »

16776. — Imprimeries réunies, rue Mignon, 2, Paris.

Original en couleur

NF Z 43-120-8